KATIE MACALISTER

Ein fast perfekter Bräutigam

Die Romane von Katie MacAlister bei LYX:

Romantic History
1. Ein Lord mit besten Absichten
2. Ein fast perfekter Bräutigam

Romantic Fantasy

Light Dragons:
1. Light Dragons – Drache wider Willen
2. Light Dragons – Eine feurige Angelegenheit
3. Light Dragons – Heiß geküsst

Silver Dragons:
1. Silver Dragons – Ein brandheißes Date
2. Silver Dragons – Viel Rauch um Nichts
3. Silver Dragons – Drachen lieben heißer

Aisling-Grey-Serie:
1. Dragon Love – Feuer und Flamme für diesen Mann
2. Dragon Love – Manche lieben's heiß
3. Dragon Love – Rendezvous am Höllentor
4. Dragon Love – Höllische Hochzeitsglocken

Vampir-Serie:
1. Blind Date mit einem Vampir
2. Küsst du noch oder beißt du schon?
3. Kein Vampir für eine Nacht
4. Vampir im Schottenrock
5. Vampire sind zum Küssen da
6. Ein Vampir kommt selten allein
7. Vampire lieben gefährlich
8. Ein Vampir in schlechter Gesellschaft
9. Ein Vampir liebt auch zweimal
10. Keine Zeit für Vampire

Geister, Flüche Flitterwochen (E-Book, Kurzgeschichte)

Katie MacAlister schreibt als Katie Maxwell:
Beißen für Anfänger

Time-Thief-Serie:
1. Time Thief – Keine Zeit für Traummänner *(erscheint Juni 2014)*

Außerdem erschienen:
Steamed. 30° West – 100° Liebe

Weitere Romane von Katie MacAlister sind bei LYX in Vorbereitung

KATIE MACALISTER

Ein fast perfekter Bräutigam

Roman

Ins Deutsche übertragen
von Britta Lüdemann

LYX
EGMONT

Die Originalausgabe erschien 2003 unter dem Titel *Noble Destiny*
bei Dorchester Publishing Co., Inc.

Deutschsprachige Erstausgabe April 2014 bei LYX
verlegt durch EGMONT Verlagsgesellschaften mbH,
Gertrudenstraße 30–36, 50667 Köln

1. Auflage
Redaktion: Susanne Kregeloh
Satz: Greiner & Reichel, Köln
Printed in Germany (670421)
ISBN 978-3-8025-9292-8

www.egmont-lyx.de

1

»Du kannst mich jetzt nicht im Stich lassen! Ich brauche dich doch! Wie kannst du nur so selbstsüchtig sein und fortgehen, wenn ich dich am meisten brauche? Ich verbiete es dir! Ich verbiete dir, mich in meiner allergrößten Not alleinzulassen!«

»Was bleibt mir denn anderes übrig? Ich muss gehen.«

»Pipi, Mama.«

»Rühr dich nicht von der Stelle, Gillian. Wage es ja nicht, noch einen Schritt in Richtung Tür zu gehen!«

»Charlotte, gib mir den Schlüssel.«

»Nein!«

»Mama, ich muss Pipi!«

»Char, du hörst doch, dass Dante noch etwas Dringendes erledigen muss, bevor wir fahren. Wenn dir also ein klein wenig an mir liegt, gib mir jetzt bitte den Schlüssel. Wenn Noble erfährt, dass du uns in seiner Bibliothek eingesperrt hast, wird er vor Wut kochen. Außerdem kann ich dir aus Erfahrung versichern, dass Dante niemals sagen würde, er müsste zum Örtchen, wenn es nicht wirklich dringend wäre.«

Die zierliche Blondine, die sich vor der Tür aus massivem Eichenholz aufgebaut hatte, warf einen zögerlichen Blick auf den Dreijährigen, der vor lauter Dringlichkeit einen kleinen Tanz zu ihren Füßen vollführte. Zwischen ihren dunkelblonden Brauen erschienen zwei schmale Furchen.

»Das ist doch ein Trick. Bestimmt hast du ihm beigebracht, das zu sagen. Du benutzt dein eigenes Kind als Druckmittel gegen mich, Cousine. Was für eine infante Methode!«

»Das heißt *infame* Methode, Charlotte.« Gillian, Lady Weston, nahm ihren Sohn auf den Arm. »Wenn du nicht sofort die Tür aufschließt und uns gehen lässt, erlaube ich ihm, dich anzupinkeln.«

Das Kind kicherte entzückt. Lady Charlotte di Abalongia, geborene Collins, schnappte entsetzt nach Luft und funkelte ihre Cousine wütend an. »Das wagst du nicht!«

»Gillian? Gillian, wo steckst du? Jetzt ist wirklich nicht der richtige Zeitpunkt, um Versteck zu spielen, Gattin. Wir sollten schon vor einer Stunde gefahren sein!« Es rüttelte am Türknauf.

»Papa, ich muss Pipi!« Dante wand sich in den Armen seiner Mutter.

»Jetzt hast du's geschafft«, verkündete Gillian und trat in kluger Ahnung einige Schritte zurück. »Noble ist verärgert. Ich würde dir raten, nicht an der Tür stehen zu bleiben, weil er sie bestimmt gleich ... «

Als kurz hintereinander mehrmals gegen die Tür geschlagen wurde, zuckte Charlotte erschrocken zusammen.

»... eintritt. Wir sind hier drinnen, Liebster«, rief Gillian. »Charlotte hat leider den Schlüssel verlegt. Wir werden ihn aber bestimmt gleich finden.«

»ICH MUSS PIPI!«

»Wie bitte? Charlotte? Was zum Teufel macht die denn hier? Ich dachte, die wäre vor Jahren mit diesem Italiener durchgebrannt?«

»Ich bin nicht durchgebrannt, wir wollten heiraten!«, bellte Charlotte die Tür an. »Wir haben uns in Paris trauen lassen. Das war sehr *romantisch!*«

»Wie auch immer. Macht die Tür auf! Gillian, wir müssen los. Und zwar *jetzt!*«

»PIPI!«

»Charlotte«, flehte Gillian leise. Charlottes flüchtiger Blick zur Tür verriet zwar eine gewisse Besorgnis, als der Schwarze Earl weiterhin dagegen hämmerte und verlangte, sofort hereingelassen zu werden, doch es war der strenge Unterton in der Stimme ihrer engsten Freundin und liebsten Verwandten, der sie schließlich aufhorchen ließ. »Ich verstehe ja, warum du so aufgewühlt bist, und ich weiß, welch schwere Zeit du in einem schaurigen, verfallenen Schloss in Italien und auf der Heimreise nach England durchgemacht hast – aber, meine liebe Cousine, ich habe einen Sohn, der nicht mehr lange an sich halten kann. Und ich habe zwei weitere Kinder, die mit ihren Kindermädchen voller Ungeduld in der Kutsche auf uns warten, und ich habe einen Ehemann, der«, sie unterbrach kurz, als ein besonders lauter Schwall von Flüchen das noch heftigere Hämmern an der Tür unterstrich, »in diesem Moment den letzten Rest seiner heute ohnehin schon strapazierten Geduld verliert. Also bitte, Char – bitte gib mir den Schlüssel, ehe Noble sich gezwungen sieht, drastischere Maßnahmen zu ergreifen.«

Charlottes Blick sprang von dem zappelnden Jungen zu dem sorgenvollen Ausdruck in Gillians Smaragdaugen. Mit Tränen war sie in der Vergangenheit immer gut gefahren. Wenn sie dieses bewährte Mittel jetzt einsetzte, würde ihre Cousine begreifen, wie ernst es ihr war. Sie wartete auf das vertraute Brennen hinter den Lidern, das ihr verriet, dass ihre kornblumenblauen Augen gleich voller glänzender Tränen stünden, und verlieh ihrer Stimme den Klang tiefster Verzweiflung. »Gilly, ich brauche dich. Wirklich. Du bist alles, was mir geblieben ist. Es gibt sonst niemanden mehr, an den ich mich wenden kann. Dafür hat Vater schon gesorgt. Ich weiß nicht, wo ich hinsoll, und Geld habe ich auch keines mehr. Ich musste den Rest von Mutters Schmuck verkaufen, um mir ein Kleid und das Ticket für die Überfahrt nach England auf dem Handelsschiff kaufen zu können. Du bist die Einzige der ganzen Familie, die noch zu mir hält, und da du auf dem Weg zu den Westindischen Inseln bist …« Ihre Stimme versagte, während sie sich, selbst ein wenig überrascht, dass ihre Krokodilstränen mitspielten, die Feuchtigkeit von den Wangen wischte. »Ach, Gilly, bitte bleib hier. Hilf mir. Ich bin noch nie allein gewesen. Was soll ich denn nur machen?«

Gillian setzte sich das Kind auf die Hüfte und drückte Charlottes Hand. »Du weißt, dass ich alles in meiner Macht Stehende tun werde, um dir zu helfen –«

Charlotte stieß einen Freudenschrei aus und umarmte ihre Cousine, einschließlich des Kindes mit dem dringenden Bedürfnis. »Ich wusste, du lässt mich nicht im Stich!«

Ein gewaltiges Splittern erschütterte den Raum, als Noble Britton, bekannt unter dem (Charlottes Meinung nach untertriebenen) Namen »der Schwarze Earl«, durch die Tür brach, gefolgt von einem großen Mann mit Perücke und Haken anstelle der linken Hand. Zwei Diener in Livree begleiteten sie zu ihrer Unterstützung.

»Geht es euch gut?«, fragte der Earl seine Countess, während er zu ihr eilte.

Sie lächelte ihm beruhigend zu. »Natürlich, Liebster. Charlotte braucht nur noch ein oder zwei Minuten meiner Zeit, dann können wir uns auf den Weg machen.« Sie kam dem Protest zuvor, der sowohl ihrem Mann als auch ihrer Cousine auf der Zunge lag, indem sie das zappelnde Kind in die Arme seines Vaters drückte, ehe sie Charlotte packte und zu einem in der Nähe stehenden Sofa führte, das mit Damast in Smaragd- und Goldtönen bezogen war. »Während du mit Dante zum Klosett gehst, spreche ich kurz mit Char. Crouch, bitte bringen Sie Lady Charlottes Sachen in die Blaue Suite. Sie wird ein Weilchen hierbleiben. Dickon, Charles, die anderen Kutschen sollen losfahren, wir kommen gleich hinterher.«

Noble sah seine Frau fragend an, ehe er die Stirn runzelte und Charlotte mit einem Blick streifte – die froh war, dass dieser sie nur kurz traf, hatte sie doch der finsteren Miene des Earls noch nie viel entgegensetzen können. Als der Junge ankündigte, sich sofort und auf der Stelle zu erleichtern, verließ der Earl mit ihm eilig die Bibliothek.

»Du hast fünf Minuten, dann muss ich los«, erklärte Gillian ihrer Cousine in strengem Ton. »Wenn du möchtest, kannst du gerne hierbleiben, so lange du willst. Was kann ich sonst noch für dich tun?«

Charlotte drehte sich das Herz auf so eigenartige Weise im Leibe herum, dass sie meinte, es wäre ihr in die Schuhe gerutscht. »Du willst gehen? Du willst mich tatsächlich alleinlassen?«

»Ich habe gar keine andere Wahl«, erklärte Gillian ruhig. Im ersten Augenblick versetzte es Charlotte einen Stich, dass ihre Cousine sich einfach davonmachte, doch nach kurzem Überlegen musste sie zugeben, dass Gillian nicht dableiben konnte, während ihr Mann und ihre Kinder zur familieneigenen Kaffeeplantage segelten. Sie verdrängte das schmerzliche Gefühl des Verlassenseins und konzentrierte ihre gesamte Energie darauf zu beschreiben, in welch ein Trümmerfeld sich ihr Leben verwandelt hatte.

»Du hast doch den Brief erhalten, in dem ich dir schrieb, dass Antonio im November am Schweißfieber verstorben ist?«

Gillian nickte. »Und dass du Villa Abalongia verlassen würdest, weil du es nicht leicht mit seiner Familie hättest. Aber du hast auch geschrieben, dass du nach Paris und nicht nach England zurückwolltest.«

Erneut drohten Charlotte die Tränen zu kommen und unattraktiv geschwollene, rote Augen sowie eine Nase zu hinterlassen, die sicherlich kräftig geputzt werden müsste. »Und ich besitze nicht mal mehr ein Taschentuch«, jammerte sie, als sie die Tränen nicht länger zurückhalten konnte. Es geschah selten, dass Charlotte echte Tränen vergoss, und sie fühlten sich genauso unangenehm an, wie sie ihr in Erinnerung waren. »Alles ist weg, alles! Die Contessa hat mir alles weggenommen und ihren beiden garstigen, fetten Töchtern gegeben. Sie sagte, dass ich meine feinen Kleider ja nicht bräuchte, solange ich um Antonio trauere, dass ich auf einem winzigen Bauernhof in den Bergen leben und eine Herde stinkender Ziegen hüten sollte und dass man mich nicht mehr in Florenz haben wollte, da ich kein richtiges Familienmitglied wäre, weil ich Antonio keinen Erben geschenkt hätte!«

»Das war wirklich sehr grausam von ihr.«

»Ja«, stimmte Charlotte schniefend zu. »Das war es. Zumal es nicht meine Schuld war. Ich hätte doch gar nichts gegen ein Kind gehabt – deine scheinen dir so viel Freude zu bereiten –, aber Antonio weigerte sich, seinen ehelichen Pflichten nachzukommen.«

Gillian riss die Augen auf. »Er … er hat sich geweigert?«

Charlotte nickte, während sich ihre Augen bei der Erinnerung an diese himmelschreiende Ungerechtigkeit aufs Neue mit Tränen füllten. »Er musste sich furchtbar anstrengen, um die Ehe zu vollziehen. Und nach diesem einen Mal … ach, Gilly, danach hat er es nicht mal mehr versucht. Und die Contessa hat mir ständig vorgeworfen, dass ich *meinen* Pflichten nicht richtig nachkäme! Dabei habe ich es versucht, immer wieder! Ich habe unzüchtige Nachthemden getragen und ihm so manches Mal erlaubt, mich noch im Negligé anzutreffen. Sogar eine Metze habe ich um Rat gefragt, um die Leidenschaft von Antonios bestem Stück zu entfachen, aber ohne Erfolg. Sein Ding hat all meinen Bemühungen widerstanden. Ich glaube, es hat mich gehasst«, fügte sie niedergeschlagen hinzu.

»Nein, ich bin sicher, es war nicht –«

»Es wollte nicht mal für mich zucken!«

»Aber, Charlotte.« Gillian wirkte peinlich berührt. »Das ist doch kein Tier, dem man beibringt, auf Kommando zu springen.«

»Das weiß ich ja, aber die Metze sagte, es sollte wenigstens hin und wieder zucken und nicht nur so schlaff und lustlos wie ein nasses Handtuch daliegen. Es hat sich nicht das kleinste bisschen für mich interessiert. Wenn das nicht grausam und dickköpfig von seinem Ding war, dann weiß ich es auch nicht!«

Gillian blinzelte ein- oder zweimal, ehe sie ihrer Cousine tröstend den Arm tätschelte und ihr ein spitzenumsäumtes Taschentuch reichte. Charlotte sah es traurig an. »Solche Taschentücher habe ich auch mal besessen«, weinte sie, ehe sie sich die Augen abtupfte und dann äußerst unfein ausschnaubte. »Aber diese gemeine Frau hat sie mir genommen wie alles andere auch, selbst meinen Ehemann!«

»Ach, seiner Zuneigung für dich hat sie dich bestimmt nicht beraubt –«

»Seiner Zuneigung nicht«, schniefte Charlotte laut. »Er hat mich wirklich sehr gemocht, obwohl er es vor der Contessa nicht so gezeigt hat. Nein, sie hat ihn mir entrissen und seiner schwachen Lungen wegen in eine grässliche Kleinstadt am Mittelmeer geschickt. Und dort ist er dann gestorben!«

»Char, das mit Antonio tut mir sehr leid. Ich weiß, du musst ihn sehr geliebt haben …«

Charlotte hörte auf, sich die Augen zu trocknen, und blickte sie mit großem Erstaunen an. »Geliebt? Wie kommst du denn darauf?«

Gillians tröstende Hand verharrte. »Nun ja … ich meine … du bist doch mit ihm durchgebrannt! Du hast allen Freiern einen Korb gegeben und dich heimlich mit dem Sohn eines unbedeutenden italienischen Edelmannes davongemacht. Warum hättest du alles aufgeben sollen, was dir lieb und teuer war, wenn nicht aus inniger Liebe?«

»Ach das«, erwiderte Charlotte mit einer wegwerfenden Geste und befühlte vorsichtig den Bereich um ihre Augen, um sich zu vergewissern, dass die soeben vergossenen Tränen keine Spuren hinterlassen hatten. »Ich hatte meine dritte Saison, und die Freier jenes Jahres sagten mir alle nicht zu. Antonio aber war wie der Held in *Schloss Moldavia oder Das Gespenst des Tanzmeisters*. Er war ja so romantisch. Vater aber war viel zu stolz und zu vornehm, um mir die Ehe mit ihm zu erlauben. Stattdessen drohte er, mich zu enterben, sollte ich nicht einen angemessenen Verehrer heiraten. Vater wurde immer anstrengender und die Saison so langweilig, dass ich schließlich das einzig Opptutune tat.«

»Das einzig Opportune?«, korrigierte Gillian automatisch und betrachtete ihre Cousine mit ungläubigem Staunen. »Willst du damit sagen, du hast dich für die heimliche Heirat entschieden, obwohl du wusstest, dass dein Vater gegen deinen Ehemann war und dich enterben würde und dass deine skandalöse Flucht dir die Rückkehr in die Gesellschaft für alle Zeiten verwehren würde? Und das alles nicht aus Liebe, sondern nur, weil dir *langweilig* war?«

Charlotte zog die Stirn kraus. »Erschweren vielleicht, aber nicht für alle Zeiten verwehren. Und was hat das überhaupt miteinander zu tun? Du hast gesagt, du würdest mir helfen. Ich glaube kaum, dass es mir hilft, wenn wir die mir zugestandenen fünf Minuten damit verschwenden, über die letzten vier Jahre zu streiten. Ich wüsste nicht, welchen Sinn es hätte, mich für etwas zu tadeln, das einige Leute als romantisch und kühn …«

»Sowie rücksichtslos, töricht und überstürzt …«

»… betrachten«, beendete Charlotte, wobei sie die Unterbrechung ignorierte. »Wie ich bereits sagte, ich weiß einfach keinen Ausweg aus diesem fürchterlichen Totuwabotu.«

»Tohuwabohu.« Gillian nagte einen Moment lang an ihrer Unterlippe. Charlotte beobachtete sie voller Hoffnung; immer wenn dieses besondere Leuchten in die Augen ihrer Cousine trat, ersann sie einen ihrer brillanten Pläne. »Was ist mit Lord Collins?«

»Matthew?«, schnaubte Charlotte. »Er ist aus demselben Holz geschnitzt wie Vater. Nach Vaters Tod vor fast vier Jahren hat Matthew es sich zur Aufgabe gemacht, die gesellschaftliche Neun über mich zu verhängen.«

»Gesellschaftliche Acht, Char. Du könntest dir wirklich etwas mehr Mühe geben, die richtigen Worte zu benutzen.«

»Papperlapapp! Sprache sollte flüssig sein; sie sollte *mir* dienen, und nicht ich *ihr*. Und schweif bitte nicht ab, mir bleiben nur noch wenige Minuten. Nachdem Antonio seiner schweren Krankheit erlegen war, habe ich Matthew geschrieben, aber alles, was ich von ihm zur Antwort bekam, war eine knappe Nachricht, in der stand, dass ich jetzt das ernten würde, was ich gesät hätte. Vonseiten meines Bruders oder der übrigen Familie habe ich also keinerlei Hilfe zu erwarten.«

»Hmmm. Tja, du hast natürlich ein paar Vorzüge, auf die wir aufbauen können …«

Charlottes dunkle Wimpern flackerten, als sie mit einem bescheidenen Lächeln den Blick auf ihre Hände sinken ließ, eine in ihren Augen äußerst einnehmende Geste. »Gewiss doch; nett, dass du das sagst, vor allem wenn man bedenkt, dass momentan zierliche, blonde Schönheiten gefragt sind, und keine rothaarigen Amazonen mit grünen Augen wie du.«

Gillian sah sie verblüfft an. Charlotte ließ ihre Grübchen auf eine – wie ihr die Herrenwelt schon mehrfach bescheinigt hatte – ausgesprochen entzückende Art und Weise zum Vorschein kommen. »Mein Äußeres also.«

Die Verblüffung in Gillians Gesicht wurde noch deutlicher, als ihre Cousine erklärte: »Du hast von meinen Vorzügen gesprochen, liebste Cousine! Es würde sich nicht schicken, jetzt meine vielfältigen Reize hervorzuheben, doch so überaus bescheiden, dass ich mir ihrer nicht bewusst wäre, bin ich nun auch wieder nicht. Wie du dich vielleicht erinnerst, hat Lord Darnley sogar ein Sonett über meine Augen geschrieben.«

Gillian stöhnte. »Ach das.«

»Er nannte sie kristallklare Tiefen des Azurs, was auch immer das ist. Und Lord Beckstand hat tatsächlich einmal mehrere Zeilen über den goldenen Glanz meines blonden Haars verfasst.«

»Azur bedeutet himmelblau, aber ich habe gar nicht von so etwas Trivialem wie deinem Äußeren geredet, Char. Vielmehr meinte ich deine Werte, deine *inneren* Werte.«

»Trivial!« Diese Herabwürdigung ließ Charlotte erschaudern. »Trivial! Gillian, die Ehe hat dir die Sinne verwirrt! Das Aussehen eines Menschen kann man doch wohl nicht als trivial bezeichnen. Ohne ein ansprechendes Äußeres hat man schließlich keine Verehrer! Keine *inamoratos!* Man wäre ein gesellschaftlicher Außenseiter! Man würde nicht zu Bällen, Abendgesellschaften oder einem geselligen Frühstück eingeladen! Man könnte nicht einmal die Oper oder das Theater besuchen und auch nicht erwarten, von Leuten mit Niveau und Geschmack empfangen zu werden …«

Gillian nickte, noch ehe Charlottes Worte verhallt waren. »Sehr richtig. Du bist der Liebreiz in Person und befindest dich dennoch in einer Lage, die ganz genau der entspricht, die du beschrieben hast; daher meine Bemerkung über die Trivialität von etwas so Oberflächlichem wie der Schönheit. Für dich ist es jetzt wichtig, dich auf deine Vorteile zu besinnen, das heißt, auf deinen Status als Witwe, deine gute Herkunft, deine angenehme Art und …«, sie holte tief Luft, »… deine Bereitschaft, wieder zu heiraten.«

»Heiraten?« Charlotte sah ihre Cousine überrascht an. »Wer hat denn hier von Heirat gesprochen? Soeben hast du gesagt, dass meine Witwenschaft ein Vorteil wäre. Warum also sollte ich sie aufgeben?«

Gillian warf einen flüchtigen Blick zur Tür. Vom Flur her waren Stimmen zu hören. »Charlotte, da deine Auswahlmöglichkeiten recht eingeschränkt sind, bemühst du dich jetzt entweder, den Zwist mit deiner Familie beizulegen …«

»Das habe ich ja versucht. Aber Matthew ist genauso ein Dickschädel, wie Vater einer war.«

»… oder du begleitest uns auf die Westindischen Inseln …«

Charlotte stöhnte missbilligend auf. »Da ist es mir zu heiß. Ich würde den ganzen Tag transpirieren, und was kann es Schlimmeres geben als andauernde Transpiration?«

»… oder du nimmst eine Anstellung als Gesellschafterin einer älteren Dame an …«

Dieser Vorschlag wurde mit einem wenig damenhaften Schnauben quittiert.

»… oder du heiratest wieder.«

Charlottes Stirn legte sich in Falten, während sie das triste olivgrüne Kleid glatt strich, das sie für die Reise nach England von ihren begrenzten Mitteln erstanden hatte. »Heiraten. Ans Heiraten hatte ich eigentlich nicht gedacht. Ich wollte nur zurück nach Hause. Heiraten bedeutet doch … na ja, einen Ehemann zu haben, nicht wahr? Ich weiß nicht, ob ich noch einmal einen Mann haben möchte.«

»Na schön, aber was möchtest du dann?«

Charlotte zog einen Schmollmund. »Ich will das, was ich hatte, bevor Antonio mich gepackt und auf dieses gottverlassene italienische Schloss verschleppt hat. Ich will die unangefochtene Königin der Saison sein, ich will einen Schwarm von Verehrern um mich haben, ich will schöne Kleider und ich will tanzen und verstohlene Küsse im Garten!«

»Aber du bist keine achtzehn mehr, Charlotte«, gab ihre Cousine zu bedenken. »Du bist jetzt eine erwachsene Frau. Da verlangt es dich doch gewiss nach Bedeutsamerem als nach dem Glanz und Glitter der vornehmen Gesellschaft.«

»Was ist denn falsch an diesem Glitter?«, fragte Charlotte, deren pikierte Miene sich in ein Stirnrunzeln verwandelte. »Es ist eine strahlende, funkelnde Welt, die hübsch anzusehen ist. Und sie ist unterhaltsam.«

»Und oberflächlich, inhaltslos und absolut unwichtig. Ach, Char. Ich möchte ja, dass du glücklich bist, aber ich weiß beim besten Willen nicht, wie das gehen soll, wenn du nur –«

»GILLIAN!«

Gillian erhob sich, als die Stimme aus der Halle an Schärfe gewann. »Verflixt! Ich muss jetzt wirklich gehen. Es tut mir leid, dass ich dir nicht helfen kann. Crouch und das übrige Personal werden sich um dich kümmern, solange du hier bist. Bleib in Britton House, solange du willst. Ich sorge dafür, dass dir die Haushaltsmittel zur Verfügung stehen. Und solltest du irgendwie in Bedrängnis geraten und einen Rat brauchen, schreib mir.«

»Es wird eine Ewigkeit dauern, bis ich eine Antwort von dir bekommen werde, und außerdem würdest du mich ohnehin nur bevormunden und mir Ratschläge geben, mit denen ich nichts anfangen kann.« Charlotte zupfte an der hässlichen Zierkante ihres ebenso hässlichen Kleides und versuchte, ihre Cousine nicht um das elegante grün-weiß gestreifte Kleid mit dem passenden grünen Besatz zu beneiden.

»Es würde dir keineswegs schaden, wohlgemeinte Ratschläge anzunehmen, Charlotte. Denk darüber nach, was ich gesagt habe – ich wünsche mir wirklich keine nächste unglückliche Ehe für dich, aber ich sehe beim besten Willen keinen anderen Ausweg als eine Wiederheirat.«

Charlotte nickte traurig und begleitete Gillian in die Halle. Zum Abschied gab sie ihr und Dante einen Kuss auf die Wange und bemühte sich, unter dem ernsten und missbilligenden Blick des Earls nicht zusammenzuzucken. Sie rang sich ein Lächeln ab, als sie der letzten ihr wohlgesinnten Verwandten nachwinkte, die in einer eleganten schwarz-roten Kutsche davonfuhr.

»Sie lässt mich doch tatsächlich mit niemandem als einem Haufen Diener allein zurück. Verflixt!«, fluchte Charlotte, als die Kutsche verschwand.

»Das könn Se laut sagn«, murmelte eine Stimme hinter ihr. Als sie herumwirbelte, um den Urheber dieser Worte zu maßregeln, blickte sie in die Unschuldsmienen des in Reih und Glied angetretenen Personals.

»Hmph«, schnaubte sie und beäugte die versammelte Dienerschaft. »So gern ich angesichts meiner verzweifelten und tragischen Lage auf der Stelle in Tränen ausbrechen würde, hebe ich mir meine wohlverdiente Melancholie für später auf. Jetzt haben andere Dinge Pietät. Crouch, bringen Sie mir Briefpapier, und sorgen Sie dafür, dass die Lakaien bereitstehen.«

»Äh … mein Se etwa Priorität, M'lady?«

Charlotte bedachte den Mann mit dem Blick, mit dem sich Graveltoes, der Butler ihres Vaters, immer hervorragend hatte einschüchtern lassen, doch der von den Westons beschäftigte Riesenpirat war anscheinend aus härterem Holz geschnitzt. Kein Zweifel, dass ihm sein Greifhaken ein Gefühl der Überlegenheit vermittelte. »Ich begreife nicht, warum Sie und Gillian sowie viele andere auch so viel Aufhebens wegen etwas so Unwichtigem wie der Sprache machen, Crouch. Das kann doch nicht gesund sein. Ich gebe Ihnen den dringenden Rat, damit aufzuhören. Und glauben Sie bloß nicht, bei mir könnten Sie sich so aufführen wie bei Gillian. Da sind Sie bei mir an der falschen Adresse. Mir reicht's allmählich. Immerhin plane ich meine grandiose Rückkehr in die Salons und Ballsäle der Crème de la Crème der Gesellschaft.«

Sie scheuchte Crouch davon und stapfte nach oben, um Gillians privates Wohnzimmer in Beschlag zu nehmen. Nach dem Skandal ihres Durchbrennens mit Antonio würde es nicht leicht werden, sich in der Gesellschaft wieder zu etablieren, andererseits lag dieses Ereignis bereits vier Jahre zurück, sodass die Leute die pikanten Einzelheiten vermutlich längst vergessen hatten. Mit ein wenig Geschick und Süßholzgeraspel an der richtigen Adresse würden ihr bestimmt schon bald wieder sämtliche Türen offen stehen. Auch wenn es nicht angenehm werden würde, sich die Leviten von jenen älteren Damen lesen zu lassen, die sie vor all den Jahren als töricht und starrköpfig bezeichnet hatten – ein paar Bemerkungen wie »Ich hatte Sie gewarnt!« würde sie zur Not ertragen können. Außerdem waren es die Herren, denen ihr Augenmerk zu gelten hätte – schließlich besaß sie Charme und Temperament, und obwohl ihre Cousine den Nutzen eines hübschen Gesichts und schlanker Fesseln infrage stellte, hatte sich für Charlotte eines immer wieder bestätigt: dass sie alles haben konnte, was sie wollte, wenn sie nur kräftig mit den Wimpern klimperte und ihre Grübchen zeigte.

»Das wird ein Kinderspiel«, prophezeite sie, als sie sich setzte, um einige Briefe zu schreiben.

»Ich fasse es nicht! Ich fasse es nicht! Was untersteht sie sich, mir einen Korb zu geben! Wie kann sie es wagen, mir zu schreiben, dass ich auf ihrem dummen Maskenball nächste Woche nicht willkommen bin! Was fällt ihr ein zu behaupten, niemand, der etwas auf sich hält, wolle noch etwas mit mir zu tun haben!« Charlotte zerriss ein cremefarbenes Blatt Papier und warf die Schnipsel in den kalten Kamin. »Wer hätte gedacht, dass Lady Jersey ein Gedächtnis wie ein … ein … ein Löwe hat?«

»Wie ein was?«

Charlotte winkte mit beiden Händen ab, während sie vor der Besucherin hin und her lief, die auf dem kleinen blau-goldenen Brokatsofa im Wohnzimmer ihrer Cousine saß.

»Wie ein Löwe, Caro, ein Löwe. Du weißt doch, diese riesigen grauen Biester, die in Afrika leben. Sie besitzen ein erstaunliches Gedächtnis.«

Lady Caroline Beverly wirkte etwas verwirrt. »Bist du sicher? Der Löwe, den ich einmal im Zirkus gesehen habe, hatte ein gelbbraunes Fell und war nicht größer als ein Pony.«

Charlotte drehte auf dem Absatz um und kehrte zum Kamin zurück. »Braun, grau, was macht das schon für einen Unterschied! Sie stammen aus Afrika und haben ein hervorragendes Gedächtnis. So wie Lady Jersey.«

Caroline runzelte die Stirn. »Ich dachte, Lady Jerseys Familie stammt aus Devonshire.«

Charlotte hielt inne, stemmte die Hände in die Hüften und funkelte ihre Freundin empört an. »Was um alles in der Welt hat denn Lady Jerseys Familie damit zu tun?«

»*Du* hast doch von ihr geredet! *Du* hast gesagt, sie stammten aus Afrika, genau wie die Löwen.«

»Manchmal, meine liebe Caro«, sagte Charlotte und sog geräuschvoll den Atem ein, »bedaure ich es, nach England zurückgekehrt zu sein. *Gedächtnis*, Caro, ich habe Lady Jersey mit einem Löwen verglichen, weil er so ein hervorragendes *Gedächtnis* besitzt. Genau wie sie.«

»Ach, tatsächlich? Wofür denn?«

Charlotte warf die Hände in die Luft und setzte ihre Wanderung fort, wobei sie sich ermahnte, nicht über die einzige Person herzufallen, die auf ihr Hilfegesuch reagiert hatte. »Ich kann es mir nicht erlauben, wählerisch zu sein«, brummte sie leise.

»Nein, du hast gesagt, du wärst mittellos, aber das erklärt nicht, warum du dich so wegen Lady Jerseys Gedächtnis aufregst.«

Charlotte atmete tief und langsam ein und ließ sich neben Lady Caroline auf dem kleinen Sofa nieder. »Caroline, jetzt hör mir mal gut zu. Du erinnerst dich doch daran, dass ich England vor vier Jahren verlassen habe, um den ältesten Sohn des Conte di Abalongia zu heiraten?«

Caroline nickte. »Ja, natürlich. Was für ein Skandal! Damals sagte Mutter, die Geschichte würde kein gutes Ende nehmen und dass auch du böse enden würdest und dass ich es mir bloß nicht einfallen lassen sollte, mit meinem Zeichenlehrer Raoul durchzubrennen, was ich natürlich nie vorgehabt hatte, weil doch mein geliebter Algernon kurz davor war, um meine Hand anzuhalten, und warum sollte ich ausreißen und einen Zeichenlehrer heiraten wollen, wenn ich doch stattdessen Viscountess werden konnte? Auch wenn Raouls Schnurrbart sehr attraktiv war – erinnerst du dich noch? Die spitzen Enden waren einfach wundervoll. Und als ich mich einmal bewundernd über den Bart von Sir Ralph Henderson äußerte, wollte mein geliebter Algernon sich mir zuliebe ebenfalls einen Schnurrbart stehen lassen. Leider hatte er kein Glück damit, obwohl ich ihm getreulich Abend für Abend seine Lippe mit Pomade eingerieben habe.«

Charlotte spürte, wie ein schwaches Pochen hinter ihrer Stirn einsetzte. Sie öffnete ein Fenster, das auf den winzigen

Garten hinausging, und genoss die herrliche Sommerluft, deren Duft nur durch den allgegenwärtigen Kohlengeruch leicht getrübt wurde.

»Ich muss gestehen, ich war froh, als er es aufgab. Die Pomade enthielt Knoblauch, und du kannst dir sicher vorstellen, dass es unmöglich ist einzuschlafen, wenn neben dir im Bett jemand liegt, der nach Knoblauch riecht.«

Charlottes Kopfschmerzen wurden stärker. »Caroline, meinst du, wir könnten zum Thema zurückkommen, nämlich, dass Lady Jersey auf Schritt und Tritt ihr Gift verspritzt, indem sie überall die Erinnerungen an meine damalige romantisch-kühne Flucht auffrischt?«

»Oh, aber Lady Jersey ist doch gar nicht diejenige, die hier Gift verspritzt«, widersprach Caroline, während sie das weiche graue Ziegenleder ihrer Handschuhe glättete. »Zumindest hat das mein lieber Algernon gesagt, als wir vor zwei Tagen in der Oper waren, wo er sich mit Lord Collins unterhalten hat. Hast du deinen Bruder überhaupt schon gesehen, seit du wieder zu Hause bist? Er hat so einen wundervollen Schnäuzer und ein ganz kurzes Kinnbärtchen, was ich eigentlich gar nicht mag, trotzdem wirst auch du diesen Schnurrbart bestimmt für den letzten Schrei halten. So wird er jetzt von vielen Gentlemen getragen. Von meinem geliebten Algernon natürlich abgesehen. Ich habe ihm gesagt, dass ich nicht noch mehr schlaflose Nächte wegen dieses fürchterlichen Knoblauchgestanks verkraften kann.«

Charlotte runzelte vor lauter Konzentration die Stirn, als sie den Gedankensprüngen ihrer Freundin zu folgen versuchte. »Was hat mein Bruder zu Lord Beverly gesagt?«

»Über seinen Schnurrbart? Nun, anscheinend verwendet er eine spezielle Pomade aus dem Drüsensekret eines –«

»Nein, was hat Matthew über mich gesagt?«

Caroline schürzte die Lippen, während sie die dunklen, staubigen Gänge ihres Gedächtnisses durchsuchte. »Ach so, das. Als mein geliebter Algernon erwähnte, dass ich die Absicht hätte, dich heute zu besuchen, hat Lord Collins ihm gesagt, dass er mir dies unter keinen Umständen erlauben dürfe und dass dein Vater nach ›jenem Vorfall‹ für deine Verbannung aus der Gesellschaft gesorgt hätte und dass dein Bruder es als seine heilige Pflicht betrachte, den Wünschen seines Vaters nachzukommen, und dass er an Lady Jersey und andere wichtige Damen herantreten werde, um sie seine Einstellung wissen zu lassen. Wie du siehst, trifft Lady Jersey gar keine Schuld, dass du gestern so oft geschnitten wurdest, als du unterwegs warst. Ich nehme an, dies alles ist vielmehr das Werk deines Bruders.«

»So ein Unmensch!«, fauchte Charlotte und ballte die Fäuste, während sie zum Kamin stapfte. Nachdem sie ein Mal hart mit dem Fuß aufgestampft hatte, fühlte sie sich auch nicht besser, also wirbelte sie herum und marschierte zum anderen Ende des Zimmers, wobei sie vor Zorn nur so sprühte. »Ich wusste zwar, dass er mich nicht mit offenen Armen wieder in die Familie aufnehmen würde, aber meine Aussichten darauf bewusst zu schmälern, nun, das ist … das ist … das ist ein Dasester!«

»Ein Desaster.« Caroline nickte. »Zumal du all deine Hoffnungen an deinen Plan knüpfst, einen Ehemann zu finden. Welcher Gentleman wird noch um deine Hand anhalten wollen, wenn er erfährt, dass sich dein eigener Bruder von dir abgewandt hat?«

Charlotte stieß ein leises Knurren aus und marschierte an der Besucherin vorbei, wobei sie zwei Finger an die Stirn presste.

»Natürlich könntest du immer noch außerhalb der vornehmen Kreise nach einem Ehemann suchen«, räumte Caroline zaghaft ein.

Charlotte blieb abrupt vor ihr stehen und blickte sie aus schmalen Augen stolz an. »Hüte deine Zunge, Caro! Ich bin die Tochter eines Earls, die Witwe des Erben eines Counts, und ich werde die Frau eines Edelmannes werden, komme, was da wolle! Nein, ich werde mich nicht außerhalb der feinen Gesellschaft umsehen, sondern es meinem Bruder zeigen.«

Carolines dunkelgraue Augen verrieten plötzliches Interesse. »Wie willst du das anstellen?«

»Es ist doch offensichtlich, dass er meine Rückkehr nach London nicht stillschweigend hinnimmt. Vielmehr hat er eindeutig damit begonnen, mir ganz gezielt meinen rechtmäßigen Platz vorzuenthalten, indem er mich in seinen Clubs aufs Übelste verleumdet und alle Junggesellen vor mir warnt.«

»Ich könnte meinen Algernon fragen, ob er irgendetwas gehört hat«, bot Caroline ihr an.

»Mmm.« Charlotte zwirbelte ihr geliehenes Taschentuch, während sie sich wieder in Bewegung setzte und dabei fieberhaft nachdachte. »Es muss doch jemanden geben, den Matthews Plan keinen Schmetterling kümmert. Wer hält sich gerade in der Stadt auf, Caro? Ich meine natürlich nur unverheiratete, wohlhabende Herren mit einem Titel.«

»Pfifferling.«

»Was?«

»Man sagt, keinen *Pfifferling* kümmert, nicht *Schmetterling*.«

Charlotte blieb stehen und blickte Caroline vernichtend an. »Du jetzt also auch noch? Was ist nur passiert, als ich in Italien war? Wurdet ihr alle von einer Art Sprachenseuche befallen?«

»Aber –«

»Wolltest du mir nun helfen oder nicht?«

»Ja, sicher, aber –«

»Selbst nachdem mein Bruder deinen Mann vor einem Treffen zwischen dir und mir gewarnt hat?«

»Ja, ich habe dir doch gesagt, ich hätte Algernon versichert, dich träfe überhaupt keine Schuld –«

»Dann konzertiere deine Gedanken bitte auf Wichtigeres, statt dich über solche Nichtigkeiten wie einzelne Worte auszulassen!« Für einen Moment ruhte Charlottes durchdringender Blick auf ihr, ehe sie sich zum Fenster wandte und mehrmals tief Luft holte, um sich zu beruhigen.

»Konzentrieren, nicht konzertieren«, stellte Caroline leise fest.

Charlotte warf sich herum. »*Was*?«

Caroline errötete und ließ den Blick auf die zwischen ihren Fingern verdrehten Handschuhe sinken. »Nichts. Was willst du über die ledigen Gentlemen wissen?«

»Alles. Wer sich zurzeit in der Stadt aufhält, wer Vermögen und einen Titel besitzt, und natürlich ob wir gemeinsam ein gutes Bild abgäben.«

»Ob ihr gemeinsam ein gutes Bild abgeben würdet?«, wunderte Caroline sich.

»Ja, doch, ob wir gemeinsam ein gutes Bild abgeben würden! Ich meine, ob wir vom äußeren Erscheinungsbild her zusammenpassen. Ob wir einmal gut aussehende Kinder haben. Ich brauche unbedingt einen Mann, der mir gut aussehende Kinder schenkt. Kannst du dir vorstellen, hässliche Kinder zu haben?« Sie erschauderte. »Das kommt überhaupt nicht infrage. Und deshalb brauche ich einen Mann, der nicht nur über Vermögen und eine angemessene gesellschaftliche Stellung verfügt, sondern auch über ein Äußeres, das gut zu meinem passt.«

Caroline starrte sie mit offenem Mund an.

»Nun mach schon, Caro. Ich habe nicht den ganzen Tag Zeit.

Schließlich muss ich Pläne schmieden. Welcher der Junggesellen in der Stadt verfügt über genügend Kapital, einen passenden Titel und ein annehmbares Äußeres, um meinen Ansprüchen gerecht zu werden?«

Carolines Mund klappte hörbar zu. »Ich … du … also … da wäre Sir Everett Dillingham.«

Charlotte setzte sich aufs Sofa und griff nach dem Fächer, der dort abgelegt worden war, und wedelte sich Luft zu. »Everett? Der lebt noch? Zu alt, Caro, viel zu alt. Der muss doch schon mindestens vierzig sein! Lass dir jemand Jüngeren einfallen.«

»Hm.« Caroline biss sich nachdenklich auf die Lippen. »Da hätten wir noch den Sohn des Marquis von Chilton. Er erfreut sich großer Beliebtheit.«

»Sein ältester Sohn? Der Earl von Bramley? Ich dachte, der hätte Lucy Gordonstone geheiratet?«

»Nicht sein ältester Sohn, sondern sein jüngster. Lord Thomas.«

Charlotte starrte ihre Freundin entsetzt an. »Thomas? Der ist erst neunzehn!«

»Du hast doch gesagt, du wolltest jemanden, der jünger ist.«

»Aber doch nicht infantil! Ich bin dreiundzwanzig, Caro. Ich möchte einen Mann meines Alters und keinen, der noch feucht hinter den Ohren ist!«

»Tut mir leid, aber da fällt mir niemand ein.«

Charlotte schloss geräuschvoll den Fächer. »Dann streng dich an. Es muss doch jemanden geben, dessen Titel, Vermögen und Aussehen mich zufriedenstellen.«

»Tjaaa«, sagte Caroline gedehnt, während sie ihrer Freundin argwöhnisch in die Augen blickte. »Ich habe von einem Gentleman gehört, der in der Stadt weilt und dir gefallen könnte, aber er lässt sich nur selten bei Veranstaltungen sehen.«

»Umso besser«, lächelte Charlotte und ließ ihre Grübchen aufblitzen. »Dann wird er nichts dagegen einzuwenden haben, wenn ich in der Gesellschaft Furore mache, so wie es mir zusteht. Wie heißt er?«

»Er soll schrecklich aufbrausend sein, und von Mutter weiß ich, dass er schon mal ein Duell wegen eines Frauenzimmers hatte.«

»Das zeigt, dass er leidenschaftlich ist und für Bettgeschichten durchaus etwas übrig hat. Ich kann dir versichern, dass er eine nette Abwechslung zu Antonio sein wird. Wer ist dieser Gentleman?«

»Da er ein Earl ist, haben ihn viele Mütter ins Visier genommen«, warnte Caroline. »Du wirst eine Menge Konkurrenz haben.«

Charlottes Grübchen gruben sich noch tiefer in ihre Wangen. »Das lass nur meine Sorge sein. Nun sag schon, wer ist dieser beeindruckende Earl?«

Caroline zögerte einen Moment. »Jemand, mit dem du vor fünf Jahren schon einmal zu tun hattest.«

»Ach, tatsächlich?« Charlotte klopfte nachdenklich mit den Fingern auf die Lehne des Sofas. »Ein Earl? Ich kann mich nicht erinnern, einen Earl unter meinen Bewunderern gehabt zu haben, bevor ich Antonio kennenlernte. Wie ist sein Name?«

»Streng genommen zählte er auch nicht zu deinen Bewunderern«, erklärte Caroline bedächtig. »Das Interesse war eher einseitig ...«

Langsam formte sich ein Gesicht in den Tiefen von Charlottes Gedächtnis, ein schmales, markantes Gesicht, das nach herkömmlichen Maßstäben vielleicht nicht schön, doch sehr prägnant wirkte, ein Gesicht, das sie in den vergangenen fünf Jahren immer wieder in ihren Träumen vor sich gesehen hatte.

»... obwohl es durchaus einige gab, die meinten, du würdest das Unmögliche schaffen und ihn dazu bewegen, dir einen Heiratsantrag zu machen ...«

Am stärksten waren ihr seine Augen in Erinnerung geblieben. Ein tiefes Saphirblau, zuweilen so dunkel wie Indigo, die Iris umgeben von einem ausgeprägtem schwarzen Ring. Sein Blick war imstande gewesen, selbst die perfekteste Fassade zu durchschauen und tief in die dahinter liegende Seele zu blicken.

»... doch dann hat deine Cousine geheiratet, und er ist auf seinen Landsitz nach Schottland zurückgekehrt. Ich rede natürlich von –«

»Alasdair McGregor, Lord Carlisle«, hauchte Charlotte und kam Caroline knapp zuvor.

»Ja«, bestätigte Caroline, während sie ihre Freundin sehr genau beobachtete. »Der einzige Mann, der in jener Saison dein Interesse erregt hat.«

»Alasdair«, murmelte Charlotte und hatte das Bild des attraktiven Schotten wieder vor Augen. »Er war so überaus gut aussehend, so schneidig, so geheimnisvoll. Jede Frau hat seine Aufmerksamkeit erringen wollen, und jede wollte an seinem Arm gesehen werden.«

»Du schienst ihm zu gefallen«, ergänzte Caroline langsam.

Charlotte schloss die Augen. Ihr schwindelte leicht, als sie daran dachte, was sie beim Tanzen mit ihm empfunden hatte. Oder als sie auf der Kutschfahrt durch den Park neben ihm gesessen hatte. Für einen kurzen Moment hatte sie geglaubt, er würde sie küssen, doch sie waren gestört worden, ehe sie hatte herausfinden können, wie sich seine Lippen auf ihren anfühlten. »Alasdair McGregor. Er hatte alles, was ich mir von einem Mann wünschte.«

Sie öffnete die Augen und sah Carolines wissenden Blick auf

sich gerichtet. Entschlossen stand Charlotte auf und trat ans Fenster. Wie blind starrte sie in den Garten. »Und daran hat sich nichts geändert.«

2

Alasdair McGregor fühlte sich verfolgt.

Ein Gefühl, das seit seiner Ankunft vor wenigen Tagen in London zu seinem ständigen Begleiter geworden war. Es war seltsam, aber jeden Morgen vertrat sich eine andere junge Dame den Fuß vor seinem Haus (was sie dazu zwang, sich eine gewisse Zeit lang in seinem Haus erholen zu müssen). Und wenn er des Nachmittags einen Ausritt durch einen der Parks Londons unternahm, geschah es hin und wieder, dass eine Frau in einen der zahlreich vorhandenen Teiche oder Tümpel stürzte und wild um sich schlagend laut um Hilfe rief. Und die Abende endeten damit, dass sich leicht bekleidete Witwen in sein Bett stahlen und sich ihm anboten, und zwar ungeachtet der banalen Frage, ob er sie zu sich eingeladen hatte oder ihm der Sinn – oder was auch immer sonst – danach stand.

Dare – er führte den Titel des siebten Earls von Carlisle – hatte in seinem Leben bereits zweiunddreißig Sommer erlebt und war von einer auffallend kräftigen Statur, bei deren Anblick sich seine ungebetenen weiblichen Gäste die Lippen leckten. Vermutlich in der Vorfreude auf das zu erwartende Vergnügen in seinem Bett. All diese Eigenschaften sorgten dafür, dass die Damenwelt ihn als Freiwild betrachtete, vor allem jene Damen, die auf der Suche nach einem Ehemann waren.

»Batsfoam?«

»Ja, Mylord?«

»Ich spüre ein seltsames Kribbeln im Nacken.«

»Schon wieder, Mylord?«

»Ja, leider. Ist sie irgendwo zu sehen?«

Der Butler, der seinem Herrn einen Schritt weit entfernt hinterherhinkte, blieb stehen, um die Straße zu inspizieren. Mit einem leidgeprüften Seufzen und kummervoller Miene wandte er sich dann Carlisle zu. »Südsüdwest, Mylord. In einem Phaeton, dessen Rosa so unglaublich grell ist, dass es in den Augen sticht.«

Dare fluchte leise und machte längere Schritte… »Das muss Mrs Benton sein. Sie versucht schon seit drei Tagen, meine Aufmerksamkeit zu erringen. Wie weit ist sie noch entfernt? Glauben Sie, wir schaffen es bis zu Dunbridge und Storm, bevor sie uns einholt?«

Batsfoam, der eigentlich als Butler eingestellt worden war und aufgrund der angespannten finanziellen Lage seines Herrn inzwischen auch die Aufgaben eines Sekretärs, Kammerdieners und Reinzeichners erfüllte, blinzelte gegen die Nachmittagssonne und schätzte die Entfernung zur Kanzlei der Rechtsanwälte ab. »Unwahrscheinlich.«

»Verflucht!«

Die Schultern des Butlers sanken noch tiefer, als seine ohnehin gebeugte Haltung es bereits vorgab. Mit seinen dunklen Augen, den schwarzen Haaren und seiner in Ton und Textur an eine unreife Zitrone erinnernden Haut wandelte Batsfoam scheinbar dauerhaft inmitten einer düsteren Wolke der Betrübnis. »Wir sind verloren. Es hat keinen Zweck, Mylord, Sie müssen mich zurücklassen. Mein Bein hält Sie nur auf.«

Dare blieb sofort stehen, drehte sich zu seinem Angestellten um und sah ihn fragend an. Batsfoam war Sergeant in Dares Regiment gewesen, als sie bei den 12. Light Dragoons gedient hatten, und hatte damit seinen Beitrag zum Schutze Englands vor Napoleon geleistet, allerdings auf Kosten seines rechten Unterschenkels. »Wieso zum Teufel haben Sie mir nicht gesagt, dass Ihr Bein schmerzt? Dann hätte ich eine Kutsche bestellt.«

Batsfoams Achselzucken drückte außer Unterwürfigkeit und Demut Emotionen aus, die zu bedrückend waren, sie in Worte fassen zu können. »Ich bin doch nur ein unbedeutender Diener, Mylord. Mein einziger Lebensinhalt besteht darin, Ihnen jeden auch noch so kleinen Wunsch zu erfüllen. Ihr Wunsch ist mir Befehl. Und es erfüllt mich mit tiefster Freude, nein, mit Entzücken, dass es mir vergönnt ist, mich auf dem Altar Ihrer Glückseligkeit zu opfern.«

»Mit anderen Worten«, fasste Dare zusammen und verschränkte die Arme vor der Brust, »Sie möchten, dass ich eine Kutsche rufe.«

Der Schleier der allgegenwärtigen Depression lüftete sich für einen kurzen Moment und ließ erkennen, dass Batsfoam sich genau das wünschte, doch so schnell, wie er sich gehoben hatte, legte sich der typisch mürrisch-düstere, unergründliche Ausdruck wieder auf sein Gesicht. »Nicht im Traum würde es mir einfallen, Eure Lordschaft mit solch einem Ansinnen zu belasten. Vielmehr würde es meinem Leben einen tiefen Sinn verleihen, wenn Sie mir gestatten, mich unter die messerscharfen, dröhnenden Hufe von Mrs Bentons Gespann zu werfen und meine schwache sterbliche Hülle zu opfern, um Ihr Entkommen zu gewährleisten, damit Sie sich nicht dem unangenehmen Gefühl aussetzen müssen, das Sie möglicherweise befällt, sähen Sie sich genötigt, die Dame mit einem kurzen Ziehen des Hutes zu grüßen.«

Der Earl verdrehte die Augen. Batsfoam war bereits mehr als sieben Jahre bei ihm, und auch wenn der Mann dazu neigte, ihm so manches Mal nicht mit dem gebührenden Respekt zu begegnen, wollte Dare seinen Diener nicht des Vergnügens berauben, das er in der Zelebrierung seines jämmerlichen

Elends fand. »Es freut mich zu sehen, dass Sie zur Abwechslung mal gute Laune haben, Batsfoam. Diese fröhliche Sorglosigkeit steht Ihnen. Ich muss mir merken, Ihnen den Lohn um ein paar Pfund zu kürzen, damit Sie nicht womöglich schon früh am Morgen, wenn Sie sich an die Arbeit machen, ein heiteres Lied anstimmen.«

Batsfoams Mundwinkel zuckten, doch da er seine Mimik fest im Griff hatte, schaffte er es augenblicklich, seinen Mund wieder in die gewohnte griesgrämige Form zu bringen. »Wie Sie wünschen, Mylord. Es ist in der Tat bedauerlich, dass diese seltenen Momente unbeschwerter Heiterkeit dazu auserkoren sind, ihr grausiges Ende durch die unmittelbar bevorstehende Ankunft einer Dame zu finden. Was gedenken Sie zu tun? Soll ich mich in den blutigen und unangenehmen, doch sicheren Tod durch die Hufe dieser Pferde stürzen oder sind Sie bereit, sich dem grausamen Schicksal eines Gentlemans Ihrer vornehmen und ehrbaren Haltung zu stellen und Mrs Benton zu grüßen?«

Dare ignorierte den Sarkasmus, von dem Batsfoams Stimme wie immer förmlich zu triefen schien, und ließ stattdessen den Blick zu besagter Dame schweifen, die soeben ihr Gespann zügelte, um vor ihm anzuhalten. Er straffte die Schultern und fügte sich in das Unvermeidliche. »Auf Ihre Opferbereitschaft werde ich ein anderes Mal zurückkommen, Batsfoam. Und jetzt werde ich Ihrem Rat folgen und so höflich sein, Mrs Benton einen guten Tag zu wünschen.«

»Galant bis in die eleganten Zehenspitzen, Mylord«, murmelte Batsfoam mit einer unterwürfigen Verbeugung. »Dann will ich lieber den Fußweg räumen und mich diskret nach hinten in diesen widerlich stinkenden und von Ratten verseuchten Unrat begeben, der sich anscheinend vornehmlich aus fleischlichen Abfällen und dem zusammensetzt, was nach den Hinterlassenschaften eines unter heftigen Verdauungsstörungen leidenden Pferdes aussieht, um den makellosen Eindruck Ihrer Lordschaft nicht durch meine unwürdige Erscheinung zu trüben.«

Dare fragte sich kurz, was er verbrochen hatte, um mit Batsfoam gestraft zu sein, und ging im Geiste seine größeren Sünden durch, als seine Aufmerksamkeit unerwartet von der Szene gefesselt wurde, die sich direkt vor ihm abspielte. Kurz bevor die rosafarbene Kutsche zum Stillstand kam, scherte ein rotschwarzer Phaeton davor ein und blieb nur einen Fußbreit von Dares glänzenden Stiefeln entfernt stehen, womit das Karriol dem anderen Gefährt knapp, aber erfolgreich zuvorgekommen war, wenn auch sehr zum lautstark geäußerten Missfallen von dessen Fahrerin.

»Haben Sie je solche Worte aus dem Munde einer Dame vernommen?«, staunte die Fahrerin des Karriols und sah Dare aus kornblumenblauen Augen strahlend an. »Bei dem Benehmen könnte man meinen, sie stamme aus dem Freudenhaus! Was meint sie wohl damit, wenn sie mich eine rüpelhafte Schickse nennt?«

Als Dare das Gesicht unter dem breiten Rand der blauen Haube erkannte, blieb ihm vor Verblüffung der Mund offen stehen. »Sie!«, zischte er. »Sie sind doch in Italien! Durchgebrannt mit dem nichtsnutzigen Sohn eines Counts!«

»Der ist tot. Und hier bin ich wieder.« Charlotte präsentierte ihm ihre Grübchen, ehe sie sich zu dem Phaeton hinter ihr umdrehte. »Mrs Benton, ich muss doch sehr bitten! Den Leuten so dicht auf den Pelz zu rücken! Nicht nur, dass sich so etwas ganz und gar nicht gehört, Ihre Pferde lassen zudem jegliche Erziehung vermissen und haben offensichtlich die Absicht, die Perücke des Butlers meiner Cousine zu verspeisen. Wenn Sie also so freundlich wären, Abstand zu halten!«

»Crotch! Wäre *der* doch auch nach Italien abgehauen«, zischte Dare, als er den Mann erblickte, der sich an den Sitz des Pferdeknechts klammerte und versuchte, sich zwei Pferde vom Leib zu halten, die reges Interesse an seiner gepuderten Perücke zeigten. Die Augen des Earls verengten sich zu bedrohlichen Schlitzen, als sein Blick zwischen Charlotte und dem Butler hin- und hersprang, während ihn eine unheilvolle Ahnung beim Anblick der hübschen Blondine beschlich.

»Ist das die Möglichkeit, Mylord?«, murmelte sie, während sie ihren Fächer öffnete und eine mädchenhaft unschuldige Miene aufsetzte, was zu ihrem Leidwesen gar nicht so weit von der Wahrheit entfernt war.

»Wie bitte?«, fragte er verwirrt und wich vor Mrs Bentons Pferden zurück, die die Perücke inzwischen verspeist hatten und ihm ihre weiß gepuderten Mäuler zuwandten.

»Haben Sie tatsächlich gerade über Genitalien gesprochen?«

Er starrte sie ungläubig an, wobei er sich vorkam wie ein Stück Treibholz, das von einem Wasserstrudel mitgerissen wurde, aus dem es kein Entrinnen gab. Nur mit Mühe gelang es ihm, seinen Wunsch hinunterzuschlucken, laut loszubrüllen, und mit tiefer, ruhiger Stimme zu fragen: »Wovon zur Hölle reden Sie?«

»Genitalien. Sie brauchen mich gar nicht so überrascht anzusehen, Mylord, schließlich haben doch Sie das Thema aufgebracht. Ich bin eine Dame und würde nie an einen Mann herantreten, um ein Gespräch über derart diskrete Körperregionen zu eröffnen. Nun ja, genau genommen ist das so nicht ganz richtig, unter gewissen Umständen würde ich es vielleicht doch tun, aber keinesfalls ohne dass der Mann das Thema zuerst anschneidet, so wie Sie es gerade getan haben.«

»Etwas Derartiges habe ich nie getan!«, empörte sich Dare angesichts solch offensichtlich falscher Anschuldigungen. Er?

Über Genitalien reden? Mit einer Dame? Er schaute zu Batsfoam, um zu sehen, ob sein Diener diese ungeheuerliche Unterstellung mitbekommen hatte, doch der fachsimpelte angeregt mit dem Hakenhand-Piraten Crotch über das Amputieren von Gliedmaßen noch auf dem Schlachtfeld. Ebenjener Crotch, der als Butler, Schläger und Mädchen für alles in Lord Westons Diensten stand.

»Doch, das haben Sie«, widersprach Charlotte energisch. Sie wandte sich auf ihrem Sitz um und rief: »Hat er als Erster dieses Thema angeschnitten oder nicht, Mrs Benton? Genitalien?«

Dare ignorierte die nicht gerade damenhaften Äußerungen, die aus dem rosafarbenen Phaeton zu hören waren, und versuchte verzweifelt, doch noch abzuwenden, was ein schrecklicher Morgen zu werden drohte. »Ich wollte keineswegs über Zonen sprechen, die niemanden etwas – «

»Das will ich auch sehr hoffen«, unterbrach Charlotte ihn mit einem aufgeregten Flattern ihrer zarten Nasenflügel. Sie strich den Rock über ihrem Schoß glatt. »Meine Genitalien gehen nur mich etwas an, mein Verehrtester. Für Sie sind sie tabu, ganz gleich, wie sehr Sie sich auch bemühen, sie in ein kultiviertes Gespräch einzuflechten. Das heißt, sie haben Sie momentan nicht zu interessieren, was mich zu der Angelegenheit zurückführt, über die ich eigentlich mit Ihnen sprechen wollte.«

Dare fühlte sich wie benommen. Verwirrt schüttelte er den Kopf und versuchte, das Gespräch auf ein weniger verfängliches Thema zu lenken. Ohne Erfolg. »Was hat Crotch denn hier – «, wollte er fragen, wobei er in Richtung der beiden Diener gestikulierte.

»Wer? Von wem reden Sie eigentlich?«, fiel Charlotte ihm ungeduldig ins Wort und ließ ihren Fächer wieder zuschnappen.

Einen Moment lang erwog Dare, dieser Frau kurzerhand den Hals umzudrehen, kam dann aber zu dem Schluss, dass sie es nicht wert war, dafür an den Galgen zu wandern. »Crotch! Ich rede von Crotch! Dem Butler Crotch. Sie werden doch wohl wissen, wen ich meine. Ich spreche von dem Mann mit dem gefährlich aussehenden Greifhaken und der langen Narbe im Gesicht. Westons Butler. Raufbold Crotch!«

»Ich weiß, wen Sie meinen«, lächelte Charlotte ihn ein wenig spröde an. »Aber sein Name ist Crouch, Alasdair, nicht Crotch.«

Dare musterte sie argwöhnisch. »Ach, wirklich?«

»Ja.«

»Sind Sie sicher?«

Charlotte überlegte kurz. »Ziemlich sicher. Ich könnte mich natürlich verhört haben ... aber nein, ich bin mir *absolut* sicher, dass Gillian ›Crouch‹ gesagt hat.«

»Ach. Na, dann.«

»Sehr schön. Dann wäre das endlich geklärt, und über meine Genitalien möchte ich auch nicht mehr in der Öffentlichkeit reden, ganz gleich, wie sehr Sie darauf erpicht sein mögen, diese zum Gegenstand eines Gesprächs zu machen; ich möchte nicht, dass alle Welt darüber redet, auch *Sie* nicht; andererseits, wenn Sie gerne ... doch dazu kommen wir noch früh genug. Sie dürfen mich jetzt um Verzeihung bitten.«

Dare starrte sie fassungslos an. »Sie sind ja völlig übergeschnappt, Madam.«

Nun schnaubte Charlotte vor Wut, doch Dare fiel auf diese Zurschaustellung größter Entrüstung nicht herein. Stattdessen hob er mahnend den Finger. »Sie waren schon immer etwas verrückt, und jetzt habe ich den endgültigen Beweis. Ich habe nie, NIEMALS, über intime Körperregionen gesprochen! Sie hingegen haben mir das Gespräch darüber förmlich aufgedrängt und wollten gar nicht mehr aufhören, davon zu reden!

Sie sind ja völlig auf Genitalien fixiert! Nicht nur, dass Sie dieses Thema angeschnitten haben – nachdem Sie knapp einem Zusammenprall mit Mrs Bentons verfressenen Vierbeinern entgangen sind –, ich kann mich auch nicht erinnern, je geäußert zu haben, mich von Ihrem … äh … äh … Schoß angezogen zu fühlen. Das habe ich keinesfalls getan, Lady Charlotte.« Dare holte tief Luft und hatte das Gefühl, sich wieder besser unter Kontrolle zu haben als zu dem Zeitpunkt, als er das erste Mal wieder in Charlottes zauberhafte blaue Augen gesehen hatte. »Vielmehr ist es doch so, dass Sie regelrecht besessen von diesem Thema sind! Und jetzt ersparen Sie mir bitte jedes weitere Wort und gestatten mir, meinen Weg fortzusetzen. Ich wünsche Ihnen einen guten Morgen.«

Mit einem schroffen Nicken in Charlottes Richtung und einem knappen Gruß an Mrs Bentons Adresse, die es mittlerweile aufgegeben hatte, Charlotte mit Worten zu attackieren, und stattdessen dabei war, ihr Gespann rückwärts zu manövrieren, drehte er sich um und ging energischen Schrittes davon.

»Lord Carlisle, warten Sie!«, rief Charlotte, während sie Nobles Schimmel mit einem kurzen Klatschen der Zügel auf deren gründlich gestriegelte Kruppen antrieb. Crouch und Batsfoam beendeten sofort ihre Unterhaltung über das Für und Wider des Abbindens von Gliedmaßen im Vergleich zum Ausbrennen blutender Wunden und vollführten je einen Sprung, der Crouch auf die vorbeifahrende Kutsche beförderte und Batsfoam in jenen widerwärtigen Unrat, über den er sich noch vor Kurzem ausgelassen hatte. Mit einem Ausdruck, dass es wahrlich ein Kreuz war, Seiner Lordschaft zu dienen, stand er da und schüttelte sich Klumpen der ekelerregenden Masse vom Leibe, ehe er seinem Herrn hinkend folgte.

»Alasdair, so warten Sie doch! Ich muss mit Ihnen reden!«

»Ich kann mich nicht entsinnen, Ihnen angeboten zu haben, mich beim Vornamen zu nennen, Lady Charlotte«, gab Dare freundlich zurück und ignorierte das Gefährt, das jetzt neben ihm auftauchte. Er ging weiter, obwohl er sich der Tatsache durchaus bewusst war, dass die Leute stehen blieben und sprachlos zusahen, wie Charlotte ihn verfolgte. Er wollte jedoch verdammt sein, wenn er ihr Beachtung schenkte. Diese hatte er bereits seinen in Teichen vorgeblich ertrinkenden Verfolgerinnen samt deren verstauchten Knöcheln und den sich in seinem Bett breitmachenden Frauenzimmern verwehrt, da würde er doch jetzt nicht einer Jägerin auf den Leim gehen, die ihr Ziel derart plump anging. »Nun weiß ich, wie sich ein Fuchs fühlen muss«, brummte er vor sich hin.

»Ach ja? Wenn man von einer geifernden Hundemeute in Stücke gerissen und einem anschließend der Schwanz abgeschnitten wird, meinen Sie?«, fragte Charlotte, während die Kutsche im Schritttempo neben ihm dahinrollte.

Dare unterdrückte den Drang zu lächeln. Er musste zugeben, dass Lady Charlotte nichts von ihrem einzigartigen Sinn für Humor verloren hatte, jener Eigenschaft, die ihn vor fünf Jahren fast dazu bewogen hätte, um ihre Hand anzuhalten. Sie war so erfrischend anders als alle anderen Debütantinnen gewesen, wie eine höchst willkommene Brise Witz und Charme in einem Raum voller junger Damen, von denen eine so langweilig wie die andere war. Das schelmische Glitzern ihrer Augen hatte ihn fasziniert, doch noch ehe er um sie werben konnte, hatte das Schicksal sie getrennt. Angesichts des unglücklichen Verlaufs seines Lebens war es vermutlich das Beste gewesen, und er hatte deshalb umso mehr Grund, seine alten Gefühle für sie nicht wieder aufleben zu lassen. Er setzte eine bewusst strenge Miene auf. »Nein. Ich meinte eher, wie man sich fühlt, wenn man verfolgt und gejagt, ja *gehetzt wird.*« Er betonte die letzten beiden Worte und riskierte einen kurzen Blick, um zu sehen, ob sie ihn verstanden hatte, doch sie sah aus, als überlegte sie.

»Von wem werden Sie denn verfolgt, Alasdair?«

Eine seiner dunkelblonden Augenbrauen hob sich.

»Lord Carlisle«, verbesserte sie sich schnell.

»Zuweilen habe ich das Gefühl, Lady Charlotte – äh – wie war doch gleich der Name Ihres Gatten?«

»Di Abalongia, aber nennen Sie mich doch Char. All meine Freunde nennen mich so.«

»Zuweilen, Mrs di Ablangon … Alban … Lady Charlotte, werde ich das Gefühl nicht los, dass jede heiratsfähige Frau innerhalb der Stadtgrenzen Londons die Jagdsaison eröffnet und mich zu ihrer Beute erklärt hat.«

»Ach die.« Charlotte lenkte ihr Gespann um eine Kutsche herum, die mitten auf der Straße angehalten hatte. »Sie meinen diese fanatischen Mütter, die um jeden Preis ihre Töchter unter die Haube bringen wollen«, sagte sie, als sie wieder neben Dare herfuhr.

»Und die Witwen«, fügte er mit einem vielsagenden Blick hinzu, den er sich bei seiner hübschen Verfolgerin jedoch auch hätte sparen können.

»Sie sind das Opfer von Frauen, die Ihnen nachstellen, um Sie in die Heiratsfalle zu locken?«

»Genau.«

Die Kanzlei seiner Anwälte war nur noch wenige Schritte entfernt. Dare blieb stehen und schickte sich zu einer Verbeugung an, um sich zu verabschieden.

»Und Sie möchten nicht von Ihnen verfolgt werden? Die meisten Gentlemen fühlen sich geschmeichelt, wenn sie im Zentrum des Interesses einer Dame stehen.«

Großer Gott, sie war wirklich eine Schönheit! Das Licht der Morgensonne fing sich in den Locken, die ihr Gesicht umspielten, und ließ sie glänzen wie gesponnenes Gold. Es kribbelte ihn in den Fingern, ihr über das schimmernde Haar zu streichen und ihre von einer zarten Röte überhauchten Wangen zu berühren. Er ballte seine Hände zu Fäusten. »Ich bin aber nicht wie die meisten Gentlemen. Für solche Narretei habe ich keine Zeit. Ich bin momentan mit einem Projekt von allergrößter Bedeutung beschäftigt. Da bleibt mir zwischen meiner Arbeit und der in einer Woche stattfindenden Hochzeit meiner Schwester keine Zeit, um auch noch die für mich ausgelegten Heiratsfallen zu umgehen.«

»Hmm.« Sie tippte sich mit einem Finger an ihre süßen Erdbeerlippen, während sich die Falten auf ihrer Stirn vertieften. »Dann würden Sie sagen, dass Ihre persönlichen Umstände, nämlich dass Sie von heiratswütigen Damen umschwärmt werden, Ihr Leben auf höchst bedauerliche Weise beeinträchtigen?«

»Das kann man durchaus so sagen, ja. Wenn Sie mich jetzt bitte entschuldigen, ich bin mit meinen Anwälten verabredet. Batsfoam? Ah, da sind Sie ja. Grundgütiger, Mann, Sie sind ja voller Dung! Haben Sie sich in dem Zeug gewälzt?«

Batsfoams Blick sprang kurz zu Charlotte, ehe er gepeinigt zu seinem Herrn aufschloss.

»Ach, egal, ist nicht so schlimm«, versuchte Dare dem vorzubeugen, was Batsfoam bestimmt gleich sagen würde. »Jedenfalls riechen Sie nicht so streng, dass Sie sich deswegen vor Westons Gäule und damit in den sicheren Tod stürzen müssten. Haben Sie die Dokumente noch? Ausgezeichnet. Können wir?«

»Einen Augenblick, bitte, Lord Carlisle«, rief Charlotte, als Dare sich in Richtung der Kanzlei umdrehte. »Ich glaube, ich weiß eine Lösung für Ihr lästiges Problem.«

Nun runzelte Dare fragend die Stirn. »Sie haben eine Lösung?«

»Ja«, bestätigte Charlotte mit einem Anflug von Selbstgefälligkeit. »Die habe ich in der Tat. Und eine sehr einfache dazu.«

»Vermutlich raten Sie mir, die Stadt zu verlassen. Das werde ich –«

»Nein, das nicht«, unterbrach Charlotte ihn. »Ich bin mir darüber im Klaren, wie sehr es Ihnen missfallen würde, London zu verlassen, wo die Saison doch auf dem Höhepunkt ist. Nein, mein Vorschlag ist erheblich einfacher, viel wirksamer und bietet zudem noch etliche Vorteile, die Sie bestimmt zu schätzen wissen, wenn Sie erst darüber nachgedacht haben.«

Dare verzichtete auf den Hinweis, dass sie sich gewaltig irrte, wenn sie annahm, er würde es vorziehen, in der Stadt zu bleiben. Im Augenblick hatte er nur den Wunsch, sich in die schummrige, verstaubte Sicherheit der Kanzlei seiner Anwälte zu flüchten. Doch es gelang ihm nicht, sich von der Frau und dem Blick, mit dem sie ihn anstrahlte, loszureißen. Er blieb stehen, wo er stand, und legte sogar die Hand auf die Seitenlehne von Lady Charlottes Sitz. »Na schön, dann lassen Sie mal hören.«

»Meine Lösung ist recht einfach«, wiederholte Charlotte und schenkte ihm ein reizendes Grübchen-Lächeln. »Sie werden verfolgt, weil Sie nicht verheiratet sind. Also heiraten Sie mich, und all Ihre Probleme sind gelöst.«

Dare wusste nicht, welchen Vorschlag er zu hören erwartet hatte, aber dass Lady Charlotte ihm auf den Stufen zur Kanzlei von Dunbridge und Storm einen Heiratsantrag machen würde, ganz sicher nicht. Das Gefühl, hilflos in einem Strudel zu treiben, kehrte zurück. »Ihr Angebot beruht natürlich auf völlig altruistischen Beweggründen, nehme ich an?«

»Aber selbstverständlich. Ich bin immer altraphistisch. Da können Sie alle meine Freunde fragen. Nun, gerade erst letzten Montag hat meine liebe Cousine Gillian – Sie werden sich erinnern: die Frau, an deren Entführung Sie nicht ganz unbeteiligt waren – meine liebe Cousine Gillian sagte also zu mir: ›Char‹, sagte sie, ›du bist die alphatristischste Frau, die ich kenne‹. Ja, so bin ich.«

Dare zählte in Gedanken bis zehn. »Sie haben gar keine Ahnung, was altruistisch bedeutet, oder?«

»Aber natürlich habe ich das!« Charlotte hielt einen Moment lang inne. »Zwar ist mir die genaue Definition im Augenblick leider entfallen, aber ich bin nicht so unwissend, dass mir die geläufigsten Wörter bildfremd wären.«

»*Wildfremd.*« Dare schüttelte den Kopf. Warum ihn die Art und Weise amüsierte, auf die Lady Charlotte die Sprache so furchtbar zu verunstalten pflegte, hatte er nie begriffen, aber so war es nun einmal, und wenn er sich nicht schleunigst aus dem Staub machte und sich um seine Geschäfte kümmerte, würde er ohne Zweifel bald in großen Schwierigkeiten stecken.

»Was Ihren Vorschlag angeht –«

»Der ist doch ausgezeichnet, nicht wahr? Und das Gute daran ist außerdem, dass er sich zufällig auch noch mit meinen Wünschen deckt, da ich – obwohl es Sie sicher erschüttert zu erfahren, dass ich mich auf der dringenden Suche nach einem Ehemann befinde – der Meinung bin, dass wir ausgesprochen gut zueinanderpassen.« Charlottes Wimpern senkten sich über Augen, deren Blau eine Kornblume vor Neid hätte erblassen lassen, aber Dare hatte nicht drei Wochen lang dem Angriff heiratswütiger Frauen standgehalten, um sich am Ende von blauen Augen, goldenen Locken und Grübchen in den Wangen ködern zu lassen. Mit einem Ruck riss er sich von ihrem Anblick los, trat ein paar Schritte zurück und verbeugte sich höflich.

»So großzügig und selbstlos Ihr Heiratsangebot auch sein mag, ich bedauere, es ablehnen zu müssen. Ich wünsche Ihnen alles Glück der Erde und dass Sie ein anderes Opfer für Ihre

Pläne finden mögen, doch die Erfahrungen, die ich mit Ihren verwirrenden Gedankengängen gemacht habe, bringen mich zu der klaren und unwiderruflichen Feststellung, dass meine Ablehnung endgültig ist.«

»Aber, Mylord –«

»Und sparen Sie sich die Mühe, Amor dazu anzustacheln, noch mehr ehestiftende Pfeile auf mich abzufeuern. Ich habe nicht die Absicht zu heiraten, und zwar weder jetzt noch in absehbarer Zukunft.«

»Wenn Sie sich nur kurz die mannigfaltigen Vorzüge einer Ehe mit mir vor Augen hielten –«

»Ich fühle mich geschmeichelt, lehne jedoch dankend ab. Guten Tag, Lady Charlotte.« Dare wandte sich ab und erklomm die Treppe zur Kanzlei seiner Anwälte. Batsfoam, der die ganze Zeit kein einziges Wort gesagt, aber alles mit wachen Augen beobachtet hatte, folgte ihm.

»Wissen Sie, ich glaube, Sie waren mir sympathischer, als Sie noch gemeine Pläne gegen Gillian schmiedeten.«

Charlottes Bemerkung ließ Dare für eine Sekunde erstarren. Diese Geschichte war ein wunder Punkt in seiner Vergangenheit und ganz gewiss keiner, über den er mit irgendjemandem reden wollte, am allerwenigsten mit Lady Charlotte. Er setzte seinen Weg fort.

»Vor fünf Jahren waren Sie noch nicht so langweilig und eingebildet! Damals waren Sie interessant!«

Er verbiss sich eine Erwiderung, als er die oberste Stufe erreichte und die Tür öffnete. Noch zwei Schritte, dann wäre er drinnen, in Sicherheit, außerhalb der Reichweite dieser personifizierten Mischung aus Verführung und Ärger in Gestalt von Lady Charlotte.

»Sogar sehr interessant. Ich kann ehrlichen Herzens behaupten, dass der Tag, an dem Gillian stolperte und Ihnen den Kilt herunterriss, einer der *interessantesten* Tage in meinem ganzen Leben war. Sie sind nicht mehr der, der Sie einst waren.«

Vor fünf Jahren war der Titel gerade erst an ihn gefallen, und Dare hatte noch keine Vorstellung von der Höhe der Schulden seines Erblassers gehabt. Vor fünf Jahren hatte er noch nicht vor dem finanziellen und persönlichen Ruin gestanden. Vor fünf Jahren hatte er noch eine Zukunft vor sich gehabt. Er drehte sich noch einmal zu Lady Charlotte um, deren Blick ihm gefolgt war, und die in diesem Moment gewiss nur Hohn und Spott für den Mann übrig hatte, der aus ihm geworden war. Er gestattete sich ein bitteres, humorloses Lächeln.

»Treffender kann man es kaum ausdrücken, Mylady.«

3

Hätte sich plötzlich eine Gruppe Komödianten zusammen mit ihren Affen und Tanzbären auf der Straße eingefunden und ihr Letztes gegeben, das Volk zum Lachen zu bringen, sie wären wohl ob der Nichtbeachtung durch Lady Charlotte allesamt in Tränen ausgebrochen. Da jedoch weder Komödianten noch Affen noch Bären da waren, konnte Charlotte die Ereignisse dieses Morgens ungehindert Revue passieren lassen.

»Crotch?«, sagte sie nach einer Weile des Überlegens.

»Äh … Crouch, M'lady.«

»Ja, natürlich. Verzeihung. Crouch, ich werde einen Lakaien brauchen, der Lady Beverly eine Nachricht überbringt.«

»Wie Se wünschn, M'lady.«

»Und da es sich um eine sehr wichtige Nachricht handelt, brauche ich einen Lakaien, auf den Verlass ist, Crouch.«

»Auf all unsre Lakai'n is Verlass, M'lady.«

»Ja, ja, aber dieser eine muss ganz besonders verlässlich sein, da die ihm anvertraute Nachricht einen entscheidenden Einfluss auf meine Zukunft haben könnte. Lady Beverly weiß zwar noch nichts von ihrem Glück, aber sie wird mir dabei helfen, meinen rechtmäßigen Platz in der Gesellschaft wiederzugewinnen.«

»Der da wär?«

Charlotte hob stolz das Kinn, als sie vor Britton House vorfuhren, wo sie das Gespann mit einem eleganten Schwung ihrer Peitsche anhielt. Ein Diener eilte herbei, um die Pferde zu halten, während Crouch ihr vom Kutschbock half.

»Mein Platz ist natürlich der der unangefochtenen Königin der Saison. Als Lady Carlisle wird mich die Londoner Gesellschaft mit offenen Armen wieder in ihren Reihen aufnehmen, und ich werde mühelos all das bekommen, woran es mir in den vergangenen vier Jahren gemangelt hat – Ansehen, Respekt, Bewunderung … Ja, dieser Brief wird in der Tat von großer Bedeutung sein. Vielleicht ist es besser, wenn Sie ihn persönlich überbringen. Er muss auf jeden Fall ankommen, denn ohne Caros Hilfe werde ich nicht an Lady Jerseys Maskenball teilnehmen können, der in drei Tagen stattfindet. Und wenn ich nicht an diesem Ball teilnehme, werde ich Lord Carlisle nicht in eine kompromittierende Lage bringen können, und wenn es mir nicht gelingt, Lord Carlisle in eine solche zu locken, wird er mich niemals heiraten, und wenn er mich nicht heiratet –«

»Ham wir Se mit 'ner miesn Laune am Hals, und Se mosern und nöln, bis wir's nich mehr hörn könn«, führte Crouch den Gedanken zu Ende, während er ihr die Vordertreppe hinauf bis in die Eingangshalle folgte.

»Genau«, antwortete Charlotte mit einem höflichen Lächeln, während sie einem bereitstehenden Lakaien Haube und Handschuhe reichte. »Bitte Papier und Tinte zu mir ins Wohnzimmer, Crouch.«

»Aye, M'lady. Soll sich Dickon noch mal an Seine Lordschafts Fersen heftn?«

Charlotte hielt kurz dabei inne, ihre durch die Haube in Mitleidenschaft gezogene goldene Haarpracht zu ordnen. »Es kann vermutlich nicht schaden zu wissen, was Lord Carlisle gerade treibt. Gefahr erkannt, Gefahr verbannt und so weiter. Ja, sagen Sie Dickon bitte, er soll mir Bescheid geben, welche Termine Seine Lordschaft wahrnimmt. Heute Morgen war es doch von Vorteil zu wissen, dass er zu Fuß unterwegs sein würde und wohin.«

»Wird erledigt, M'lady.«

Charlotte zupfte noch ein letztes Löckchen zurecht, musterte sich kritisch in dem kleinen vergoldeten Spiegel und wandte sich dann mit einem entschlossenen Nicken zur Treppe. Ihr Plan war gut. Er war schlüssig und hervorragend praktikabel, und tief in ihrem Innern wusste sie, dass er gelingen würde, vorausgesetzt, sie hätte Carolines Unterstützung bei ein oder zwei kleineren Punkten. »Bringen Sie mir auch noch mehrere spitze Federn, Crouch. Ich hasse es, mit einer stumpfen Feder zu schreiben. Das Geräusch bereitet mir Zahnschmerzen.«

»Charles wird sich drum kümmern, M'lady. Um die Federn, mein ich, nich um Ihre Zähne. Für die kann ich auch nix tun.«

Sie ignorierte Crouchs Vorstoß ins Komödiantische und hatte bereits einige Stufen der Treppe erklommen, als sie hinzufügte: »Ich denke, einen kräftigen Tee könnte ich jetzt ebenfalls gut vertragen.«

»Solln Se kriegn.«

»Und vielleicht auch etwas von diesem Zitronengebäck, das der Köchin immer so gut gelingt.«

»Wie Se wünschn.«

Vor dem hohen Spiegel auf dem Treppenabsatz blieb Charlotte stehen und betrachtete ihr neues blau-cremefarbenes Kleid mit dem hinreißenden bogenförmigen Besatz, das ihr vor Kurzem von dem Schneider gebracht worden war, den Caro ihr empfohlen hatte, weil er sehr geschickt und obendrein recht günstig war, was ihrem leeren Geldbeutel sehr zupasskam. Sie legte den Kopf schräg, während sie kritisch die Silhouette des Kleides musterte. Dann drehte sie sich und warf über die Schulter einen Blick auf ihr Spiegelbild. Was sie sah, stimmte sie nicht gerade glücklich. »Ich habe es mir anders überlegt, Crouch. Der Tee sollte genügen.«

Crouch schielte kurz nach oben. »Se ham wohl 'n bisschen zu viel auf der Kehrseite, wie?«

»Bestimmt nicht!«, fauchte Charlotte und warf ihm einen bitterbösen Blick zu, von dem sie wusste, dass er nichts bewirken würde. Finstere Blicke hatten noch nie Eindruck auf Crouch gemacht.

Auch jetzt grinste er nur und deutete mit einem knappen Einziehen des Kopfes seine Ergebenheit an, eine Geste, die ihm Charlotte nicht eine Sekunde lang abkaufte. Nach einem letzten missmutigen Blick auf die rückwärtige Ansicht ihrer Figur setzte sie ihren Weg nach oben fort, um ihre äußerst wichtige Nachricht zu schreiben.

Die Nachricht an Lady Beverly war zwar gut angekommen, doch was genau Charlotte von ihr wollte, darüber hatte sie die Freundin bis zu ihrem persönlichen Treffen am nächsten Tag im Unklaren gelassen.

»Dieses Zimmer ist wirklich zauberhaft, Caro.« Charlotte bewunderte die champagner- und roséfarbenen Satinpolster im Stile Louis' XIV. »Was für eine überaus geschmackvolle Idee von dir, diese alten Möbel zu verwenden. Brock, nicht wahr?«

Lady Beverly hatte soeben auf einem reich verzierten Sessel mit niedriger Rückenlehne Platz nehmen wollen und verharrte. »Ich … äh … *was*?«

»Brock. Die Möbel. Sie sind brock. Das ist ein Stil, du Dummerchen. Französisch, glaube ich. Guten Morgen, Wellington.« Charlotte fegte einen kleinen Mops vom Sofa und setzte sich mit einem zufriedenen Lächeln, ohne zu bemerken, dass die Lippen ihrer Gastgeberin stumm das Wort *Barock* formten. »Du kannst dich wirklich glücklich schätzen, Caro. Du hast einen Mann, der nicht aufs Geld achten muss, ein Haus in allerbester Lage, entzückend dunkles Haar, das immer angesagt ist, und eine tadellose Figur, die dich von deiner besten Seite zeigt.«

Die unerwarteten Komplimente ließen Caroline erröten, die es nicht gewohnt war, als hübsch bezeichnet zu werden. Sie war sich ihrer Unzulänglichkeiten stets bewusst gewesen, Mängeln, die sich – besonders im Vergleich zu Charlottes perfektem Aussehen – in ihrem eher durchschnittlichen Gesicht und ihrer recht eigenwilligen Figur zeigten. »Ich … Ich weiß gar nicht, was ich sagen soll –«

»Dann sag nichts, meine liebe Caro«, riet Charlotte ihr, während sie ein kleines Kästchen aus ihrem Retikül nahm. »Reden ist Silber und Schweigen bekanntlich hold. Ja, du kannst dich überaus glücklich schätzen, dass das Schicksal es hinsichtlich deines Aussehens und deines Ehemannes so gut mit dir gemeint hat. Aber dein größter Reichtum dürften das Glück und die Zufriedenheit sein, die du als gefeiertes Mitglied der vornehmen Gesellschaft genießt. Du, meine liebe Caro, kannst wirklich dankbar sein für das, was du hast.«

»Ich … äh … wenn man es so sieht, hast du wohl recht.«

Charlotte nickte. »Du kannst mir ruhig glauben; ich sage immer die Wahrheit. Und da ich schon dabei bin, zögere ich keine Sekunde zu behaupten, dass du außerdem eine großherzige, freundliche Frau bist, eine, der es nicht egal ist, wenn ihren Lieben Schlimmes geschieht oder sie sich ausgeschlossen fühlen.«

Caroline staunte über dieses überschwängliche Lob. »Also, Charlotte! Das ist sehr nett von dir. Offen gestanden, Mutter hat gesagt, du wärst blind für das Gute in anderen Menschen, aber ich hatte schon immer das Gefühl, dass sie dir nicht besonders wohlgesinnt ist.«

»Ach, da hast du wohl recht. Man hat mir oft unrecht getan, weil man mein wahres Wesen verkannte.« Charlotte seufzte aus tiefster Seele, während sie ein paar zurückgelassene Hundehaare von ihrem Kleid zupfte. »Deine Mutter kann von mir aus sagen, was sie will, aber ich habe schon immer deine guten Seiten gesehen, Caro. Wer außer dir würde es einem in die Jahre gekommenen Hund erlauben, es sich auf deinem besten Sofa gemütlich zu machen, auch wenn er dazu neigt, hier und da ein paar Tröpfchen zu verlieren?«

Caroline wühlte in ihrem Handarbeitskorb nach einem Taschentuch, um eine Träne wegzutupfen, die sich angesichts dieser überaus verständnisvollen Analyse ihres Seelenlebens in ihr Auge gestohlen hatte. »Vielen Dank, Charlotte.«

»Aber nicht doch. Du verdienst wirklich alles Glück der Erde. Und daher frage ich mich, liebste Freundin, ob du der Meinung bist, dass auch mir dieses Glück zuteilwerden sollte?«

»Aber natürlich!«, stieß Caroline kämpferisch hervor und schien bereit, sich mit jedem anlegen zu wollen, der es wagte, etwas anderes zu sagen. »Du sprichst bestimmt von Lord Carlisle. Nichts würde mir eine größere Freude bereiten, als dich glücklich verheiratet zu sehen.«

»Ich bin froh, dass du so denkst, da ich in der Tat kurz davorstehe, dir eine sehr große Freude zu bereiten!«

»Charlotte! Hat er etwa schon um deine Hand angehalten?«

»Nein«, entgegnete Charlotte, während ein Anflug von Starrköpfigkeit über ihr Antlitz huschte. »Bisher noch nicht, aber ich habe vor, dir und mir die Freude zu machen, genau dieses Ziel zu erreichen.«

Caroline beugte sich vor. Sie schien verwirrt. »Ich fürchte, ich kann dir nicht ganz folgen. Wie kann ich dir dabei helfen?«

Ein spitzbübisches Lächeln spielte um Charlottes Mund. »Das ist ganz einfach. Du kannst mir dabei helfen, Lord Carlisle auf Lady Jerseys Maskenball in eine so teuflisch raffinierte Falle zu locken, dass er ihr nicht mehr ohne ein Heiratsversprechen zu entrinnen vermag. Ein Heiratsversprechen mir gegenüber, versteht sich.«

»Oh«, hauchte Lady Beverly mit vor Aufregung leuchtenden Augen. Verschwörerisch rückte sie näher. »Wie wollen wir das anstellen?«

Charlotte ließ ihrem Lächeln freien Lauf. Warum auch nicht? Wenn jemand das Recht auf ein Lächeln hatte, dann sie, denn der Plan, den sie ersonnen hatte, war so unglaublich ausgeklügelt und dabei so verblüffend einfach, dass er größte Bewunderung verdiente. Caroline zum Beispiel wäre sicherlich beeindruckt. »Ganz einfach, liebste Freundin. Während des Balls werden du und so viele Gäste, wie du nur auftreiben kannst, mich und Lord Carlisle allein in einem Zimmer ertappen.«

»Aber«, protestierte Caroline, »woher willst du denn wissen, ob er den Ball überhaupt besucht? Er nimmt nicht an sehr vielen Gesellschaften teil.«

»Caro, glaubst du ernsthaft, ich würde mir so schrecklich viel Mühe mit der Ausarbeitung eines Plans geben und noch dazu unansehnliche Falten auf der Stirn riskieren, wenn ich mir nicht sicher wäre, dass Alasdair teilnimmt? Lady Jerseys Ball ist das wichtigste Ereignis der Saison, und er wird ihn auf jeden Fall mit seiner Schwester besuchen, die in ein paar Tagen heiratet.«

»Das mag sein, aber ich habe Lord Carlisle und seine Schwester erst einmal gesehen«, sagte Caroline bedächtig. »Ich glaube nicht, dass sie viele Bälle und derlei Veranstaltungen besuchen.«

»Dann wird es eben deine Aufgabe sein, dafür zu sorgen, dass sie bei diesem dabei sein werden.«

Caroline starrte Charlotte fassungslos an. »Und wie soll ich das bitte schön anstellen?«

Charlotte verdrehte die Augen. »Also ehrlich, Caro, muss ich mich denn um alles kümmern? Wo bleibt deine Fantasie? Du könntest doch … du kannst doch … äh … vielleicht wäre es möglich … ach, Herrgott noch einmal, statte Miss McGregor einfach einen Besuch ab und erzähle ihr, dass sie dem Ball auf keinen Fall fernbleiben darf, weil sonst niemand zu ihrer Hochzeit erscheint.«

Lady Beverly ließ sich diesen Vorschlag ein paar Sekunden lang durch den Kopf gehen. »Meinst du?«

»Ich meine was?«, fragte Charlotte erschöpft nach.

»Dass keiner zu ihrer Hochzeit kommen wird, wenn sie dem Ball fernbleibt? Ich bin nicht sicher, dass das eine notwendigerweise das andere nach sich zieht. Ihre Hochzeitsgäste müssen ja nicht unbedingt auch auf dem Ball zugegen sein. Die McGregors leben sehr zurückgezogen; das wenigstens sagt mein geliebter Algernon. Aber selbst wenn es nicht so wäre, wüsste ich keinen Grund, warum die Leute Miss McGregors Hochzeit fernbleiben sollten, nur weil sie und ihr Bruder nicht bei Lady Jerseys Masken – «

»Caroline Augusta Gwendlyspere Talbot«, fiel Charlotte der Freundin ins Wort, wobei sie so heftig atmete, dass sie Mops Wellingtons Röcheln übertönte. »Könnten wir bitte auf die Frage zurückkommen, wie du mir zu meinem Glück verhelfen kannst? Dein Beitrag in dieser Sache ist nun wirklich nicht groß, und ehe du dich jetzt beklagst, lass dir gesagt sein, dass die meiste Arbeit, die richtige Arbeit, ohnehin an mir hängen bleibt. Also hör auf mit diesem Geklapper über Hochzeitsgäste und bleib beim Thema!«

»Geplapper.«

»Es ärgert mich maßlos, wenn du so etwas sagst, Caro!«, stieß Charlotte beleidigt hervor.

»Das sollte es aber nicht«, erwiderte Caroline nun ihrerseits leicht verstimmt. Sie wusste auch nicht so genau, woran es lag, aber nach längeren Gesprächen mit Charlotte schwirrte ihr immer der Kopf. »Ich wollte dich nur darauf hinweisen, dass es *Geplapper* und nicht *Geklapper* heißt. Wahrscheinlich ist es besser, wenn ich nicht mehr über Hochzeitsgäste plappere, sondern mich auf das Wesentliche konzentriere.«

»Schön, dass du das endlich einsiehst!«, rief Charlotte am Ende ihrer Geduld. »Nachdem du mir dein Herz ausgeschüttet hast und reumütig einsiehst, dass du vom Thema abgeschweift bist, können wir uns endlich wieder den wichtigen Dingen zuwenden: meiner Zukunft.«

»Ich muss gestehen, mir ist noch nicht ganz klar, was so teuflisch raffiniert an deinem Plan ist«, unterbrach Caroline sie. »Du bist eine verheiratete Frau – äh, du warst es –, und obwohl ich dir zustimme, dass es zu Gerede führt, wenn man dich mit ihm zusammen in einem Zimmer findet, und zwar allein, ist es mir schleierhaft, warum das zu einem Heiratsantrag Lord Carlisles an dich führen soll.«

Charlottes Wutfalten auf der Stirn glätteten sich, während ihre Grübchen erschienen. »Auch, wenn man mich nackt mit ihm erwischt?«

Lady Carolines Gesichtszüge entgleisten. Sprachlos vor Überraschung und Entsetzen starrte sie ihre Freundin mit offenem Mund an.

»Ich sagte doch, dass mein Plan teuflisch raffiniert ist«, reagierte Charlotte auf den Blick stummer Fassungslosigkeit. »Sonst würde ich doch nicht so etwas behaupten! Wir haben viel zu besprechen, also mach den Mund wieder zu. Ich brauche ganz schnell ein passendes Kostüm, eines, in dem man mich nicht erkennt, denn diese dumme alte Schachtel Lady Jersey verweigert mir eine Einladung, deshalb müssen wir überlegen, wie du mich auf den Ball schmuggeln kannst. Und dann sind da noch die Leute, die du zusammenbringen musst, damit sie Zeuge werden, wie Lord Carlisle versucht, sich meiner entblößten Gestalt auf unsittliche Weise zu nähern. Und, und, und. Ich habe etwas zu schreiben dabei und werde dir auflisten, was du zu tun hast, damit du nichts vergisst.«

»Aber … aber … Charlotte! Was für ein rücksichtloses und unüberlegtes Unterfangen – hältst du das für vernünftig?«

»Vernünftig?«, spottete Charlotte. »Caro, hat mich in den ganzen dreiundzwanzig Jahren meines bisherigen Lebens je auch nur ein Mensch als vernünftig bezeichnet?«

Die Augen noch immer weit aufgerissen, schüttelte Caroline den Kopf. »Aber – ganz ohne Kleidung –«

»Mach dir um mich keine Sorgen«, sagte Charlotte freundlich zu Caroline und tätschelte ihr beruhigend die Wange. »Wie heißt es doch so schön: Wer nicht wagt, der gewinnt auch keine nackte Dame, und Alasdair ist bestimmt äußerst wagemutig, was könnte da schon schiefgehen?«

»Aber Lord Carlisle hat doch wohl auch noch ein Wörtchen dabei mitzure –«

»Ich werde ihm eine hervorragende Ehefrau sein, da mach dir mal keine Sorgen. Und da er nach eigener Aussage nicht auf Brautschau ist, hat er sein Herz offensichtlich noch nicht vergeben. Außerdem waren bei ihm ja, wie du weißt, schon vor meiner Ehe Gefühle für mich vorhanden. Und so wird es wieder sein, also reg dich nicht auf. Lass mich dir lieber erklären, wie mein genialer Plan im Einzelnen aussieht …«

Vier Nächte später stand der Vollmond hoch am Himmel und warf sein kaltes, silbriges Licht auf die City von London. Es hüllte die Lampenanzünder, die die neuen Gaslampen an der Pall Mall entzündeten, in einen gespenstischen Glanz. Das Mondlicht tauchte das Straßenpflaster in Lachen aus Schwarz und Silber, durch die Fuhrwerke langsam und achtlos ihrer Wege zogen. Es fiel auch auf die Gestalt eines beleibten Mannes, der die Kleidung des frühen elisabethanischen Englands trug und der dabei war, über den aus solidem Stein und schmiedeeisernen Gittern bestehenden Zaun um Lady Jerseys Garten zu klettern. Hätte man den Mond nach seiner Meinung zu dem gefragt, was er von seiner hohen Warte beobachtete, so hätte er das Verhalten des korpulenten Mannes zweifellos als höchst verdächtig bezeichnet. Anstatt den Garten, so wie es sich gehörte, durch das Tor zu betreten, stieg dieser Herr über den Zaun. Als er auf der anderen Seite in der weichen Erde eines Blumenbeets landete, quittierte er dies mit einem harschen »Verdammt! Das werde ich Caro noch heimzahlen!«.

Als dieser Herr sich dann auch noch anstatt die Kieswege zu benutzen, was der üblichen Fortbewegung in einem Garten entsprach, in die Sträucher drückte, unauffällig von einem Busch zum anderen huschte und hinter zu wilden Fantasiewesen gestutzten Gewächsen in Deckung ging und schließlich bei der Steintreppe zur Veranda auf der Rückseite des Hauses wieder auftauchte, hätte jeder Beobachter dieser Szene spätestens zu diesem Zeitpunkt allen Grund zu größtem Erstaunen gehabt.

Der Mann benahm sich in der Tat sehr seltsam. In der Nähe der Stufen erhob er sich plötzlich aus der Hocke, schüttelte seine Hemdrüschen auf und zog sein Wams über den vorstehenden Bauch. Dann fischte er ein Taschentuch aus seiner Schamkapsel, um sich den Dreck von seinen zierlichen weißen Händen zu wischen, und zog – nachdem er sich kurz vergewissert hatte, nicht beobachtet zu werden, schließlich seine persischen Seidenstrümpfe glatt. Man weiß nicht, zu welcher Äußerung sich wohl jemand hätte hinreißen lassen, wäre er jenes rundlichen Mannes ansichtig geworden, der wie angewurzelt stehen blieb, als er die dunkelhaarige junge Frau erblickte, die aus dem Haus geeilt und die Treppe hinabgelaufen kam. Doch ganz gewiss war der Inhalt des darauf folgenden, wenn auch sehr leise geführten Gesprächs nicht das, was man erwartet hätte.

»Caro«, zischte der Gentleman eindringlich, als die junge Frau an ihm vorbeistürzte. Lady Caroline erstarrte, als sie ihren Namen zum zweiten Mal hörte, bevor sie sich langsam umdrehte und die verkleidete Gestalt abweisend anfunkelte.

»Ich glaube nicht, dass wir uns kennen, Sir.«

»Oh, doch. Mit drei hast du in meinen Sandkasten gepinkelt. Ich erinnere mich noch sehr gut daran, wie Matthew lachte, als das Kindermädchen mir die Schuld dafür gab.«

Die regungslose Gestalt Lady Carolines, die mit ihrem ausladenden Reifrock aus rosaroter Seide und der silbernen Spitze aus Zeiten ihrer Mutter eine hinreißende Erscheinung war, erwachte wieder zu Leben, als sie die vertraute, wenn auch ärgerliche Stimme erkannte. »Char? Bist du das?«

Aus dem Schatten der Balustrade trat der beleibte Herr bis an den Fuß der Treppe. »Ja, ich bin es, aber wo zum Teufel bist du gewesen? Ich habe eine Ewigkeit am Tor auf dich gewartet! Du solltest es doch eine halbe Stunde vor Mitternacht entriegeln, Caro! Und jetzt ist es schon weit nach Mitternacht!«

»Das tut mir fürchterlich leid, aber mein lieber Algernon wollte unbedingt einen Walzer mit mir tanzen, Charlotte«, erklärte Caroline, während sie mit zusammengekniffenen Augen versuchte, im Schatten das Gesicht ihrer Freundin zu erkennen. »Ich dachte, du wolltest dich als Elizabeth I. kostümieren? Du siehst aber eher nach einem Mann aus.«

»Ja, ja, ich habe es mir anders überlegt. Ich dachte, als Heinrich VIII. würde ich nicht so auffallen.« Sie zupfte an der ledernen Schamkapsel, die sich zwischen ihren Beinen vorwölbte. »Keiner, der mich kennt, rechnet damit, mich mit diesem Ding anzutreffen.«

»Da hast du wohl recht«, stimmte Caroline belustigt zu. »Man kann über deinen Hang, die vornehme Gesellschaft zu schockieren, sagen, was man will, aber mit einer Schamkapsel sieht man dich wirklich nicht alle Tage.«

»Und trotzdem ist so ein Ding sehr praktisch, das sei fairerweise gesagt«, musste Charlotte zugeben. »Weil ich so lange auf das Kostüm von Madame Beauloir warten musste, hatte ich keine Zeit mehr, um noch zu Hause eine Kleinigkeit zu mir zu nehmen. Tremayne Drei war so freundlich, mir einen der Äpfel zu geben, die eigentlich für die Pferde gedacht waren. Sie passen ausgezeichnet in die Schamkapsel. Es wundert mich gar nicht, dass sie so viele Jahre Teil der Herrenkleidung waren – sie sind viel praktischer als ein Retikül!«

Einen Augenblick lang betrachteten die beiden Frauen schweigend dieses speziell auf die Anatomie eines Mannes zugeschnittene Ding.

»Findest du die Bezeichnung *Schamkapsel* nicht auch etwas zu harmlos?«, fragte Caroline. »Immerhin sieht deine wie ein … na ja, allzu vorwitziges Kürbisgewächs aus.«

»Dies war das beste Stück, das Madame Beauloir zu bieten hatte«, entgegnete Charlotte würdevoll, während sie über das aus Leder und Kupfer bestehende Objekt strich, das – musste sie gestehen – tatsächlich an einen kleinen, krummhalsigen Kürbis erinnerte. Sie wollte sich gerade weiter über dieses Thema auslassen, als sich plötzlich eine Tür öffnete, Licht auf die Veranda fiel und Stimmen nach draußen drangen.

»Nimm meinen Arm«, verlangte Charlotte, »und tu so, als wäre ich ein Gentleman.«

»Du gehst aber nicht wie ein Gentleman«, wandte Caroline ein.

Auf der obersten Stufe angekommen, zog Charlotte Caroline zu einer großen Steinvase an einer als Windschutz dienenden Hecke, wo man sie nicht hören konnte. »Wovon redest du?«

»Niemand wird dich für einen Mann halten, wenn du gehst wie eine Frau. Sogar ein Blinder kann das sehen. Männer wackeln beim Gehen nun mal nicht mit den Hüften.«

»Einige schon«, widersprach Charlotte und trat von einem Bein aufs andere, während sie den Sitz ihrer Schamkapsel korrigierte. »Verflixtes Ding, da kitzelt etwas.«

»Das stimmt, aber dabei handelt es sich um Herren, die wir gar nicht kennen sollten. Was machst du denn da? Char, so etwas tut man doch nicht in der Öffentlichkeit. Man wird dich noch dabei beobachten!« Caroline postierte sich eilig und mit empörter Miene zwischen ihrer Freundin und einer in der Nähe befindlichen Gruppe von Gästen, die die kühle Nachtluft genossen.

»Ich kann nicht anders«, murrte Charlotte, das Kinn an den gestärkten Stoff der Halskrause gepresst. »Das Ding ist so unbequem. Es hat sich … bewegt.«

»WAS?«

»Schscht«, zischte Charlotte und sah sich kurz um, ehe sie sich wieder der Schamkaspel widmete. »Ich habe das Gefühl, da drinnen ist irgendetwas. Ich meine, außer meinem Taschentuch.«

»Es hat sich bewegt?«, zischte Caroline durch zusammengebissene Zähne und bedachte ein vorbeikommendes Paar mit einem etwas irren Lächeln. »Was meinst du mit ›bewegt‹? Was kann denn schon da drinnen stecken und sich auch noch bewegen?«

»Ich weiß es nicht«, knurrte Charlotte und versuchte erfolglos, die Schnallen zu lösen, mit denen das glänzende Stück mit ihrem Kostüm verbunden war. »Aber ich vermute, dass sich irgendetwas dort eingenistet hat, als ich mich draußen vor dem Tor in den Büschen versteckt und darauf gewartet habe, dass du mich endlich hereinlässt. Womit ich es wohl ziemlich eindeutig dir zuschreiben kann, dass das Ding hier zum Leben erwacht ist.«

»Sei nicht albern, was kann sich denn schon in eine Schamkapsel verirren? Darin ist doch gerade mal für einen Apfel Platz!«

»Caroline«, fauchte Charlotte, wobei sie sich so abrupt herumwarf, dass besagtes Stück ihrer Freundin mit einem eleganten Schwung an die Hüfte klatschte. »Da unten könnte eine ganze Haselmausfamilie hausen, doch das hilft mir auch nicht weiter. Wenn es dir also nichts ausmacht, könnte ich jetzt gut ein wenig Unterstützung gebrauchen; ich würde die Biester gerne loswerden, damit ich endlich meinem Schicksal auf die Sprünge helfen und zu Lady Carlisle werden kann, was kaum möglich ist, solange ich Ungeziefer in diesem Ding beherberge!«

»Ach du liebes bisschen«, stöhnte Caroline leise. »Wir sind verloren!«

»So weit ist es wohl noch nicht«, antwortete Charlotte, während sie mit beiden Händen an der Kapsel zerrte. »Wenn du mir vielleicht helfen würdest, das hier abzubekommen. Die Schnallen haben sich irgendwie verheddert.«

Caroline, die Charlotte den Rücken zugekehrt hatte und sich bemühte, ihre voll und ganz mit dem widerspenstigen Accessoire beschäftigte Freundin vor neugierigen Blicken abzuschirmen, langte nach hinten und zupfte Charlotte am Arm. »Char, hör auf«, flüsterte sie mit erstickter Stimme, während sie verzweifelt zu lächeln versuchte. Dann erhob sie ihre Stimme zu einem klaren »Guten Abend, Lord Carlisle«.

Charlotte, die plötzlich gewahr wurde, was vor sich ging, erstarrte und spähte Caroline über die Schulter, als diese vor dem Earl knickste. »Verflixt.«

Dunkle, mitternachtsblaue Augen starrten sie an.

»Gewiss«, erwiderte Dare.

»Ich … äh … wenn Sie bitte entschuldigen … mein Mann wartet auf mich«, stotterte Caroline und eilte mit einem besorgten Blick zu ihrer Freundin in den Ballsaal zurück.

Als Dare Charlottes Kostüm musterte, hob sich eine seiner Augenbrauen. »Heinrich VIII.?«

»Ja, sehr gut beobachtet.« Sie drehte sich um, als wollte sie in den in Dunkelheit liegenden Garten schauen, während sie die Schamkapsel in einem neuerlichen Versuch, sie zu lösen, an der Brüstung rieb. Leider ohne Erfolg. Nach einem verstohlenen Blick in Richtung des Mannes, der neben ihr stand und ebenfalls in den Garten starrte, zerrte sie – diskret, so jedenfalls hoffte sie – an dem widerwilligen Lederstück.

Dares andere Braue schoss nach oben, während Charlotte klar wurde, dass ihre Fertigkeiten in der diskreten Behandlung von Schamkapseln durchaus verbesserungswürdig waren. Offensichtlich erlebte sie gerade einen der Momente, in dem sie lieber die Flucht nach vorne ergreifen und sich zu einer Dummheit bekennen sollte, als bei dem Mann, dessen Kinder sie eines Tages unterm Herzen tragen würde, den Eindruck zu hinterlassen, sie wäre eine dieser Frauen, die nachts auf dem Balkon standen und im Schutz der Dunkelheit an ihrer Schamkapsel fummelten. »Da drinnen … Ich glaube, da drinnen ist irgendetwas«, flüsterte sie und wies mit einem Nicken auf das vorgewölbte Lederstück.

Dare kräuselte die Lippen.

»Etwas Lebendiges«, fügte sie hinzu, während sie sich bemühte, sich weder unter seinem ungläubigen Blick noch angesichts der Gewissheit, dass Hunderte winziger Füßchen über ihr empfindsames Fleisch tippelten, unbehaglich zu winden. Getrieben von dem Bedürfnis, das Ganze etwas näher zu erläutern, um nicht für völlig übergeschnappt gehalten zu werden, fügte sie hinzu: »Ich glaube, als ich mich in den Büschen versteckte, ist mir da etwas hineingekrabbelt.«

Er blinzelte.

»Vielleicht wären Sie so freundlich, es für mich zu entfernen. Lady Beverly meint, dass sich am Ende der Halle ein ruhiges Zimmer befindet, das wir kurz benutzen könnten.«

»Madam«, sagte Dare schließlich, aber in so frostigem Ton, dass Charlotte sich nicht gewundert hätte, wäre gleich darauf eine Eisschicht über seine Lippen gekrochen. »Ich habe nicht das geringste Interesse an dem, was sich in Ihrer Schamkapsel befindet.«

»Ich verstehe«, erwiderte Charlotte etwas kläglich. »Äpfel habe ich leider keine mehr. Ich hatte nur für den einen Platz. Dass Sie gerne auch einen hätten, konnte ich ja nicht ahnen, und eine Schamkapsel mit Platz für zwei Äpfel erschien mir ein wenig zu extravagant.«

Sie lächelte und wunderte sich kurz über den verwirrten Ausdruck in seinen Augen, führte ihn dann aber auf den übertriebenen Genuss von Champagner zurück. Üblicherweise schauten Herren auf Maskenbällen etwas zu tief ins Champagnerglas. Und genau diesen Umstand gedachte sie sich zunutze zu machen, um den Earl in ihr Netz zu locken. Ihr Lächeln wurde noch strahlender, als die Verwirrung in seinen Augen wuchs. Ohne Frage war er inzwischen so betrunken, dass sie ihren Plan ohne Probleme in die Tat umsetzen würde.

Dare blieb auf der Schwelle zum Ballsaal stehen und hielt nach seiner Schwester Ausschau, wobei er sich die ganze Zeit einen verfluchten Narren schimpfte. So sehr er auch versuchte, der Stimme der Vernunft Beachtung zu schenken, war er doch nicht in der Lage, der Aussicht auf einige sehr private Augenblicke mit Charlotte zu widerstehen. Die missliche Lage, in der sie sich befand, war so absurd, so durch und durch Charlotte, dass es trotz des schroffen Tons, den er ihr gegenüber angeschlagen hatte, eines Haufens starker Männer und wahrscheinlich etlicher Zugpferde bedurft hätte, um ihn davon abzuhalten, sich von ihr erklären zu lassen, warum sie im Kostüm von Heinrich VIII. steckte und ein Insekt oder Ähnliches in ihrer Schamkapsel beherbergte. Zwar konnte er sich nicht vorstellen, wie ihre Erklärung aussehen würde, doch er war sicher, dass sie ihn so gut wie schon seit einer ganzen Weile nicht mehr unterhalten würde.

Er entdeckte seine Schwester am Rande einer Gruppe kichernder Mädchen. Auf dem Weg zu ihr zerstreute er die Bedenken seines zweifelnden Selbst, indem er sich sagte, dass Charlotte schließlich eine Witwe war.

Bestimmt waren heimliche Rendezvous auf Bällen nichts Ungewöhnliches für sie. Ein paar private Augenblicke würden ihrem Ruf nicht schaden. Da es andererseits Rücksicht auf den kläglichen Rest seines eigenen Rufs zu nehmen galt, flüsterte er seiner Schwester vorsichtshalber einige Worte ins Ohr.

»Wo ist Mrs Whitney?«

Die kleine dunkelhaarige Frau im Kostüm der berüchtigten Freibeuterin Anne Bonney drehte sich um und lächelte ihren Bruder aus dunklen und vor Glück strahlenden Augen an. »Sie tanzt mit David. Ist das nicht ein herrlicher Ball? Ich bin so froh, dass du unsere Teilnahme zugesagt hast, auch wenn es dir nicht geschadet hätte, ein Kostüm zu tragen. Warum schaust du so besorgt? Doch nicht etwa wegen mir? Dare, es ist überhaupt nicht schlimm, wenn ich einen Moment lang alleine bin, während David mit seiner Tante tanzt. Es sei denn, du möchtest, dass ich mich mit dir dem Tanz anschließe?«

Dare zupfte an einer dunklen Strähne, die über Patricias Ohr fiel, und ignorierte das neckische Funkeln ihrer dunkelbraunen Augen. »Du kleine Hexe. Ich hasse diese gesellschaftlichen Veranstaltungen, das weißt du ganz genau. Du bist aus nur einem Grund hier: Weil ich dein ständiges Jammern ›Wenn wir heute Abend nicht dabei sind, kommt niemand zu meiner Hochzeit‹ nicht mehr ertragen konnte; nicht, dass ich irgendeinen Zusammenhang zwischen diesen beiden Ereignissen erkennen könnte. Doch selbst wenn ich den Wunsch hätte, mit dir zu tanzen, wäre es mir nicht möglich. Ich habe eine Verabredung und möchte, dass du mir versprichst, hierzubleiben und auf Mrs Whitney zu warten.«

»Ach?« Auf die gleiche Art wie ihr Bruder zog sie spöttisch die Augenbraue hoch und musterte ihn von Kopf bis Fuß. In seiner schwarzen Abendgarderobe gab er das Bild eines ernsten und sehr beeindruckenden Mannes ab. Doch irgendetwas an ihm war heute anders. Er wirkte aufgeregt. Wenn es nicht um seine Arbeit an seinem Motor ging, war Dare selten aufgeregt, und sollte irgendetwas – oder irgend*jemand* – seine Aufmerksamkeit erregt haben, dann war es ihre schwesterliche Pflicht, mehr zu erfahren. »Um was für eine Verabredung handelt es sich? Es geht doch nicht etwa ums Spielen, oder? Nein«, beantwortete sie ihre Frage selbst, noch ehe er die Gelegenheit hatte, gegen diesen Verdacht zu protestieren. »Nein, das würdest du nicht tun, dafür gehst du viel zu sorgsam mit deinem Geld um, als dass du es zum Fenster hinauswerfen würdest. Hmmm. Dann triffst du vielleicht einen Herrn, der die Absicht hat, in die Entwicklung deines Motors zu investieren?«

Dare blickte nervös zur Tür. Er hasste es, seine Schwester alleinzulassen, besonders da seine gesamte Zukunft von der

Bereitwilligkeit der Frau abhing, die für sie als Anstandsdame fungierte: Mrs Whitney wollte ihm finanziell unter die Arme greifen. Doch er hatte Charlotte versprochen, gleich wieder bei ihr zu sein. Bei dem Gedanken, was wohl passierte, wenn sie in den Ballsaal spazierte und der versammelten Menge verkündete, dass sie auf seine Hilfe bei ihrer Schamkapsel wartete, lief es ihm kalt den Rücken herunter. »Ich muss jetzt gehen. Gib mir dein Wort, dass du hierbleibst und auf Mrs Whitney wartest, bis ich zurück bin.«

»Also kein Investor«, ignorierte Patricia seine Bitte und neigte den Kopf, um ihn noch durchdringender zu betrachten. »Denn wenn du einen Investor hättest, wäre es dir vollkommen egal, ob Mrs Whitney dich ihrem Mann empfiehlt oder nicht, und du würdest dir nicht so viel Mühe geben, sie versöhnlich zu stimmen. Geschweige denn alles daransetzen, um zu verhindern, dass ihr deine skandalöse Vergangenheit zu Ohren kommt.« Sie tippte sich mit dem Finger an die Lippen, während ihre Augen vor Neugierde hell glänzten. »Wenn es weder ums Spielen noch um einen Investor geht, dann muss es sich … heiliger Strohsack, Dare, du hast doch wohl nicht ein Rendezvous mit einer Frau, oder doch?«

»Na ja, mit einem *Mann* wohl kaum«, fauchte er. »Wenn du mich jetzt bitte –«

»Es geht tatsächlich um eine Frau!«, krähte Patricia.

Dares Miene verfinsterte sich, während er sie augenblicklich ermahnte, still zu sein. »Wenn du dich in der Öffentlichkeit nicht besser zu benehmen weißt, werde ich es mir demnächst zweimal überlegen, ob ich dich zu solchen Veranstaltungen gehen lassen kann.«

»In einer Woche kannst du mir nicht mehr vorschreiben, wohin ich gehen darf und wohin nicht, aber darum geht's doch jetzt gar nicht«, ignorierte sie die Einwände ihres Bruders mit einer wegwischenden Geste. »Erzähl mir etwas über die Frau, mit der du dich triffst! Wer ist sie? Kenne ich sie? Machst du ihr den Hof? Ach, Dare, ich mache mir so viele Gedanken darüber, wer sich wohl um dich kümmert, wenn ich erst verheiratet bin – bitte sag mir, dass du dich verliebt hast und dich mit dem Gedanken trägst, um die Hand einer Frau anzuhalten, die deine Liebe erwidert.«

»Liebe«, schnaubte Dare verächtlich und ließ sich durch diesen unheilsamen Gedanken für einen kurzen Moment ablenken. »Solche Flausen setzt man sich in den Kopf, wenn man Woche für Woche einen dieser Romane verschlingt.«

Patricia verharrte einige Sekunden lang und beobachtete ihren Bruder ruhig, während das fröhliche Leuchten ihrer Augen erstarb. »Nein, ich kann sehen, dass du nicht verliebt bist, aber noch gebe ich die Hoffnung nicht auf, dass du eines Tages die Frau findest, die für dich bestimmt ist. Ich weiß, dass du meinst, durch die Ereignisse der Vergangenheit auf immer und ewig gezeichnet zu sein und dein Herz nie wieder einer Frau schenken zu können, doch glaub mir, Dare, nicht alle Frauen sind wie die eine, die dich so verletzt hat. Gib die Hoffnung nicht auf. Und verschließ dein Herz nicht vor der Liebe.«

Jede Anspielung auf die zehn Jahre zurückliegenden Ereignisse verlieh Dare eine Maske der Kälte und Unnachgiebigkeit. »Ja oder nein, wirst du hierbleiben und dich benehmen, bis Mrs Whitney den Tanz beendet hat?«

Es half alles nichts; er wollte einfach nicht über die Vergangenheit reden. Obwohl Patricia innerlich vor Sorge um ihn einen tiefen Seufzer tat, schaffte sie es, mit einem fröhlichen Lächeln elegant zu salutieren. »Aye, aye, *mon capitaine*. Setzt die Segel und werft Eure Sorgen über Bord, geliebter Bruder. Nicht vom Flecke werde ich mich rühren, bis der Kapitän meines Herzens kommt, um meinen Anker zu lichten.«

Dare zögerte noch einmal, bevor er sich zum Gehen wandte. »Patricia, nur weil du einen Seemann heiratest …«

»Kapitän, bitte schön, des schönsten und besten Whitney-Schiffes, das je über die Meere segelte!«

»… Kapitän heiratest, musst du nicht so geschwollen reden. Außerdem wäre es besser, wenn dein Anker vor der Hochzeit nicht gelichtet wird«, warnte er mit bedeutungsschwerem Blick.

Patricia grinste nur und scheuchte ihn fort. Kopfschüttelnd machte sich Dare auf den Weg zu dem kleinen Zimmer am Ende der in Dunkelheit liegenden Halle, von dem Charlotte gesprochen hatte. Er fragte sich, auf welche Art von Narretei er sich wohl einließ. Gewiss war es keine große Sache, ihr zu helfen, das war etwas, das im Handumdrehen erledigt wäre. Er würde ihr helfen, das zu entfernen, was auch immer sich in ihrer Schamkapsel eingenistet hatte – Frauen reagierten bei derartigen Dingen immer gleich so empfindlich –, danach würde er sich ein paar Minuten lang an der besonders entzückenden Form von Worträtseln ergötzen, die jede Unterhaltung mit Charlotte mit sich brachte, und sich schließlich höflich, aber entschlossen von ihr verabschieden. Damit wäre sowohl sein quälendes Bedürfnis befriedigt, ihr nah zu sein, als auch das Problem mit ihrem Kostüm dank seines diskreten Eingreifens gelöst, und ansonsten würde nichts geschehen.

Als er das Zimmer betrat, legte er sich in Gedanken bereits die Entschuldigung für seinen Abgang zurecht. »Verzeihen Sie meine Verspätung, Lady – mmrph!«

Dare blieb kaum genügend Zeit, den Blick in zwei leuchtend blaue Augen zu erhaschen, ehe er in eine innige Umarmung gezogen wurde.

Mit Heinrich VIII. Einem sehr gut gepolsterten, bärtigen und mit einer Schamkapsel ausgestatteten Heinrich VIII.

Er wand sich aus den Armen, die sich um seinen Hals geschlungen hatten, um seine Lippen aus der kratzigen orangeroten Wolle zu befreien, die Charlottes Gesicht von der Nase abwärts bedeckte. »Ich hätte nie gedacht, dass ich dies einmal sagen würde, aber es spricht doch einiges dafür, dass auch Frauen sich rasieren sollten.«

Die Zurückweisung ihrer Annäherungsversuche erfüllte Charlotte einen Moment lang mit Bestürzung, doch dann lächelte sie. »Ich bitte um Verzeihung, an den Bart habe ich gar nicht mehr gedacht. Warten Sie kurz, ich will ihn nur schnell abnehmen, dann können wir mit der Kompromittierung fortfahren.«

Dare schüttelte den Kopf, um aus seinen Ohren hinauszubefördern, was auch immer ihn daran hindern mochte, Charlotte richtig zu verstehen. Er wusste, dass ihre verbalen Verrenkungen manchmal mit den kuriosesten Aussetzern einhergingen, die bei dem Versuch, diese zu begreifen, sogar einen gebildeten Menschen an seine Grenzen stoßen ließen. Ihr jüngster Gedankensprung war jedoch selbst für einen so schöpferischen Geist wie den ihren höchst ungewöhnlich.

»Zu Ihrem Problem mit dem Kostüm –«

»Das ist bereits behoben«, antwortete sie, während sie an einem Zipfel des Wollbarts zog. »Es war nur ein Blatt, keine ganze Haselmausfamilie, wie ich zunächst vermutet hatte. Verflixt, dieser störrische Bart. Crouch muss eine Extraportion Klebstoff verwendet haben. Der Kram will nicht abgehen! Wie um alles in der Welt soll ich den Zeitplan für die Kompromittierung einhalten, wenn der Bart noch dran ist!«

Allmählich beschlich Dare ein übler Verdacht. »Und wer bitte schön soll Sie kompromittieren?«

Charlotte zog die Stirn kraus, während sie etwas davon murmelte, dass sie etwas bräuchte, um den Klebstoff zu entfernen.

»Papperlapapp! Alles, was Sie zu tun haben, ist, Ihre Lippen hinzuhalten. Und zu Ihrer Frage – *mich* soll niemand kompromittieren, Alasdair. Vielmehr werde ich *Sie* kompromittieren.«

»*Wie bitte?*« Mit einer solchen Ankündigung, so direkt und ungehemmt Charlotte auch war, hatte Dare nicht gerechnet. Nach einem kurzen Moment des Sichfassens korrigierte er sich zumindest dahingehend, dass sie ein derartiges Vorhaben wohl kaum in einem fremden Haus wagen würde, schon gar nicht an einem Ort, an dem man leicht überrascht … Ihm stockte der Atem, als er begriff, welch schrecklich clevere Falle sie für ihn ausgelegt hatte, in die er prompt getappt war. Ausgerechnet er, ein Mann, der sich jeden Tag selbst dafür lobte, wie hervorragend es ihm gelang, solche Fallen zu umgehen.

»Keine Angst, ich habe für alles gesorgt. Sie müssen nicht einen Finger krümmen«, versprach Charlotte.

Verblüfft starrte er sie an. Sie hatte das schwarz-goldene Wams abgestreift und drehte sich jetzt in dem mühsamen Versuch im Kreise, an ihren Rücken zu gelangen, um sich von der Verschnürung des großen Kissens zu befreien. »Verflixt! Ich komme einfach nicht dran. Wenn Sie bitte die Knoten für mich lösen könnten, Mylord, würde ich mich voller Freude an die Umsetzung meines Vorhabens machen. Ich glaube nicht, dass wir viel Zeit haben, und obwohl meine Erfahrung mit derlei Dingen recht begrenzt ist, nehme ich doch an, dass man schon ein oder zwei Minuten braucht.«

Dare kam aus dem Staunen nicht mehr heraus und durchlebte ein Wechselbad der Gefühle, als unbändige Wut und der höchst unwillkommene Drang, in schallendes Gelächter auszubrechen, um die Oberhand stritten. Dies war ein guter Zeitpunkt, um sich zu verabschieden. Er sollte Charlotte stehen lassen mitsamt ihres schrecklich verwickelten Plans, den sie sich in dem gordischen Knoten ihres Verstandes ausgedacht hatte.

Er sollte ihr den Rücken kehren und sie nie wiedersehen, nie wieder den angenehmen Klang ihrer samtweichen Stimme hören, nie wieder die Freude erleben, die kurz und heftig in ihm aufwallte, sobald er sie erblickte, und er sollte sie ganz gewiss nie wieder in den Armen halten.

All das war einfach nicht gut.

»Da haben wir's. Ich bin verrückt«, knurrte Dare vor sich hin, während er sich mit verschränkten Armen an die Tür lehnte und Charlotte dabei zusah, wie sie unter leisem Murren und Fluchen versuchte, sich des Kissens zu entledigen. Entschieden kämpfte er die Welle des Verlangens nieder, die ihn beim Anblick dieser unfreiwillig lasziven Bewegungen überkam, und verfluchte sowohl seine Augen als auch seine Lust. Niemand hätte es für möglich gehalten, dass ihn der Anblick eines großen, behaarten, längst verstorbenen Königs so erregen könnte, doch mit jedem Wackeln ihrer wohlgeformten Hüften vergrößerte sich – unter anderem – sein Verlangen. »Was Sie da vorhaben … darf ich annehmen, dass es irgendwie im Zusammenhang mit Ihrem vor einigen Tagen ausgesprochenen Heiratsantrag steht?«

Mit einem triumphierenden Tritt entledigte Charlotte sich zu guter Letzt ihres Kissens und drehte sich mit einer Unschuldsmiene zu ihm um, die einen Engel vor Neid hätte erblassen lassen. Dare jedoch ließ sich nicht hinters Licht führen.

»Heirat? Antrag? Ach, *der* Unsinn! Nein, nein, Mylord, daran habe ich doch schon gar nicht mehr gedacht«, erwiderte sie lächelnd, wobei, wie er wusste, ihre Grübchen unter dem Bart erschienen. »Nein, das hat überhaupt nichts damit zu tun.«

»Ach. Würde es Ihnen dann etwas ausmachen, mir – nur um meine Neugier zu stillen – zu erklären, welches konkrete Ziel Sie damit verfolgen?«

Sie hielt kurz dabei inne, sich die Hosen aufzuknöpfen. »Sie wollen wissen, warum ich Sie kompromittieren möchte?«

Dare nickte. Ja, das wollte er. Er wollte, dass sie zugab, auch nicht besser als der Rest der erlauchten Damenwelt zu sein. Er wollte einen unauslöschlichen Schlussstrich unter seine hoffnungsfrohe Selbsttäuschung ziehen. Er wollte die Sehnsucht nach ihr ersticken, die jedes Mal, wenn er sie sah, heftiger brannte. Zum Donnerwetter, er musste sie ein für alle Mal loswerden!

»Oh. Tja. Das. Äh ... das ist eigentlich ganz einfach. Vom Äußeren her passen Sie wirklich hervorragend zu mir.«

Ein kurzes Auflachen drohte seine eiserne Beherrschung zu zerstören. »Finden Sie?«

»Ja«, schenkte Charlotte ihm ein weiteres bärtiges Lächeln und machte sich wieder mit flinken Fingern an den Perlenknöpfen ihrer rot-schwarzen Hosen zu schaffen.

Er widerstand dem beinahe unmenschlichen und völlig absurden Drang, sie in die Arme zu reißen und ihr mit leidenschaftlichen Küssen auch noch den kläglichen Rest ihres Verstands zu rauben. »Ich verstehe. Dann entschuldige ich mich für meine Verdächtigungen. Einen Moment lang hatte ich doch tatsächlich den irrsinnigen Gedanken, dass Ihre Kompromittierungsabsichten Teil eines Plans sein könnten, mich auf hinterhältige Art und Weise in eine Ehe zu locken.«

Charlotte hielt wieder kurz inne. »Ach?«

»Ja. Mir war der seltsame Gedanke gekommen – zum Glück haben Sie mich ja auf meinen Irrtum hingewiesen –, Sie hätten vielleicht Vorkehrungen getroffen, um sich hier mit mir zusammen entdecken zu lassen.«

Ihre Finger erstarrten. »Ach.«

»In diesem Zimmer.«

Sie blinzelte.

»Völlig unbekleidet.«

Sie leckte sich über ihre köstlichen Erdbeerlippen.

»Und, habe ich recht?«

Wütend hob sie das Kinn und blickte ihn empört an. »Es beleidigt mich zutiefst, dass Sie mir diese schändlichen Dinge zutrauen, Lord Carlisle. Eigentlich sollte man meinen, es erfreue einen Mann, wenn ihm solch eine Gelegenheit geboten wird, aber nein, Sie müssen sich ja voller Argwohn sträuben und diese außergewöhnliche Erfahrung ruinieren! Ich spiele ernstlich mit dem Gedanken, das Ganze abzubrechen!«

Eine seiner goldenen Augenbrauen neigte sich fragend.

»Trotzdem«, fuhr sie mit einem rechtschaffenen Nicken fort, während sie sich den restlichen Knöpfen widmete, »trotzdem will ich dieses eine Mal über Ihre kleinlichen Gedanken hinwegsehen. Aber rechnen Sie beim nächsten Mal bitte nicht mit derselben Großzügigkeit.«

»Dann haben Sie also nicht die Absicht, all Ihre Kleider abzulegen und sich mir hinzugeben, um sich dabei ertappen zu lassen, sodass ich um der Ehre willen nicht umhinkomme, Sie zu heiraten?«

»Das sagte ich doch!«

»Dann macht es Ihnen vermutlich auch nichts aus, wenn ich die Tür abschließe?« Dare drehte den kleinen Messingschlüssel im Schloss und verstaute ihn in seiner Jackentasche.

»Äh …« Charlottes wachsamer Blick folgte ihm.

»Das hatte ich auch nicht angenommen. Wo soll der Akt denn stattfinden?«

Ihre herrlich blauen Augen starrten ins Leere. »Äh …«

»Das Sofa dort macht einen bequemen Eindruck. Oder würden Sie Ihrem sündigen Anliegen lieber auf dem Kaminvorleger nachkommen?«

Ihr Blick ging zum Feuer. »Äh …«

Dare schlenderte zu dem großen Ledersessel und blieb daneben stehen. »Oder bevorzugen Sie *fantasievollere* Orte? Diesen Sessel vielleicht?«

Charlotte betrachtete das Möbelstück mit wachsendem Interesse. »Wie sollte das funktionieren?«

Dare konnte sich sein Lachen nicht verkneifen. Sie war zweifellos die bezauberndste Frau, die er je getroffen hatte; erfrischend direkt, jedes Wort und jede Handlung eine Überraschung; dennoch hatte er ihr Spielchen jetzt satt. Die wenigen Minuten, die er sich zur Behebung ihres Problems mit dem Accessoire ihres Kostüms zugestanden hatte, waren längst überschritten, und seine Zukunft hing davon ab, dass er die zukünftige Tante seiner Schwester von seinen guten Charaktereigenschaften und ehrbaren Moralvorstellungen überzeugte. »Lady Charlotte, leider muss ich Ihnen auch diesmal eine Absage für Ihr zwar schmeichelhaftes, aber sehr ungehöriges Angebot erteilen. Ich habe meine Schwester schon viel zu lange alleingelassen. Wenn Sie mich also entschuldigen –«

Charlotte näherte sich dem Ledersessel und stieß ihn vorsichtig an, wie um zu prüfen, ob er nicht vor ihren Augen explodierte. »Wie im Einzelnen kann man sich wohl in so einem Sessel lieben?«

Dares Stirn legte sich in Falten.

»Wo zum Beispiel bleiben die Beine?«

Die Falten auf seiner Stirn wurden tiefer.

»Und was ist mit dem … Ding des Mannes? Wie wird es in so einer Situation gehandhabt?«

Dare war froh, volles Haar zu besitzen, denn andernfalls hätten sich die Falten auf seiner Stirn jetzt an seinem Hinterkopf wiedergefunden. »Lady Charlotte –«

Sie starrte ihn verwirrt an, während sie mit einer Hand ihre offen stehende Hose festhielt. »Ich kann mir das einfach nicht bildlich vorstellen. Nicht einmal in Vyvyan La Blues berühmtem Buch *Sinnliche Wege ins Eheglück* findet ein Sessel Erwähnung.«

Dare öffnete den Mund, um sich ein für alle Mal zu verabschieden.

»An so etwas könnte ich mich auf jeden Fall erinnern!«

Er schüttelte den Kopf. Es war höchste Zeit, dass er jetzt seine fünf Sinne zusammennahm und endlich ging, bevor ihn der Strudel ihrer verrückten Gedanken noch mit ins Verderben riss.

»Das hätte ich bestimmt nicht überlesen, denn das Kapitel über die kreative Nutzung von Möbelstücken habe ich mir besonders aufmerksam angeschaut, weil Antonio sich so für Brokat begeistern konnte.«

»Wie dem auch sei –« Brokat? Bestimmt hatte er sich verhört.

»Kaum zu glauben, dass ein Mensch so viel Freude für Brokat empfinden kann, aber Antonio liebte es, sich von Kopf bis Fuß darin einwickeln und dann von mir mit dem Teppichklopfer bearbeiten zu lassen.«

»Das muss sehr … sagten Sie Teppichklopfer?«

Sie nickte, während sie mit dem Finger über die geschwungene Rückenlehne des Sessels fuhr. »Ja, er meinte, das würde den Brokat schön weich und anschmiegsam machen und so ein angenehmes Gefühl auf der Haut erzeugen, obwohl mir unbegreiflich ist, wie er zu dieser Meinung gelangen konnte, so wie er zuckte, stöhnte und sich wand, wenn ich den Klopfer benutzte.«

Er dachte, dass dies wahrscheinlich das Geringste dessen war, was sie nicht begriff.

»Trotzdem, da er sich auf die Brokatklopferei immer freute, muss irgendetwas Wahres gewesen sein an dem, was er sagte.«

Dare riss sich noch einmal zusammen und unternahm einen letzten Versuch, nicht dem Wahnsinn zu verfallen. »Lady Charlotte?«

Charlotte drehte sich um und sah ihn an. Der unschuldige Ausdruck auf ihrem Gesicht wirkte durch den Bart seltsam verwirrend. »Ja, Mylord?«

Dare sah ihr tief in ihre bezaubernden, so unergründlichen und klaren Augen und spürte plötzlich eine Sehnsucht, die er nicht mehr gefühlt hatte, seit er jung, töricht und das erste Mal verliebt gewesen war. Doch er war nicht mehr jung, und so töricht er auch sein mochte, für die Liebe gab es keinen Platz in seinem Leben. »Guten Abend.«

»Aber, Mylord ...«

Er ging zur Tür und schloss sie auf, um sich dann mit einem kurzen Blick über die Schulter für immer und ewig das Bild der Frau ins Gedächtnis zu brennen, die es – gegen seinen Willen – irgendwie geschafft hatte, sich fünf einsame Jahre lang in seinem Herzen zu halten. Sie war wunderschön. Geradezu himmlisch. Eine Göttin – reglos wie eine Marmorstatue, angetan mit knittrigen Seidenstrümpfen und einer Halskrause, die nach all den unternommenen Anstrengungen leicht schief saß. Sie hielt den langen Spitzenaufschlag ihres Leinenhemdes mit derselben Hand umklammert, mit der sie ihre Hosen zusammenhielt, die Schamkapsel hing halb herunter. Im Gegensatz zu dem feuerroten Bart wirkte ihr Gesicht blass, was ihren Augen einen hell strahlenden Glanz verlieh, wie ihn nur der schönste aller Sommerhimmel zeigte.

Nach Patricias Hochzeit würde er die Stadt sofort verlassen, er würde Charlotte nie wiedersehen. »Leben Sie wohl, Charlotte.«

Die Hand an der Türklinke tat er einen Schritt nach hinten, um der aufschwingenden Tür Platz zu machen.

»Ah, Lord Carlisle, da sind Sie ja. Ein kleines Vögelchen hat mir gezwitschert, dass ich Sie hier finde.«

Dare starrte mit wachsendem Entsetzen auf das argwöhnische Lächeln seiner Gastgeberin.

»Lady Jersey. Ich … äh …«

»Ihre Schwester fing an, sich um Sie zu sorgen, nicht wahr, Miss McGregor?«

Dare wich noch einen Schritt zurück, als Patricia neben Lady Jersey in den Raum schlüpfte. Beide Frauen blickten an ihm vorbei zu Charlotte, die sich hinter den Sessel geflüchtet hatte.

»In der Tat. Denn es sieht meinem Bruder gar nicht ähnlich zu verschwinden, wenn er mir einen Walzer versprochen hat. Aber wenn du etwas mit diesem Herrn zu besprechen hast, will ich dir noch einmal verzeihen, Dare.«

Lady Jersey ging weiter in das Zimmer hinein und streckte Charlotte die Hand entgegen. »Sir, ich glaube, wir hatten noch nicht das Vergnügen?«

Mit einem erstickten Laut und einem kurzen, schwer zu deutenden Blick zu Dare ergriff Charlotte die dargebotene Hand, zuckte aber sogleich zurück, als ihre Hosen herunterzurutschen begannen.

»Gütiger Himmel!«, rief Lady Jersey aus, während ihr scharfes Auge jede Einzelheit von Charlottes derangiertem Äußeren wahrnahm. »Lord Carlisle, ich hatte ja keine Ahnung, dass Sie … dass Sie es vorziehen, mit …«

Glücklicherweise sorgte Patricias Anwesenheit dafür, dass sie auf weitere Äußerungen in dieser Richtung verzichtete. Dare öffnete den Mund, um die Sache zu erklären, aber er konnte es nicht. Wenn er verriet, wer sich hinter Heinrich VIII. verbarg, würde er sich vor dem Traualtar wiederfinden, noch ehe er wusste, wie ihm geschah. Verschwieg er jedoch Charlottes Identität, würde Lady Jersey keine Sekunde zögern, aller Welt von seiner angeblichen sexuellen Neigung zu berichten, was bei dem Glück, das er in letzter Zeit hatte, auf direktem Wege der äußerst sittenstrengen Mrs Whitney zu Ohren käme und damit eine Katastrophe heraufbeschwöre, von der er sich nie mehr erholen würde. Dare versuchte, sich zu fassen, war vor Entsetzen jedoch wie gelähmt. Sein Magen schnürte sich zusammen, während seine Hände plötzlich feucht wurden. Und auch wenn es in diesem Augenblick noch nicht um ihn geschehen war, so stand sein Untergang kurz bevor. Ehe er jedoch irgendeine Erklärung stammeln konnte, wurden ihm die Dinge aus der Hand genommen.

»Lord Carlisle wollte mir lediglich bei meiner Schamkapsel helfen«, sagte Charlotte mit verstellter männlich tiefer Stimme. Zwei weitere Ballgäste fanden sich an der Tür ein, während Charlotte sich räusperte und hinzufügte: »Womit ich sagen will, dass er mir geholfen hat, etwas daraus zu entfernen.«

Dare spürte, wie ihn ein Gefühl der Benommenheit befiel. Er hatte geglaubt, es könnte nicht noch schlimmer kommen, doch als Mrs Whitney sich zu ihm beugte und ihn in unverhohlener Empörung fragte, warum denn ein halb nackter Mann vor Lady Jersey stünde, merkte er, dass ihm die schiere Verzweiflung das Herz zusammenkrampfte. Dare blickte erst sie und dann Patricias mitleidig dreinschauenden Verlobten an, der neben seiner Tante stand, und ihm war bewusst, dass das Unheil immer näher rückte. Er stand mit dem Rücken zur Wand; er saß in der Falle. Nun war es so weit: Er musste sich entscheiden. Wenn er die Chance des Verkaufs der Konstruktionspläne des von ihm entwickelten Motors an die Whitney – Werft nicht endgültig vertan sehen wollte, musste er die Situation irgendwie retten, und da nicht anzunehmen war, dass sein Gebet, der Erdboden möge sich auftun und ihn verschlucken, erhört würde, konnte »retten« nur bedeuten, dass ein Opfer gebracht werden musste. Von *ihm*.

Er tat einen letzten Atemzug als freier Mann.

»Und wenn ich sage, er hat mir geholfen, meine ich damit, dass er mir angeboten hat, hineinzusehen und zu ermitteln, was genau sich darin –«

»Was Lady Charlotte zu sagen versucht, ist, dass sie mir die Ehre zuteilwerden ließ, mir ihre Hand zu versprechen.«

Fünf Augenpaare starrten ihn überrascht an. Dare bedachte jeden mit einem kurzen, ruhigen Blick und spürte nichts als starke Benommenheit.

»Sie? Diese Person ist eine Frau?«, fragte Mrs Whitney.

»Ich wusste es!« Patricia salutierte mit ihrem Holzsäbel vor ihrem Bruder, ehe sie ihn auf die Wange küsste. »Ich freue mich ja so!«

»Herzlichen Glückwunsch, mein Alter«, gratulierte David, der Kapitän, während er Dare einen Klaps auf den Rücken gab.

»Lady Charlotte?«, knurrte Lady Jersey, als sie sich zu der Frau umdrehte, von der die Rede war. »Lady Charlotte Collins? Die Lady Charlotte, die mit einem italienischen Niemand durchgebrannt ist und alle Warnungen vor einem bösen Ende in den Wind geschlagen hat? Die Lady Charlotte, der ich es ausdrücklich verwehrt habe, zu meinem Ball zu kommen? Die Lady Charlotte, die mich ob dieser Absage eine ›eifersüchtige alte Ziege‹ genannt hat, ›die Klasse selbst dann nicht erkennen würde, wenn sie sie in den Allerwertesten bisse‹? Es handelt sich um *diese* Lady Charlotte?«

Dare sah zu Charlotte. Sie erwiderte seinen Blick mit großen runden Augen. Dann jauchzte sie plötzlich voller Freude auf und flog quer durchs Zimmer in seine Arme, um ihm ins Ohr zu flüstern: »Ich wusste, alles würde gut! Ich wusste, Sie würden mich nicht im Stich lassen! Nun werden wir heiraten, und dann stellt Ihnen niemand mehr nach. Lady Jersey wird mich wohl oder übel als Mitglied der Gesellschaft akzeptieren müssen, und ich werde die schönsten Kleider besitzen und auf Bälle gehen und tanzen. Und das Beste daran ist, dass Ihr bestes Stück sich nützlich machen darf, wenn Sie mir zeigen, wie das mit dem Sessel funktioniert.«

»Halleluja«, brummte Dare und zuckte leicht zusammen, als das für ihn ausgelegte Fangeisen zuschnappte. Er kostete den bitteren Geschmack der Gefangenschaft.

4

»Also wirklich, Alasdair …«

Charlotte hörte auf zu reden, als sie sah, dass Dare sie missbilligend ansah. Ärgerlich presste sie die Lippen zusammen. »Muss ich Sie denn jetzt, da wir uns versprochen sind, immer noch mit Lord Carlisle anreden?«

Dare kämpfte gegen die vertraute Enge in seiner Brust und holte probehalber Luft. Immerhin gestatteten ihm die Fesseln, die Charlotte ihm angelegt hatte, das Atmen. »Nein, Sie müssen mich nicht Lord Carlisle nennen, doch wenn Sie schon meinen Vornamen verwenden, benutzen Sie bitte die Kurzform. Abgesehen von meiner Mutter nennt mich niemand Alasdair.«

Sie schien nachzudenken. »Und wie soll ich Sie dann nennen?«

»Dare.«

»Dare?«

»Dare.« Er trieb die Pferde an und lenkte sie geschickt in den dichten Verkehr um Covent Garden. »Das sind nur vier Buchstaben. Die sollten selbst Sie sich merken können.«

Charlotte stopfte eine vorwitzige Haarsträhne unter ihre mit Jelängerjelieber geschmückte Haube, zog einen Moment lang die Augenbrauen zusammen und blickte Dare gereizt an. »Haben Sie mich etwa gerade beleidigt?«

»Ja.«

Ihre Gereiztheit nahm zu. »Warum?«

»Weil ich schlechte Laune habe.«

»Warum?«, fragte sie noch einmal.

Weil er dazu genötigt worden war, um ihre Hand anzuhalten. Weil er genügend Erfahrung besaß, um zu wissen, dass das, was sie vom Leben erwartete, sich nicht mit seinen Vorstellungen deckte. Weil er wusste, dass ihre Ehe, auch wenn er sich in sein Schicksal fügte, ein schrecklicher Fehler war, dass sie nicht zusammenpassten und dass sie beide zu einem Leben voller Elend, Verzweiflung und Hoffnungslosigkeit verdammt waren. Die Charlotte, wie er sie in Erinnerung hatte, war dumm und blickte selten unter die Oberfläche; er hingegen war von bitteren Erfahrungen geprägt und brachte keine Geduld für Oberflächlichkeiten auf. Mit finsterer Miene starrte Dare geradeaus, während er seine Kutsche Richtung Green Park lenkte. Sie waren auf dem Weg zu seiner Schwester, die sich bereit erklärt hatte, anstelle von Charlottes Familie die Hochzeitsplanung zu übernehmen. Er schielte aus den Augenwinkeln zu ihr und erwartete, eine aufgebrachte Charlotte zu sehen, die die ihr zustehende Behandlung einforderte, oder eine bockige Charlotte, die durch Komplimente beschwichtigt werden wollte, oder – was das Allerschlimmste wäre – eine kichernde Charlotte, die sich vorgenommen hatte, ihn aufzuheitern. Dare war ein Mensch, der sich mit seinen Stimmungen wohlfühlte, und er hatte nicht die Absicht, sich von irgendjemandem seine schlechte Laune verderben zu lassen, wenn er entschlossen war, Trübsal zu blasen.

Was er in ihrem Blick las, erschütterte jedoch seine Auffassung, alle um ihn herum mit seiner miesen Laune anstecken zu dürfen. Sie nickte und ihre blauen Augen strahlten so viel Wärme, so viel Verständnis und Mitgefühl aus, dass er bis tief in ihre Seele blicken konnte. Er riss den Blick von ihr los. Er wollte nicht in ihre Seele schauen. Er wollte allein sein und die hässlichen Wunden pflegen, die sie ihm zugefügt hatte, was er nicht konnte, wenn er gezwungen wäre, ihren wahren Charakter zu erkennen.

Sie tätschelte ihm den Arm. Er starrte auf ihre Hand in dem buttergelben Handschuh, als sie gestand: »Sie werden überrascht sein, wenn ich Ihnen sage, dass auch ich vor Kurzem noch allen Grund hatte, mich in den Schmollwinkel zurückzuziehen. So etwas tut sehr gut, sofern man sich nicht zu lange darin aufhält. Andernfalls bekommt man Falten.«

Dare straffte die Schultern und warf ihr einen warnenden Blick zu. »Ich schmolle nicht, Madam. Wenn überhaupt, dann denke ich über die vielen Ungerechtigkeiten nach, die mir in letzter Zeit widerfahren sind. Nachdenken ist etwas ganz anderes als Schmollen. Es sind zwei so unterschiedliche Dinge, wie sie unterschiedlicher nicht sein könnten. Frauen schmollen, Männer nicht.«

»Papperlapapp!«, murrte Charlotte. »Und ich sage, Sie schmollen und nichts anderes. Und von welchen Ungerechtigkeiten sprechen Sie? Damit meinen Sie doch wohl nicht unsere Heirat? Denn wenn doch, sehe ich mich gezwungen, es als Beleidigung aufzufassen und entsprechende Maßnahmen zu ergreifen.«

»Was für Maßnahmen?«, kam Dare nicht umhin zu fragen. Mühsam verbannte er seine schlechte Laune an ihren angestammten Platz. In Charlottes Nähe zu sein, vermittelte ihm ein Gefühl, das verdächtig an Glückseligkeit erinnerte und die finsteren Wolken seiner momentanen Stimmung zu vertreiben drohte. Und das konnte er sich nicht erlauben, denn ohne seinen Mantel des Selbstmitleids müsste er zugeben, dass er etwas für Charlotte empfand, das besser unbeachtet blieb.

»Ich müsste Sie zum Duell herausfordern.«

Dare riss an den Zügeln und konnte nur knapp verhindern, dass zwei unachtsame Mägde unter die Hufe seines Gespanns gerieten. Er rief ihnen über die Schulter eine Entschuldigung zu, ehe er die Aufmerksamkeit wieder auf seine zukünftige Frau lenkte. »Offensichtlich fordert die Aufregung der vergangenen Tage jetzt ihren Tribut. Mein Gehör scheint nicht mehr so gut zu funktionieren. Könnten Sie bitte wiederholen, was Sie gerade gesagt haben?«

»Ich sagte, dass ich, wenn Sie unsere Heirat und gemeinsame Zukunft als Ungerechtigkeit betrachten, Maßnahmen ergreifen müsste, womit ich ein Duell meinte. Mit Pistolen, würde ich sagen. Mit Matthews Schwert konnte ich nie besonders gut umgehen, aber ich schätze, mit einer Pistole dürfte mir schon ein Schuss ins Blaue gelingen.«

»Ins Schwarze«, korrigierte er automatisch, während er sich fragte, ob er im Laufe des vergangenen Tages wohl den Verstand verloren hatte. Entweder das oder sein Leben hatte sich in eine Farce verwandelt. Jedenfalls waren beide Erklärungen denkbar. »Damen tragen keine Duelle aus, Charlotte. Weder mit Pistolen noch mit Schwertern.«

»Ich habe mich noch nie dem Diktat der Mode unterworfen, Mylord.«

Dare starrte sie ungläubig an. »Natürlich haben Sie das. Sie denken an gar nichts anderes als das, was schick und in der Londoner Gesellschaft gerade der letzte Schrei ist.«

Darüber schien Charlotte einen Moment lang nachzudenken. »Wenn es mir gelegen kommt, ja, aber sehr oft kommt mir eben nicht gelegen, was diese Leute als vernünftig und schick ansehen.«

In diesem Punkt hatte sie recht. Charlotte tat immer das, was sie wollte, egal, wie andere darüber dachten, ob es sich nun um das Tragen von Bart und Schamkapsel auf einem Maskenball drehte oder um die heimliche Heirat mit einem mittellosen italienischen Edelmann. Die unkonventionelle Art seiner Braut entlockte ihm ein kurzes Seufzen, ehe er sich eingestand, dass es zweifellos ihre Originalität war, die er als Pluspunkt betrachtete. Und dennoch, sein neues Leben als Ehemann wollte er nicht damit beginnen, seine Frau in einer Machtposition zu sehen. Dies war der richtige Zeitpunkt, um ihr unmissverständlich klarzumachen, wer in ihrer Ehe das Sagen hätte.

»Damen tragen keine Duelle aus, Charlotte«, wiederholte Dare in einem Tonfall, der ihr zu verstehen geben sollte, dass die Diskussion damit beendet war. »Nun, wie ich Ihnen schon mitgeteilt habe, würde meine Schwester sich glücklich schätzen, Ihnen bei der Planung Ihrer Hochzeit behilflich sein zu können, da diese Aufgabe nicht von Ihrer Familie übernommen wird.«

»*Unserer* Hochzeit.«

»Das versteht sich von selbst«, erwiderte er, wobei sich seine Brust nur eine Winzigkeit enger zusammenschnürte. Vielleicht würde er die ganze Sache letztlich doch überleben. Möglicherweise würde er sich, zumindest nach ein paar Jahren, an seine Knechtschaft gewöhnen und auf ein, wenn auch nicht glückliches, dann doch angenehmes Leben freuen können.

»Mir fällt auf, dass Sie vermeiden, sich dazu zu bekennen«, stellte Charlotte fest. »Ich kann mir nicht helfen, Alasdair, aber ich werde das Gefühl nicht los, dass Sie nicht besonders glücklich über unser Verlöbnis sind, und trotzdem komme ich nicht umhin zu betonen, dass letzten Endes Sie derjenige waren, der den Heiratsantrag ausgesprochen hat, nicht ich. Na ja, ich habe Ihnen zwar als Erste einen gemacht, aber da Sie mich abgewiesen haben, zählt er nicht. Jedenfalls nicht richtig. Sind Sie es?«

»Bin ich was?«, fragte Dare und fühlte sich durch Charlottes erstaunliche Gedankensprünge ein kleines bisschen aufgeheitert. Er war stolz auf seine Fähigkeit, ihr folgen zu können; gewiss konnten das nur wenige Männer von sich behaupten.

»Sind Sie glücklich, dass wir heiraten werden?«

Dare versuchte, sich eine Antwort auf ihre Frage zu überlegen. Er wollte ihr erklären, dass er nur um ihre Hand angehalten hatte, weil er sich von ihr vor jener Frau in die Enge getrieben gesehen hatte, von der seine berufliche Zukunft abhing, doch er war so ehrlich sich einzugestehen, dass dies nur die halbe Wahrheit war. Ja, Charlotte hatte ihn in die Enge getrieben, doch irgendwie wäre es ihm bestimmt gelungen, sich aus dieser misslichen Lage zu winden, selbst im Beisein von Mrs Whitney, die misstrauisch das Geschehen verfolgt hatte. Nein, in Wahrheit … Nun, was war die Wahrheit? Er hatte sie doch wohl nicht wirklich heiraten wollen?

Sein Blick streifte die Frau neben ihm. Einst hatte er tatsächlich den Wunsch gehabt, sie zu heiraten … damals, vor fünf Jahren. Doch das war, bevor das Schicksal zugeschlagen und er erfahren hatte, dass er einer Ehefrau kaum etwas zu bieten hätte, abgesehen von einem bedeutungslosen Titel und einem Haufen Schulden. Und er wollte verdammt sein, wenn er sich eine Braut nähme, ohne imstande zu sein, für sie zu sorgen.

»Aber genau das mache ich gerade«, seufzte er, als er sich ein kurzes Bad in Selbstmitleid gönnte.

»Wenn Sie damit sagen wollen, dass Sie meiner Frage ausweichen, ja, dann haben Sie wohl recht. Ich muss schon sagen, dass ich mich doch fast ein wenig gekränkt fühle. Können Sie nicht ein einziges Mal eine einfache Frage beantworten? Habe ich irgendetwas an mir, das Ihnen missfällt oder Sie ärgert? Ich weiß, dass es nicht um mein Aussehen gehen kann … für falsche Bescheidenheit hatte ich noch nie etwas übrig. An meinem Aussehen gibt es natürlich nichts auszusetzen. Ebenso wenig kann es an dem liegen, was ich gesagt habe, denn ich habe nicht ein einziges Mal meine Genitalien erwähnt, was Sie vor ein paar Tagen noch so erzürnt hat. Und dieses Kleid kann auch nicht der

Grund sein, da es sich schließlich um das Kleid meiner Cousine handelt. Wenn Sie sich dennoch an diesem Kleid stoßen, ist es Gillians Schuld und nicht meine, obwohl ich es für äußerst unfair halte, ihr böse zu sein, da sie sich gerade weit weg auf einem Schiff befindet und sich nicht gegen Ihre schroffen Bemerkungen bezüglich ihrer Kleiderwahl zur Wehr setzen kann!«

Es ist wirklich erstaunlich, dachte Dare, dass ich allmählich anfange zu verstehen, was in Charlottes Kopf vor sich geht. Zugegeben, jede längere Unterhaltung mit ihr führte unweigerlich zu einem leichten Schwindelgefühl, doch allmählich hatte er den Dreh heraus. Vor dem kleinen sandfarbenen Backsteinhaus, das er für seinen Aufenthalt in London gemietet hatte, brachte er die Kutsche zum Stehen und wandte sich Charlotte zu, um ihr die Wahrheit zu sagen. Sie legte den Kopf schräg und betrachtete ihn mit einem Blick voller Unschuld, der dennoch so viel zu sehen schien. Er dachte darüber nach, was für ein Leben ihn mit einer leichtfertigen und kindischen Frau erwartete, die nichts Wichtigeres im Kopf hatte als die Frage, welches Kleid sie anziehen sollte. Er stellte sich vor, wie der Versuch, ihr all ihre Wünsche zu erfüllen, ihn immer tiefer in die Schulden trieb. Wehmütig hing er den Träumen nach, die er als junger Mann gehabt hatte und die jetzt ausgeträumt waren, einfach so. Er spürte, wie die kalte Hand der Verzweiflung nach seinem Herzen griff, und hätte am liebsten vor lauter Ungerechtigkeit geweint.

»Alasdair?«

All diese Gedanken waren in dem Moment verflogen, in dem sich ihre Blicke begegneten. Und dann dachte er nur noch daran, wie unbeschreiblich bezaubernd, wie einzigartig sie war. Sie war mit keiner Frau zu vergleichen, die er kannte. Er würde jeden Mann in Stücke reißen, der auch nur in Erwägung zog, Anspruch auf sie zu erheben.

»Mylord?«

Sein Kinn spannte sich an, als er das unerwünschte Gefühl der Besitzgier akzeptierte. Na schön, dann sollte es eben so sein. Er hatte eine Entscheidung getroffen, nun musste er dazu stehen, was er weiß Gott auch schaffen würde. Zwar hatte er nie den Wunsch verspürt, eine Ehe einzugehen, ganz gleich, mit welcher Frau, doch mit einer Frau, die offensichtlich nur ihre eigenen Interessen verfolgte, egal, wie seine Wünsche aussahen … nun, er würde Charlotte heiraten und sich irgendwie mit ihr arrangieren, das jedoch würde in aller Ruhe geschehen und so, wie er es wollte. Sie würde begreifen müssen, dass er nicht die Absicht hatte, sich ein zweites Mal unterjochen zu lassen.

»Ich bin ein einfacher Mann, Charlotte«, erklärte er ihr. »Und ich würde Sie nicht heiraten wollen, wenn ich der Ansicht wäre, dass einer von uns beiden es bereuen könnte. Wenn Sie also irgendeinen Hintergedanken hegen, dann möchte ich ihn jetzt erfahren. Ansonsten …« – er sprang von der Kutsche und reichte ihr die Hand – »… wartet meine Schwester bereits auf uns, und Sie haben Heiratsvorbereitungen zu treffen.«

»David und ich würden uns sehr über eine Doppelhochzeit freuen«, verkündete Alasdairs Schwester und blickte mit einem Lächeln von der Stickarbeit an ihren Brautstrümpfen auf. »Es wird zwar keine große Hochzeit werden, aber ihr seid herzlich eingeladen, sie mit uns zu teilen. Es wäre doch unglaublich romantisch, wenn wir zur selben Zeit heirateten.«

Charlotte dachte, dass es bestimmt alles andere wäre, nur nicht romantisch. Grauenvoll, fürchterlich, peinlich, nahezu unerträglich, eine schreckliche Verschwendung des Tages, der eigentlich der glücklichste im Leben einer Frau sein sollte; oh ja, all das wäre er, aber romantisch? Pah!

Patricia wandte sich freudestrahlend an ihren Bruder. »Dare, es würde dir doch nichts ausmachen, zusammen mit David und mir zu heiraten, oder? Das würde sicherlich ein wundervoller Tag. Ihr könntet zum Frühstück im Hotel zu uns stoßen, und dann könnten wir alle gemeinsam zum Kai gehen und das Schiff ansehen. Ich bin sicher, dass es Lady Charlotte gefallen würde.«

Ganz im Gegenteil. Lady Charlotte war überzeugt, dass es ihr *nicht* gefallen würde. Lady Charlotte war sich außerdem sicher, dass ihr auch keine ähnlichen Veranstaltungen oder Unternehmungen dieser Art gefallen würden. Lady Charlotte würde sogar gleich die Beherrschung verlieren und dem unbändigen Drang nachgeben, Patricia mit ihrem geliehenen Spitzentaschentuch den Mund zu stopfen, damit nicht noch mehr Vorschläge dieser Art aus ihr heraussprudelten.

»Vielleicht ist die Idee gar nicht so schlecht«, äußerte Alasdair nachdenklich, während er sich abwesend mit einem Finger über die Lippen rieb. Charlotte rückte auf eine nicht gar so unbequeme Stelle der abgewetzten Polsterbank, während ihr Blick seinem Finger folgte. Ihr Herz machte seltsame Sprünge, als ihr zum ersten Mal auffiel, wie schön seine Lippen waren. Bisher hatte sie Lippen immer nur einfach für Lippen gehalten. Zweckmäßig, ja. Auf gewisse Weise auch ästhetisch, keine Frage. Doch ansonsten hatte sie sich in der Vergangenheit nie viel aus Lippen gemacht, eine Tatsache, die ihr jetzt mit nicht geringem Bedauern bewusst wurde, als ihr Blick an dem hübschen Exemplar hängen blieb, mit dem Alasdair gesegnet war. Offensichtlich hatte sie einen großen Fehler begangen, als sie die Tatsache übersehen hatte, dass Lippen, vor allem seine, eine Quelle der Freude waren; ein Fehler, den sie sofort korrigieren würde. Oder sobald es ihr möglich war, ihn zu küssen. »Das wäre doch zu unser aller Vorteil. Dann könnten wir beide Ereignisse in einem Rutsch erledigen.«

»Ich möchte aber nicht in einem Rutsch erledigt werden, was auch immer das heißen mag«, erhob Charlotte Einspruch, womit ihre Gedanken über die Herrlichkeit seiner Lippen ein jähes Ende fanden. Sie merkte, wie ihr die Kontrolle allmählich entglitt, kein wirklich sehr angenehmes Gefühl. Sie mochte Alasdairs Schwester, ganz ehrlich, doch wenn dieses kleine Biest dachte, sie könnte Charlotte um die Hochzeit bringen, wie sie ihr zustand, täuschte sie sich gewaltig!

»Das Letzte, das uns einfiele, wäre, uns in Ihre Hochzeit zu drängen«, erklärte Charlotte schnell. »Das ist doch Ihr Tag, der Tag, an dem sich alles nur um Sie dreht, der Tag, an dem Sie so hübsch wie nie zuvor aussehen werden. Solch einen Tag wollen Sie doch gewiss nicht mit einer anderen Frau teilen?«

»Das würde mich nicht stören«, widersprach Patricia.

»Aber natürlich würde es Sie stören! Sie möchten sich doch bestimmt nicht von Ihrem Zukünftigen mit einer anderen Frau vergleichen lassen und womöglich schlechter dabei abschneiden, nicht wahr?«

»David würde niemals – «

»Das wäre ein furchtbares Dabekel!«

»Debakel«, sprang Dare ihr zu Hilfe.

Charlotte ignorierte ihn demonstrativ. »Ihr Bruder sollte sich schämen, Ihnen solch einen Vorschlag zu unterbreiten. Wie kann er es wagen, Ihnen den glücklichsten Tag Ihres Lebens zu ruinieren?«

»Nein, Lady Charlotte, *ich* habe es *ihm* vorgeschlagen – «

»Wie könnten Sie sich noch auf ein Leben mit einem Mann freuen, der Sie möglicherweise nur noch als zweite Wahl ansähe?«

»Aber, aber – «

»Das kann ich nicht zulassen! Keine Frau sollte sich auf so grausame Weise opfern, nicht einmal für mich. Nein, nein, protestieren Sie nicht, meine Liebe. Sie dürfen sich Ihren Tag nicht dadurch verderben lassen, dass Ihr Ehemann sich von meiner prachtvollen Erscheinung eventuell beeindruckt zeigt.«

»Eventuell beeindruckt ... Lady Charlotte, ich kann Ihnen versichern, dass David – «

Charlotte wandte sich zu Dare um und war frohen Mutes, dem zwar rührenden, jedoch wenig Rücksicht auf ihre Wünsche nehmenden Plan noch rechtzeitig Einhalt geboten zu haben, ein Plan, der sie um das prächtige Fest gebracht hätte, das ihr vorschwebte, seit sie sich die Haare hochsteckte. Sie war schon einmal um eine prachtvolle Hochzeit betrogen worden, und das würde sich auf gar keinen Fall wiederholen. »Sie sollten sich bei Ihrer Schwester dafür entschuldigen, dass Sie versucht haben, ihr den wichtigsten Tag ihres Lebens zu ruinieren, Alasdair.«

Die Falten auf Dares Stirn wurden tiefer und nahmen eine bedrohliche Form an. »Es gibt nichts, wofür ich mich entschuldigen müsste, und hören Sie bitte auf, mich Alasdair zu nennen. Sagen Sie einfach Dare.«

Charlotte wischte sich ein winziges Stück Faden von ihrem zitronengelben Kleid. »Darauf würde ich lieber verzichten. Es klingt so albern.«

»Ich aber würde es bevorzugen, und es klingt überhaupt nicht albern.« Dare erhob sich gereizt und trat ans Fenster, um hinauszublicken.

»Oh, doch. Sie haben einen sehr schönen Namen, und ich sehe keinen Grund, warum Sie ihn nicht benutzen sollten.«

Er drehte sich um und funkelte Charlotte an. »Das ist mein Name, und ich kann ihn benutzen, wie ich will.«

»Sie benehmen sich kindisch!«

»Und Sie sind ein unvernünftiger Trotzkopf!«

»Oooh!« Charlotte erwiderte seinen Gesichtsausdruck mit

nicht minder finsterer Miene und reckte das Kinn ein Stückchen höher. »Ich bin weder unvernünftig noch ein Trotzkopf, das nehmen Sie zurück! Ich weise Sie lediglich darauf hin, wie lächerlich Sie klingen, wenn Sie sich über einen Spitznamen aus Ihrer Kindheit ereifern, wo Sie doch inzwischen ein Earl und damit eine wichtige Person und in Kürze zudem ein verheirateter Mann sind!«

»Da es sich bei besagtem Namen um meinen handelt, kann ich mich nennen lassen, wie zum Teufel es mir passt!«

»Ich glaube nicht, dass es notwendig ist, mich anzuschreien!« Charlotte begab sich ebenfalls zum Fenster, blieb direkt vor Dare stehen und setzte ihm den Finger auf die Brust. »Zuerst versuchen Sie, Ihrer Schwester die einzige Chance auf Glückseligkeit zu rauben, so gering sie auch sein mag, wenn man bedenkt, dass sie sich an einen Mann zu binden gedenkt, der sie auf ihrer eigenen Hochzeit wegen einer hübscheren Frau verschmähen würde, und dann versuchen Sie, mich durch Ihr garstiges Benehmen zum Weinen zu bringen. Aber das werde ich nicht!«

Dare packte ihre Hand, um sie davon abzuhalten, ihn weiter zu stechen. Als sie daraufhin die andere Hand benutzte, hielt er diese ebenfalls fest. Unmissverständlich konnte Charlotte an seinen Augen ablesen, was passieren würde, wenn sie nicht sofort mit dieser Fingerpikserei aufhörte. Sie entschied sich für den taktisch klugen Rückzug, indem sie sich aus seinem Griff befreite und auf die abgewetzte Bank zurückkehrte. »Ich muss schon sagen, Mylord, Sie sind der streitbarste Mensch, den ich kenne!«

Zähneknirschend und mit deutlich weißen Knöcheln umklammerte er die Rückenlehne des nächstbesten Stuhls. Char beobachtete argwöhnisch, wie er darum kämpfte, nicht die Beherrschung zu verlieren, und entspannte sich, als er sich gefasst hatte und schließlich sprechen konnte. »Ich weiß nicht, warum unsere Gespräche immer in Streit enden müssen.«

»Ich auch nicht, Alasdair«, sagte sie nach kurzem Überlegen. »Ich versuche ja, mit Ihnen auszukommen, aber Sie wollen immer nur streiten.«

Charlottes Augen wurden ganz groß, als sein wilder Blick sie für eine kleine Ewigkeit gefangen hielt. Dann machte Dare plötzlich auf dem Absatz kehrt und verließ das kleine Wohnzimmer, ohne noch ein Wort zu sagen. »Hervorragend! Wie sollen wir unsere Hochzeit planen, wenn er seine Gefühle nicht einmal für wenige Sekunden unter Kontrolle behalten kann?«, fragte sie langsam, während das Zuschlagen der Tür in ihren Ohren nachhallte. »Ist er schon immer so gewesen?«

Patricia schien sich an ihrem Tee verschluckt zu haben, da sie merkwürdige erstickte Laute von sich gab und schließlich zu einem Taschentuch greifen musste, um sich die Tränen abzutupfen. »Nein, Lady Charlotte. Normalerweise zeigt er seine Gefühle nicht. Ganz im Gegenteil. Es sieht so aus, als ob er sich nur in Ihrer Gegenwart so …« Patricias Worte erstarben, als sie von einem weiteren Erstickungsanfall geschüttelt wurde. Charlotte beugte sich zu ihr und klopfte ihr auf den Rücken.

»Sie sollten besser aufpassen, wenn Sie Tee trinken«, riet sie Patricia, während sie nach dem Papier und der Feder auf dem Tisch vor ihr langte. »Auf Miss Bengymans Schule war einmal ein Mädchen, das sich während eines Besuchs beim Pfarrer am Tee verschluckte. Der Tee spritzte nur so aus ihr heraus und besudelte den Pfarrer, seine Frau, zwei ihrer Kinder und eine große Perserkatze, die in dem Moment vorbeilief. Eine wirklich unangenehme Sache für alle Beteiligten. Ich glaube, die Katze ist sogar gestorben. Doch zurück zum Thema. Ihre Hochzeit findet kommenden Sonntag statt, was bedeutet, dass meine bis spätestens Mittwoch stattgefunden haben muss. Ja? Was ist denn … Pigeonfroth, nicht wahr?«

»Batsfoam, Mylady.« Als der Butler sich untertänig verbeugte, knirschte und knackte es laut, Geräusche, die Charlotte lieber ignorierte.

»Batsfoam, natürlich. Wie dumm von mir. Das klingt ja auch ganz anders als Pigeonfroth. Wollten Sie mir etwas sagen?«

»In der Tat, Mylady. Mylord, Ihr zukünftiger Gatte und Gönner hat mir aufgetragen, Ihnen meine Dienste anzubieten, wozu ich mich hiermit ergebenst bereit erkläre, so bescheiden und zweifellos unwillkommen meine Dienste auch sein mögen.« Der Mann verbeugte sich aufs Neue und zwar so tief, dass er gegen Charlottes Knöchel stieß. Er entschuldigte sich und richtete sich mit hörbarer Erleichterung auf, um ein gefaltetes Blatt Papier aus der Innentasche seiner Jacke zu angeln und es ihr mit übertrieben devoter Geste zu überreichen.

»Oh«, sagte Charlotte und betrachtete den Zettel mit fragendem Blick. »Aber nicht doch, Ihre Hilfe ist ganz und gar nicht unwillkommen, obwohl ich nicht sicher bin, was Sie nach Meinung Seiner Lordschaft wohl für mich tun könnten. Was ist das?«

»Ich glaube, es handelt sich um eine Liste mit Terminen und Orten, die für eine Person, die eine Vermählung plant, interessant sein könnten. Seine Lordschaft hat erst vor Kurzem eine solche Liste anlässlich Miss McGregors anstehender Hochzeitsfeier verfasst und meinte, Sie würden vielleicht auf seine Arbeit zurückgreifen wollen.«

»Ausgezeichnet. Lassen Sie mal sehen … Oh, nein. Nein, Batsfoam, damit bin ich alles andere als einverstanden. Sehen Sie nur, Lord Carlisle führt nicht eine einzige Kirche mit einem gewissen Ansehen auf. Ich kann doch unmöglich in irgendeiner unbedeutenden Dorfkirche heiraten, die niemand kennt. Welches Mitglied der höheren Gesellschaft sollte wohl dort der Zeremonie beiwohnen wollen? Nein, diese Liste muss von Grund auf überarbeitet werden, womit ich sofort und mit dem größten Vergnügen beginne.« Sie drehte sich zu Patricia um. »Wie buchstabiert man eigentlich Westminster Abbey?«

»Mylady, wenn ich Sie untertänigst um einen weiteren Moment Ihrer geschätzten Aufmerksamkeit bitten dürfte, den so kurz wie nur eben möglich zu halten ich mich selbstverständlich bemühen werde, da wäre noch etwas.«

Charlotte, die der Liste gerade die St Paul's Cathedral hinzufügte, blickte auf. »Noch mehr Kirchen?«

Batsfoams betroffene Miene war eine einzige Entschuldigung. »Leider nein, Mylady, keine weiteren Kirchen. Seine Lordschaft hat mich in meiner Funktion als sein Sekretär gebeten – eine Rolle, die neben der als Butler, Kammerdiener, Reinzeichner, Messerschleifer und nun auch noch Myladys Zofe auszuüben, ich die Ehre habe –, die Adresse von Myladys hochverehrtem Bruder Lord Collins zu ermitteln, um dann mit der Bitte an ihn heranzutreten, ihm die genaue Höhe von Myladys Mitgift zu nennen.« Er verbeugte sich und sprach die letzten Worte in so ehrerbietigem und gedämpftem Ton, dass Charlotte ihn kaum hören konnte.

»Alasdair möchte *was* von Matthew?«

»Die Höhe Ihrer Mitgift erfahren, Mylady.« Er verbeugte sich noch einmal.

Charlotte sah ihn erstaunt an. »Mitgift?«

Batsfoam zeigte sich nicht minder überrascht. »Eine Dame Ihres Ranges und Ihrer vornehmen Herkunft bringt in der Regel ein gewisses Vermögen in Form von Geld oder Gütern mit in die Ehe, das sie von einem Mitglied ihrer Familie erhält und das gemeinhin als Mitgift bezeichnet wird.«

»Das mag sein, aber so etwas bringe ich nicht mit.«

»Ich schon«, mischte Patricia sich mit piepsiger Stimme ein. »Dare hat den letzten von ein paar Schuldscheinen oder etwas Ähnlichem für mich verkauft, obwohl David das Geld zuerst nicht annehmen wollte. Doch dann sagte Dare zu David, dass er es annehmen müsste, sonst würde er der Heirat nicht zustimmen.«

Sowohl Batsfoam als auch Charlotte ignorierten die Unterbrechung.

»Sie besitzen keine Mitgift, Mylady? Nicht einmal ein kleines Haus irgendwo auf dem Lande?«

»Nichts«, schüttelte Charlotte ihren goldenen Schopf.

»Vielleicht verfügen Sie über Staatsanleihen, an die Sie nicht mehr denken?«

»Ich habe gar nichts, Batsfoam.«

»Nicht einmal ein oder zwei Silbermünzen, die in Kanalbauprojekte investiert wurden?«

»Keine Silbermünzen, weder investiert noch sonst wo.«

»Aber Ihr verstorbener Ehemann …?«

»Wurde von seinem Vater sehr kurzgehalten. Es reichte gerade für ein paar Schafe und gelegentlich etwas Brokat.«

»Kein Witwengeld?«

»Nichts. Ich musste die Schafe verkaufen, um den Brokat reinigen und einen Umhang für die Reise daraus schneidern zu lassen.«

Batsfoam starrte auf den Zettel, den er bereithielt, um die Adresse des Earls notieren zu können. Schweiß brach ihm auf der Stirn aus. »Was für eine Tragödie.«

»Ach, so schlimm war es nun auch nicht. Die Schafe rochen ohnehin nicht so gut, und der Brokat hat mich auf See schön warm gehalten.«

»Ich spreche nicht von den Schafen, sondern dem Fehlen einer Mitgift, Mylady.«

»Ach das. Das ist doch nicht schlimm«, wischte Charlotte die Bedenken des Dieners weg. »Alasdair wird vielleicht böse sein, dass er nichts bekommt, womit er sein Vermögen mehren könnte, aber er wird mich sicher mit größter Freude so nehmen, wie ich bin. Ich werde ihm eine hervorragende Ehefrau sein, und dank meiner gleichermaßen hervorragenden Fähigkeit, mit Geld umzugehen, wird er ohne Frage sehr viel Geld sparen. Wo wir schon davon reden, sagen Sie ihm doch bitte, mir ist zwar bekannt, dass normalerweise die Familie der Braut für die Hochzeit aufkommt, aber da ich kein Geld besitze, wird er sie wohl bezahlen müssen.«

Batsfoams Mund bewegte sich ein paar Mal stumm, ehe er zu einem Stuhl taumelte und darauf zusammensackte.

»Tja, wenn ich mir die Termine noch einmal ansehe, muss ich feststellen, dass Dares Vorschläge keineswegs akzeptabel sind. Der früheste ist erst in drei Monaten! Nein.« Charlotte strich fünf Termine durch und fügte einfach einen neuen hinzu. »Nächsten Mittwoch würde mir, glaube ich, recht gut passen.«

»Aber, Lady Charlotte«, protestierte Patricia, »das ist in nicht einmal einer Woche!«

»Womit Ihr Bruder genügend Zeit für die nötigen Vorbereitungen haben dürfte«, stellte Charlotte fest.

»Aber … aber … so eine übereilte Hochzeit …«

Charlotte blickte nachdenklich von der Liste möglicher Hochzeitsgäste auf, die zu notieren sie begonnen hatte. »Nur die wirklich wichtigen Leute, würde ich sagen. Ob der Prinzregent nächsten Mittwoch wohl schon etwas vorhat?«

Zartes Rot legte sich auf Patricias Wangen. Sie scheuchte einen noch immer völlig verdutzten und sichtlich zögernden Batsfoam aus dem Raum und wartete, bis er gegangen war, ehe sie sagte: »Lady Charlotte, Sie sollten sich Ihren Termin noch einmal durch den Kopf gehen lassen. Eine derartig eilige

Hochzeit … na ja, das wird unweigerlich zu Gerede führen! Die Leute werden sich Gedanken machen, ob ein dringender Grund dafür vorliegt.«

»Dringend?« Charlotte blickte wieder von ihrer Liste auf. »Was meinen Sie mit ›dringend‹?«

Patricias Röte gewann an Intensität. »Sie sind eine Witwe, da müssen Sie doch wissen, wovon ich spreche.«

Charlotte sah sie fragend an. »Ich glaube, wir reden irgendwie aneinander vorbei. Was hat mein verstorbener Gatte denn mit Ihrem Bruder zu tun?«

Patricia rang die Hände, während ihr Gesicht vor lauter Verlegenheit zu leuchten begann. »Nichts, außer … na ja, wenn Sie darauf bestehen, dass ich offen spreche … enge Beziehungen …«

»Was ist damit?« Charlotte beäugte ihre zukünftige Schwägerin mit leichter Besorgnis. Patricia schien nicht ganz mit Charlottes Verwandtschaft einverstanden zu sein, und obwohl Charlotte selbst weiß Gott nicht begeistert von ihrem Bruder und den übrigen Verwandten war, wunderte sie sich doch ein wenig, jetzt gewisse Vorbehalte in dieser Hinsicht zu hören.

»Die Leute werden denken, dass es eine Beziehung zwischen Ihnen und Dare gab.«

»Das ist doch lächerlich«, schnaubte Charlotte und widmete sich wieder ihrer Liste. »Ich bin nicht einmal entfernt mit Ihnen oder Dare verwandt. Glauben Sie, der König wäre beleidigt, wenn ich ihn nicht einlade?«

»Nein«, erwiderte Patricia, während sie vor Charlotte auf und ab lief. »Sie begreifen nicht. Wenn Sie und Dare so schnell heiraten, werden die Leute ganz sicher über Sie reden.«

»Aber natürlich werden sie über uns reden«, beruhigte Charlotte sie. »Die Leute reden ständig über mich! Die Londoner Gesellschaft wird Alasdair und mich feiern. Was auch sonst?

Ein umwerfend gut aussehender Earl und eine liebreizende Beinahe-Contessa, die auf so romantische Art und Weise heiraten, das muss doch zu Neid und Eifersucht führen. Ich kann Ihnen versichern, dass ich mich schon daran gewöhnt habe, der Liebling der Gesellschaft zu sein. Ich werde Ihrem Bruder keine Schande bereiten, wenn es das ist, worüber Sie sich Sorgen machen.«

»Ach … ich gebe es auf«, kapitulierte Patricia mit einer entsprechenden Geste. Charlotte hob kurz eine Augenbraue, sah aber davon ab, laut zu äußern, dass man Falten bekam, wenn man sich grämte, und konzentrierte sich wieder auf die Liste. Danach war das Kratzen der Feder auf dem Papier das einzige Geräusch, das eine halbe Stunde lang in dem gemütlichen Wohnzimmer zu hören war.

»Lady Charlotte?«

»Mmm?« Charlotte strich Lady Jersey durch. Die schroffen Bemerkungen, zu denen diese sich nach Charlottes unerwarteter Entdeckung auf ihrem Maskenball hatte hinreißen lassen, waren ebenso unangebracht wie unverzeihlich gewesen. Charlotte freute sich über die Gelegenheit, es Lady Jersey heimzahlen zu können.

»Wie … wie ist es denn so?«

Charlotte schaute hoch. »Rache? Es ist ein recht befriedigendes Gefühl.«

Ein Ausdruck der Verwirrung huschte über Patricias Gesicht, ehe ihr die Schamesröte den Hals hinaufkroch. »Nein, nicht Rache. *Eheliche* Beziehungen«, fügte sie zum besseren Verständnis hinzu.

»Eheliche Beziehungen? Sprechen Sie von der Verwandtschaft Ihres Mannes? Ich habe keine Ahnung …«

»Nein, nicht diese Art von Beziehungen. Ich meine … nun, Beziehungen eben.«

Das tiefe Rot von Patricias Gesicht und ihr schamhaft zu Boden gerichteter Blick ließen Charlotte ein Licht aufgehen. »Ah, Sie meinen das höchst traute Zusammentreffen von Mann und Frau? Dazu sollte ich wahrscheinlich lieber schweigen, aber da meine liebe Cousine Gillian mir schon lange vor meiner Hochzeit davon erzählt hat und Sie ja bereits nächste Woche eine Braut sind, will ich eine Ausnahme machen und Ihnen sagen, was ich weiß.« Sie legte die Feder beiseite und ihre Hände in den Schoß, bevor sie ihrer zukünftigen Schwägerin in die Augen blickte.

Patricia beugte sich etwas vor und sah Charlotte gespannt an. »Ja?«

»Es ist das reinste Chaos.« Charlotte nickte zweimal, dann nahm sie ihre Feder wieder auf und machte sich daran, die Liste zu kontrollieren.

»Chaos? Das ist alles? Es ist … das reinste Chaos?«

»Ja, mehr nicht.« Charlotte hob den Blick für einen Moment und tippte sich mit der Feder ans Kinn. »Meine Cousine wusste noch eine ganze Menge mehr darüber zu sagen, irgendetwas wie Abheben in himmlische Sphären, aber ehrlich gesagt, fand ich das Ganze nur ziemlich verworren. Ein notwendiges Übel, wenn man Kinder möchte – und das möchte ich –, aber nichtsdestotrotz verworren.«

»Verworren inwiefern?«

Jetzt war Charlotte diejenige, die zu erröten begann. Sie machte eine unbestimmte Geste mit der Hand. »Es geht um Schwierigkeiten mit den Körpersäften und Ähnlichem. Ganz zu schweigen von gewissen … Düften. Ich gebe Ihnen den Rat, ein Tuch bereitzulegen. Zwei, wenn Ihr Ehemann besonders energisch ist.«

»Ein Tuch?«

Charlotte nickte. »Sie werden sehen. Das reinste Chaos.«

»Ach.«

Zum Glück für alle Beteiligten wurde das Thema zugunsten einer Unterhaltung über das Für und Wider von belgischer gegenüber irischer Spitze fallen gelassen, ein Gespräch, das abrupt endete, als Dare, dicht gefolgt von Batsfoam, mit Charlottes überarbeiteter Liste in der Hand, ins Zimmer kam und wissen wollte, warum Charlotte versuchte, ihn in den Wahnsinn zu treiben.

»Ich hielt es nur für gerecht, da ich mir von Ihnen den Vorwurf gefallen lassen musste, verrückt und obendrein trotzköpfig und unvernünftig zu sein«, entgegnete sie gelassen, während sie nach kritischer Betrachtung die Modezeichnungen ablehnte, die Patricia ihr unter die Nase hielt. Da Geld für Dare offensichtlich keine Rolle spielte, war schlichte, einfache Mode, die schließlich jede gewöhnliche Frau haben konnte, der zukünftigen Gräfin von Carlisle nicht angemessen.

Als Dare sich über ihre Antwort ereiferte, schaute sie auf, um ihn zu fragen, warum er sich nur so furchtbar aufrege, doch da verschlug es ihr die Sprache. Er trug weder Jacke noch Halstuch, hatte die Hemdsärmel aufgerollt und zeigte seine muskulösen Oberarme so nackt wie am Tag seiner Geburt. Sein Hemd stand bis zum Rand seiner Weste offen und gewährte freien Blick auf seine sonnengebräunte Kehle, was dazu führte, dass sich Charlottes Mund plötzlich wie ausgetrocknet anfühlte. Ihr Blick sprang zwischen seinem Hals und seinen Armen hin und her, und sie konnte sich nicht entscheiden, was sie lieber anstarren wollte: die geballte Kraft seiner nackten Arme, von der Nachmittagssonne in warmes Gold getaucht, oder den verführerisch starken Hals und den kleinen Teil seiner entblößten Brust mit … heiliger Strohsack, waren diese goldglänzenden Locken, die über seine Weste spähten, etwa Brusthaare? Sie spielte kurz mit dem Gedanken, in Ohmacht zu fallen, entschied sich dann aber dagegen, als ihr klar wurde, dass sie ihn dann nicht mehr anstarren konnte, und in diesem Moment wollte sie nichts lieber, als den Ausblick auf sein köstliches Fleisch genießen. Arme! Hals! Brust! Brusthaar!

»Oh, Dare, bist du wirklich so unzivilisiert, dass du dich in diesem Aufzug mit deiner Zukünftigen unterhältst?«, tadelte seine Schwester ihn. »Ich wage gar nicht, mir vorzustellen, was Lady Charlotte denken muss.«

Charlotte wusste genau, was sie dachte. Sie dachte, dass es nahezu ein Verbrechen wider die Natur, ein Gräuel, eine Boshaftigkeit war, diese Pracht einfach unter Stoff zu verbergen. Sie wollte noch mehr davon sehen. Viel mehr. Besser gesagt alles, jeden Zentimeter dieses goldbraunen, muskulösen Körpers. Allein die Vorstellung genügte ihr, um sich nach ihm zu verzehren.

Als Patricia ihn wegen seiner unzulänglichen Erscheinung rügte, richtete Dares missbilligender Blick sich kurz auf seine Schwester, ehe er zu Charlotte zurückkehrte und angesichts ihrer verblüfften Miene schnell an Entschlossenheit verlor. Charlotte riss ihren Blick von seinem Hals los und beobachtete fasziniert, wie sein Ärger abflaute und in einen Anflug von Verwirrung überging, die sich ein paar Sekunden lang mit männlicher Selbstgefälligkeit abwechselte und schließlich eine Intensität erreichte, die die Luft zwischen ihnen mit einem fast schon greifbaren Verlangen erfüllte.

»Mylord, wenn Sie es Ihrem ergebensten, unbedeutenden und vor allem überarbeiteten und leidgeprüften Diener gestatten zu erklären …«

Weder Charlotte noch Dare schenkten Batsfoam Beachtung. Als Antwort auf Dares Blick stellten sich die winzigen Härchen an Charlottes Armen auf, während in ihrer Brust eine Hitze aufflammte, die unvermittelt in Richtung ihres Schoßes ausstrahlte und sich dort sammelte. Dieses Gefühl kam so überraschend, dass sie beinahe zwischen ihre Beine geschaut hätte. Plötzlich schien diese Region größte Wichtigkeit zu erlangen und wollte, dass ihr Aufmerksamkeit zuteilwurde, wie sie es in dieser Form noch nie erlebt hatte, schon gar nicht als Reaktion auf den Blick eines Mannes. Durften intimste Körperteile sich etwa so benehmen? Der stumme Ruf in Dares Blick nahm sie immer stärker gefangen, und ihr Körper antwortete mit der ausdrücklichen Aufforderung, ihren Schoß schnell zu seinen Lenden zu bringen.

»Lady Charlotte, geht es Ihnen gut? Dare, was ist nur mit ihr? Dare?«

Charlotte ignorierte das Drängen ihres Körpers, sah sich aber nicht imstande, sich von Dares saphirblauen Augen loszureißen, die sie mit unverwandter Sehnsucht anstarrten. Zum ersten Mal wurde ihr die wahre Macht ihrer Weiblichkeit bewusst. Die zwischen ihr und Dare knisternden Emotionen drangen so unendlich viel tiefer als sämtliche oberflächlichen und bedeutungslosen Liebeleien ihrer Vergangenheit. Dies hier war … erdhaft. Es war ursprünglich. Es war erschreckend, aufregend und voller Sinnlichkeit. Sie wollte ihn berühren, seine Haut kosten, sein nacktes Fleisch an ihrem spüren und sehnte sich danach, ja brannte förmlich darauf, sein männlichstes Stück in sich aufzunehmen. Ihre Brüste drängten sich plötzlich – wie von allein und keinesfalls mit ihrer Zustimmung – gegen das Gefängnis ihres Korsetts, empfindsam und voller Verlangen, das zärtliche Streicheln seiner Hände zu spüren.

»Mylord?«

Ihr Atem stockte, ihre Brustwarzen wurden hart und schrien nach Dares Fingern, womit sie in eine wahre Kakofonie des ungehemmten Buhlens um Aufmerksamkeit zahlreicher weiterer Teile ihres Körpers einstimmten. Sie wollte seine Hände auf sich spüren, Hände, die sie liebkosten, sie wärmten und das Brennen in ihrem Innern linderten, an dem er die Schuld trug. All dies wollte sie, und zwar in diesem Augenblick. Sie ging einen Schritt auf ihn zu. Seine Augen funkelten dunkel, während ein leiser Laut aus den Tiefen seiner Brust drang und auch er einen Schritt auf sie zuging.

»Dare!«

»Mylady!«

Zwei empörte Stimmen erhoben sich gleichzeitig und brachen den Bann. Dare runzelte die Stirn, und Charlotte wich einen Schritt zurück, was ihrem Körper einen stummen Schrei der Enttäuschung entlockte. Sie befahl ihrem Körper, mit dem Gejammere aufzuhören, und tröstete ihn mit dem Versprechen, in der Nacht des kommenden Mittwochs Erfüllung zu finden. *Wenn nicht sogar eher*, überlegte sie sehnsüchtig und richtete den Blick ein weiteres Mal auf Dares muskulöse Arme. Seine Finger reagierten mit Zucken.

»Da siehst du es, Dare. Lady Charlotte ist von deinem ungebührlichen Aufzug völlig überwältigt«, stellte Patricia fest, während sie Charlotte auf die verschlissene Bank zurückzog. »Setzen Sie sich zu mir, Lady Charlotte, solange mein Bruder seine Kleidung in Ordnung bringt.«

Charlotte öffnete den Mund, um zu sagen, dass dies keinesfalls notwendig oder erwünscht wäre, aber Dare schien inzwischen der Grund für sein Erscheinen eingefallen zu sein.

»Ich habe gerade an meinem Motor gearbeitet«, erklärte er Charlotte, »und damit werde ich weitermachen, sobald Sie mir das hier erklärt haben.«

Er hielt ihr die Liste möglicher Heiratsstätten und Gäste vor die Nase.

»Ihre Vorschläge sind nicht akzeptabel. Sie sind ein Earl. Und ich bin die Tochter eines Earls, außerdem die Witwe des Erben eines Counts. Daher können wir unmöglich in einer winzig kleinen Kirche heiraten. Wo sollen denn all die Gäste sitzen?«

»Was mich gleich zum nächsten Punkt bringt: Ihrer Gästeliste«, knurrte Dare.

Charlotte schenkte ihm ein triumphierendes Lächeln. »Die Auswahl der Hochzeitsgäste ist das Prevelig der Braut.«

»Privileg, und dieses Recht verliert die Braut in dem Moment, wo der Bräutigam für die ganze verfluchte Sache aufkommen muss, wie mir Batsfoam gerade mitgeteilt hat.«

»Dare!«, stieß Patricia aus.

Charlotte sprang von ihrem Bänkchen auf und reckte ihm das Kinn entgegen.

»Da Sie weder eine Mitgift besitzen noch über eine Familie verfügen, die für die Hochzeit aufkommt, werden Sie sich in größtmöglicher Sparsamkeit üben und an meine Promissen halten, äh, *Prämissen*«, korrigierte er sich selbst. »Himmeldonnerwetter, jetzt habe ich schon so eine verdrehte Zunge wie Sie!«

»Ich wüsste nicht, was an meiner Zunge auszusetzen wäre«, fauchte Charlotte, die es allmählich satthatte, beleidigt und angeschrien zu werden. »Was Ihnen klar wäre, wenn Sie sich die Zeit nähmen, mich zu küssen. Wozu Sie sich nicht einmal herabgelassen haben, als Sie um meine Hand anhielten, Sie garstiger Mensch, Sie!«

»Da trugen Sie einen Bart«, knurrte er und tat wieder einen Schritt auf sie zu, was die Luft zwischen ihnen erneut zum Knistern brachte.

»Aber jetzt trage ich keinen«, zischte sie und ging ebenfalls einen Schritt auf ihn zu.

»Schön!«, brüllte er.

»Ja, schön!«, stimmte sie genauso laut und mit geballten Fäusten zu, während sie sich darauf vorbereitete, zu schärferen

Maßnahmen zu greifen, als ihm nur in die nackte Brust zu stechen, wenn er nicht gleich das Richtige tat. Ihr blieb jedoch keine Zeit, um sich zu überlegen, was sie mit seiner Brust anstellen würde, als sein Mund auch schon Besitz von ihrem ergriff.

»Dare! Du kannst doch nicht …!«

»Mylord!«

»Lady Charlotte, Sie dürfen doch nicht …!«

»Mylady!«

»Ach, Batsfoam, so tun Sie doch etwas!«

»Abgesehen davon, dass ich Seiner Lordschaft das Bett vorwärmen könnte, fällt mir da leider nichts ein, Miss.«

»Batsfoam!«

Charlotte ignorierte die beiden, ignorierte die Stimme in ihrem Kopf, die ihr sagte, dass eine anständige Frau einen Mann nicht dazu ermutigte, sie zu küssen, ignorierte alle Vernunft und allen gesunden Menschenverstand und gab sich ganz der unverfälschten, magischen Hitze von Dares Mund hin. Antonio hatte sie ein- oder zweimal auf ähnliche Weise geküsst, aber das zaghafte Bohren und Stoßen mit seiner Zunge war nichts im Vergleich zu Dares Kuss. Er war überall, umhüllte sie, überwältigte sie, zog ihre Hüften mit einer Hand an sich und presste seine Schenkel hart gegen ihre Beine, während ihre Brüste sich schwer an seine Brust drückten und sich aufs Neue nach ihm verzehrten. Dann verwob sich die andere Hand in ihrem Haar und zog ihr den Kopf in den Nacken, bis er auf seinem Arm zu liegen kam. Doch es war sein Mund, der ihre Aufmerksamkeit erregte und fesselte, sein Mund, der nahm und gab, der sie neckte, bis sie vollkommen betört war. Schließlich ließ er seine Zunge in ihren Mund gleiten und nahm ihn umgehend in Beschlag, lernte ihren Geschmack kennen, ließ sie seinen kennenlernen. Er war um sie herum, in ihr, und seine Hitze toste durch ihr Blut. Sie versuchte, sich gegen die gewaltige Dominanz seiner Umarmung zu wehren, versuchte verzweifelt, ihren Lungen Luft zu verschaffen, doch ihr Körper gehorchte ihr nicht mehr. Ein leises Wimmern drang aus den Tiefen ihrer Kehle, als sie schon nachgab, während sie sich an ihn klammerte, ihre Lippen weich wurden, um den rastlosen Bewegungen seiner Lippen zu begegnen, und sie ihn umschlingen wollte, so wie ihre Zunge seine umschlang. Sie wollte …

»ALASDAIR IAIN MCGREGROR!«

In einem schwach beleuchteten, staubigen Winkel ihres Verstandes war Charlotte froh, dass Patricia dem Kuss ein Ende setzte. Darüber war ihre Gemütsruhe zwar höchst aufgebracht und schimpfte etwas in der Art wie, die Leute sollten sich lieber um ihre eigenen Angelegenheit scheren, doch als sie Stunden später in Gillians bestem Gästezimmer saß und vorsichtig ihre Lippen befühlte, wurde ihr klar, dass Patricia gut daran getan hatte, sie zu unterbrechen. Zwischen ihrer Forderung – ein Kuss, um ihr Verlöbnis zu besiegeln – und dem, was sie dafür von Dare bekommen hatte – ein Kuss, der ihr fast den Verstand geraubt hätte –, lagen Welten.

»Trotzdem, für die Zukunft klingt es doch ziemlich vielversprechend«, lächelte Charlotte in die Nacht. »Auf alle Fälle war der Kuss sehr überzeugend. Ich schätze, dass Alasdair nicht mehr als ein- oder zweimal in Vyvyan La Blues *Sinnliche Wege ins Eheglück* zu schauen braucht!«

5

»Dies ist der schlimmste Tag in meinem Leben. Du kannst die Kutsche wieder wegschicken, Caroline, ich brauche sie nicht. Weil ich nirgendwohin fahren werde.«

Nach dieser Ankündigung herrschte Schweigen. Charlotte trat gegen einen unschuldigen Hocker und blickte finster das Spiegelbild von Carolines Zofe an, die ihr das Haar frisieren sollte für das, was der Tag der Tage werden sollte. Ihr Tag. Ha, wenn das nicht zum Totlachen war.

»Du hast kalte Füße bekommen. Mutter sagt, das geht allen Bräuten so. Also, *ich* habe am Morgen meiner Hochzeit im Ankleidezimmer den heiligen Ulrich angerufen. Mutter sagt, dass es nur zwei Gelegenheiten gibt, bei denen es einem nachgesehen wird, wenn man den heiligen Ulrich anruft – am Tag der eigenen Hochzeit und wenn man Mutterfreuden entgegensieht.« Caroline sah ihre Freundin eindringlich an. »Du bist doch wohl nicht vom Storch gebissen worden, Charlotte?«

»Nein, ich schäme mich nur so.«

»Wie bitte?«

Charlotte seufzte und kam zu dem Schluss, dass ein Anfall von Selbstmitleid ihre Probleme zwar nicht löste, aber schlechter fühlte sie sich dadurch auch nicht.

»Wie konnte es nur dazu kommen, Caro?«, fragte sie, während sie mit unglücklicher Miene ihr hübsches Spiegelbild betrachtete.

»Zu deiner Heirat? Tja, zuerst hast du dich als Heinrich VIII. –«

Charlottes bitterböser Blick ließ sie augenblicklich verstummen. »Das war eine oratorische Frage, Caro, so etwas beantwortet man nicht. Ehrlich gesagt gibt es gar keine Antwort darauf, ebenso wenig wie auf die Frage, wie meine raffinierten Pläne nur so schrecklich schiefgehen konnten, und was Alasdair dazu getrieben hat, mich so zu blamieren, und wie um alles in der Welt ich seiner Meinung nach den mir gebührenden Platz in der Gesellschaft einnehmen soll, wenn er seinen schändlichen Plan in die Tat umsetzt und mich auf so empörende Art und Weise heiratet.«

Caroline warf einen vielsagenden Blick auf den schlanken Leib ihrer Freundin. »Bist du sicher, dass der Storch dich nicht gebissen hat? Du klingst genauso dramatisch wie Tess, die Schwester meines geliebten Algernons, als sie Zwillinge unterm Herzen trug, und das will schon etwas heißen. Nach dem, was Algernon sagt, soll Tess an einem schlechten Tag sogar noch Mr Kean an Dramatik übertroffen haben.«

Charlotte wedelte mit einer Rosenblüte in Richtung ihrer Freundin. »Ich erlebe den schrecklichsten Tag meines Lebens, und was tust du? Du erzählst mir, dass dir an deinem Hochzeitstag übel war, und starrst auf meinen Bauch, als würde ich von jetzt auf gleich schwanger werden. Du könntest wirklich etwas mehr Mitgefühl zeigen, Caroline, anstatt zu versuchen, mich mit diesem Unsinn über Schauspieler und dergleichen abzulenken! Der heutige Tag verspricht eine Myrrhe perkadenter Narben auf meiner Physis zu hinterlassen, und ich würde es sehr begrüßen, wenn du dieser Tatsache Rechnung tragen würdest!«

»Was?« Caroline versuchte, Charlottes wirren letzten Satz zu enträtseln. Eine Myrrhe perkadenter Narben auf ihrer Psyche? Sie schüttelte den Kopf und entschied, dass sie die Braut lieber beruhigen sollte, als zu versuchen, ihren sprachlichen Wirrwarr zu entschlüsseln. Charlotte war offensichtlich überreizt. Besser, sie brächte ihre Freundin auf fröhlichere Gedanken. »Ach, egal, Char. Ist nicht so wichtig. Die Blüten in deinem Haar sehen übrigens bezaubernd aus. Draußen ist herrliches Wetter, du bist die hübscheste Braut aller Zeiten, und Lord Carlisle wird in Kürze dir gehören. Das war doch bestimmt nicht ernst gemeint, als du sagtest, du würdest nirgendwohin gehen – du heiratest heute! Heute ist der Tag, auf den du dich immer so gefreut hast, und kein Tag, für den du dich schämen müsstest. Jeder weiß, dass der Hochzeitstag nicht der schlimmste Tag im Leben eines Menschen sein kann. Es ist ein böses Omen, so etwas auch nur zu denken.«

Charlottes Schultern sackten einen Moment lang noch tiefer. Selbstmitleid zeigte offensichtlich keine Wirkung, denn noch nicht einmal Caroline ließ sich davon beeindrucken. Eine neue Taktik musste her. Da die Mitleidsmasche keinen Erfolg zeigte, würde sie es mit Trotz versuchen. Charlotte richtete sich auf und lächelte ihr Spiegelbild an. Warum war ihr das nicht schon früher eingefallen? Daran konnte nur Alasdair schuld sein. Hätte ihr sein atemberaubender Kuss nicht völlig den Verstand geraubt, wäre ihr schon vor Tagen klar geworden, dass es nichts Besseres als eine gehörige Portion Trotz und Starrsinn gab, wenn man ein Ziel verfolgte. Hatte sich erst herumgesprochen, dass sie es alles andere als lustig fand, was Alasdair für den heutigen Tag geplant hatte, würden sich die Dinge schon zu ihrer Zufriedenheit entwickeln.

»Ich werde keinen Schritt vor die Tür setzen. Ich weigere mich, zur Kirche zu fahren, aber nicht, weil ich kalte Füße bekommen habe! Ich bin auch nicht krank und auch nicht in anderen Umständen. Nein, meine liebe Caroline, viel einfacher: Ich fahre nicht zur Kirche, weil ich heute nicht heiraten werde«, verkündete Charlotte mit einem fröhlichen Lächeln und zeigte ihre Grübchen. Sie winkte die Zofe fort, die ihr das kunstvoll hochgesteckte Haar mit Rosenblüten schmückte. »Du kannst damit aufhören, Clothilde. Ich brauche keine Blumen auf dem Kopf; nicht ehe Alasdair zur Einsicht kommt.«

»Was meinst du damit, du heiratest nicht?« Caroline rang verzweifelt die Hände. »Natürlich heiratest du! Du trägst dein Hochzeitskleid. Algernon wartet unten an der Kutsche, um mit uns zur Kirche zu fahren, wo wiederum Lord Carlisle dich bereits erwartet. Und die Vorbereitungen für das Hochzeitsfrühstück laufen auch schon! Du *musst* heiraten!«

»Dein geliebter Algernon kann die Kutsche gerne fortschicken, weil ich nicht die Absicht habe, irgendwohin zu fahren. Und wenn du es genau wissen willst – ich weigere mich auch, dieses Zimmer zu verlassen. Ich bin sicher, es wird dir keine allzu großen Umstände bereiten, wenn ich hierbleibe, bis Alasdair sich besonnen hat.«

Caroline hielt sich an der Rückenlehne eines Stuhls fest und erbleichte bei der Vorstellung, Charlotte als Dauergast in ihrem Haus zu beherbergen. Gütiger Himmel, sie musste sich etwas einfallen lassen, und zwar schnell! Es musste doch einen Weg geben, Charlotte aus dem Haus und in die Arme ihres Verlobten zu schaffen, wo sie hingehörte. Caroline schwirrte der Kopf, als sie fieberhaft nach überzeugenden Argumenten, beruhigenden Plattitüden und tröstenden Worten suchte.

Leider fiel ihr jedoch nichts Schlagkräftiges ein. »Char, du bist unfair! Du musst doch einsehen, dass es ziemlich unvernünftig wäre, die Hochzeit abzusagen, nur weil du nicht mit den Arrangements einverstanden bist. Du wolltest doch nichts so sehr wie diese Heirat!«

Charlotte baute sich vor ihrer Freundin auf und hob das Kinn. »Wie du sehr wohl weißt, habe nicht ich diese Arrangements getroffen, sondern er. *Er* ist der Unvernünftige von uns beiden. *Er* hat mir die Planungen entrissen, als ich ihm sagte, er könne sich seine Sparsamkeit an den Hut stecken.« Sie lief ein paar Mal auf und ab, ehe sie sich in einen weich gepolsterten Sessel fallen ließ. »Von mir aus kann er sich an seinen Arrangements erfreuen, so lange er will, ich jedenfalls bleibe genau hier sitzen. Bitte lass mir einen Tee bringen. Und vielleicht etwas Gebäck oder ein, zwei Törtchen. Und Toast, jede Menge Toast. Mir ist jetzt egal, was ich esse. Wen kümmert es noch, ob ich etwas runder um die Hüften werde?«

Carolines Panik steigerte sich angesichts der trotzigen Miene ihrer Freundin schlagartig. »Char, du regst dich völlig unnötig auf. Ich bin sicher, dass es Lord Carlisle durchaus interessiert, ob du in die Breite gehst – auch wenn ich das in einer Ehe nicht als wichtig erachte. Trotzdem, ich bin überzeugt, dass du ihm nicht egal bist und er dich glücklich sehen –«

Charlotte rief sich erneut das Unrecht in Erinnerung, das er ihr im Namen einiger gesparter Münzen zugefügt hatte. Sie sprang aus dem Sessel auf und fing an, vor dem Fenster auf und ab zu gehen. Ihre kobaltblauen Augen funkelten vor Empörung. »Er hat doch nichts anderes als seine kostbare Geldbörse im Kopf. Seine üblen Äußerungen über meine extravaganten Pläne für eine denkwürdige Hochzeit haben deutlich gezeigt, dass er nicht bei Verstand ist, ganz zu schweigen von seinem Vorwurf, ich würde ihn ins Armenhaus treiben. Als ob das möglich wäre! Schließlich ist er ein Earl. Hast du je von einem armen Earl gehört?«

»Nun ja –«

»Nein, das hast du natürlich nicht. Unvernünftig, dass ich nicht lache! Ich bin absolut nicht unvernünftig! Ich bin der vernünftigste Mensch, den ich kenne, und ich kenne eine ganze Menge Leute!«

»Aber, Char, ich bin sicher, dass Lord Carlisle nur dein Glück am Herzen liegt –«

Charlotte stieß ein ungläubiges, wenig damenhaftes Schnauben aus, das ihr so guttat, dass sie es sofort wiederholte. »Er hat alles so arrangiert, dass wir in einer winzigen Kapelle in Covent Garden getraut werden und dass niemand außer dir und dieser rechthaberischen Patricia dabei sein soll. Aber das heißt nicht, dass *ich* da sein muss! Es ist genauso gut meine Hochzeit, und den herrlichsten Augenblick meines Lebens will ich verflucht noch mal nicht in einer leeren Kirche erleben!«

»Charlotte Honoria Eveline Benedict«, keuchte Caroline. »An seinem Hochzeitstag zu fluchen bringt Unglück!«

»Herr im Himmel, Caro! Mein ganzes Leben liegt in Scherben, und alles, woran du denkst, sind böse Omen? Du hast ja gar nichts anderes mehr im Kopf.« Charlotte schnaubte vor Wut und begann, von Neuem im Zimmer hin und her zu gehen.

Angesichts der Möglichkeit, dass Charlotte ihre Drohung wahr machte und den Earl nicht heiratete, spielte Caroline, die mittlerweile in höchster Not war, ihre letzte Karte aus. »Hast du denn auch überlegt, was die Leute sagen, wenn du Lord Carlisle nicht heiratest?«

Charlotte warf Caroline einen missmutigen Blick zu. »Es dürfte jede Menge Spekulationen geben, warum ich in letzter Minute abgesagt habe.«

Caroline schüttelte den Kopf und bereitete sich darauf vor, ihrer Freundin die schonungslose Wahrheit zu sagen – um deren Glückes willen, ganz zu schweigen von ihrem eigenen Seelenfrieden. »Sie werden sagen, Lord Carlisle hätte dich sitzen lassen. Sie werden sagen, er hätte es sich anders überlegt, weil allein der Gedanke an eine Ehe mit dir ihm widerwärtig und unerträglich gewesen wäre.«

Charlotte blieb abrupt stehen und starrte ihre Freundin entsetzt an. Im ersten Augenblick erwog sie, diesen üblen Behauptungen zu widersprechen, doch wenn sie ehrlich war, musste sie zugeben, dass sie momentan kein besonders großes Ansehen in der Gesellschaft genoss. Wenn man zudem die Launenhaftigkeit ebendieser Leute bedachte, war es durchaus möglich, dass sie so reagierten, wie Caroline es prophezeite. Sie war eine von der Gesellschaft Ausgestoßene. Würde sie damit umgehen können, bedauert und ausgelacht zu werden? Diese wenig erfreuliche Vorstellung ließ Charlotte erschaudern und ihren Entschluss noch einmal überdenken. Vielleicht war die unverhohlene Weigerung, Alasdair zu heiraten, doch nicht die Lösung. Vielleicht gab es einen Weg, ihn zur Einsicht zu bewegen und ihr Ziel doch noch zu erreichen, ohne dass sie das Risiko eingehen musste, sich das Mitleid und den Spott der Leute zuzuziehen.

»Alasdair mag ja denken, er könnte mir verwehren, was mir zusteht, aber ich bin nicht so dumm, mich auf eine Ehe mit einem Geizkragen einzulassen, der so sehr auf seinem Geld sitzt, dass er mich damit um die mir zustehende Anerkennung und Bewunderung bringt. Ich werde ihn erst heiraten, wenn er mich um Vergebung bittet und eine mir angemessene Hochzeit ausrichtet – mit einer großen Gästeschar, die mich bewundert und ihm zu seinem außergewöhnlichen Glück gratuliert, eine Braut wie mich bekommen zu haben!« Die letzten Worte sagte Charlotte schon über die Schulter, weil sie sich entschlossenen Schrittes auf den Weg zur Tür gemacht hatte.

»Aber, aber … wo willst du denn hin?«

»Zur Kutsche. Wo hast du nur deinen Kopf, Caro, dass du immer noch nicht aufbruchbereit bist? Wir sollten doch schon vor zehn Minuten an der Kirche sein. Komm schon, beeil dich! Wenn ich heute noch heiraten möchte, wird es höchste Zeit. Auch wenn Alasdair aussieht wie ein Engel, Wunder vollbringen kann er nicht!«

Fünf Minuten später rollte die Stadtkutsche der Beverlys durch die Straßen Londons. Lord Beverly zog es – nach nur zwei Minuten in Charlottes Gesellschaft – vor, zur Kirche zu reiten. Charlotte verbrachte den Großteil der Fahrt damit, sich Forderungen und Argumente zurechtzulegen, die sie ihrem Zukünftigen präsentieren wollte. Er musste einfach begreifen, wie wichtig ein gelungener Anfang für ihre Ehe war. Zu einigen ihrer schlagendsten Argumente fragte sie Caroline um deren Meinung.

»Offen gestanden, Char, glaube ich nicht, dass Lord Carlisle sich umstimmen lässt, wenn du ihm drohst, ihn an den Füßen aufhängen zu lassen, sollte er deiner Forderung nach einer angemessenen Hochzeit nicht nachgeben. Vielleicht wäre es klüger zu versuchen, vernünftig mit ihm zu reden –«

»Er ist ein Mann, Char. Hast du je einen Mann kennengelernt, mit dem man vernünftig reden kann?«

»Also … mein lieber Algernon ist zuweilen … er hat seine Bemühungen, sich einen Schnurrbart wachsen zu lassen, eingestellt … Trotzdem, ich sage dir, wenn du Lord Carlisle einfach erklärst, wie unglücklich du mit seinen Arrangements bist, wird er bestimmt eher mit sich reden lassen, als wenn du ihm körperliche Gewalt androhst.«

Charlotte gestattete sich ein kleines verruchtes Lächeln. »Ich würde seinem Körper doch niemals Gewalt antun, Caro. Schließlich gefällt er mir. Sogar sehr.«

»Charlotte!«

»Ach, jetzt sieh mich nicht so entrüstet an. Wenn dein Algernon so einen wundervoll männlichen und potenten Körper besäße wie Alasdair, würdest du das Gleiche sagen.«

»Das würde ich nicht! Ich würde niemals mit so schamloser Offenheit über meinen Ehemann sprechen! Das ziemt sich nicht!«

Charlotte lächelte ihrer Freundin zu und machte sich einen Spaß daraus, sie ein bisschen zu ärgern. »Caro, du bist die verklemmteste Person, die ich kenne. Und wenn du glaubst, dass sich das eines Tages noch ändern wird, hast du dich gewaltig beschnitten!«

»Gewaltig … beschnitten? Hast du beschnitten gesagt?«

»Ja, habe ich. Gewaltig beschnitten.« Charlottes Lächeln erstarb, als sie die Miene ihrer Freundin erblickte. »Ist das nicht richtig?«

»Nein, es … Char, weißt du, was *beschnitten* bedeutet?«

»Aber natürlich«, spöttelte Charlotte, um dann kurz nachzudenken. »Ich meine, ich hätte … ja, jetzt weiß ich es. Es bedeutet, sich täuschen, sich irren, oder nicht?«

Carolines Wangen glühten vor Verlegenheit, und ihr Blick ging in alle Richtungen, nur nicht zu Charlotte. »Nach dem, was ich irgendwo in der Bibel gelesen habe, bedeutet beschnitten … ähm, bedeutet es … das ist etwas, was man bei Männern macht. Also, wenn man beim Mann ein Stück abschneidet von … von seinem …« Caroline gestikulierte hilflos mit den Händen.

Charlottes Stirn legte sich in Falten. »Seinem was?«

»Na, du weißt schon, seinem Piephahn.«

»Seinem *was*?«

Caroline ermahnte sie, nicht so laut zu sprechen, und blickte nervös aus dem Kutschfenster, ehe sie sich wieder zu ihrer Freundin umdrehte. »Seinem Piephahn. Zipfel. Bimmelbammel.«

Charlotte lehnte sich stöhnend in die Polster ihres Sitzes zurück. »Also ehrlich, Caro, du bist doch verheiratet. Ich kann nicht glauben, dass du etwas, das du bestimmt jeden Tag zu Gesicht bekommst, mit derartig kindlichen Ausdrücken umschreibst. Wir sind doch schließlich erwachsene Menschen. In meiner Gegenwart musst du weder erröten noch um den heißen Brei herumreden und dir Wörter wie Bimmelbammel ausdenken!«

»Ich weiß.« Caroline schämte sich für ihr albernes Benehmen. »Es tut mir leid. Das kommt nicht mehr vor. Du hast vollkommen recht. Wir sind beide Ehefrauen und können ganz offen über solche Dinge reden.«

Charlotte zog einen kleinen Spiegel hervor und überprüfte ihr Aussehen. »Sehr richtig. Und was das andere betrifft, das ist doch lächerlich. Du musst diese Bibelstelle falsch verstanden haben. Kein Mann, der auch nur ein kleines bisschen Verstand besitzt, würde sich ein Stück von seinem Schniedel abschneiden lassen.«

Mit düsterer Miene blickte Dare auf die Taschenuhr in seiner Hand. Seine Miene verfinsterte sich noch mehr, als er auf die Uhr schaute, die auf dem altersschwachen Tisch auf der anderen Seite der kleinen staubigen Sakristei stand. Dann riss er sich jedoch zusammen. Schließlich war heute sein Hochzeitstag. Darum gab er sich alle Mühe, sich seine Verärgerung nicht anmerken zu lassen, als er mit einer Lässigkeit, die nichts von seinen wahren Gefühlen preisgab, zu Batsfoam schlenderte, der hinter Captain David Woodwell stand, Patricias Zukünftigem. Er sah zu der Uhr, die David an sein Ohr hielt und sie dann schüttelte.

»Die muss ich vor Sonntag noch reparieren lassen«, grinste David. »Schließlich kann ich doch nicht zu meiner eigenen Hochzeit zu spät … oh.«

Dare schloss kurz die Augen und rieb sich die Stirn. Alle Uhren sagten ihm dasselbe. Sie machten ihm auf erschütternd unverblümte Art und Weise klar, dass der heutige Tag den Beginn eines Lebens mit unzähligen Stunden des Wartens auf eine Frau markierte.

Er öffnete die Augen wieder und stieß das gequälte Seufzen eines dem Untergang Geweihten aus.

»Fast alle Damen, die etwas auf sich halten, kommen zu derartigen Anlässen zu spät«, versicherte David ihm. »Patricia sagt immer, dass es sich nicht gehört, pünktlich zu erscheinen, was ganz besonders auf Bräute … na ja, jeder weiß, dass Bräute sich verspäten. Sie lieben dramatische Auftritte.«

Dare rang sich ein schwaches Lächeln ab. Er wünschte, er wüsste etwas Prägnantes über das alberne Verhalten von Frauen im Allgemeinen und Bräuten im Besonderen zu sagen, aber alles, was ihm einfiel, war die dringende Empfehlung, den kleinen Lieblingen wie Aussätzigen aus dem Weg zu gehen. Und das war nicht unbedingt der beste Ratschlag für den Mann, der in fünf Tagen mit Patricia in den Stand der Ehe treten wollte.

»Sie wird schon kommen«, erklärte er stattdessen. »Sie hat sich viel zu große Mühe gegeben, mich zu überlisten, um mich am Ende zu versetzen. Wahrscheinlich will sie mich dafür bestrafen, dass ich mein letztes Geld nicht in eine pompöse Hochzeit gesteckt habe.«

David lächelte. »Ich weiß, dass es vielleicht nicht unbedingt danach aussieht, aber Patricia ist überzeugt, dass sich alles einrenken wird. Sie glaubt, dass Lady Charlotte eine gewisse Zuneigung für Sie empfindet, womit die halbe Schlacht doch schon geschlagen wäre, nicht wahr?«

Dare brachte ein gequältes Lächeln zustande und boxte David als Dank für seine aufmunternden Worte freundschaftlich in die Schulter. Dann machte er sich wieder daran, in dem kleinen Raum auf und ab zu laufen, wobei er gelegentlich stehen blieb und sich in den Nasenrücken zwickte. Er fühlte, dass sein Kopf zu schmerzen begann; es war ein Kopfschmerz, der durch den Lärm auf dem Hof vor der Kirche noch verstärkt wurde.

Anlässlich des Besuchs von Zar Alexander hielt sich ein Zirkus in der Stadt auf, und es hörte sich an, als hätte das Orchester beschlossen, seine Probe direkt vor der Kirche abzuhalten.

Nachdem Dare zum zehnten Mal an David und Batsfoam vorbeigegangen war, fragte sein Diener: »Soll ich vielleicht einmal nachsehen, wo sich die Dame befindet, um deren Hand Sie anständigerweise, wenn auch mehr als ein wenig überstürzt, angehalten haben? Ich würde mir eher das andere Bein abschneiden, als mir auch nur die leiseste Kritik an der voreiligen Art und Weise zu erlauben, in der Sie einer Frau die Ehe versprochen haben, die Sie kaum kennen, geschweige denn für die Sie nicht den Hauch von Zuneigung empfinden, nicht, dass Zuneigung eine obligate Voraussetzung für eine Ehe wäre, was ich Ihnen aus eigener Erfahrung versichern kann, nachdem ich siebzehn außergewöhnlich lange Jahre mit Mrs Batsfoam verheiratet war, ehe sie vorzeitig infolge eines schrecklichen Unfalls verschied, der sich ereignete, als die Elefantenfrau aus Sansibar während einer Vorstellung in Mr Trencherfoots Galerie des Unerklärlichen und Bizarren auf einer Bank Platz nahm und dabei den tasmanischen Fledermausjungen direkt in den Schoß von Mrs Batsfoam katapultierte, woraufhin sie ihren Lutschbonbon verschluckte und einen Erstickungsanfall erlitt, was zu einer Schädigung der Milz führte, die drei Jahre später in ihrem vorzeitigen Ableben endete. Soll ich einen Arzt holen, damit er sich auf der Stelle meines verbliebenen Beines annimmt?«

Dares Mundwinkel kräuselten sich, und es sah aus, als überlegte er. »So unbeständig sämtliche Dinge und all die Menschen in meinem Leben auch sein mögen, Batsfoam, auf Ihre konstante Art ist Verlass. Sie sind mir stets ein Quell der Freude und ein Lichtblick in schweren Zeiten gewesen.«

David stieß einen Laut aus, der verdächtig nach einem unterdrückten Prusten klang. Die Stimmen außerhalb der Kirche wurden immer aufgeregter, und Rufe wie »He, du, pass auf den Bär auf, der beißt« versuchten, sich gegen die schrillen, blechernen Misstöne mehrerer Trompeten durchzusetzen, die ihr Bestes gaben, einen Triumphmarsch erklingen zu lassen. Dare bemühte sich, das zunehmende Gefühl der Absurdität dieser Situation in den Griff zu bekommen. Einen Augenblick später verzogen sich seine Lippen jedoch zu einem Schmunzeln, als Batsfoam mit demütig gesenktem Haupt und einer angedeuteten Kniebeuge auf sein Bein wies und die Stirn krauszog. »Das Bein, Mylord? Es wäre in kürzester Zeit ab.«

»Später vielleicht, Batsfoam. Nach dem Hochzeitsfrühstück, hmm? Denken Sie an das viele Blut und so; wir können den Damen doch nicht den Appetit verderben.«

»Dare!« Patricia kam in den kleinen Raum gestürzt, packte ihren Bruder am Arm und zog ihn Richtung Tür. »Dare, du musst sofort mitkommen. Lady Charlotte ist da, aber sie weigert sich, die Kutsche zu verlassen, ehe sie mit dir gesprochen hat. Ach, und in der Kirche läuft ein Affe frei herum. Der Kirchendiener meint aber, er hätte ihn auf dem Kronleuchter über dem Mittelschiff in die Enge getrieben, also musst du dir darüber keine Sorgen machen. Wusstest du, dass da draußen ein Zirkus ist?«

Für eine Sekunde drohte Dare in sich zusammenzusacken, doch dann riss er sich zusammen, straffte die Schultern und folgte seiner Schwester zur Kutsche, ohne sich seine Gereiztheit allzu sehr anmerken zu lassen.

»Ah, Carlisle, da sind Sie ja. Ist schon ein Kreuz mit den Damen, nicht wahr?«, wurde er von dem schmächtigen, rothaarigen Lord Beverly begrüßt, der neben der Kutsche stand und ausgesprochen erleichtert wirkte, den Bräutigam zu sehen. Ein Warnruf ließ die beiden Männer zur Seite springen. Ein mit mehreren Seidenschärpen geschmücktes Kamel, das ein goldenes Seil hinter sich herschleifte, galoppierte an ihnen vorbei und die Stufen zur Kirche hinauf, verfolgt wurde es von drei fluchenden, obszöne Drohungen ausstoßenden Männern.

»Beverly«, nickte Dare ihm zu, als die beiden Männer sich wieder der Kutsche zuwandten. »Wie ich höre, hat meine Braut kalte Füße bekommen?«

Lord Beverly schaute kurz besorgt zur Kirche, ehe er den Blick erneut auf die Kutsche richtete. Plötzlich wurden die Vorhänge beiseitegeschoben, und Charlottes Gesicht erschien am Fenster. Sie winkte Dare zu sich.

»Äh … so etwas Ähnliches. Wenn ich Lady Charlotte richtig verstanden habe, hat sie irgendetwas an der Kirche auszusetzen. Es würde mich nicht wundern, wenn's der Zirkus wäre. Ich wusste gar nicht, dass derartige Vorstellungen in einer Kirche erlaubt sind. Erscheint mir nicht besonders adäquat.«

Dare verzichtete auf eine Entgegnung und öffnete den Kutschenschlag. »Guten Morgen, Lady Beverly. Charlotte. Kann ich etwas für Sie tun? Abgesehen davon, Sie zu heiraten?«

»Ja«, erwiderte Charlotte, während sie Dares Hand ergriff und ihn in die Kutsche zog, wogegen er sich nicht wehrte. Mit einer Miene, die lediglich leichte Neugier ausdrücken sollte, nahm er auf dem ihr gegenüberliegenden Sitz Platz.

»Ich bin hier, um Ihnen zu sagen, dass ich Sie nicht heiraten werde.«

»Vielleicht sollte ich lieber nachschauen, ob Algernon mich braucht …«, murmelte Caroline, während sie versuchte, an Charlotte vorbei die Kutsche zu verlassen.

»Du bleibst, wo du bist, Caro. Ich brauche eine Zeugin für dieses Gespräch.«

»Aber, Char, das geht doch nur dich und Lord Carlisle etwas an. Ich glaube, es ist besser, wenn ich –«

Charlotte besaß die Unverfrorenheit, ihn anzufunkeln. Dare ignorierte Caroline und lehnte sich mit verschränkten Armen zurück. »Sie wollen mich also nicht heiraten?«

»Nein.«

»Und Sie haben den weiten Weg in Ihrem Hochzeitskleid auf sich genommen, nur um mir zu sagen, dass wir heute nicht getraut werden?«

Charlotte nickte. »Das ist richtig. Ich werde Sie nicht eher heiraten, bis Sie wieder bei Verstand sind.«

»Ich verstehe.« Dare nickte, obwohl er nichts, aber auch gar nichts verstand. Trotzdem ging er fest davon aus, dass Charlotte ihm gleich, und zwar in allen unwichtigen Einzelheiten, erklären würde, warum genau sie ihre Meinung geändert hatte, nachdem sie vorher so große Anstrengungen unternommen hatte, ihn einzufangen. Er nickte noch einmal, öffnete die Tür und verließ die Kutsche, wobei er fast von einer Gruppe kleiner Harlekine überrannt worden wäre. Er nahm einen tiefen Atemzug und wartete auf das Unvermeidliche.

»Alasdair!« Mit einem Sprung, bei dem sie ein großzügiges Stück Bein zeigte, schoss Charlotte aus der Kutsche und stürzte ihm mit einem Blick hinterher, der einen Elefanten hätte töten können. Als Dare die Wut in ihren Augen sah, musste er sich stark zusammenreißen, nicht zu lächeln. Er merkte, dass ihr Zorn sein Verlangen weckte, sie zu küssen.

»Sie können doch nicht einfach gehen! Vielmehr sollten Sie mich jetzt anflehen, Sie zu heiraten!« Sie sah so erzürnt aus, dass er die Hände zu Fäusten ballen musste, um sie nicht in die Arme zu ziehen und sie so lange zu küssen, bis ihr Zorn verschwunden war. »So funktioniert das nicht! Ich erwarte, dass Sie mich anflehen und um meine Gunst buhlen, zu Kreuze kriechen und sich erniedrigen, damit ich Ihnen dann sagen kann, was Sie tun können, um mich umzustimmen, doch nichts von alledem haben

Sie bisher getan. Und da ich nicht jünger werde, während ich darauf warte, sollten Sie besser sofort damit beginnen!«

Nun konnte er sein Lächeln nicht mehr zurückhalten. Dies war der schlimmste Tag seines Lebens, der Tag, an dem er sich an eine Frau ketten würde. An eine Frau, die er vermutlich sogar liebte, die ihm das Leben aber auch zur Hölle machen würde mit ihren ewigen Forderungen nach Aufmerksamkeit und Dingen, die er ihr nicht geben könnte. Und dennoch konnte er nicht anders, als sie anzulächeln. Sie war so … verflixt … Charlotte!

Offensichtlich fasste sie sein Lächeln aber anders auf, als es gemeint war. Ihre blauen Augen funkelten mit einer Inbrunst, die einen weniger gestandenen Mann eingeschüchtert hätte, Dare aber schwelgte in dem herrlichen Anblick, den sie ihm dabei bot. Bei all den Opfern, die er für sie brachte, all dem Kummer und Leid, das sicher noch durch sie auf ihn zukäme, gehörte sie doch ihm und nur ihm allein. Niemand sonst würde zum Ziel der glühenden Funken werden, die ihm aus ihren wunderschönen Augen entgegensprühten.

»Oooh! Wie können Sie es wagen, mich auszulachen!« Sie stampfte mit dem Fuß auf und bohrte ihm einen Finger in die Schulter. »Wollen Sie mich denn überhaupt nicht fragen, warum ich Sie nicht heiraten will?«

Er entschloss sich, ihre Laune zu heben. Schließlich konnte er sie noch ein Leben lang ärgern und ihre Wutausbrüche genießen. Besser er beruhigte sie jetzt, damit die Zeremonie endlich beginnen und er sich wieder an seine Arbeit machen konnte. Er ließ sein Lächeln ersterben und setzte eine ernste Miene auf, wie man sie von einem Mann erwartete, der gleich zu Kreuze kriechen und um Vergebung bitten wollte. Um diesen Eindruck noch zu verstärken, verbeugte er sich leicht. »Ich bin ganz Ohr, Lady Charlotte.«

Als sie den Blick über seinen Oberkörper gleiten ließ, wechselte der Ausdruck in Charlottes Augen von weiß glühendem Zorn zu zartrot leuchtendem Interesse.

»Also, so weit würde ich nicht gehen«, murmelte sie in versöhnlicherem Ton.

Er sah sie fragend an. »Wovon reden Sie?«

Eine mädchenhafte Röte legte sich auf ihre Wangen. Dare verkniff sich den Drang, den Kopf in den Nacken zu werfen und in heiteres Gelächter auszubrechen. Sie schaffte es immer wieder, ihn zu überraschen – im einen Moment sagte sie das Merkwürdigste, das er je gehört hatte, um dann im nächsten wie eine Jungfrau zu erröten.

»Von Ihnen. Ich finde, dass weitaus mehr an Ihnen ist als nur Ohren.«

Es fiel ihm schwer, sich wieder so weit unter Kontrolle zu bringen, dass er etwas sagen konnte, ohne über sie herfallen und sie küssen zu wollen. Dafür war jetzt nicht der richtige Zeitpunkt. Vielmehr galt es, sie irgendwie in die Kirche zu schaffen und zu heiraten, bevor sie ihn mit ihrem verführerisch unschuldigen Charme noch in den Wahnsinn trieb. Später würde er sich dann vielleicht einen Kuss gestatten, aber nur einen, und zwar einen kurzen. Und nach diesem einen Kuss würde er ihr unmissverständlich klarmachen, dass er – obwohl sie ihn auf hinterhältigste Weise in die Ehe gelockt hatte – ihr auf keinen Fall näherkäme, bevor er es wollte. Er setzte eine Märtyrermiene auf und neigte den Kopf. »Charlotte, dass Sie mich nicht heiraten wollen, erschüttert mich zutiefst. Was kann ich nur tun, damit Sie es sich anders überlegen?«

Sie seufzte erleichtert und ließ ihre Grübchen auf eine Art und Weise erscheinen, die sein Herz zu seltsamen kleinen Hüpfern animierte. Großer Gott, sie machte es ihm nicht leicht, an seinen Vorsätzen festzuhalten! »Ich bin ja so froh, dass Sie zur

Einsicht gekommenen sind, Alasdair. Es geht um die Hochzeit und wie Sie sie geplant haben.«

»Das dachte ich mir. Ich nehme an, dass Ihnen irgendetwas an der Kirche missfällt?«

»Nein. Ja. Nein, sie ist nicht so wichtig, auch wenn ich es Ihnen doch ein wenig übel nehme, dass Sie sich nicht erkundigt haben, ob Westminster Abbey vielleicht auch Leuten zur Verfügung steht, in deren Adern kein königliches Blut fließt. Eigentlich ist es aber gar nicht die Kirche, die mir missfällt; vielmehr sind es die Leute.«

Dare starrte sie einige Sekunden lang an. Seine Erheiterung über sie wich schließlich dem pochenden Schmerz, der hinter seiner Stirn einsetzte. Resigniert rieb er sich noch einmal den Nasenrücken. »Die Leute? Welche Leute?«

Mit einer Miene, die zeigte, dass sie sehr zufrieden mit seiner Antwort war, nickte Charlotte. »Genau! Welche Leute?! Es gibt nämlich keine, abgesehen von Ihrer Schwester und Caro. Und Lord Beverly. Und dem Verlobten Ihrer Schwester und den Dienern meiner Cousine. Doch außer diesem kläglichen Haufen ist niemand hier. Sie können unmöglich auf einer Heirat ohne viele Gäste bestehen. Daher habe ich mich entschieden, erst zu heiraten, wenn es eine angemessen große Anzahl Leute gibt, die unser Ehegelübde bezeugen können.«

»Eine angemessen große Anzahl …« Dare schüttelte den Kopf und wollte noch mehr sagen, besann sich aber eines Besseren. Jetzt reichte es. Mit einer fast übermenschlichen Geduld hatte er sich angehört, was sie zu sagen gehabt hatte, doch jetzt war es an der Zeit, ihr klarzumachen, wer der Herr im Haus war, bevor ihm die Kontrolle über sein Leben endgültig entglitt. Die erschreckende Vorstellung eines Lebens mit Charlotte als derjenigen, die den Ton angab, fest vor Augen, nahm er seine Braut an den Arm und führte sie unter dem Seil hindurch, das die Artisten zwischen zwei Säulen des Kapellenvorbaus gespannt hatten, zu der kleinen Kirche. Als Charlotte sich sträubte weiterzugehen, blieb er stehen und drehte sich zu ihr um. »Entweder kommen Sie jetzt auf der Stelle mit in diese Kirche und heiraten mich, oder Sie können gehen und sich einen anderen Fuchs suchen.«

»Einen Fuchs?« Verwirrung ließ ihre entzückenden Brauen in die Höhe schnellen.

Er unterdrückte das Verlangen, die Falten der Verwunderung auf ihrer Stirn zu glätten. Wenn er sich auch nur den Hauch einer glücklichen Zukunft mit ihr bewahren wollte, musste er jetzt Härte zeigen. Nur wenn er die Trauung hinter sich brachte, konnte er sich wieder an die wichtige Aufgabe machen, seinen Motor fertigzustellen. Ohne das Geld, das der Motor einzubringen versprach, wären ihre finanziellen Aussichten trübe, ja praktisch nicht vorhanden. »Fuchs. Opfer. Ehemann. Wie auch immer Sie es nennen mögen, Charlotte, eines müssen Sie begreifen: Ich werde mir von Ihnen nicht auf der Nase herumtanzen lassen. Entscheiden Sie sich.«

»Was?« Charlotte starrte ihn sprachlos an.

Dare beugte sich zu ihr und sprach so leise, dass niemand außer ihr ihn hören konnte. »Sie wollten mich heiraten. Also werden Sie das jetzt gefälligst tun oder sich als ledige Frau auf den Heimweg begeben. Die Entscheidung liegt bei Ihnen.«

»Aber, Alasdair – «

»Mein ... Name ... lautet ... Dare«, unterbrach er sie mit gepresst klingender Stimme.

Ihre Augen füllten sich mit Tränen, als sie sich der hinter seinen Worten stehenden Standhaftigkeit bewusst wurde, und er spürte, wie sich trotz aller festen Vorsätze sein Herz bei diesem Anblick zusammenzog. Doch ein Mann konnte sich nicht von einem Paar tränenfeuchter Augen erweichen lassen, auch wenn ihm jede dieser Tränen das Gefühl gab, sein Herz in tausend Teile zu zerreißen.

»Charlotte«, sagte er und war bereit, seine Worte mit einer Prise wohlüberlegten Bittens zu mildern. Das verletzte zwar seinen Stolz, doch da dieser ohnehin tüchtig gebeutelt war, kam es darauf nun auch nicht mehr an.

»Bitte, Alasdair«, flüsterte sie mit vor Tränen feuchten Augen. »Bitte machen Sie mich nicht vor allen Leuten lächerlich. Das könnte ich nicht ertragen. Das könnte ich einfach nicht ertragen.«

»Sie lächerlich machen?« Er fasste sie an den Armen und zog sie näher. »Wieso sollten Sie sich lächerlich machen, wenn Sie mich heiraten?«

Sie zeigte auf die Kirche, und zwei Tränen glitzerten an ihren Wimpern, die vor lauter Traurigkeit plötzlich spitz und dunkel waren. »Niemand ist da! Niemand! Wie könnte ich je einem Menschen von unserer Trauung in einer leeren Kirche erzählen, und dass es außer Ihrer Schwester und meiner Freundin niemanden gekümmert hat, ob er auf unserer Hochzeit war oder nicht?« Sie schluchzte. »Wie könnte ich den Leuten noch unter die Augen treten, wenn sie die Wahrheit über unsere Hochzeit erfahren, nämlich dass Ihnen nichts an einer anständigen Heirat lag oder dass Ihnen egal war, was ich dabei empfand?«

Er starrte sie an und wusste nicht, was er sagen sollte. Was hatte sie nur gegen eine Hochzeit in kleinem, intimem Rahmen, der seinen knappen Mitteln und seinem persönlichen Geschmack entgegenkam? Dass das, was auch immer sie so sehr aufwühlte, von großer Wichtigkeit war, blieb ihm jedoch nicht verborgen. Er hatte schon genügend Krokodilstränen gesehen, um wahre Not als solche zu erkennen, und Charlottes Augen schrien förmlich vor Schmerz und Verzweiflung. Er holte tief

Luft und kämpfte das Verlangen nieder, Herr der Lage zu bleiben, da er nicht wollte, dass sie ihn für einen gefühllosen Unmenschen hielt, den ihre Wünsche nicht interessierten.

»Charlotte, selbst wenn ich Ihnen geben wollte, worum Sie bitten, wäre es nicht möglich. Unsere Hochzeit soll heute stattfinden, vor fast einer Stunde, um genau zu sein.« Er fuhr sich mit der Hand durchs Haar, als er nach einem Weg suchte, wie er die Trauung verschieben und Patricias kurz darauf stattfindende Hochzeit über die Bühne bringen konnte, um vor Whitneys Eintreffen trotzdem noch genügend Zeit für die Fertigstellung und einen Probelauf des Motors zu haben. »Um sämtliche Leute einzuladen, die Sie kennen, würde es tage-, ja wochenlanger Vorbereitung bedürfen. Ich hatte einer so baldigen Heirat zugestimmt, weil sie gut in meinen Zeitplan passte; eine Verschiebung jedoch –«

»Es müssen ja keine Leute sein, die ich kenne«, entgegnete sie leise, eine Hand an seinem Ärmel und mit einem Blick, aus dem so viel Sanftheit, so große Hoffnung sprach, wie er es noch nie gesehen hatte. Ihr Blick flehte ihn an, zerrte an ihm und brachte ihn dazu, ihr versprechen zu wollen, was es auch war, wenn sie ihn nur noch einmal so ansah. »Ich möchte die Trauung genauso wenig verschieben wie Sie. Wie ich bereits sagte, ist es mir wichtig, vor Ihrer Schwester zu heiraten; daher soll mir der heutige Termin nur recht sein.«

Er rieb sich die Stirn und stemmte sich gegen den Kopfschmerz, während er versuchte, ein Licht am Ende des Tunnels zu entdecken. »Was soll ich denn tun? Etwa fremde Menschen in die Kirche einladen?«

Sie nickte, noch ehe er den Satz beendet hatte.

Einen Moment lang verschloss er die Augen vor der Hoffnung, die er in ihrem Blick aufflackern sah; dann öffnete er sie wieder. »So viel bedeutet es Ihnen?«

Sie nickte noch einmal, während sie sich die Nase mit einem eleganten Taschentuch abtupfte.

»Und wenn ich Ihnen diesen Wunsch erfülle, verzichten Sie darauf, mir wegen Kleidern oder mehr Nadelgeld in den Ohren zu liegen, oder Hunderten anderer Dinge, die ich Ihnen nicht gewähren könnte, selbst wenn ich wollte?«

Als Charlotte ihn überrascht anstarrte, war jegliche Sanftheit aus ihrem Blick verschwunden und stattdessen das vertraute teuflische Funkeln darin zu finden. »Natürlich werde ich Ihnen deswegen in den Ohren liegen, schließlich werde ich Ihre Frau sein. Mir wird klar, dass Sie noch nie verheiratet waren, Alasdair, und wie ich sehe, muss ich Sie noch in die Pflichten eines Ehemannes einweisen. Meine Aufgabe wird es sein, Sie um Dinge zu bitten, und Ihre, mir diese zu verweigern, bis Sie sich dann durch mein Flehen und Verzirzen dazu überreden lassen, mir alles zu geben, was ich will.«

»*Be*zirzen«, korrigierte Dare automatisch, während er mit aller Macht versuchte, nicht die Augen zu verdrehen, als er sich vorstellte, wie dieses Flehen und Bezirzen wohl aussähe. Gewaltsam riss er sich von Charlottes Bild los, wie sie befriedigt und zufrieden in seinem Bett lag, ihre elfenbeinfarbene, seidig zarte Haut bedeckt mit nichts als ihrem Haar. Er brauchte zwei Anläufe, um sich wieder auf die Gegenwart zu konzentrieren, auf die Frau, die es nicht kümmerte, wer ihrer Hochzeit beiwohnte, Hauptsache, die Kirche war voll. Der Gedanke an ihre Pläne ernüchterte ihn schlagartig. »Charlotte, heute Abend werden wir noch ein langes Gespräch über Ihre Erwartungen zu führen haben. Wie ich Ihnen schon klarzumachen versuchte, bin ich kein reicher Mann, und Sie werden größte Sparsamkeit beweisen mü–«

»Papperlalapp«, tat sie die Warnung mit einer entsprechenden Geste ab und wischte sich über die Augen, während ihre

Grübchen sich kurz zeigten. »Das hat mein Vater auch ständig zu meiner Mutter gesagt.«

»Charlotte –«

»Würden Sie das für mich tun, Alasdair?«, fragte sie, und ihre Augen strahlten so mild und blau wie der Sommerhimmel. »Ja? Würden Sie mir diesen klitzekleinen Wunsch erfüllen?«

Mit einem Stoßgebet gen Himmel bat Dare um viel Geduld, ehe er mit einem Nicken zustimmte.

»Oh, danke, vielen Dank«, quietschte sie, warf sich ihm in die Arme und traf seinen Mundwinkel, als sie ihm einen flüchtigen Kuss aufdrückte. Er spürte das Verlangen, sie festzuhalten, um an ihrer Zielgenauigkeit zu arbeiten, doch noch ehe er die Arme um sie schließen konnte, eilte sie wie ein Haken schlagender Hase zur Kutsche zurück durch eine Reihe von Bodenakrobaten, die ihre Kunststücke über verstreut stehende Tische und Stühle hinweg darboten. »Er macht es«, rief sie Caroline glücklich zu, ehe sie ihre Freundin in die Kutsche zurückschob.

»Sie haben es bestimmt bequemer, wenn Sie in der Kirche warten«, schlug Dare vor, nachdem er ihr gefolgt war und dabei über eine Reihe von Kegeln und Fackeln hatte steigen müssen, die später noch angezündet und jongliert werden sollten. Er ärgerte sich ein wenig über sich selbst, dass er Charlottes verrückter Forderung nachgegeben hatte. Wenn es ihr auch in Zukunft so leicht gelänge, sich von ihm zu holen, was sie wollte … aber nein, daran wollte er lieber nicht denken, sonst würde er noch wahnsinnig. Stattdessen tröstete er sich mit dem Gedanken, dass ihre Bitte keine große Sache war, eine schlichte Bitte eben, eine, durch die sie auf einfache Weise glücklich zu machen war und er ebenfalls sein Ziel erreichte. »Es wird nicht lange dauern, die … äh … Zuschauer zu versammeln.«

»Ich warte, bis Sie fertig sind, und komme wieder, wenn es

losgehen kann«, verkündete Charlotte beschwingt. »Caro, sag dem Kutscher, er soll uns solange um den Block fahren.«

»Mir wäre lieber, Sie würden drinnen warten«, sagte Dare mit leichtem Zähneknirschen. Zum Donnerwetter, wollte Sie eigentlich über jede Kleinigkeit streiten?

»Damit jeder sieht, dass ich warte? Niemals!«

»Es dürfte recht ermüdend sein, die ganze Zeit im Kreis zu fahren. Vielleicht würde Lady Beverly es vorziehen hineinzugehen. Dort ist es angenehm kühl.«

Unerklärlicherweise lächelte Charlotte ihm zu. »Wir sind mit allem sehr zufrieden. Kurz bevor wir hier ankamen, hatten Caro und ich gerade eine sehr interessante Unterhaltung über die Bibel. Ich bin sicher, sie hat nichts gegen eine Fortsetzung des Gesprächs einzuwenden.«

Lady Beverly kicherte. Dare warf Charlotte einen Blick zu, der es wert gewesen wäre, ihr einen Schrei des Entsetzens zu entlocken, doch sie verwandelte ihr Lächeln nur in ein breites Grinsen, das sie mit einem leichten Klimpern der Wimpern unterstrich.

»Oh Herr, bewahre mich vor den Frauen«, brummte er mürrisch, während er zur Kirche zurückstapfte und sich, wenn auch nicht gerne, eingestehen musste, dass ihr Lächeln ihn auf unerwartet angenehme Weise berührt hatte. Dann machte er sich daran, ein Publikum für seine Braut zu beschaffen.

Als Charlotte die Zuschauer erblickte, die ihr Bräutigam mit finanziellem Anreiz dazu bewogen hatte, den »wichtigsten Moment in ihrem Leben« zu bezeugen, blieb sie wie angewurzelt am Ende der Kirche stehen und war kurz davor, den größten Wutanfall ihres Lebens zu bekommen.

»Da ist ein Affe in der Kirche«, stellte sie durch zusammengepresste Zähne fest und zeigte auf den Leuchter über dem

Mittelschiff, an dem ein Äffchen mit rotem Hut und einer Jacke mit goldenen Fransen herumturnte. »Ich glaube nicht, dass es in den fünf Jahren, die ich außer Landes verbracht habe, plötzlich zu einem Hochzeitsbrauch geworden ist, Primaten von der Decke hängen zu lassen.«

»Äh …« Lord Beverly zog sanft an ihrer Hand und hatte offensichtlich keine Idee, wie er die Braut dazu bringen sollte, sich den Gang hinunter zu ihrem Bräutigam zu bewegen. »Nun ja –«

»Und die Frau da, die mit dem Bart. Es ist nicht zu übersehen, dass sie heult, dabei *kenne* ich sie gar nicht. Und das hier ist doch wohl ein fröhlicher Anlass.«

»Äh …« Lord Beverly zog sie erneut am Arm, während er hilflos zu Dare blickte, der mit verschränkten Armen dastand und seine widerspenstige Charlotte beobachtete. »Ich glaube, Lord Carlisle wartet auf Sie …«

Charlotte rührte sich nicht vom Fleck und drehte den Kopf zu der Gruppe von Musikern, die am anderen Ende der Kirche standen. »Und das Orchester! Worauf um Himmels willen spielen die, auf lebendigen Katzen? Das ist doch keine Musik für eine Hochzeit. Das kann doch alles nicht wahr sein.«

»Ähm …« Lord Beverly holte tief Luft und versuchte verzweifelt, die ihm übertragene (und wie sich herausstellte, fast unlösbare) Aufgabe zu erfüllen und die Braut zum Altar zu führen. »Sehen Sie nur, dort steht Ihr Bräutigam. Warum gehen Sie nicht einfach zu ihm? Dann können Sie das alles klären.«

»Nein«, sträubte Charlotte sich und zuckte zusammen, als das Orchester einen besonders schiefen Ton spielte. »Das werde ich nicht. So habe ich mir das ganz und gar nicht vorgestellt. Da wird Dare noch einiges zu verbessern haben.«

»He, wieso dauert'n das so lang?«, fragte einer der schräg vor ihr sitzenden Seiltänzer und beugte sich dafür nach hinten.

»Wir wolln heut Nachmittag noch vorm Zar auftretn. Also beeiln Se sich mal, sonst ham wir keine Zeit mehr, um mit dem köstlich'n Bier auf Sie anzustoßn, das Seine Lordschaft uns versprochn hat.«

Charlotte stürzte sich auf das einzige Wort, das von Bedeutung für sie war. »Sagten Sie *Zar*? Sie treten vor dem Zaren auf? Dem aus Russland?«

»'nen andern kenn ich nich«, rümpfte der Seiltänzer die Nase.

Mit einem Siegesleuchten in den Augen schritt Charlotte danach glücklich zum Altar und legte sich im Geiste schon die Worte zurecht, mit denen sie Lady Jersey und anderen herausragenden Damen der feinen Gesellschaft berichten würde, dass sie während ihrer Trauung zur Eile mahnen musste, weil ihre Gäste, ihre lieben, guten Freunde noch zu einer wichtigen Audienz beim Zaren höchstpersönlich mussten.

Dafür sah sie es sogar dem Äffchen nach, dass es ihr den Brautstrauß stahl.

6

Aus stahlblau funkelnden Augen blickte Charlotte ihre Zofe an. Diese erwiderte den Blick mit gelassener Miene. Die neue Lady Carlisle war alles andere als begeistert.

»Sie quietschen«, warf sie der Zofe vor. »Ich hatte noch nie eine Zofe, die quietscht, und werde jetzt auch nicht damit anfangen. Ich denke, ich werde mir eine neue Zofe suchen – eine, die nicht quietscht.«

»Es betrübt mein Herz, dass ich Myladys von höchstem Niveau zeugendem und zweifellos anspruchsvollem Geschmack nicht genüge. Wie ich Ihrem Gatten bereits sagte, widme ich mein ganzes Leben einzig und allein seiner Glückseligkeit, eine Aufgabe, die sich – welches mich bis in den äußersten Winkel meiner Seele erfreut – nun auch auf Ihre gnädigste Person erstreckt. Sie sehen, Mylady, ich lebe, um Ihnen zu dienen. Und wenn die unglücklichen Geräusche meines neuen Holzbeines Ihr Missfallen erregen, werde ich mich desselben sofort entledigen. Es ist mir in keinem der Dienste vonnöten, in der Mylady meine Wenigkeit zu sehen wünscht, sei es als Butler, Kammerdiener für Seine Lordschaft, Hausknecht oder Myladys ergebenster Zofe. Wie Mylady sehen wird, kann ich erstaunlich gut hüpfen –« Batsfoam krempelte sein Hosenbein hoch, um das hölzerne Objekt des Anstoßes abzulegen.

Charlotte hielt ihn in dem Augenblick davon ab, als sie merkte, was er vorhatte. Sie verspürte nicht den Wunsch, sein Bein zu sehen, weder den hölzernen noch den anderen Teil. »Ich bin überzeugt, dass Sie gut hüpfen können, Batsfoam, doch obwohl die Tatsache, eine quietschende Zofe zu haben, nur schwer für mich zu ertragen ist, würde ich mich dennoch damit abfinden, gäbe es da nicht noch eine ernstere, weitaus schwerer wiegende Beschwerde, die ich leider ebenfalls an Ihre Adresse richten muss.«

Batsfoam ließ sein Hosenbein zögerlich herunter, und seine Schultern sackten in ihre angestammte Position, während er den Kopf in beinahe tiefster Demut neigte. »Und das wäre, Mylady?«

Charlotte fragte sich kurz, ob sie es nicht zu Recht wenigstens ein kleines bisschen seltsam fand, dass man ihr eine Zofe zumutete, die auch gleichzeitig als Butler ihres Mannes fungierte. »Vielleicht liegt es daran, dass Alasdair Schotte ist«, dachte sie laut nach. »Vielleicht ist es in diesem heidnischen Land im Norden etwas ganz Normales. In einer Gesellschaft, in der Männer kurze Röcke tragen, kann man nie wissen. Auf der anderen Seite«, gab sie ehrlicherweise zu, »habe ich es sehr genossen, Alasdair im Kilt zu sehen. Und auch den Moment ohne Kilt, was sich wohl von selbst versteht, meinen Sie nicht auch?«

»Mylady?«

»Hmmm.« Charlotte schüttelte sich das Bild von Dares nacktem Hinterteil aus dem Kopf, auf das sie an dem Tag einen Blick hatte erhaschen können, an dem Gillian ihm den Kilt heruntergerissen hatte. Sie dachte einen Moment lang über Batsfoam nach. Er sprach nicht mit besonders schottisch klingendem Akzent, was vielleicht Grund gab, die Schuld doch woanders zu suchen. Darüber zerbrach sie sich noch ein paar Sekunden den Kopf, ehe sie zu dem Schluss kam, dass es wichtigere Dinge gab, zum Beispiel, woher sie jetzt eine Zofe bekam, eine richtige Zofe, die ihr beim Entkleiden half, damit ihr

Mann seine eheliche Pflicht erfüllen konnte. »Batsfoam, ich weiß Ihre Bereitschaft, sich im ganzen Haus nützlich zu machen, zwar zu schätzen, aber was Ihre Dienste als Zofe angeht, muss ich jetzt doch Einhalt gebieten.«

»Wenn es um das Quietschen meines unglückseligen Beines geht, Mylady – «

»Nein«, versicherte Charlotte, während sie die Tür zum Flur öffnete. Mit dem kleinen Raum, der neben Dares Zimmer lag und den man ihr als Schlafzimmer zugewiesen hatte, war sie im Großen und Ganzen zufrieden, mit der Person hingegen, die ihr dieses Zimmer gezeigt hatte, war sie überhaupt nicht einverstanden. »Das allein ist es nicht, Batsfoam. Sie nötigen mich, offen mit Ihnen zu sprechen und mich wahrscheinlich unbeliebt bei Ihnen zu machen, etwas, das ich meinem neuen Personal zu ersparen gehofft hatte, wenigstens für ein, zwei Tage, bis wir einander besser kennengelernt haben, aber vielleicht ist es das Beste, wenn wir sofort reinen Fisch machen – «

»Reinen Fisch? Sie möchten, dass ich den Fisch für morgen ausnehme?«, fragte Batsfoam und wunderte sich über den ungewöhnlichen Befehl. »Jetzt, Mylady? Zu dieser späten Stunde? Ich glaube, dass Seine Lordschaft noch meine Hilfe braucht, um den Entwurf für das gerade erst modifizierte Ventil zu Papier zu bringen, trotzdem werde ich natürlich mein Bestes geben, um Ihrem Wunsch zu entsprechen. Nein, Sie müssen gar nichts weiter dazu sagen, Mylady. Wenn es Ihr Wunsch ist, dass der Fisch jetzt noch ausgenommen wird, dann soll es so geschehen. Da ich Ihnen aufgrund der seltsamen und leider unangenehm lauten Geräusche meines neuen Beines nicht als Zofe zur Verfügung stehen kann, will ich mich bemühen, Ihnen alle anderen Wünsche zu erfüllen. Und jetzt, Mylady, werde ich mich dem Fisch widmen, doch nicht ohne Ihnen vorher ein anderes Mitglied des Haushalts zu schicken, damit es Ihnen statt meiner Wenigkeit zur Hand geht.«

Charlotte, bereits wieder tief in Gedanken versunken, überlegte hin und her, ob es besser wäre, in ihrem eigenen oder Dares Bett auf ihren Mann und sein höchst willkommenes männlichstes Stück zu warten. Daher verpasste sie den größten Teil von Batsfoams Rede, eine Tatsache, die ihm nicht entging. Hätte Charlotte ihn in diesem Moment angesehen, wäre ihr das leichte Flackern in seinen Augen aufgefallen, das schon überaus deutlich an eine Kampfansage erinnerte. Doch da das Bild von Dares wundervoller bronzefarbener Haut, den sich darunter abzeichnenden Muskeln und den feinen blonden Härchen, die dieser Haut einen goldenen Glanz verliehen, sie alles andere vergessen ließ, murmelte sie nur: »Schön, schön.«

Erst als Batsfoam den Küchenjungen Wills zur Erledigung der typischen Aufgaben einer Zofe nach oben schickte, merkte sie, dass sie die Personalfrage ohne Umschweife klären musste, da ihr sonst ein äußerst ungebührliches und schlimmer noch unbehagliches Leben mit Alasdairs heidnischer Dienerschaft bevorstand. Der Himmel war ihr Zeuge, dass sie Wills eine Chance gegeben hatte, und zwar in einem Akt unübertrefflicher Großmut und Kooperationsbereitschaft (ganz zu schweigen von ihrer Verzweiflung, endlich ihre Kleider loszuwerden und so für den Sinnlichen Weg ins Eheglück vorbereitet zu sein, worauf sie sich mit angehaltenem Atem und feuchten Lippen freute). Doch als er ihr das Haar ausbürsten sollte und in Ohnmacht fiel, ohne auch nur eine einzige Rosenblüte entfernt zu haben, riss ihr der Geduldsfaden.

»Jetzt ist er zu weit gegangen«, warnte sie den bewusstlosen Jungen nur kurz, bevor sie ihn mit ihrem Waschwasser übergoss. Prustend kam er zu sich und erblickte seine neue Herrin, die mit finsterer Miene über ihm aufragte und mit jedem Wort, das ihr über die kirschroten Lippen kam, lauter und höher sprach. »Ich habe seine exzentrische Art mit großer Geduld ertragen, ich habe Verständnis für sein knauseriges Verhalten gezeigt, und ich bin all das gewesen, was eine gute Ehefrau nur sein kann, aber dass er jetzt auch noch von mir erwartet, einen zwölfjährigen Jungen als Zofe zu akzeptieren, geht entschieden zu weit!«

»M'lady?«, quiekte Wills voller Sorge, als er im Rückwärtsgang versuchte, sich auf dem nassen Teppich vor Lady Charlotte in Sicherheit zu bringen, wobei er inständig hoffte, dass sie ihm nicht auch noch den leeren Wasserkrug auf den Kopf schlug.

Char ließ den Krug fallen, packte den Jungen an seinem feuchten Ohr, zog ihn auf die Beine und verlangte, zu ihrem Ehemann gebracht zu werden.

»Ich weiß nich, wo er is«, weinte der Junge und zuckte zusammen, als sie ihn Richtung Treppe bugsierte. »Ehrlich, M'lady, ich hab keine Ahnung, wo Seine Lordschaft is!«

Charlotte packte das schlüpfrige Ohr noch fester. »Wenn du dieses Ohr je wiedersehen willst, solltest du das ganz schnell herausfinden, verstanden?«

Der Junge nickte, merkte aber schnell, dass dies seinem Ohr gar nicht gut bekam, und verlegte sich stattdessen aufs Jammern und Heulen.

»Bitte, M'lady, ich hab Ihn'n doch gesagt, ich weiß nich, wo er is. Das müssn Se mir glauben. Ich weiß 's nich, Ehrenwort. Bitte, M'lady. Ich will mein Ohr behaltn, 'n andres hab ich nich, nehmn Se's mir nich weg!«

Charlotte blieb auf dem Treppenabsatz stehen. Mittlerweile schluchzte der Junge hemmungslos und wischte sich die Nase am Ärmel ab. Sie ließ sein Ohr los und packte ihn stattdessen hinten an der Jacke. Dann drehte sie um, marschierte, den Jungen fest im Griff, bis zu einer Tür am anderen Ende des Flures und klopfte an.

Eine kleine rothaarige Zofe öffnete und glotzte Wills eine Sekunde lang an, ehe sie höflich vor Charlotte knickste. Inzwischen hatte sich Patricia von ihrem Stuhl vor einem niedrigen Frisiertisch erhoben; offensichtlich wurde sie gerade für die Nacht zurechtgemacht.

»Charlotte? Stimmt etwas nicht? Warum weint Wills?«

»Er hat irgendetwas am Ohr«, erklärte Charlotte knapp. »Wo ist dein Bruder?«

Patricia blieb auf halbem Wege zur Tür stehen und wedelte besorgt mit den Händen. »Mein Bruder? Dare? Du möchtest wissen, wo mein Bruder ist? Ist er denn nicht bei dir?«

Charlotte hob das Kinn, verengte die Augen zu Schlitzen und funkelte ihre frischgebackene Schwägerin an, die daraufhin vorsichtshalber einen Schritt zurückwich. »Nein, bei mir ist er nicht. Und da ich mich erst seit einer Stunde in diesem Haus aufhalte und mich hier noch nicht auskenne, und Wills obendrein ganz versessen darauf zu sein scheint, von seinem Ohr zu reden und sich die Nase auf eine Art und Weise an seiner Kleidung abzuputzen, dass ich mir am liebsten die Hände waschen würde, bin ich hergekommen, um hoffentlich von dir eine Antwort zu erhalten. Wo kann ich ihn wohl finden, meinen Ehemann, deinen Bruder, den Earl?«

»Wahrscheinlich ... Wahrscheinlich arbeitet er an seinem Motor. Wie fast jeden Abend«, antwortete Patricia mit gerunzelter Stirn. Charlotte war froh, dass ihre Schwägerin sie nicht mitleidig ansah. Mitleid hätte sie in diesem Moment vermutlich nur schwer ertragen können.

»An seinem Motor? Ach so, sein kleines Hobby. Wo betreibt er es denn?«

Patricia brauchte einen Moment, um sich zu besinnen, ehe sie mit einem Kopfschütteln zu Charlotte trat und ihr lächelnd die freie Hand drückte. »Dare arbeitet in der ehemaligen Geschirr- und Besteckkammer. Sie befindet sich im Keller, auf der Vorderseite des Hauses, wo morgens die Sonne hineinscheint. Wills wird dich hinführen.«

Charlotte murmelte ein leises Danke und wandte sich bereits ab, als sie plötzlich verharrte und den Jungen, den sie in ihrer Gewalt hatte, einer missmutigen Musterung unterzog, mit der sie ihn erneut zum Schluchzen und Zittern brachte. Dann wandte sie sich wieder Patricia zu. »Wie ich sehe, ist deine Zofe weiblichen Geschlechts.«

Patricias Blick sprang zwischen ihrer Zofe und Charlotte hin und her. »Jaaaa«, sagte sie gedehnt, die Verwirrung deutlich ins Gesicht geschrieben.

Charlotte stieß ein kurzes Wutschnauben aus, während ein streitlustiges Leuchten in ihre Augen trat. Dann nickte sie und eilte mit Wills im Schlepptau zur Treppe.

Fünf Minuten später wurde sie von einem auffällig gut gelaunten Batsfoam in einen kleinen muffigen Raum begleitet, der so tief unten und weit abseits der Wohn- und Schlafräume lag, dass sie das Gefühl hatte, er befände sich im Innern der Erde. Der ganze Raum war erfüllt vom grässlich beißenden Gestank verbrannten Öls und dem Geruch nach Schimmel, Schmutz und Schmierfett. Doch es waren nicht die Gerüche, die Charlottes Aufmerksamkeit bannten, als sie unter dem niedrigen Holzrahmen hindurchtauchte; auch nicht der Anblick des schwarzen Metallungetüms, das den größten Teil der Kammer einnahm, und auch nicht die seltsamen Werkzeuge, schmierigen Lappen und Behälter mit Substanzen, mit denen sie nichts anzufangen wusste. Nein, das, was ihren Blick fesselte, war der Mann, den sie seit fünf Stunden ihren Ehemann nannte und der jetzt vornübergebeugt über einer Achse stand, die seitlich aus dem Ungetüm herausragte. Bis auf Hemd und Hose hatte er alle Kleider abgelegt, eine Tatsache, die ihr sehr wohl gefiel, als sie auf der Schwelle stehen blieb und mit großer Freude den Blick über seine langen, muskulösen Beine wandern ließ, die sich unter den engen Hosen abzeichneten. Und über die zauberhaften Konturen seines Hinterteils. Ein kurzer Blick auf diesen Körperteil genügte, und in Charlottes Schoß erwachte der prickelnde Wunsch nach Aufmerksamkeit.

Seiner Aufmerksamkeit.

»Oh«, sagte sie. »Oh.«

Dare richtete sich auf und sah sie über die Schulter an. Sein markantes Gesicht zeigte zwar das vertraute Missfallen, doch entging Charlotte dieser Blick, weil sie viel zu sehr damit beschäftigt war, zwischen seinen nackten Armen, seinem ebenso nackten Hals und seiner herrlich breiten Brust hin- und herzusehen, die sich in allen Einzelheiten unter dem schweißnass auf seiner Haut klebenden Hemd abzeichnete. Ein gedämpftes Hüsteln hinter ihr erinnerte sie daran, wo sie sich befand, und welche Verdrießlichkeiten ihr der Mann zugemutet hatte, der vor ihr stand – und wie unglaublich attraktiv sie ihn trotz allem fand. Sie packte Wills fester an seiner Jacke und schob ihn vor sich durch die Tür, während sie sich in dem muffigen, kleinen Raum umsah.

»Das also ist das viel zitierte Gerät«, sagte sie und versuchte, so zu klingen, als hätte sie Interesse an der chaotisch anmutenden Zusammenstellung mechanischer Bauteile, die offensichtlich einen größeren Reiz auf ihren Mann ausübten als sie selbst.

»Nein, Madam«, entgegnete Dare und langte nach einem dreckverkrusteten Lappen, um sich die verschmierten Hände abzuwischen. Charlotte nahm sich vor, seine Lappen so bald wie möglich austauschen zu lassen. »Dies sind eine Luftpumpe, ein Kondensator und ein Dampfkessel, alles Teile, die zu meinem dampfbetriebenen Motor gehören.«

»Sag ich ja. Das sieht alles sehr …« Schrecklich. Dreckig. Langweilig. »… faszinierend aus.«

Dares Miene hellte sich auf, während er Charlotte lange und durchdringend betrachtete. Sein Blick strahlte etwas aus, das ihren Ärger sofort dämpfte und durch den seltsamen und ihr völlig neuen Wunsch ersetzte, ihm zu gefallen. Einen Moment lang kämpfte sie mit diesem neuartigen Gefühl.

»In der Tat«, bestätigte Dare schroff und blickte sie wieder lange an, ehe er den hinter ihr stehenden Mann bemerkte. »Ah, da sind Sie ja, Batsfoam. Sie müssen noch die Zeichnung für den modifizierten Dampfkessel anfertigen. Ich brauche sie noch vor dem ersten Probelauf. Ach, äh … Charlotte?«

Charlotte, die gerade zu dem Schluss gekommen war, dass die zärtlichen Gefühle für ihren frischgebackenen Ehemann wohl auf dem Reiz des Neuen beruhten und mehr nicht, erinnerte sich daran, warum sie in diesem verqualmten, schlecht beleuchteten Raum stand, und überhörte daher das Zögern in Dares Stimme, als er ihren Namen aussprach.

»Bist du gekommen, um dir von mir zeigen zu lassen, woran ich arbeite?«

Sie öffnete den Mund, um ihm eine vernichtende Äußerung entgegenzuschleudern, doch ihr seltsames Bedürfnis, ihm zu gefallen, wurde stärker. Etwas überrascht stellte sie fest, dass Dares missbilligende Miene einem wohltuend zärtlichen Klang seiner Stimme und einem schon fast freundlichen Ausdruck in seinen Augen gewichen war. Ihr Blick fiel auf das Gerät. Sie verspürte nicht den geringsten, nicht den allerkleinsten Wunsch, irgendetwas darüber zu erfahren. Sie wollte sich einfach nur bei ihrem Mann über seinen Diener beschweren. Sie wollte von ihm hören, dass sie selbstverständlich die in ihren Augen erforderlichen Änderungen im Haushalt vornehmen dürfte. Und sie wollte, dass ihr jemand beim Auskleiden half, damit sie ins Bett gehen und die Vorzüge einer Frau genießen konnte, die mit einem Mann verheiratet war, der ihr den Atem raubte, sobald sie ihn auch nur ansah.

»Ich … ich …« Der letzte Rest ihres Ärgers verflog in dem Moment, als sich seine Augenbrauen in hoffnungsvoller Erwartung hoben. Wer hätte sein Angebot jetzt noch ablehnen können? Sie konnte es nicht. Irgendetwas in ihr schmolz dahin und verbreitete ein Gefühl der Wärme und Zufriedenheit, als sie ihm antwortete. »Also, ja, Alasdair, ich würde mich freuen, wenn du mir zeigst, woran du arbeitest.« Ohne Wills loszulassen, gesellte sie sich zu Dare und blickte auf eine Reihe von Zylindern. »Das sieht furchtbar kompliziert aus.«

»Das ist es auch. Schiffsmotoren zu entwickeln ist sehr viel schwieriger, als herkömmliche Motoren zu entwerfen, da sie ständig dem Salzwasser ausgesetzt sind und deshalb schneller rosten und verschleißen.«

Charlotte musterte das Gerät argwöhnisch und zog Wills mit sich, als sie einen Blick auf die Rückseite werfen wollte. »Ist das gefährlich?«

»An Motoren zu arbeiten ist nie ganz ungefährlich, Charlotte«, antwortete Dare ruhig. »Ich meine jedoch, alle kleinen Mängel aufgespürt und beseitigt zu haben, die zu einer Katastrophe führen könnten.«

»Vielleicht bin ich von Natur aus etwas besorgt, aber ich muss gestehen, dass es – zumindest rein äußerlich – recht harmlos aussieht. Aus welchem Grund hast du dich eigentlich dazu entschlossen, diesem Projekt deine *ganze Freizeit* zu widmen?«

Dass sie den letzten Worten Nachdruck verlieh, schien Dare nicht zur Kenntnis zu nehmen. Seine Stirn zog sich kraus, als er sah, dass sie Wills fest im Griff hatte. »Willst du etwas Bestimmtes von dem Jungen, Charlotte?«

Sie hob das Kinn und kniff die Augen zusammen. »Ganz im Gegenteil, ich möchte, dass er etwas Bestimmtes *unterlässt.*«

Dare rieb sich den Nasenrücken, wobei er einen feinen Streifen Schmiere im Gesicht hinterließ. Charlotte starrte die glänzende Spur an, und es juckte ihr in den Fingern, sie zu beseitigen und dabei über seine ausdrucksvollen Wangen zu streichen.

»Was ist los?«

»Hmmm? Du hast da etwas … nein, lass mich das machen.« Sie schob seine Hand beiseite und strich mit dem Finger über seine Nase. Ihre Berührung ließ ihn regungslos verharren, was sie wiederum schneller atmen ließ.

»Charlotte?« Sie kam nicht umhin zu bemerken, dass seine Augen das dunkle Blau des Ozeans an einem Sommertag angenommen hatten. Er nahm ihre Hand und zeichnete mit dem Daumen kleine Kreise auf ihr Handgelenk. Die Liebkosung ließ ihr Herz vor Freude springen.

»Ja, Alasdair?«

»Was ist mit Wills?«

Mit einem Blinzeln riss sie sich von der Vorstellung los, was an ihm sie in diesem Moment am liebsten gestreichelt hätte. »Wills?«

Dare nickte in Richtung des Jungen. »Du sagtest, er solle etwas Bestimmtes lassen? Was genau meinst du damit?«

»Ach. Wills. Ja, natürlich. Ganz einfach, ich möchte nicht, dass er mir als Zofe dient.«

Mit ungläubigem Staunen blickte Dare sie aus seinen herrlichen Augen an. »Als Zofe?«

Charlotte nickte. Sie war fest entschlossen, sich nicht beirren zu lassen. Wenn sie jetzt damit anfing, jeder exzentrischen Gewohnheit nachzugeben, die Dare besaß, würde das wer weiß wohin führen. »Sehr richtig. Ich möchte ihn nicht als Zofe. Er ist viel zu jung, kann nicht frisieren, und offen gesagt, habe ich große Zweifel, dass er in der Lage ist, sich in angemessener Form um meine Kleidung zu kümmern.« Char rückte so nah an ihn heran, dass ihr Atem über seine Wange strich. »Der Junge wischt sich die Nase am Ärmel ab!«

»Tatsächlich?«, fragte Dare, und sein Atem mischte sich mit ihrem, als er ihr den Kopf zudrehte.

»Ja«, antwortete sie und verlor auf der Stelle den Faden. Heiliger Strohsack, der Mann sah so gut aus, dass sie sich im Vergleich zu ihm regelrecht unscheinbar vorkam. Char rief sich zur Räson und rückte wieder ein Stück von ihm ab. Sie musste nur hart bleiben, mehr nicht. Hart und entschlossen im Angesicht des verführerischsten Mannes auf Erden.

Dare blickte sie mit einiger Verwunderung an und fragte vorsichtig: »Wieso um Himmels willen glaubst du, dass Wills dir als Zofe … Batsfoam, kommen Sie wieder her! Sie müssen die Zeichnung noch ändern!«

»Was soll das heißen, wieso ich glaube, Wills solle mir als Zofe dienen?«, regte Charlotte sich über seine unterschwellige Andeutung auf. Sicherlich vertrat er die Ansicht, sie bräuchte eigentlich gar keine Zofe, und bedauerte, dass er Wills von seinen üblichen Aufgaben abziehen musste. Nun, wenn das der Fall war, befand er sich aber gehörig auf dem Holzweg! »Der Junge wurde mir zugeteilt, deshalb. Dabei hast du bestimmt noch andere Aufgaben, die er für dich erledigen kann. Nach dem, was Batsfoam mir erzählt hat, bekleidet hier jedes Mitglied deines Haushalts mindestens drei Positionen, trotzdem brauche ich eine Zofe. Ich schaffe es unmöglich alleine, die Bänder an meinem Kleid zu lösen.«

»Eure allergnädigste Lordschaft, ich würde mich jetzt gern zurückziehen und um all die anderen Arbeiten kümmern, die ebenfalls meine Zeit in Anspruch nehmen, und sobald ich für die Bequemlichkeit, Gesundheit und das allgemeine Wohlbefinden von Mylord und Mylady gesorgt habe, werde ich mich an die Zeichnung des neuen Dampfkessels machen.«

»Bleiben Sie, wo Sie sind, Batsfoam. Charlotte, ich habe niemals gesagt – «

»Ganz zu schweigen von meinem Haar. Und wer wird sich um meine Kleidung kümmern? Ich bin ja grundsätzlich bereit, Entgegenkommen zu zeigen, Alasdair, aber in diesem Punkt muss ich hart bleiben. Ich brauche eine Zofe!«

»Ich habe dem Koch mein Versprechen gegeben, ihm beim Schwärzen der Öfen zu helfen, mein ehrwürdiger und gütiger Mylord. Danach muss ich noch nach den Kohlen sehen, dafür sorgen, dass die Betten aufgeschlagen und vorgewärmt werden, mich vergewissern, ob alle Fenster und Türen gut geschlossen sind, die Feuer schüren, das Tafelsilber polieren, die Messer reinigen, die Vorratskammer überprüfen – «

»Wenn Sie auch nur einen Fuß aus diesem Raum setzen, Batsfoam, werden Sie es bereuen, so wahr mir Gott helfe. Also, Charlotte, wenn du mir nur kurz zuhören würdest … «

»Sogar deine Schwester hat eine Zofe«, stieß Charlotte empört aus und stach ihm dabei mit dem Finger gegen die Brust. »Eine weibliche wohlgemerkt. Diesen Wunsch kannst du mir einfach nicht verwehren. Na los, versuch nur, sie mir auszureden. Ich wette, dass dir ganz schnell die Argumente ausgehen, wenn du es wagst, mir diese Lebensnotwendigkeit zu verweigern!«

»… außerdem müssen die Ställe noch ausgemistet, die Schornsteine kontrolliert, die Tür einer gewissen Lokalität repariert – «

»CHARLOTTE!«, brüllte Dare.

»WAS?«, schmetterte Charlotte in dem Versuch zurück, Gleiches mit Gleichem zu vergelten.

Danach holte Dare mit geballten Fäusten und zusammengebissenen Zähnen ein paar Sekunden lang schwer atmend Luft. »Ich habe doch gar nicht die Absicht, dir eine Zofe zu verwehren. Ich habe einfach nur gefragt, warum du Wills als Zofe wolltest. Batsfoam – nein!« Batsfoam, der ziemlich deutlich am Blick seines Herrn ablesen konnte, was geschähe, wenn er weiterhin versuchte sich davonzustehlen, blieb stehen und fügte sich in das Unvermeidliche.

»Ich will den Jungen doch gar nicht als Zofe!«, stieß Charlotte wütend hervor. Warum war ihr nie aufgefallen, dass Alasdair bei aller Schönheit so wenig Verstand besaß? »Darum geht es doch. Ich *will* ihn nicht als Zofe, und Batsfoam übrigens auch nicht. Er ist völlig ungeeignet, Alasdair, und auch wenn es dir egal ist, ob mich ein anderer Mann an- und auszieht, *mir* ist es nicht egal! Es kommt gar nicht infrage!« Sie stampfte kräftig mit dem Fuß auf.

Dares Blick wanderte langsam von seiner Frau zu seinem Butler. »Haben Sie sich meiner Frau etwa als Zofe angeboten?«

Ein Anflug von Schuldbewusstsein huschte über Batsfoams Gesicht, ehe es den üblichen griesgrämigen Ausdruck annahm. »Sie haben mich angewiesen, aus Kostengründen so viele Aufgaben wie möglich auf das vorhandene Personal zu verteilen, Mylord. Daher war mir nicht ganz wohl bei dem Gedanken, eine Zofe zur alleinigen Nutzung durch Mylady einzustellen, wo wir doch alle so große Opfer für Sie bringen.«

»Als *Zofe*, Batsfoam?«

Batsfoam schürzte die Lippen und bemühte sich um ein reumütiges Aussehen, das Charlotte allerdings nicht besonders überzeugend fand.

»Möglicherweise habe ich die falschen Schlussfolgerungen gezogen, aber ich kann sowohl Mylord als auch Mylady versichern, dass mir einzig und allein das Wohl meines freundlichen und äußerst gütigen Herrn am Herzen lag.«

Charlottes Gesicht erstrahlte vor Freude, sobald ihr klar wurde, dass Dare ihr nie seinen Butler als Zofe hatte zumuten wollen, und ihre Grübchen erschienen in voller Pracht, als Dare Batsfoam kurz die Leviten las und darlegte, welche Aufgaben für ihn und Wills angemessen waren und welche nicht, bevor er ihm schließlich den Auftrag gab, gleich am nächsten Morgen eine weibliche Zofe für Charlotte einzustellen.

»Ich werde umgehend ein Schreiben an die Vermittlungsstelle verfassen, Mylord.«

»Wenn Sie nicht innerhalb von zehn Minuten zurück sind – «, knurrte Dare.

Batsfoam versicherte ihm, dass das Schreiben im Handumdrehen erledigt wäre.

»Patricias Zofe wird dir bestimmt heute Abend bei deinem … äh …« Dare bedachte Batsfoam und Wills eines finsteren Blickes und wartete, bis sie sich zurückgezogen hatten, ehe er mit umständlichen Gesten in Richtung Charlottes oberer Körperhälfte wies, »… bei deinem Kleid und so weiter behilflich sein.«

Sie nickte und wartete darauf, dass er die für später noch auf dem Plan stehenden nächtlichen Aktivitäten ansprach. Doch darauf wartete sie vergebens.

»Soll ich dir jetzt zeigen, woran ich arbeite?«, schlug Dare vor. »Augenblicklich sind es zwar nur die Luftpumpe und der Kondensator, aber vielleicht findest du es ja interessant.«

Charlotte dachte, dass dies nicht sehr wahrscheinlich war, doch dann erinnerte sie sich an ihr neu gewecktes Bestreben, ihren Ehemann glücklich zu machen, und beugte sich vor, um die verschiedenen Röhren, Ventile und anderen mechanischen Bestandteile zu betrachten, auf die Dare zeigte.

»Das gehört alles zu meiner doppelt wirkenden Dampfmaschine. Was du hier siehst, ist nur ein Teil des gesamten Motors; das ganze System besteht aus einem Dampfzylinder, einem Schwungrad, dem Wasserkessel sowie der Luftpumpe und dem Kondensator. Wenn alle Bestandteile zusammenarbeiten, drehen sie die Kurbelwelle, die mit dem Schaufelrad verbunden ist, welches dann das Boot antreibt, das somit ohne Muskelkraft oder Wind auskommt.«

Charlotte, die beim ersten Anblick des unverständlichen Metallungetüms am liebsten gegähnt hätte, kam nicht umhin, die Aufgeregtheit in Dares Stimme zu bemerken, als er ihr die Grundprinzipien des Dampfantriebs zu beschreiben versuchte – mit Ausdrücken, die sie nicht einmal ansatzweise verstand. Sie beobachtete ihn genau, als er redete und dabei auf die verschiedenen Komponenten des Kondensators zeigte, erklärte, wie eine Luftpumpe funktionierte, und in allen Einzelheiten darlegte, wo die Schwierigkeiten bei der Entwicklung eines Motors lagen, der für den Betrieb in Salzwasser gedacht war. Sie hörte zu und nickte, doch alles, was ihr auffiel, war die große Bedeutung, die das ganze Projekt anscheinend für ihn hatte.

»Das hier ist dir wichtig«, stellte sie fest, während ihr diese Tatsache immer klarer wurde. »Sehr wichtig, nicht wahr?«

Er warf ihr einen mahnenden Blick zu, während er einen anderen – und zwar, wie sie bemerkte, sauberen – Lappen nahm und damit die Glasscheibe eines Druckmessers polierte. »Es ist für uns beide wichtig, Charlotte. Unser beider Glück hängt vom Erfolg meines Motors ab, nicht mehr und nicht weniger. Ohne ihn … tja, ohne ihn blicken wir in eine düstere Zukunft.«

»Ach, jetzt übertreibst du aber«, lächelte sie. »Wie könnte unsere Zukunft denn düster sein? Du bist ein Earl, ein wichtiger Mann, und du hast eine hübsche, charmante Frau, die die Gesellschaft im Sturm erobern wird, was sicherlich deinem großen Einfluss zuzuschreiben ist. Ich werde dir bestimmt hübsche Kinder schenken, vorausgesetzt, dein bestes Stück ist einverstanden, und ich sehe keinen Grund, warum es das nicht sein sollte, nicht, dass ich je verstanden hätte, warum Antonios nicht mal für mich zucken wollte, aber darum geht es hier und jetzt gar nicht. Vor uns liegt eine wahrhaft herrliche Zukunft – was sollte schon dazwischenkommen?«

Dare hörte auf, das Glas zu putzen, schüttelte kurz den Kopf und rieb sich den Nasenrücken, während er sagte: »Lass mich dir das Ganze noch einmal in Ruhe erklären, ja? Schritt für Schritt, damit es leicht zu verstehen ist. Zuallererst – mein Titel hat nichts damit zu tun, ob uns eine glückliche Zukunft erwartet. Alles, was mir der Titel gebracht hat, war ein Haufen Schulden, die ich mein Lebtag nicht begleichen könnte, und drei Landgüter in einem so erbärmlichen Zustand, dass es schon eines Wunders bedürfte, sie dahin zu bringen, sich selbst tragen zu können.«

Charlotte schenkte ihrem Mann ein mitleidiges Lächeln. Sich vorzustellen, der Titel eines Earls hätte keinen Einfluss auf ihr zukünftiges Glück. Trotzdem schien ihm das Thema schwer auf der Seele zu lasten. Ein kaum zu beschreibendes Verlangen, ihm mit den ihr als Ehefrau zur Verfügung stehenden Mitteln Mut zuzusprechen, erfasste sie und entwickelte sich zu einer hell leuchtenden Idee. Ja, sie würde ihm die Last von der Seele nehmen! Er war innerlich aufgewühlt, und sie war seine Frau; deshalb war es ihre Pflicht, ihn aufzumuntern. Sie fragte sich kurz, wie sie das wohl anstellen könnte, da sie eigentlich noch nie einem Mann Trost gespendet hatte, geschweige denn einem Ehemann. Wenn Antonio verärgert oder durcheinander gewesen war, hatte es ihn stets zu seinen Schafen gezogen.

Trotzdem, so schwer konnte es nicht sein. Dass Leuten Trost gespendet wurde, passierte doch bestimmt immer und überall auf der Welt. Sie war nicht dumm, und wenn sie nur lange genug darüber nachdachte, würde ihr schon das Richtige einfallen, um sein seelisches Gleichgewicht wiederherzustellen.

»Zweitens wirst du gar nicht so lange in der Stadt sein, um Gelegenheit zu haben, die Gesellschaft im Sturm zu erobern.«

Charlotte zermarterte sich das Hirn auf der Suche nach tröstenden Gesten, bis plötzlich eine Erinnerung aus ihrer Kindheit in der hintersten Ecke ihres Gedächtnisses auftauchte, die Erinnerung daran, wie ihre Mutter ihr immer den Rücken gestreichelt hatte, wenn sie krank gewesen war. Das war es, was er jetzt brauchte! Mit einem zärtlichen Lächeln auf den Lippen schlüpfte sie zu Dare, legte eine Hand flach auf seinen Rücken und blickte ihn mit einer Miene an, aus der – hoffentlich – die ehrliche Besorgnis einer Ehefrau sprach. Hinter dieser Fassade war sicherlich eine ganz andere Motivation erkennbar, was ihm – wiederum hoffentlich – verborgen blieb. Ein Verlangen, das bestimmt nicht in die Kategorie »Allgemeiner Zuspruch« fiel.

»Drittens scheinst du mir überhaupt nicht zuzuhören, wenn ich dir sage, dass ich kein reicher Mann bin; daher will ich es noch einmal wiederholen, es ist mein bitterer Ernst, Charlotte. Ich habe dir schon vor unserer Heirat gesagt, dass du mit sehr knappen Mitteln auskommen musst. Ich besitze nicht das Geld, um eine neue Garderobe für dich anzuschaffen, Ausflüge oder Reisen mit dir zu unternehmen, oder für die tausend anderen Dinge, die du zweifellos als dir zustehend erachtest. Jedes einzelne Mitglied des Haushalts trägt dazu bei, die Kosten möglichst gering zu halten, und dasselbe erwarte ich von meiner Frau.«

Charlotte ließ die Finger über seinen muskulösen Rücken wandern und konzentrierte sich ganz auf das Prickeln, das sein Fleisch durch den weichen Stoff seines Hemdes hindurch in ihren Fingerspitzen hervorrief. So wie ihre Mutter fing sie an, in kleinen Kreisen eine Hand über seine Wirbelsäule zu bewegen, um jedoch schon bald dazu überzugehen, seinen gesamten Rücken in langen, langsamen Strichen zu erkunden, wodurch ihr mit jeder Faser ihres Körpers bewusst wurde, dass sie eine Frau und er ein Mann war. Dass sie allein waren. Rechtmäßig verheiratet. Wenn sie sich hier und jetzt der Leidenschaft hingaben, würde man sie nicht dafür anprangern.

»Viertens«, stammelte Dare mit einem Anflug von Wildheit in den Augen, als sie hinter ihn trat und die zweite Hand zu Hilfe nahm. Obwohl sie eine leichte Erregtheit spürte, war sie fest entschlossen, ihre Aufmunterungsbemühungen zu Ende zu bringen. Es war ihre Pflicht als Ehefrau, und sie war ein pflichtbewusster Mensch. »Und was deine Erwartungen im Hinblick auf mein bestes … äh …«

Plötzlich war Charlotte ganz versessen darauf, seine Haut zu berühren. Sie zerrte das Hemd aus seinen Hosen und ließ die Hände über seinen nackten Rücken gleiten.

»Wie heiß«, hauchte sie, überwältigt von seinem Geruch und dem Gefühl unter ihren Fingern, als sie über jeden Hügel und jedes Tal seiner Muskeln und seines Brustkorbs glitten, bis Charlotte schließlich dem Drang nachgeben musste, das Gesicht an sein Hemd zu pressen. »Ich fühle mich, als hättest du ein Feuer in mir entfacht.«

Noch während Dare sich umdrehte, riss er sich mit einem Stöhnen das Hemd über den Kopf und schloss sie in die Arme.

»Charlotte, es ist wichtig, dass du mir genau zuhörst«, sagte er, wobei sein Atem heiß auf ihre Lippen fiel, doch sie hatte weder die Zeit noch die Energie, um sich auf seine Worte zu konzentrieren. Worte waren nicht wichtig – wohl aber die in ihr wachsende Erregung. Feuer, dachte sie, als sie die Hände an seine Brust schmiegte und über seine Schultern fahren ließ. Er brannte wie Feuer in ihrem Blut; er weckte ein Verlangen, ein Bedürfnis und die Lust auf lauter unanständige Dinge, nach denen sich ihre privatesten Regionen mit jedem Atemzug, den Dare tat, stärker und stärker sehnten. Charlotte ließ die Finger in sein goldenes Haar gleiten und zog zärtlich daran.

»Es ist deine Schuld, dass ich brenne, unternimm etwas dagegen«, forderte sie ihn auf, während sie den Kopf in den Nacken legte und ihm ihren Mund darbot, wenngleich sie sich fragte, ob sie dem Inferno überhaupt gewachsen wäre, das sein Kuss mit Sicherheit verursachen würde.

»Es tut mir leid, dass du brennst«, bedauerte er und neckte sanft ihre Lippen mit seinen, worauf sie sich mit sinnlichen Bewegungen noch enger an ihn schmiegte.

»Wirklich?« Da ihr Körper die Härte seines Körpers spüren wollte, rieb sie sich an ihm.

»Nein«, erwiderte er, kurz bevor sein Mund ihren eroberte. Als seine Zunge in sie glitt, suchte Charlotte noch stärker die Nähe seines Körpers. Sie war begierig, ihn zu kosten, und begrüßte seine stürmische Forderung, sich ihm hinzugeben. In ihrem ganzen Leben hatte Charlotte sich noch nie einem Mann hingegeben, aber Dare besaß etwas Einzigartiges – wahrscheinlich war es seine Zunge –, das ihren Widerstand bröckeln ließ, bis er nur noch eine blasse Erinnerung war.

»Charlotte.« Dares heißer Atem ging stockend, als er seinen Mund von ihr losriss. Mit einem leisen Klagelaut zog sie an seinen Haaren, um noch einmal geküsst zu werden.

»Nein, Charlotte, hör mir endlich zu.« Dare klang atemlos, sogar böse, als er sie mit aufeinandergepressten Zähnen anblickte. Charlotte beugte sich zu ihm, um sein Kinn mit Küssen zu bedecken. Sein leises Stöhnen fiel auf ihr Haar, während seine Finger sich kurz in ihre Hüften krallten, ehe er sie völlig unerwartet und auf unendlich grausame Weise aus der schützenden Wärme seines Körpers verstieß. »Hören Sie auf damit, Madam! Das macht mich noch wahnsinnig! So etwas kann ein Mann nur in gewissem Maße ertragen! Bleiben Sie da stehen, genau dort, und rühren Sie sich nicht vom Fleck. Sie bleiben einfach da stehen und ich hier, und dann ist Schluss mit Ihren Versuchen, mich in den Wahnsinn zu treiben mit Ihren Lippen und … Ihrem …«

Charlotte, deren rastloser Körper vom Feuer der in seinen Augen erkennbaren Lust erfasst worden war, schob sich wieder auf ihn zu.

»HALT!«, stieß er hervor und zog sich hinter sein Metallungetüm zurück. »Bleib, wo du bist, und hör sofort auf, meine Brust mit diesem Blick anzustarren, sonst kann ich nicht mehr für meine Beherrschung garantieren.«

»Aber ich will doch gar nicht, dass du dich beherrschst. Ich möchte, dass du dich so ungestüm benimmst wie deine Zunge, wenn du mich küsst. Ich hätte nie gedacht, dass eine Zunge so aufregend sein kann, aber bei deiner ist es so. Mir gefällt, wie sie durch meinen Mund tanzt. Mir gefällt, wie sie mich liebkost und neckt und zuweilen mit meiner Zunge umspringt. Und ich kann auch nicht aufhören, auf deine Brust zu starren, weil sie mir einfach gefällt. Ich möchte sie berühren, sie kosten. Möchtest du denn nicht, dass ich sie koste?«

Dare tat einen tiefen Atemzug, während er sich nervös mit der Hand durchs Haar strich. »Herr im Himmel, gib mir die Kraft, diese Nacht zu überleben. Vergiss meine Zunge, meine Brust und die samtene Hitze deines Mundes, und wie gut deine Brüste in meine Hände passen, und die verlockende Art und Weise, in der sich deine Hüften an mich schmiegen, und hör mir endlich zu. Was ich dir zu sagen habe, ist von allergrößter Bedeutung, weshalb es so furchtbar wichtig ist, dass du es begreifst.«

Bei all dem Gerede über Hüften und Brüste und Zungen, ganz zu schweigen von dem wilden, nahezu unkontrollierten Blick ihres Ehemannes, fiel es Charlotte schwer, sich ihre Enttäuschung darüber nicht anmerken zu lassen, dass er nicht auf der Stelle über sie herfiel, obwohl sie zugeben musste, dass ihr dieser kahle Boden für gewisse körperliche Betätigungen nicht sehr einladend schien.

»Na schön«, sagte sie, während sie die Hände ineinanderlegte, um sie davon abzuhalten, sich nach dieser herrlich bronzefarbenen Haut auszustrecken. »Da du offensichtlich nicht den Wunsch verspürst, dich von mir anfassen und vielleicht sogar dein bestes Stück in der Weise streicheln zu lassen, die laut Vyvyan La Blue so überaus effektiv sein soll, bleibe ich einfach hier stehen und höre dir zu.«

Dare schloss einen Moment lang die Augen und schluckte schwer. Zweimal. »Vielen Dank.«

»Über die Zunge werde ich allerdings weiterhin nachdenken müssen.«

Ein Beben ging durch seine mächtige Gestalt.

Dare klammerte sich mit beiden Händen an das vor ihm stehende Gerät. Anscheinend war mit seinem Kiefer etwas nicht in Ordnung, denn seine Worte klangen seltsam verkrampft und harsch, als er weitersprach. »Ich bin ein Mann von Ehre. Als du mir die Heiratsfalle stelltest, wäre es mein gutes Recht gewesen, dich bloßzustellen und dem vernichtenden Urteil der Gesellschaft zu überlassen. Worauf ich jedoch verzichtet habe. Ich habe dich vor Mitleid und Gespött bewahrt, in aller Öffentlichkeit um deine Hand angehalten und dich ebenso öffentlich geheiratet.«

Charlotte nickte. Sie trat einen Schritt zur Seite, um einen besseren Blick auf seine Lenden zu haben.

»Du musst zugeben, ich hätte dich ebenso gut mit heruntergelassenen Hosen stehen lassen und einfach weggehen können, ohne dass es weitere Konsequenzen für mich gehabt hätte.«

Charlotte kniff die Augen leicht zusammen. Die Anatomie eines Mannes war ihr immerhin so ausreichend vertraut, dass sie wusste, worauf sie da starrte. Sie wartete auf das Zeichen.

»Dass ich dich geheiratet habe, beweist meinen Anstand. Und dass ich dich nicht anrühre, bis ich den richtigen Zeitpunkt für gekommen halte, beweist, dass ich mein Leben im Griff habe, auch wenn deine Pläne etwas anderes vorsehen mögen. Ich lasse mir nicht von einer Frau, von *keiner* Frau, vorschreiben, was ich zu tun und zu lassen habe. Mir ist klar, dass du eines Tages Kinder haben möchtest, dass du … äh … den körperlichen Seiten einer Ehe zugetan bist, doch du musst begreifen, dass ich der Herr im Haus bleiben will.« Dare hielt einen Augenblick lang inne, während der Atem zischend durch seine zusammengepressten Zähne drang. Charlotte beugte sich etwas vor, den Blick fest auf den zum Zerreißen gespannten Stoff über seiner Männlichkeit gerichtet. Was sie sah, reizte sie unglaublich, es zu berühren.

»WARUM ZUM TEUFEL STARRST DU MIR SO ZWISCHEN DIE BEINE?«

Charlotte fuhr heftig zusammen, als er plötzlich losbellte, und ihr Blick schoss nach oben, wo er seinen wütenden blauen Augen begegnete. »Ich habe auf das Zucken gewartet«, erklärte sie. Dieser Mann musste aber noch eine Menge über die Ehe lernen, wenn ihm die Einzelheiten der innigen Zusammenkunft nicht bekannt waren. Alle Welt wusste, dass diese Zusammenkunft nicht stattfinden konnte, wenn ein gewisses Zucken fehlte.

Dare jedenfalls wirkte reichlich verwirrt, denn er fuhr sich schon wieder mit der Hand durchs Haar. Seine Augen funkelten vor Zorn und seine männlich breite Brust hob und senkte sich heftig. Charlotte fragte sich, ob sie noch einmal versuchen sollte, ihn zu beruhigen.

»Zucken? Sagtest du zucken? Habe ich mich auch nicht verhört? Du starrst mir zwischen die Beine, um zu sehen, ob mein … äh … *zuckt*?«

Mit Bedauern entschied Charlotte, dass jetzt nicht der richtige Zeitpunkt für Zuspruch in Form von körperlicher Zuwendung war. Stattdessen würde sie versuchen, ihn von ihrem jetzigen Standort aus aufzumuntern. Sie schenkte ihm ein Lächeln voller Gelassenheit und Zärtlichkeit. »Ja. Und dafür gibt es eine ganz einfache Erklärung. Darf ich es dir erläutern?«

Sein Gesicht zeigte eine Mischung aus Ungläubigkeit, Erheiterung und Resignation, als er die Arme verschränkte und sich mit der Hüfte an das Gerät anlehnte. »Na schön«, erwiderte er großzügig, »dann klär mich bitte auf.«

Beim Anblick seiner herrlichen Muskelpakete musste Charlotte ein paar Mal schwer schlucken, doch dann wagte sie einen Versuch. Schließlich wurde von ihr erwartet, dass sie für sein Wohlbefinden sorgte. Der Ärmste hatte offensichtlich keine Ahnung, wie gewisse Dinge in einer Ehe vonstatten gingen. Und so war es an ihr als der Weiseren und Erfahreneren in ihrer Beziehung, seine Wissenslücken zu schließen.

»Die Metze, bei der ich mir in Italien einmal Rat geholt habe, konnte mir wirklich sehr genau Auskunft darüber geben, worauf es bei einer innigen Zusammenkunft ankommt«, begann sie ihre Erklärung.

»Metze?« Deutlich stand Dare die Verblüffung ins Gesicht geschrieben. »Du hast eine Metze um Rat gefragt?«

»Ja, wegen Antonio. Sein bestes Stück funktionierte nicht

richtig, also habe ich eine Metze aufgesucht, um von ihr zu erfahren, wie ich ihm helfen könnte. Ihre Ratschläge waren sehr nützlich, und nur weil sie bei Antonio nicht geholfen haben, muss das nicht bedeuten, dass sie ebenso wenig bei dir –«

»Einen Moment.« Dare hob eine Hand, um Charlotte zu unterbrechen. »Willst du etwa sagen, dass dein Ehemann keinen … äh … keinen Steifen bekommen konnte?«

»Steifen!«, wiederholte Charlotte mit einem Strahlen. »Was für ein treffendes Wort. Steif. Das gefällt mir. Ja, die Antwort auf deine Frage lautet nein. Antonios männlichstes Stück wollte partout nicht für mich steif werden.«

Dare rieb sich mit einer Hand übers Gesicht. Seine Stimmbänder klangen zum Bersten gespannt. »Du bist noch Jungfrau?«

Eine zarte Röte überzog ihre Wangen, doch sie schenkte ihr keine Beachtung. Sie sprach hier mit ihrem Ehemann. Und daher war überhaupt nichts Verwerfliches daran, sich mit ihm über Dinge wie Jungfräulichkeit und steife Körperteile zu unterhalten.

Sie schüttelte den Kopf.

»Dann hat er die Ehe vollzogen?«

Sie nickte und war froh, dass er verstand. »Ja, in unserer Hochzeitsnacht.«

»Nur … äh … nur das eine Mal? Ansonsten hat er dich nie wieder glücklich gemacht?«

»Nein. Wie ich schon sagte, sein Ding hatte keinen Sinn fürs Steifwerden. Was mich wieder zu der Metze zurückbringt, denn sie sagte – und das halte ich für durchaus überzeugend –, dass man das Interesse eines Mannes an einer Frau am Zucken seines besten Stückes erkennen kann. Und dein Stück scheint dazu in der Lage zu sein, steif zu werden. Deshalb habe ich nach diesem Zucken Ausschau gehalten, um zu erfahren, ob du mich appetitlich findest oder nicht.«

Dare blickte sie eine Sekunde lang an, ehe er den Kopf in den Nacken warf und in schallendes Lachen ausbrach. Charlotte runzelte die Stirn. Sein Lachen klang schon beinahe hysterisch, und offen gestanden hatte sie keine Ahnung, was so lustig war. Sie war ihm mit Offenheit und Ehrlichkeit begegnet, hatte ihm etwas beibringen, ja, ihm helfen wollen. Wie viele Frauen würden sich wohl die Zeit nehmen, um ihr Wissen mit ihren Ehemännern zu teilen?

»Ich war nur ein wenig neugierig«, sagte sie betont würdevoll, wobei sie ihren Mann ignorierte, der sich noch immer vor Lachen bog. Tatsächlich fühlte sie sich durch seine Reaktion auf ihren Wunsch zu helfen fast schon beleidigt. »Antonios Ding fand mich wohl nicht attraktiv genug, um steif zu werden. Deshalb dachte ich, schaue ich doch lieber mal nach, wie deines zu dieser Sache steht. Und ich muss hinzufügen, dass es mir arg missfällt, wie du dich gerade aufführst, wo ich dir doch nur meine über vier Ehejahre hinweg gesammelten Erfahrungen zugute kommen lassen wollte. Die meisten Männer wären vermutlich froh, wenn man dieses Wissen mit ihnen teilte!«

Dare wischte sich die Augen ab und versuchte, das Lachen einzustellen. »Charlotte, bei *den* Erfahrungen und *dem* Wissen, das du bisher über Männer gesammelt hast, könntest du auch genauso gut noch Jungfrau sein.«

Charlotte kniff die Lippen zusammen. Er lachte sie aus! Und das nur, weil sie Antonios bestem Stück nicht gefallen hatte. Hinter ihren Lidern brannten Tränen, doch ehe ihre Lippen zu zittern begannen, war er schon mit seiner prächtig goldenen Haut, seinen beeindruckenden Muskeln und seinem wundervollen Duft bei ihr. Er nahm ihre Hände in seine und drückte beiden einen Kuss auf.

»Ich wollte dich nicht kränken. Es tut mir leid, sollte ich diesen Eindruck erweckt haben. Ich kann dir demütigst und aus tiefstem Herzen versichern, dass ein Teil von mir sich sogar sehr darüber freut, dass du noch nahezu unberührt bist.«

Sie ließ sich durch seine Worte beschwichtigen und wollte ihm gerade ihr strahlendstes Lächeln schenken, als er einen Schritt von ihr zurückwich und ihre gerade erst gehobene Laune sofort wieder dämpfte.

»Doch das ändert nichts. Es ist mir ernst. Ich werde mich nicht von dir ins Bett locken lassen. Ich werde die Ehe vollziehen, wenn und wann *ich* es will. Und daran können auch noch so viele Küsse, verführerische Blicke und tränenreiche Betteleien nichts ändern. Hast du das verstanden?«

Charlotte starrte ihn entsetzt an. Das meinte er doch wohl nicht ernst. Oder doch? Nein. Er war überarbeitet. Er brauchte eine Aufheiterung. Er machte sich nur Sorgen, weil irgendetwas in diesem Gerät irgendetwas anderes blockierte und die Gefahr einer Explosion bestand. Das war alles. Trotzdem … »Das meinst du doch nicht ernst?«

Mit einem Nicken ließ er ihre Hände los und wandte sich wieder dem Gerät zu. Dann nahm er sein Tuch und machte sich noch einmal daran, das Glas des Druckmessers zu reinigen. »*Du* wolltest die Ehe, *du* hast mich auf hinterhältige Weise dazu getrieben, aber *ich* bleibe meines Schicksals Schmied. Da es schon spät ist, schlage ich vor, dass du jetzt zu Bett gehst. Patricias Zofe soll sich um dich kümmern. Ich sehe dich dann morgen früh, wenn wir das Haushaltsbudget besprechen.«

»Aber dein bestes Stück! Es hat sich hoch aufgerichtet! Sieh nur, es will mich!«

Dare widerstand ihrer Aufforderung, zwischen seine Beine zu blicken. Charlotte hätte darauf bestanden, hätte sie nicht zugeben müssen, dass er den Eindruck machte, am Ende seiner Geduld angelangt zu sein.

»Was nicht zwangsläufig bedeutet, dass ich es zum Einsatz bringen will.«

»Das … das … das ist doch bestimmt nicht rechtens, oder? Du kannst es mir doch nicht einfach vorenthalten!«

Dieser Unmensch ließ sich nicht einmal dazu herab, sie anzusehen, als er das sagte. »Ich kann es, und ich werde es. Geh schlafen, Charlotte. Ich habe noch zu arbeiten, und dabei kannst du mir nicht helfen, es sei denn, du weißt, wie man die Effizienz eines Schiffskondensators erhöht.«

Sie verkniff es sich, ihm an den Kopf zu werfen, was er von ihr aus mit seinem ineffizienten Kondensator anstellen konnte, doch dann rief sie sich in Erinnerung, dass eine gute Ehefrau so etwas nicht einmal in Erwägung zog, ganz gleich, wie sehr ihr sturer und eigensinniger Narr von einem Ehemann sie zu reizen versuchte.

Außerdem hatte sie plötzlich ein Bild vor sich, die Vision eines Buches in blauem Ledereinband mit hübscher goldener Aufschrift und marmorierten Vorsatzblättern. Vyvyan La Blue hatte bestimmt ein oder zwei Bemerkungen über Ehemänner parat, die sich weigerten, ihr bestes Stück zum Einsatz zu bringen, obwohl es tadellos steif wurde. Vyvyan wusste zu allem etwas zu sagen, und die von ihr beschriebenen *Sinnlichen Wege ins Eheglück* hatte sie seit jeher sehr spannend gefunden.

»Na schön«, kapitulierte sie und stapfte mit hocherhobenem Kinn an seinem dummen Gerät entlang. »Dann ziehe ich mich eben zurück. Gute Nacht.« Sie erhob sich auf die Zehenspitzen und drückte ihm einen flüchtigen Kuss auf die Wange.

Er brummte ein »Gute Nacht«, dem ein Aufschrei folgte, als sie ihre Hand unverblümt zwischen seine Beine legte. Seine Männlichkeit reagierte mit einem Zucken auf diese Liebkosung. Mit einem zufriedenen und äußerst selbstgefälligen Lächeln drehte Charlotte sich um und verließ kommentarlos den Raum.

7

Vor Müdigkeit fast umfallend, stieg Dare die drei Treppen zu seinem Schlafzimmer hinauf. Seine Gedanken drehten sich nicht um das, worum sie sich eigentlich drehen sollten: um eine Lösung für das Problem, warum der heiße Dampf aus dem Kessel nicht ungehindert zum Kondensator floss –, sondern um die warme, vor Leben nur so sprühende und äußerst bezaubernde Frau, die jetzt rechtmäßig ihm gehörte. Sie war die vermutlich einzige Frau im gesamten britischen Königreich, die nicht mal mit der Wimper zucken würde, wenn er jetzt geradewegs in ihr Schlafzimmer spazierte und auf die Erfüllung ehelicher Pflichten bestünde, worauf er als ihr Gatte ein Anrecht hatte. Charlotte würde sich gewiss nicht beklagen, dachte er, während er leise vor sich hin lachte, als er den Flur zu den Schlafzimmern betrat. Fast hätte sie ihn in seiner Werkstatt ausgezogen, und die Art und Weise, wie sie sich an ihn geschmiegt hatte, ließ erkennen, dass sie für seine Berührungen sehr empfänglich war. Wenn sie sich der Macht bewusst wäre, die sie auf ihn ausübte … er schüttelte den Kopf und war heilfroh, dass sie nicht die leiseste Ahnung von ihrer Wirkung auf sein Herz und seine Seele hatte. Er blickte an sich hinab und fügte reumütig *und auf meinen Körper* hinzu.

Seine Füße blieben wie von selbst vor ihrem Schlafzimmer stehen, wo er mit angehaltenem Atem an ihrer Tür lauschte. Eine gewaltige Welle der Lust ergriff ihn, als er unschlüssig verharrte und nichts lieber wollte, als die Tür aufzureißen und den Rest der Nacht damit zu verbringen, seine Frau glücklich zu machen. Ein gequältes Zucken spielte um seine Lippen, als er den fest gespannten Stoff seiner Hose über dem Beweis seiner Erregung lockerte. Allein der Gedanke, ihr in diesem Moment so nah, so verlockend nah zu sein, trieb seinen Herzschlag an. Sein Körper lechzte nach Erlösung, als er sich vorstellte, wie sie in ihrem Bett auf ihn wartete, warm, willig, voller Liebe …

Bei diesem letzten Wort verzog er das Gesicht. Hier lag das Problem, denn sie liebte ihn nicht. Zum Teufel, er war sich nicht einmal sicher, dass sie ihn überhaupt *mochte*. Körperlich fühlte sie sich zwar zu ihm hingezogen, doch das ging manch anderer Frau genauso, und wenn er auch nichts gegen eine rein körperliche Beziehung zu beiderseitiger Zufriedenheit hatte, war es nicht das, was er sich von einer Ehefrau wünschte. Eine Ehefrau war etwas ganz anderes.

Nicht, dass er eine Ehefrau gewollt hätte, machte er sich noch einmal klar, als er sich von ihrer Tür abwandte. Aber da er nun mal eine hatte, lag es an ihnen beiden, das Beste daraus zu machen. Er wollte Charlotte als Freundin, als Gefährtin, als eine Person, die das Leben mit ihm zu teilen wünschte, nicht nur das Bett.

Als Dare sein kleines Ankleidezimmer betrat, fluchte er leise vor sich hin. Es war ein Fluchen über seinen dummen Stolz, über sein Verlangen nach mehr als nur einer Geliebten. Warum konnte er nicht wie andere Männer sein und sich ungeachtet jeglicher Gefühle einfach nehmen, was ihm geboten wurde? Er schälte sich aus seinen Hosen und Stiefeln und schleuderte sie achtlos in die Ecke, ehe er sich den Schmutz von Brust und Bauch wusch. Mit dem Handtuch in Händen blickte er an sich herab. Trotz des kalten Wassers war er noch erregt und benötigte dringend seine Erlösung.

»Verräter«, beschimpfte er seine Erektion, ehe er ans Fenster trat, auf die leeren, ins Mondlicht getauchten Straßen blickte und versuchte, die Forderungen seines Körpers zu ignorieren, die keinen Platz für andere Gedanken in seinem Kopf ließen. Auf die Tristesse einer nächtlichen Straße zu starren, war bestimmt harmlos. Dort gab es nichts, was ihn an eine herrlich warme, willige Frau erinnerte, die im Zimmer neben seinem in ihrem Bett schlief. Nein, das da draußen war nur eine Straße, ein ganz alltäglicher Anblick. Na schön, die sanfte Kurve dieser Straße erinnerte ihn an die köstliche Rundung ihrer Hüften, aber das war auch schon alles. Und dass der silbrige Glanz einer Pfütze genauso hell strahlte wie das Sonnenlicht, das auf ihre goldene Haarpracht fiel, war nicht von Bedeutung. Natürlich war da auch noch das satte Indigoblau eines im Schatten liegenden Hauseingangs, das ihn an ihre Augen erinnerte, die vor Leidenschaft dunkler wurden, wenn er Besitz von ihrem süßen, verlockenden Mund ergriff …

»Verflucht!«, knurrte er, ließ den Vorhang los und wandte sich abrupt vom Fenster weg. Seine Männlichkeit *pochte* mittlerweile, pochte vor Verlangen, vor Begierde, vor Lust. Er dachte kurz daran, sich selbst Linderung zu verschaffen, damit er wenigstens schlafen konnte, sagte sich dann aber bitter, dass er so verzweifelt nun doch noch nicht sei.

»Noch nicht«, murmelte er mit einem Fluch, während er die Kerze ausblies und zu seinem Bett ging. Auch wenn diese Nacht, seine Hochzeitsnacht, verdammt lang zu werden versprach, wäre es doch besser für ihn, sie in seinem dunklen Bett zu verbringen, in dem ihn nichts, was er sah, an seine Frau im Nachbarzimmer erinnerte.

Wie ein Ungetüm ragte das Bett vor ihm im Dunkeln auf und dessen lange Vorhänge luden ihn in den schwarzen Schlund entweder des Paradieses oder der Hölle ein; wohin genau, wusste Dare noch nicht. Er glitt zwischen die Decken, ignorierte das beinahe schmerzhafte Streifen des kühlen Stoffs über seine Erektion und zwang sich dazu, seine Gedanken auf etwas anderes zu richten, als auf die Hilferufe seines gepeinigten Körpers. Sein Motor, ja, an den würde er jetzt denken. Ein Motor war etwas Männliches. Ein Motor war hart und nicht weich und duftete auch nicht so herrlich wie der einladende Körper einer Frau. Ein Motor besaß lange, stählerne Stangen, die perfekt in aufnahmebereite, gut geschmierte Lager passten. Ein Motor besaß Kolben, viele Kolben, die alle unermüdlich pumpten, pumpten und pumpten, die Stange in einer endlos langen Bewegung vortrieben und den Druck so lange erhöhten, bis er so groß war, dass sich das Überdruckventil öffnete und einen gigantischen Schwall heißen Dampfes …

»Himmelherrgott«, stöhnte Dare in den Arm, der sich quer über sein Gesicht legte. Offensichtlich war er auf dem besten Wege, dem Wahnsinn zu verfallen, wenn schon der Gedanke an seinen Motor Bilder von Charlotte hervorrief. Gütiger Himmel, er war so besessen von ihr, dass sein Verstand ihm sogar den quälend köstlichen Duft ihres Parfüms vorgaukelte.

Sein gesamter Körper erstarrte. Langsam bewegte Dare die Hände, krümmte die Finger und drehte dann den Kopf zu dem Arm, der auf seiner Wange lag, dem Arm, der eindeutig nicht seiner war.

»Charlotte?«, flüsterte er.

»Mmm?«, drang es verschlafen aus dem Schatten auf der anderen Seite seines Bettes. Der weiche Arm glitt von seinem Gesicht auf seine Brust. Mit einem in reinstem Gälisch vorgetragenen Fluch sprang Dare aus dem Bett und angelte nach dem Feuerstein.

»Was zum … AUTSCH! Verfluchter Stuhl … Zum Teufel, was machst du in meinem Bett?«, brüllte er den vom Mond beschienenen körperlosen Arm an, während er die Kerze entzündete.

»Hmm? Alasdair?« Der sanfte Schein des Kerzenlichts fiel auf Charlotte, die sich in schläfriger Verwirrtheit aufsetzte, wobei ihr Haar wie ein Wasserfall aus purem Gold und mit dem strahlenden Glanz eines Edelsteins über ihren Körper floss. »Ach, sehr schön, du kommst also endlich ins Bett. Ich muss über dem Kapitel mit dem *Beltanischen Feuer* eingeschlafen sein.«

Dare starrte seine Frau an, die sich jetzt die Haare aus den Augen strich und sich dann reckte. Selbst mit ihrem jungfräulichen Nachthemd war sie schön wie eine Göttin, eine gnadenlose Verführerin. Aphrodite und Venus in einem, die pure Verlockung. Er umklammerte die Kerze und versuchte tapfer, seinen gierigen Blick von der sanften Wölbung ihrer Brüste loszureißen. »Beltanisches Feuer?«

»Ja.« Mit einem Lächeln schob sie die Decken zurück und rutschte auf die Seite des Bettes, die er gerade verlassen hatte. »Das ist einer der Sinnlichen Wege ins Eheglück. Ich fand ihn besonders … Grundgütiger!«

Charlotte verharrte auf halbem Wege und starrte Dare aus weit aufgerissenen Augen an. Von oben bis unten. Jeden verflixten Zentimeter seiner nackten Gestalt. Vor allem seine verräterische Erektion.

»Dein bestes Stück in diesem Zustand nur einen ›Steifen‹ zu nennen, wird ihm meiner Meinung nach in keiner Weise gerecht, Alasdair«, keuchte sie, während sie mit leuchtenden Augen seine Erektion begutachtete. »Ich denke, da muss schon eine etwas anschaulichere Beschreibung her, wie zum Beispiel Monument oder Koloss oder Tarantula.«

»Gargantua, nicht Tarantula«, fauchte er, während er die Kerze fallen ließ und hektisch nach seinem Morgenrock suchte. Er spürte ihre Blicke auf seiner Haut, was ihm kleine Schauder der Lust durch die Adern jagte, bis er meinte, verrückt werden zu müssen. Der Herr möge ihm beistehen, aber diese Nacht würde er niemals überleben, und schon gar nicht die wenigen Monate, die es vermutlich dauerte, bis sie so etwas wie Liebe für ihn entwickelt hatte. Er schlang sich den Morgenrock um einen Leib, der nach Erlösung schrie, und zündete die Kerze erneut an.

Mit zusammengebissenen Zähnen klammerte er sich an eine Entschlossenheit, von der mit jedem Heben und Senken ihrer Brüste ein kleines bisschen mehr verloren ging. Er musste stark sein. Er musste sich unerschütterlich zeigen, auch im Angesicht der verführerischsten Frau auf Erden. Er musste mit aller Kraft hinter dem stehen, was, wie er wusste, richtig war.

Als sie sich vorbeugte, rutschte ihr das weit ausgeschnittene Nachthemd über eine Schulter und enthüllte eine Rundung ihrer elfenbeinfarbenen Brüste.

Er musste den Verstand verloren haben.

»Ach, warum hast du dir den Mantel angezogen? Ohne hast du mir viel besser gefallen. Du hast so eine herrliche Haut, dass man sie einfach berühren muss.«

Er könnte schwören, dass er die rosige Spitze einer Brust durch den dünnen Stoff erkennen konnte, wenn er die Augen zusammenkniff … großer Gott, was tat er da eigentlich? Mit einem Ruck hob er den Blick zu ihrem Gesicht.

Genauestens von seinen wachsamen Blicken verfolgt, glitt ihre rosarote Zungenspitze sanft über ihre Unterlippe hinweg. Einen Moment lang verfinsterte sich Dares vertraute Welt und geriet ins Trudeln. Benommen fragte er sich, ob er gleich in Ohnmacht fiele. Er hatte noch nie davon gehört, dass Männer woanders als auf dem Schlachtfeld zusammenbrachen, doch andererseits hatte seines Wissens nach auch noch nie ein Mann so kurz davorgestanden, den Flammen unerwiderten Verlangens zum Opfer zu fallen.

»Alasdair?«

Er öffnete die Augen. Ein Buch an ihren Bauch gepresst stand sie vor ihm, die Brüste unter dem straff gespannten Stoff deutlich sichtbar. Darüber hatte er sich vorher gar keine Gedanken gemacht, doch er konnte wahrhaftig die sanft geröteten Kronen ihrer herrlichen Brüste erkennen. Er stellte sich vor, von beiden zu kosten, dachte an die seidig zarte Haut ihrer Brüste, wie es sich anfühlen mochte, wenn er seine Hände darum schmiegte, an das duftende Paradies, das ihr Körper ihm bot.

»Ist etwas nicht in Ordnung? Vielleicht mit …« Zum ersten Mal seit sie sich vor fünf Jahren kennengelernt hatten, wirkte sie unsicher. Sie gab einen leisen, erstickten Laut von sich. »… mir? Stimmt etwas nicht mit *mir*?«

Sie biss sich auf die Lippen und blinzelte so heftig, als kämpfte sie mit den Tränen. Dieser Anblick seiner Frau, seiner strahlenden, überschäumenden, geistreichen Charlotte, die jetzt unsicher vor ihm stand und sich für unzulänglich hielt, ließ seine so standhaft bewahrte Entschlossenheit bröckeln. Was um Himmels willen tat er ihr nur an? Sie war noch nahezu unberührt, und sein Ehrgefühl, seine Entschlossenheit, Herr über sein Leben zu bleiben, verletzten sie. Wie konnte er nur so grausam sein?

»Dare? Willst du nicht eins mit mir werden?«, hauchte sie so leise, dass man es fast nicht hören konnte und sich sein Herz zusammenzog.

»Es … es tut mir leid, Charlotte.« Seine Stimme klang wie ein Reibeisen. »Ich habe bereits versucht, es dir zu erklären. Es hat nichts mit meinem Verlangen zu tun, eins mit dir zu werden. Ich wünsche mir einfach etwas mehr, als nur deinen Körper.«

Sie packte das Buch noch fester, während Tränen hinter ihren Wimpern zu glitzern begannen. »Ich verstehe das nicht.

Was wünschst du dir, wenn nicht mich? Gibt es eine andere? Warum hast du um meine Hand angehalten, wenn du eigentlich eine andere wolltest?«

Er schüttelte den Kopf und ballte die Hände zu Fäusten, um Charlotte nicht an sich zu reißen. »Ich will keine andere. Und selbst dir dürfte klar sein, dass mich deine Reize alles andere als kaltlassen. Doch du bist meine Frau. Eigentlich wollte ich keine Frau, weil … nun ja, aus vielerlei Gründen, nicht zuletzt, weil meine finanzielle Lage es mir nicht erlaubt, eine Frau wie dich so zu unterhalten, wie sie es verdient, doch vor allem, weil ich mich nicht nur der Einfachheit halber binden wollte, also nur um einen Körper zur Verfügung zu haben, an dem ich jederzeit mein Verlangen stillen kann. Von einer Ehefrau erwarte ich mehr.«

Dare wünschte, sie würde ihn verstehen. Er konnte ihr nicht sagen, was er fühlte, noch nicht, doch er hoffte, dass ihr klar würde, dass das, was er sich wünschte, weit über pure Lust hinausging.

Ihre Kehle bewegte sich, als schluckte sie Tränen herunter. »Du begehrst mich?«

Er nickte, da er seiner Stimme nicht traute.

»Doch du wünschst dir mehr von mir als nur …« Ihr Blick fiel auf das Bett.

Er sah sie mit glänzenden Augen an. »Ja. Ich wünsche mir mehr.«

Sie biss sich auf die Lippen, eine bei anderen Frauen in seinen Augen sehr störende, bei seiner Ehefrau jedoch bezaubernd unschuldige Eigenschaft; die seine Entschlossenheit noch weiter bröckeln ließ. Dass seine stolze, selbstsichere Charlotte jetzt von Selbstzweifeln gequält vor ihm stand … ihm blutete das Herz, weil er wusste, dass seine Forderung nach mehr, nach allem, was sie ihm geben konnte, schuld daran war.

Trotzdem war er nicht in der Lage, sie beide dem Schicksal zu überlassen, das ihnen drohte, wenn sie sich jetzt mit weniger zufriedengaben.

»Was soll ich deiner Meinung nach für dich sein?«

Gefährtin, Freundin, Ehefrau, Geliebte. »Es geht nicht so sehr darum, was ich von dir erwarte, Charlotte. Vielmehr möchte ich, dass wir dasselbe fühlen. Ich habe dich fünf Jahre lang nicht gesehen, und auch vorher haben wir uns nie richtig kennengelernt. Du hast mich in eine Lage gebracht, in der ich gezwungen war, dich zu heiraten, aber das heißt nicht, dass ich unsere einzige Chance auf ein gemeinsames Glück vergeude. Ich glaube, dass wir tatsächlich ein glückliches gemeinsames Leben vor uns haben, aber nur, wenn wir zunächst die Gelegenheit nutzen, uns besser kennenzulernen, zusammenzuwachsen, Gefühle zu entwickeln, die auf mehr als nur gegenseitiger körperlicher Zuneigung beruhen.«

In ihren Augen schimmerten Tränen. Dann sank ihr Blick zu Boden, als sie ihr leises Bekenntnis abgab. »Ich kann nicht anders, als das zu fühlen, was du in mir weckst. Mein Körper verlangt nach dir. Ich möchte dich anfassen, dich schmecken, deine Berührungen spüren. Mein Schoß kribbelt, wenn ich nur an dich denke, Dare.«

Sein Name, die zärtliche und frohlockende Art und Weise, wie er über ihre süßen Lippen kam, war schließlich das, was ihm den Todesstoß versetzte. Er nahm sich vor, ihr nur zu zeigen, was sinnlicher Genuss bedeutete; er würde lediglich jene Gelüste stillen, die bei einer Ehefrau vollkommen natürlich und erwünscht waren. Er sagte sich zwar, dass er ihr das schuldig war, da er sich ihr nicht selbst hingeben konnte, doch in Wahrheit musste er sie einfach berühren.

Er hob sie in die Arme und schwelgte in dem herrlichen Gefühl, sie zu tragen, während ihr Duft und das seidige Gefühl ihres Haars und die Küsse, die sie ihm schüchtern an den Hals drückte, ihn betörten. Schüchtern? Seine Charlotte? Darüber hätte er gelacht, hätten die Hände auf seiner nackten Brust ihn nicht mit einer Zärtlichkeit gestreichelt, die sein Blut in Wallung brachte. Mit einem Stöhnen gestand er sich seine Kapitulation ein und neigte den Kopf, um ihren köstlichen Mund zu erobern.

Mit ungenierten Bewegungen neckte seine Zunge sie, liebkoste sie und nahm ihre Lippen in Beschlag, als er sie aufs Bett legte und wie von Zauberhand den plötzlich unerträglich gewordenen Stoff verschwinden ließ, der ihr Fleisch von seinem trennte.

»Magie«, seufzte sie vor lauter Glückseligkeit, während das heiße Locken seines Mundes von Neuem begann. Sie versuchte, die Arme um ihn zu schlingen und seinen angespannten Körper an sich zu ziehen, doch er widerstand ihr und murmelte stattdessen das Versprechen, ihr größtmögliche Wonne zu bereiten. Wonne? Sie wollte ihm erzählen, dass er ihr längst mehr als nur Wonne verschafft hatte und dass sie sich bereits im Neuland der Ekstase befand, doch sie wusste nicht mehr, wie man Worte artikulierte. Vielleicht würde sie es etwas später wieder können, wenn das Gefühl seines Mundes auf ihrem sie nicht mehr um den Verstand brachte.

Närrin, dachte sie ein paar Minuten später, als seine Lippen sich von ihren lösten. Närrin, dass sie der Meinung gewesen war, nur der eng umschlungene Tanz ihrer Zungen hätte ihr den Verstand geraubt. Nein, jetzt wusste sie es besser. Ihr Rücken wölbte sich wie von alleine auf, als Dares Zunge und Mund einem sinnlichen Pfad über ihren Hals hinab folgten, und ihre Beine spannten sich an, als seine Hand auf ihrem Schenkel nach oben glitt. Ihr empfindliches Fleisch schwelgte in dem herrlichen Gefühl seiner rauen Hand, als sie dem stummen Befehl, die Beine zu spreizen, gehorchte. Ihr Verstand schien zu zerfallen, als sie spürte, wie sich sein heißer Atem ihren schmachtenden Brüsten näherte und sich gleichzeitig ein unruhiges Verlangen im Zentrum ihrer Weiblichkeit aufbaute, direkt unter seiner Hand.

Sein kühles, samtweiches Haar streifte die empfindsamen Spitzen ihrer Brust, als sein köstlich heißer Mund über die Unterseite ihrer Brüste glitt, und ihr Verstand zerfiel noch mehr, als sich eine ihrer Brüste von seiner Hand umschlossen wiederfand, während die zweite in einer immer engere Kreise ziehenden Flut aus Küssen badete und die Finger seiner anderen Hand zärtlich über ihre Schenkel fuhren und sich dabei unaufhaltsam der Stelle näherten, die seiner Berührung entgegenfieberte.

»Dare!«, stöhnte sie und hatte längst jeden Einfluss auf das verloren, was ihr Körper tat. Sie hatte das Gefühl, auf einer Wolke aus Flammen zu treiben, deren heiße Zungen an ihr leckten und sich in das Inferno woben, das er tief in ihrem Innern hervorbrechen ließ und das ihren Körper dazu brachte, Tränen der Leidenschaft für ihn zu weinen. »Bitte, oh, bitte.«

Den Kopf in ihren Busen getaucht, schwebte Dare über ihr. Sie packte seine Schultern, wollte ihn, brauchte ihn, sehnte sich voller Verzweiflung danach, seine harte Männlichkeit in ihrem Schoß zu spüren.

»Bitte was, mein Herz? Sag mir, was du willst. Sag mir, was dir gefällt«, fiel seine Stimme heiser auf ihr erhitztes Fleisch, ehe sein Mund sich über ihrem vor lauter Erregung harten Nippel schloss, während zur selben Zeit seine Finger ihre empfindliche Scham erreichten. Zwar hörte sie seine Worte, doch sie ergaben keinen Sinn, nichts ergab einen Sinn, nichts außer dem Gefühl seines Mundes, seiner Hände und der samtweichen Hitze seiner Haut unter ihren Fingern. Sie wölbte sich unter ihm auf, fieberte wimmernd seiner Nähe entgegen, dem Gefühl seines Körpers auf ihrem, doch dann glitt sein Mund nach einer kurzen Liebkosung ihrer anderen Brust mit heißen, feuchten Küssen zu ihrem Bauch weiter.

»Dare! Hör jetzt bitte nicht auf! Du darfst doch jetzt nicht einfach aufhören!«

Seine Finger beendeten das herrliche Spiel zwischen ihren Beinen und hinterließen ein so furchtbar erdrückendes Gefühl der Leere und Enttäuschung, dass sie meinte, in Tausende spitzer Teile zu zerspringen. »Dare!«

Als er anschließend mit den Zähnen ihren Bauch neckte, lagen seine Hände an ihren Hüften. Doch dann blickte er plötzlich kurz hoch und ließ sie mit einem draufgängerischen Grinsen zu ihren Beinen wandern, um sie noch weiter zu spreizen. »Keine Angst, mein Herz. Ich höre nicht auf. Noch nicht.«

»Aber … aber …« Sie verdrehte die Augen, als sein Kopf sich aufs Neue auf ihren Bauch senkte und sein Mund einen Pfad der Lust beschritt, der geradewegs ins Zentrum ihrer Leidenschaft führte. »Ich glaube, dass dies gegen alle Regeln des Anstands und der Moral verstößt«, hauchte sie und krallte sich mit beiden Händen in die Laken, als sein sengender Atem auf das geschwollene Fleisch über ihrer hungrigen Weiblichkeit stieß. »Dafür werde ich in der Hölle schmoren, das weiß ich. Doch, gütiger Gott, es ist mir egal! Hör nicht auf, bitte, hör jetzt nicht auf!«

Sein Haar fühlte sich an wie zarteste Seide, als sein Mund auf eine Art und Weise Besitz von ihr ergriff, die sie nie für möglich gehalten hätte. Er war wie ein Feuer, wie eine züngelnde Schlange in ihr und sie dachte, sie müsste sterben, doch, ach, was für ein süßer Tod. Sie hatte keinerlei Zweifel mehr, dass seine Zunge der unbestritten beste Teil seines Körpers war, als sie ihren ganzen Zauber auf ihrem empfindsamen, geschwollenen Fleisch entfaltete, sie so lange berührte, reizte und an ihr saugte, bis sie meinte, in den hellen Flammen eines Freudenfeuers der Gefühle zu verbrennen. Sie konnte sich nicht vorstellen, dass dieses Feuer noch heißer werden könnte, aber in dem Moment, als er seine Finger tief ins Zentrum ihrer Lust schob, explodierte sie in einer Feuersbrunst, von der sie sicher beide überrollt würden. Sie hörte eine Stimme, die seinen Namen schluchzte, und wusste, dass es ihre war, doch in ihrem Kopf war kein Platz mehr für einen anderen Gedanken als an den gleißend hellen Augenblick der Verzückung, die der Explosion folgte.

Sein Name hallte laut in ihren Ohren, als sich ihr Schoß fest um seine Finger zusammenzog und ein mächtiges Beben der Erlösung durch ihren Körper rauschte. Als sie erzitterte, presste Dare sein Gesicht auf ihren Bauch und musste fast weinen ob des beinahe schon unmenschlichen Verlangens, in sie einzutauchen. Seine Entschlossenheit stand auf des Messers Schneide, als seine innere Zerrissenheit auch seinen Körper erbeben ließ, während auch sein Fleisch nach der Erlösung schrie, die es so dringend benötigte. So weit hatte er eigentlich nicht gehen, nicht so viel von sich geben wollen, aber dann hatte er die Beherrschung verloren, wo sie doch so köstlich schmeckte. Lange Minuten lag er keuchend und die Finger fest um ihre Hüften geklammert da, während sich Tränen unter seinen geschlossenen Lidern hervorstahlen und ihre Feuchtigkeit auf Charlottes Leib verteilten.

Als sie, warm und weich, eingeschlafen war, ließ er sie liegen, wo sie war, während ihr Fleisch ihn lockte, ihn mit einem Glühen rief, das bis in sein Herz und seine Seele drang. Er deckte sie zu, blieb noch eine ganze Weile neben dem Bett stehen und bewunderte das Bild, das sich ihm mit ihren vor lauter Küssen geschwollenen Lippen und den von Freudentränen gezeichneten Wangen im goldenen Schein der Kerze bot. Ihre Tränen schmeckten salzig; ihre Haut war so rein, so wundervoll und schmeckte durch und durch nach Charlotte.

Dann ließ er sie allein und ging durch die Verbindungstür in ihr Schlafzimmer, wo er mit Abscheu auf das dunkle, kalte Bett blickte. Sein Körper fühlte sich unangenehm hart an und schmerzte auf eine Weise, wie er sie sich ohne eine physische Verletzung nie hätte vorstellen können.

»Verdammt«, gab er sich mit einem Seufzen geschlagen und stieg ins Bett. Er starrte auf seine Hand. Sie war zwar nicht das, wonach sein Körper gierte, und echte Befriedigung würde sie ihm auch nicht verschaffen, aber sie brächte ihm vielleicht wenigstens so viel Erleichterung, dass er einschlafen konnte. Er schloss die Finger um seine Männlichkeit und betete, dass es nicht allzu lange dauerte, bis Charlotte wahre Liebe für ihn empfand.

»Alasdair, das ist Unsinn.«

»Das ist kein Unsinn, sondern reine Notwendigkeit, und mein Name ist Dare. Ich weiß, dass du ihn aussprechen kannst; das hast du letzte Nacht bewiesen.«

Charlotte riss die Augen weit auf und warf ihm einen vernichtenden Blick zu. »Das waren besondere Umstände.«

Der Gedanke daran, wie besonders die Umstände gewesen waren, beschleunigte auf der Stelle ihren Herzschlag und ließ verschiedene Bereiche ihres Körpers in freudiger Erinnerung erbeben. Sie konnte nicht glauben, dass sie allein durch die Berührung seiner Hände und seines Mundes in Sphären vorgedrungen war – und das war sie auf jeden Fall –, die sie noch nie erreicht hatte, aber ganz bestimmt wieder erreichen wollte. Noch oft. Heute Nacht. Sie musterte Dare abwägend. Heute Nachmittag wäre auch nicht schlecht.

»Wie dem auch sei, ich möchte betonen, dass ich nun schon mehrfach auf die Notwendigkeit des Sparens hingewiesen habe, worunter die Anschaffung einer neuen Garderobe bedauerlicherweise ebenfalls fällt.«

»Dare, wenn du Charlotte meine Mitgift geben würdest, könnte sie –«, wollte Patricia vorschlagen, doch als ihr Bruder sie über den sonnenbeschienenen Frühstückstisch hinweg mit finsterer Miene ansah, verstummte sie und machte sich daran, ihr Milchbrötchen mit Butter zu bestreichen.

Charlotte warf ihrer Schwägerin ein dankbares Lächeln zu, das sie jedoch in ein missmutiges Stirnrunzeln für ihren Ehemann verwandelte, während sie nach der Kanne mit der heißen Schokolade griff. »Ja, darauf hast du mich jetzt schon oft genug hingewiesen, und du kannst dir sicher sein, dass dich alle gehört haben.«

»Gut«, sagte Dare und konzentrierte sich wieder auf seinen mit Schinken gefüllten Teller.

»Sei unbesorgt, du bist deiner Rolle gerecht geworden und hast ausreichend beklagt, dass du kein Geld für meine Garderobe besitzt. Deshalb kannst du mir jetzt das gewünschte Geld geben und den Besuch bei Madame Terwilliger gestatten. In der Modewelt kommt momentan niemand an ihr vorbei«, raunte Charlotte Patricia vertraulich zu.

Dare ließ die Gabel fallen und starrte seine Frau mit offenem Mund an. »Charlotte, ich spiele kein Spiel mit dir.«

»Aber nein, natürlich nicht. Es ist ja auch gar nicht so sehr ein Spiel, sondern vielmehr eine … eine Rolle. Du beklagst dich, dass du kein Geld besitzt, ich tue so, als ob ich dir glaube, und dann gibst du mir, was ich will, und alle sind glücklich und zufrieden.«

Dare schüttelte schon den Kopf, noch ehe sie ausgeredet hatte. »Charlotte, ich spiele auch keine Rolle. Das ist mein voller Ernst. Ich biege mir die Wahrheit keinesfalls zurecht. Es ist und bleibt mein bitterer Ernst, wenn ich dir sage, dass ich nicht das Geld besitze, um ein neues Kleid zu bezahlen, geschweige denn eine ganze Garderobe. Es tut mir leid, dass ich so schroff sein muss, aber du musst das endlich begreifen. Ich … besitze … kein … Vermögen.«

Charlotte ließ den Blick von der angespannten Miene und den funkelnden Augen ihres Ehemannes zu ihrer Schwägerin springen. Patricia nickte mit einem Ausdruck mitleidigen Bedauerns. Charlotte fühlte sich, als hätte man ihr einen Schlag in die Magengrube versetzt.

Das meinten sie doch nicht ernst, oder? Kein Geld? Dare hatte kein Geld? Das war doch lächerlich. Er war ein Earl, und jeder wusste, dass Earls zusammen mit ihrem Titel auch ein Vermögen erbten.

»Kein Vermögen?«

Er schüttelte den Kopf.

»Nichts?«

Er seufzte und zwickte sich in den Nasenrücken. »Nichts.«

Sie starrte auf den Teller vor sich und wieder zu ihrem Mann zurück, zu verstört, um all das zu begreifen. Nichts? »Wie kann das sein? Wie kann man einen Titel, aber kein Vermögen erben? Das verstehe ich nicht! Du bist nicht einfach nur geizig?«

Traurigkeit, Bedauern und Schuldgefühl huschten über Dares gut aussehendes Gesicht. Bei diesem Anblick ließ der in ihr im Laufe seines wütenden Beharrens auf Sparsamkeit angewachsene Zorn sofort nach. Vielleicht hatte er die Wahrheit gesagt, als er behauptet hatte, dass er sie nicht heiraten wollte, weil er nicht angemessen für sie sorgen konnte. Vielleicht hatte er sie tatsächlich gar nicht heiraten wollen. Schnell verdrängte sie diesen schrecklichen Gedanken. Selbst wenn er stimmte, jetzt waren sie ein Ehepaar, und er würde schon bald merken, dass sie eine exzellente Ehefrau war und genauso ideal zu ihm passte, wie er zu ihr.

»Ich wünschte, es wäre so einfach, Charlotte. Ja, ich habe den Titel geerbt. Doch obendrein habe ich auch die Schulden meines Onkels geerbt, und zwar einen ganzen Haufen davon, die zu begleichen ich verpflichtet bin, weil es meine Ehre so verlangt. Unsere einzige Hoffnung, jemals finanzielle Sicherheit zu erlangen, liegt im Erfolg meines dampfbetriebenen Motors.«

»Wo David ins Spiel kommt«, fügte Patricia hinzu. »Wenn es Dare gelingt, seinen Motor an Davids Onkel Edward zu verkaufen, wird er die Schulden begleichen können.«

Dare nickte. »Wobei noch genug übrig bleiben dürfte, um damit anzufangen, die drei Güter in einen Zustand zu versetzen, der es ihnen erlaubt, eines Tages wirtschaftlich zu arbeiten. Auch wenn es nicht von heute auf morgen passieren wird, bin ich zuversichtlich, dass wir, wenn alle hart anpacken, die Krise ohne größeren Schaden überstehen.«

»Ich möchte aber nicht hart anpacken oder Schaden nehmen«, stieß Charlotte hervor. »Ich möchte ein neues Kleid für Patricias Hochzeit!«

Dare schob seinen Teller beiseite und rieb sich über die Stirn. »Kannst du nicht dasselbe Kleid tragen wie bei unserer Hochzeit?«

Sie starrte ihn entgeistert an. »Um mich den Leuten zwei Mal innerhalb einer Woche im selben Kleid zu zeigen? Wohl kaum!«

»Aber das Kleid ist bezaubernd, Charlotte«, sprang Patricia ihm eilig bei. »Ich bin sicher, dass es dir niemand übel nimmt, wenn du es zu meiner Hochzeit noch einmal trägst. Ich finde es sogar sehr romantisch.«

Charlotte bedachte sie eines finsteren Blickes, den sie auf ihren Mann übertrug, als dieser ergänzte: »Ich glaube nicht, dass jemand, der bei unserer Trauung war, auch Gast auf Patricias Hochzeit sein wird, es sei denn, sie hat die Leute von Zirkus Rosencrantz und Windlestop mit auf die Einladungsliste gesetzt.«

»Das habe ich nicht. Du siehst also, dass du dir keine Sorgen zu machen brauchst. Keiner wird wissen, dass du dein hübsches Kleid zum zweiten Mal innerhalb weniger Tage trägst.«

»Ich werde es wissen«, schimpfte Charlotte auf ihr Frühstück herab. Als sie wieder aufblickte, sah sie gerade noch den Schmerz in Dares Augen, ehe er die Serviette wegschleuderte, seinen Stuhl zurückschob, sich erhob und mit einer knappen Entschuldigung das Zimmer verließ. Charlotte, die sich dafür schämte, dass sie sich wie ein bockiges Kind aufgeführt hatte, war schon halb aufgestanden, um sich für ihre Bemerkung zu entschuldigen, doch noch ehe sie etwas sagen konnte, war er ihr schon entwischt. Sie ließ sich auf den Stuhl zurückfallen und runzelte die Stirn. Das war nicht fair. Das war einfach nicht fair. Wie um alles in der Welt hätte sie wissen können, dass Dare kein Geld besaß? Er sah aus wie jeder andere Gentleman der feinen Londoner Gesellschaft, kleidete sich gut, ohne seiner Garderobe allzu große Bedeutung beizumessen, und ihn umgab jenes Flair adliger Lässigkeit, wie es bei jedem Gentleman von blaublütiger Herkunft zu finden war. Es waren immer nur die Emporkömmlinge, die Neureichen, die Parvenüs, die ihren Reichtum zur Schau stellten. Wie hätte sie denn ahnen sollen, dass Dare völlig mittellos dastand?

»Wenn ich das gewusst hätte, …«, drohte sie, ehe sie sich eines Bessren besann.

»Wenn du was gewusst hättest?«, fragte Patricia.

»Ach nichts«, seufzte Charlotte, unfähig, sich selbst zu belügen. Sie hatte Dare immer gewollt, schon vor ihrer Ehe mit Antonio, und dieser Wunsch war noch tausendmal stärker geworden, seit sie nach England zurückgekehrt war. Einen Augenblick lang tanzten lebhafte Bilder von luxuriösen Bällen und einer atemberaubenden Garderobe in ihrem Kopf herum. Dann kehrte die warme Erinnerung an die gestrige, intime Nacht zurück. Kleider und Bälle waren – dachte sie zu ihrer eigenen Verblüffung – nur *Dinge*. Sicherlich waren sie etwas, woran man sich erfreuen konnte, doch der Geschmack der Glückseligkeit, den sie bei Dare gekostet hatte, vermittelte ihr eine eigenartige Sehnsucht nach mehr, nach einem größeren Vergnügen als dem Besitz eines hübschen Kleides. Mit einem weinenden Auge schob sie ihre Träume beiseite und stellte sich der Realität. Auch wenn es nicht leicht würde, ihre Ansprüche zurückzuschrauben, vor Herausforderungen hatte sie sich noch nie gescheut.

Das Gefühl der Entschlossenheit und Rechtschaffenheit keimte in ihr auf. »Es ist schon einige Jahre her, da sagte dein Bruder einmal zu mir, dass ich nichts weiter als ein hübsches Schoßkind sei. Nun, er wird sehen, dass ich mehr, ja ganz anders sein kann. Wenn die vergangenen Jahre mich eines gelehrt haben, dann, dass man nicht immer bekommt, was man will. Wir müssen einfach nur sparsam leben«, stellte sie zielstrebig fest, während sie mit ihrem Messer auf einen Pfirsich klopfte. »Ich weiß zwar nicht so genau, wo sich in einem Haushalt Einsparungen vornehmen lassen, doch ich bin sicher, *dass* ich es kann. Es wird schon nicht so schwierig sein. Und außerdem sind die Diener bereits fleißig dabei, was eine große Hilfe sein dürfte.«

»Oh, ja, in den letzten drei Jahren haben wir sehr auf die Ausgaben geachtet«, bestätigte Patricia mit einem Lächeln. »Es ist keineswegs neu für uns, das kann ich dir versichern.«

»Ausgezeichnet«, erwiderte Charlotte, während ihr schon eine Menge Ideen und neu gefasste Entschlüsse durch den

Kopf schwirrten. Und inmitten all ihrer Pläne für Einschränkungen bei den Mahlzeiten und dass sie zum Beispiel den Auftrag für mehrere neue Hauben stornieren würde, tauchte ein alles überragendes Bild vor ihrem geistigen Auge auf. Sie betrachtete es ein Weilchen, ehe sie es für gut befand und ihrer Schwägerin mit einem Lächeln präsentierte. »Auch ich werde meinen Beitrag zu den Einsparungen leisten, indem ich ein erstes großes Opfer bringe. Ich werde Batsfoam informieren, dass ich die Zofe, die er für mich eingestellt hat, doch nicht brauche.«

Patricia wirkte überrascht. »Wie willst du denn nur ohne Zofe auskommen? Wer soll dir beim Anziehen helfen? Wer soll dir die Haare frisieren? Wer soll deine Kleider in Ordnung halten und dafür sorgen, dass sie gewaschen werden und so weiter?«

Das Bild in Charlottes Kopf erstrahlte immer heller. »*Ich* werde mich um meine Kleider kümmern. Nun schau mich nicht so entsetzt an, Patricia, ich bin für meine herrlichen Stickereien bekannt; wie viel schwerer kann es da sein, ein paar Löcher zu stopfen? Und viel Zeit kann es übrigens auch nicht in Anspruch nehmen. Francesca, die in Italien meine Zofe war, hat nebenbei immer genügend Zeit gefunden, um sich mit ihrem Liebhaber zu treffen. Ich denke, ein paar Minuten jeden Morgen und Abend dürften ausreichen, meine Kleidung in tadellosem Zustand zu halten.«

»Das mag sein, aber wie steht es mit dem An- und Auskleiden? Wie willst du denn an all die Bänder und Knöpfe gelangen?«

Charlottes Lächeln wurde breiter und ließ ihre Grübchen auf und ab hüpfen. »Dabei wird mir mein lieber Ehemann helfen. Immerhin ist er derjenige, der darauf besteht, dass wir alle sparen. Daher halte ich es nur für gerecht, wenn auch er seinen Beitrag leistet, indem er mir zur Hand geht. Und was mein Haar betrifft, werde ich es meiner Cousine Gillian gleichtun, die immer recht unkomplizierte Frisuren trägt. Ihrem Ehemann scheint ihr Haar gut zu gefallen, trotz seiner unmodernen Farbe. Dank meiner Haarfarbe dürfte meine Frisur daher sehr gut ankommen. Also, dann erzähl mir doch mal, für wann Mrs Whitney aus Bath zurückerwartet wird?«

»Sonnabend, direkt vor der Hochzeit. Sie macht eine Kur wegen ihrer Verdauungsstörungen. Sie leidet doch so schrecklich darunter, und Lady Devonshire hat ihr versichert, dass ihre eigenen Beschwerden durch diese Anwendungen fast völlig verschwunden wären. Ich hoffe, die Kur hilft. Davids Tante hat sich nach dem Abendessen höchst unwohl gefühlt.«

»Das ist sehr bedauerlich«, erklärte Charlotte fröhlich. »Wir werden ihre Anwesenheit in diesen Tagen, die für dich die letzten als unverheiratete Frau sind, schmerzlich vermissen. Ich werde mich jedoch bemühen, dir diese wertvolle Zeit so angenehm wie möglich zu gestalten, damit du nicht allzu sehr unter der Abwesenheit von Mrs Whitney leidest. Brauchst du noch Hilfe bei den Hochzeitsvorbereitungen?«

»Nein, Davids Tante hat sich vor ihrer Abreise nach Bath um alles gekümmert. Heute wird mein Hochzeitskleid ein letztes Mal angepasst, und dann ist bis Sonntag nichts mehr zu tun.«

Charlotte trommelte mit den Fingern auf den Tisch, ehe sie sich erhob. »Dann käme es dir vermutlich nicht gerade ungelegt, mir bei einem kleinen Projekt zu helfen?«

»Es käme mir überhaupt nicht *ungelegen*, dir zu helfen, liebe Schwägerin. Was kann ich tun?«

Charlotte nahm Patricia an den Arm und führte sie zur Küche. »Sicherlich ist dir bekannt, dass die Herzogin von Deal einen Verlobungsball für ihre bleichgesichtige Tochter abhält, deren Namen ich mir nie merken kann.«

»Für Lady Charlotte, ja.«

Charlotte blieb mitten auf der Treppe in den Keller stehen. »Charlotte? Ihr Name ist Charlotte? Tja, da hat man diesem langweiligen, kleinen Tölpel aber wirklich den falschen Namen verpasst. Sie hat doch rein gar nichts von einer Charlotte. Aber ganz gleich, wie ungeschickt sich Ihre Gnaden bei der Namensvergabe angestellt hat, ihr Verlobungsball wird das größte Ereignis für den Rest der Saison werden. Daher habe ich die Einladung, die sie Dare geschickt hat, schon angenommen, und zwar in unser aller Namen. Jetzt müssen wir als Nächstes dafür sorgen, dass er sich mit diesem Gedanken anfreundet, und dann kümmere ich mich um die Diener. Das ist nämlich dringend nötig, nicht, dass ich deine Fähigkeiten infrage legen wollte.«

Patricia kicherte, als die beiden Frauen durch den niedrigen und dunklen Gang auf Dares Werkstatt zusteuerten. »Danke, Charlotte. Ich habe überhaupt nicht das Gefühl, dass du meine Fähigkeiten infrage *stellst*, doch ich fürchte, dass Dare nicht unbedingt Gefallen an deiner Idee finden wird. Er hasst die vornehme Gesellschaft, und das schon seit er … also, schon bevor er Earl wurde. Ich hatte meine liebe Not, ihn zu Lady Jerseys Maskenball zu bewegen. Ich musste ihm mit allerlei Dingen drohen und mich schließlich sogar aufs Weinen verlegen, damit er zustimmte, und selbst dann hat er noch geschworen, dass dies neben meiner Hochzeit der einzige und letzte öffentliche Auftritt für den Rest des Jahres wäre. Ich habe keine Ahnung, wie du ihn zur Teilnahme an diesem Verlobungsball überreden willst, aber lass dir versichert sein, leicht wird es nicht.«

»Ich kann mir nicht vorstellen, dass es noch Probleme gibt, sobald er meinen Vorschlag gehört hat«, beruhigte Charlotte sie, während sie vor der Tür zu Dares Werkstatt stehen blieben. »Er wird gar nicht anders können, als zuzustimmen, wenn ich ihm meine Hilfe beim Verkauf seines Geräts an Mr Whitney anbiete.«

Patricia packte Charlotte am Arm, als sie im Begriff war, die Tür zu öffnen. »Deine Hilfe? Wie könntest du ihm wohl beim Verkauf seines Motors an Davids Onkel helfen?«

Charlotte bedachte sie mit einem Lächeln, aus dem die Macht ihrer frisch entdeckten Weiblichkeit sprach. »Meine liebe Schwägerin, ich bin eine Frau. Wenn ich mir etwas in den Kopf gesetzt habe, dann kann es mir so schnell keiner mehr austreiben. Nicht einmal dein Bruder vermochte etwas gegen den geballten Einsatz meiner Zuwendungen auszurichten. Davids Onkel dazu zu bringen, Alasdairs Gerät zu kaufen, wird ein Kinderspiel im Vergleich zu dem Handstreich, der mir gerade erst gelungen ist.«

Patricia murmelte eine Warnung vor der Verwendung des Begriffes Handstreich in Verbindung mit Dares Heirat, wenn ihr Bruder in Hörweite war. Trotzdem folgte sie ihrer neuen Schwester gehorsam in die Höhle des Löwen. Charlotte in den nächsten Tagen dabei zu beobachten, wie sie mit Dare umging, würde eine Lehrstunde werden, und sie freute sich darauf zu sehen, wer von den beiden als Sieger aus dem Kampf der Dickschädel hervorging.

8

»Ich weiß nicht, wie du dieses Wunder vollbracht hast, Charlotte, aber ich bin so froh, *dass* du es vollbracht hast«, flüsterte Patricia und drückte Charlottes Hand, als die beiden sich auf der Prunktreppe von Henley House ihren Weg durch die Menschenmenge suchten.

Charlotte dachte daran, wie hartnäckig Dare sich anfangs geweigert und wie bald danach er kapituliert hatte, nachdem sie ihm, kaum dass Patricia die Werkstatt verlassen hatte, mit Küssen und süßen Worten zu Leibe gerückt war. Zugegeben, die Worte hatten nur wenig Wirkung gezeigt, aber die Küsse, oh, diese Küsse … Charlottes Blick ging kurz zu ihrem Mann und David, die ihnen dichtauf folgten. Während der Blick ihres Schwagers mit einem zufriedenen Lächeln auf seiner Zukünftigen ruhte, betrachtete ihr Gatte sie mit einer Miene, die hinsichtlich ihrer Finsternis problemlos einer sternenlosen Nacht Konkurrenz machen konnte. Sie blieb für einen Moment stehen, um zu bewundern, wie umwerfend er in seinem mitternachtsblauen Abendanzug aussah. Sie warf ihm einen Kuss zu, ehe sie weiterging. Im Vestibül legte sie ihren Umhang ab und wandte sich ihren Gastgebern zu, die für die Honneurs Aufstellung genommen hatten.

»Lord Carlisle, ich freue mich sehr, dass Sie es einrichten konnten zu kommen«, posaunte die Herzogin von Deal über ihre lange Nase hinweg. Beim Anblick des eckigen, länglichen Gesichts der Herzogin musste Charlotte stets an das Pony denken, das sie als Kind besessen hatte. Es war bemerkenswert, dass diese Ähnlichkeit sich umso ausgeprägter zeigte, je mehr Jahre vergingen. »Miss McGregor, nicht wahr? Und Sie müssen Captain Woodwell sein. Herzlich willkommen, Sir. Und herzlichen Glückwunsch zu Ihrer bevorstehenden Trauung.«

Charlotte wartete höflich darauf, begrüßt zu werden, und genoss den Augenblick des Triumphs. Sie hatte erreicht, was sie sich vorgenommen hatte – sie hatte standesgemäß geheiratet und wenn sie auch über kein Vermögen verfügte, so hatte sie doch ihren gesellschaftlichen Rang zurückerobert. Jetzt würde man sie nicht mehr schneiden können, nicht ohne sich Dares Zorn zuzuziehen. Und da er ein beliebter (wenngleich selten gesehener) Gast war, wusste sie, dass sein Name ihr einen gewissen Schutz bot. Charlotte zeigte ihre Grübchen in ihrer vollen Pracht, als die Herzogin sich dazu herabließ, sie zu begrüßen.

»Lady Carlisle.« Ein kaum wahrzunehmendes Neigen des Kopfes begleitete ihren abweisenden Blick.

»Euer Gnaden.« Mit einem breiten Lächeln versank Charlotte in einen übertriebenen Hofknicks, um die Herzogin zu ärgern. Dann erhob sie sich und begrüßte den Herzog, gratulierte dem Marquis von Summerton, küsste ihre unwürdige Namensvetterin auf die Wange und betrat dann am Arm ihres Mannes die überfüllte Empfangshalle. Kerzen flackerten und die Luft vibrierte von der Anwesenheit der vielen Menschen, die umhergingen, um jenen komplizierten Reigen aus höflicher Begegnung, artigem Grüßen und elegant-lässigem Flanieren aufzuführen. Ein Schauder des Entzückens lief Charlotte über den Rücken, während sie nach allen Seiten lächelte. Sie hatte es geschafft.

Entgegen der allgemeinen Voraussagen hatte sie es geschafft. Genau wie sie es sich gewünscht und vorgestellt hatte, war sie auf den ihr zustehenden Platz zurückgekehrt, von dem sie niemand mehr verdrängen könnte. Ach, war das Leben herrlich.

»Ich bin wieder da, wo ich hingehöre«, hauchte sie mit freudestrahlenden Augen und genoss ihren Sieg.

»Ich muss etwas trinken. Ich kann mich doch darauf verlassen, dass du ein Auge auf Patricia hast?«, fragte Dare, während er seinen Arm aus Charlottes Griff befreite. »Gut. Lass nach mir schicken, wenn du nach Hause möchtest.«

Voller Entsetzen starrte Charlotte ihrem frischgebackenen Ehemann nach, der sie im Moment ihres größten Triumphs alleinließ.

»Ach, Charlotte, ist das nicht wunderschön? Hast du jemals so viele Kerzen auf einmal gesehen? Es überrascht mich, dass bei dieser Wärme noch niemand in Ohnmacht gefallen ist. Warum wohl alle Türen geschlossen sind? Es wäre doch viel angenehmer, ein wenig frische Luft hereinzulassen. Und diese Blumen! Wer hätte gedacht, dass es in London so viele weiße Rosen gibt? Ach, Char, sieh dir das Kleid der Dame dort an. Einfach skandalös! Man kann ja sogar die Spitze ihrer Unterwäsche erkennen! So etwas muss ich haben, sobald ich verheiratet bin. Wo sind Dare und David hingegangen?« Patricias Wangen glühten vor Aufregung – ganz im Gegensatz zum aschfahlen Gesicht ihrer Schwägerin.

Charlotte schluckte ihre Enttäuschung herunter und sagte sich, dass sie Dare keineswegs brauchte, um sich zu amüsieren, doch noch bevor sie diesen Gedanken zu Ende gedacht hatte, wusste sie, dass das nicht der Wahrheit entsprach. Allein seine Anwesenheit machte alles noch strahlender und aufregender, und wenn er fort war, schien alles nur noch trist und langweilig zu sein.

»Alasdair brauchte dringend eine Erfrischung und wollte etwas trinken. Ich glaube, David leistet ihm Gesellschaft. Die Türen sind vermutlich geschlossen, weil der Prinzregent erwartet wird, und dass es deinem Ehemann gefiele, wenn du in einem Kleid wie dem von Mrs Cutter herumstolziertest, möchte ich wirklich bezweifeln. Sie ist eine Witwe mit zweifelhaftem Ruf und gehört zu einer Sorte Mensch, der du keinesfalls nacheifern solltest.«

Patricia schien über diese Worte nachzudenken, dann fasste sie Charlotte am Arm. »Komm«, sagte sie lächelnd, »du hast mir versprochen, mich mit allen Leuten bekannt zu machen, die ich nie kennenlernen dürfte, wenn es nach Davids Tante ginge. Fangen wir bei Mrs Cutter an.«

Die nächste Stunde verbrachte Charlotte in einer ihr bis dahin unbekannten Rolle – die der Anstandsdame. Patricia war zwar kein ständig auf Abwege geratendes junges Ding, das man keine Sekunde lang aus den Augen lassen durfte, damit es seinen Ruf nicht ruinierte, doch sie war aufgeregt und übermütig und äußerst angetan von einer Welt, mit der sie bisher nur selten in Kontakt gekommen war. Zudem saß ihr der Schalk im Nacken, der, wie Charlotte mit einigem Entsetzen feststellte, ihrem eigenen gar nicht so unähnlich war. Noch nie zuvor hatte sie die Verantwortung für eine andere Person getragen, und auch jetzt stand ihr nicht unbedingt der Sinn danach.

»Nun sehe ich das, was meine arme Mutter damals durchgemacht haben muss, in einem ganz neuen Licht«, sagte Charlotte etwas später mürrisch zu Caroline, als sie eingreifen musste, weil Lord Briceland, ein berüchtigter Lebemann, der schon so mancher jungen Dame das Herz gebrochen hatte, Patricia in eine entlegene Ecke des herzoglichen Gartens gelockt hatte. Caroline kicherte.

»Ich bin doch verlobt, Charlotte«, protestierte Patricia, als die beiden Frauen sie zurück in den Ballsaal führten. »Mein

Ruf ist also nicht in Gefahr. Lord Briceland hat so wundervolle goldene Locken, meinen Sie nicht auch, Lady Beverly?«

»Oh ja, sie sind in der Tat so elegant wie die von Lord Byron«, pflichtete Caroline ihr bei.

»Und genau wie er dreht er sie sich gewiss jeden Abend auf Papierwickler auf«, zischte Charlotte. Sie blieb vor dem übermütigen jungen Mädchen stehen und schaute sich kurz um. Außer einer riesigen Eibenhecke, die die äußeren Grenzen eines Irrgartens markierte, gab es nichts Auffälliges zu entdecken. »Da niemand in der Nähe ist, kann ich offen sprechen. Patricia, ich kann nicht dulden, dass du dich in dieser Form lächerlich machst. Das kann ich wirklich nicht. Was würde Alasdair wohl sagen, wenn ich zuließe, dass man dich im Garten verführt? Was würde David dazu sagen? Bestimmt hätte er etwas dagegen. Bei solchen Dingen verstehen Männer keinen Spaß!«

»Das ist wahr, ohne Zweifel. Da fällt mir ein, wie mich mein geliebter Algernon kurz vor unserer Heirat dabei ertappte, wie ich Lord Selfridges Schnurrbart bewunderte – erinnerst du dich an ihn, Char, er hatte so einen herrlichen blonden Schnurrbart, fast schon silbern war er – nun, ich bewunderte also damals Lord Selfridges Bart und hatte das Gefühl, ihn einfach einmal anfassen zu müssen, um zu fühlen, ob er tatsächlich so weich war, wie er aussah; und das war er. Er war so himmlisch weich, dass es mich einfach reizte, ihn zu küssen, nur um zu erfahren, ob der Schnurrbart wohl an den Lippen kitzelte oder nicht. Doch dann platzte Algernon ins Zimmer und erklärte auf theatralische Weise, welche Schande ich ihm machte und dass ich meine Unschuld eines Bartes wegen hergäbe –«

»Ja, vielen Dank, Caro«, unterbrach Charlotte sie. »Wir haben verstanden, was du uns damit sagen willst, vorausgesetzt, du wolltest uns etwas damit sagen. Was dich angeht, Patricia, muss ich darauf bestehen, dass du mir nicht mehr von der Seite weichst und nur über Dinge sprichst, die ich vorgebe. Ich hätte dir niemals erlaubt, Vyvyan La Blues Buch zu lesen, hätte ich vermuten müssen, dass du das Für und Wider des *Tanzes des Minotaurus* gegenüber den *Acht Himmlischen Toren des Apollo* mit Lady Jersey diskutieren würdest! So borniert und altmodisch sie auch sein mag, sie ist eine der führenden Damen der Londoner Gesellschaft. Mit so einer Frau unterhält man sich nicht über Sinnliche Wege ins Eheglück!«

Als Patricia kicherte, funkelte Charlotte sie böse an und dachte einen Moment lang darüber nach, dass sie zwar nur sechs Jahre älter war, sich aber Jahrzehnte weiser *fühlte*. »Hör mit dem Gekicher auf, Fräulein! Nur Dummköpfe kichern, und wenn du so weitermachst, wirst du noch so enden wie unsere liebe Caro«, ermahnte sie Patricia mit ernster Miene und erhobenem Zeigefinger.

»Char!«, protestierte Patricia, während sie besorgt zu Lady Beverly blickte.

Caroline hatte sich zu voller Größe aufgerichtet und sah hoheitsvoll auf ihre Freundin herab. »Ich bin kein Dummkopf.«

»Komm mir nicht in diesem Ton«, ermahnte Charlotte ihre Schwägerin. »Wer sich wie ein Dummkopf benimmt, ist auch einer, merk dir das! Übrigens schickt es sich nicht, in der Öffentlichkeit zu kichern.«

»Und ich bin auch noch nie ein Dummkopf *gewesen*!«

»Du sagtest selbst, wir wären allein«, verteidigte Patricia sich, während sie versuchte, ernst zu bleiben. »Niemand hört uns, und es tut mir leid, aber du bringst mich einfach zum Lachen, Charlotte! Seitdem du mit Dare verheiratet bist, gibst du dich so übertrieben tugendhaft!«

»Es ist viel schlimmer, ein Tugendbold zu sein als ein Dummkopf«, bemerkte Caroline finster.

»Tugendhaft!«, keuchte Charlotte mit vor Wut weit aufgerissenen Augen. »Ich bin überhaupt nicht tugendhaft! Ich bin die untugendhafteste Frau, die es gibt! Los, Caro, sag's ihr! Sag ihr, dass ich verwegen und wagemutig bin und viele Dinge tue, die das ganze Gegenteil von tugendhaft sind. Na los, Caro, sag ihr das.«

Caroline musterte ihre Freundin. »Es ist kein Geheimnis, dass Dummköpfe die Nähe von Tugendbolden suchen. Und da du mich einen Dummkopf schimpfst, musst folglich du der Tugendbold sein.«

»OOOHH!«

»Ich glaube, dass du mittlerweile so ein tugendhaftes Verhalten an den Tag legst, kommt von den ehelichen Pflichten«, dachte Patricia laut nach. »Vyvyan La Blue sagt, dass ausgiebige und häufige innige Zweisamkeit aufgrund ihres positiven Einflusses beruhigend auf zänkische und launische Frauen wirkt, und dass eine Schwangerschaft eine besänftigende Wirkung auf ihr ungebärdiges Wesen ausübt. Obwohl du weder zänkisch noch launisch bist, musst du doch zugeben, dass du dich seit deiner Heirat mit Dare sehr brav benimmst.«

»Hmph«, schnaubte Charlotte und war des Gesprächs mehr als überdrüssig. Sie bedachte ihre Freundin mit einem missmutigen Blick, wofür sie einen ebenso missmutigen Blick erntete. Dann nahm sie ihre Schwägerin am Arm und folgte weiter dem von Fackeln beleuchteten Weg, der am Irrgarten vorbeiführte. »Du solltest nicht alles glauben, was du liest. Vielmehr solltest du dich hier und jetzt bei mir dafür entschuldigen, dass du mich einen Tugendbold genannt hast. Da dein Bruder es noch nicht für angebracht hielt, seinen ehelichen Pflichten nachzukommen, lässt sich jegliche Umsicht meinerseits daher nur auf die Tatsache zurückführen, dass mich deine unüberlegten und leichtsinnigen Handlungen sonst noch vorzeitig ins Grab bringen.«

»Charlotte!«, stieß Patricia mit ungläubigem Staunen hervor, wobei sie so abrupt stehen blieb, dass Caroline ihr in die Hacken trat. »Du willst doch wohl nicht sagen, dass Dare dir … dass er … dass du und er noch nicht … aber so wie er dich angesehen hat! Und so wie du ihn angesehen hast! Ich war mir sicher, dass er … ich kann einfach nicht glauben, dass er die Ehe noch nicht vollzogen hat!«

»Schscht«, zischte Charlotte und blickte sich nervös um. Obwohl die drei Frauen allein waren und in einiger Entfernung zur Terrassentreppe und zum Eingang des in Dunkelheit liegenden Irrgartens standen, konnte man nie wissen, wer sich vielleicht doch in der Nähe aufhielt. »Die Tatsache, dass mein Mann unsere Ehe noch nicht vollzogen hat, ist nicht für die Ohren der Öffentlichkeit bestimmt. Außerdem geht es dich überhaupt nichts an, was Dare und ich tun oder lassen, also vergiss es bitte sofort wieder.«

»Char, du willst doch nicht wirklich behaupten, dass er –«, sagte Caroline, während zur gleichen Zeit ein bestürzt klingendes »Aber, Charlotte –« von Patricia zu hören war.

»Kein Wort mehr! Sieh, David winkt dir zu. Das muss sein Tanz sein. Geh und amüsier dich. Caroline und ich kommen gleich nach. Und erzähle ihm unter keinen Umständen, was ich dir gerade gesagt habe! Ich würde vor Scham sterben, wenn jemand herausfände, dass Dare sich geweigert hat … also, das wäre mein Ende.«

Patricia versprach ihr, niemandem ein Sterbenswörtchen zu verraten, und flog die Treppe hinauf, direkt in die Arme ihres Verlobten. Charlotte behielt sie noch eine Weile im Auge. Sie war drauf und dran, den beiden zu folgen und dafür zu sorgen, dass sie tanzten und sich nicht in eine dunkle Ecke verdrückten. Sie kam jedoch von dieser Überlegung ab, als Caroline ihr die Hand auf den Arm legte.

»Char, warum?«

»Warum was? Ach, warum Alasdair mir nicht beiliegen will?« Caroline nickte. Charlotte seufzte und starrte in die Dunkelheit, während sie nach Worten für das suchte, was sie selbst nicht ganz verstand. »Er meint, wir müssten uns erst noch besser kennenlernen. Er möchte, dass ich … ach, ich weiß auch nicht, was er von mir will. Dass ich seine Freundin bin, glaube ich. Er sagte, er möchte, dass wir zärtliche Gefühle füreinander entwickeln, ehe wir die Sinnlichen Wege ins Eheglück beschreiten.«

»Das ist unglaublich hinreißend«, schwärmte Caroline und lächelte. »Ich nehme an, dass es den wenigsten Männern einfiele, sich zuerst zum Freund ihrer Ehefrau zu machen, bevor sie ihren ehelichen Pflichten nachkommen. Er muss dich sehr lieben, wenn er bereit ist zu warten, bis du die gleichen Gefühle für ihn empfindest.«

Charlotte verdrehte die Augen. »Du bist doch ein Dummkopf, Caro. Er liebt mich nicht.«

Carolines Druck auf ihren Arm verstärkte sich. »Ich schwöre bei Gott, wenn du mich noch einmal so nennst, Charlotte, übernehme ich keine Verantwortung für das, was dann passiert!«

»Dich wie nenne? Einen Dummkopf?«

»Ja! Das lasse ich mir nicht länger bieten!«

»Ach ja?«, fragte Charlotte provozierend und neigte den Kopf, um das erhitzte Gesicht ihrer Freundin zu studieren. »Was willst du tun? Mich zum Duell herausfordern? Mich verprügeln? An einen Baum fesseln und mit Pfeilen auf mich schießen? Ich kenne deine Bogenkünste, Caro. Da bräuchte ich mir keine großen Sorgen zu machen.«

»Sei nicht albern. So etwas natürlich nicht. Nein, ich würde etwas viel, viel Schlimmeres tun.«

»Und was?«, fragte Charlotte erneut, während sie vor Neugier fast platzte. Sie kannte Caroline. Es gab keine Frau, die weniger dazu in der Lage war, jemandem unfreundlich oder auf irgendeine gemeine Art und Weise zu begegnen. Aus den Augenwinkeln bekam sie mit, wie etwas Blaues aufleuchtete, während Caroline unter wilden Gesten und voller Verzweiflung die Stimme erhob.

»Ich habe keine Ahnung, aber es wird etwas Schreckliches, etwas Grausames sein. Doch, ich weiß, was ich tun würde.«

Jemand näherte sich aus dem Labyrinth. Charlotte trat zur Seite und zog Caroline mit sich, damit man ihr Gespräch nicht belauschen konnte.

»Wenn du mich weiter auf so grässliche und völlig unzutreffende Weise betitelst«, verkündete Caroline mit scharfer Stimme, die wie ein Messer durch die Nacht schnitt, »werde ich dieser schrecklichen Lady Brindley erzählen, dass dein Ehemann sich geweigert hat, die Ehe zu vollziehen, weil er immer noch völlig vernarrt in sie ist.«

Charlottes Verstand setzte abrupt aus, als sie einen Blick über Carolines Schulter warf. Aus dem Dunkel des Irrgartens trat eine Frau in den goldenen Schein der Fackeln. Gekleidet in ein mitternachtsblaues Kleid und ein etwas helleres Obergewand verkörperte Phylomena, Viscountess Brindley, jede schlechte Erfahrung, die Charlotte während ihrer Debüt-Saison und der darauf folgenden gemacht hatte.

»Hat da gerade jemand über mich gelästert?« Lady Brindleys frostig graue Augen unterzogen Charlotte einer Musterung von Kopf bis Fuß, ehe sie zu lächeln begann.

Caroline hatte das Gefühl, ihr bliebe das Herz stehen, und sie schlug sich eine Hand vor den Mund, während sie mit weit aufgerissenen Augen die Frau anstarrte, die Charlotte in diesem Moment zweifellos ohne auch nur den Hauch eines Bedauerns am liebsten vom Blitz getroffen sähe.

»Oh, Char, es tut mir so leid, ich hatte ja keine Ahnung, dass sie da war –«

Lady Brindley lächelte. Charlotte knirschte mit den Zähnen und ballte die Fäuste.

»So schlimm kann es doch nicht sein, Dare«, sagte David, als sie das Kartenspielzimmer betraten. »Ich weiß, du findest keinen Gefallen an diesen Dingen – ich weiß Gott auch nicht –, aber hin und wieder müssen wir die Damen bei Laune halten. Patricia jedenfalls schwebt im siebten Himmel, weil Charlotte sie mit all diesen vornehmen Leuten bekannt machen will.«

Dare kippte seinen zweiten Whisky hinunter und gab dem Lakaien zu verstehen, dass er noch einen wünschte, während er dem Verlobten seiner Schwester mit einer hochgezogenen Augenbraue und einer kurzen Grimasse signalisierte, dass er ihn gehört hatte.

»Wenn du dich so sehr gegen Bälle und diese Dinge sträubst«, sagte David, »hättest du dich nicht von Charlotte überreden lassen sollen.«

Dare nahm das dargebotene Glas entgegen und prostete dem Jüngeren zu. »Überreden? Sie hat nicht ein einziges Wort gesagt. Gegen Worte hätte ich mich ja noch zur Wehr setzen können. Worte hätten mir die Möglichkeit eines Streits eröffnet. Mit Worten wäre ich fertig geworden. Was sie jedoch getan hat, war viel heimtückischer. Sie ist eine Frau, und Frauen denken nicht wie wir. Merk dir das, David. Sie nehmen den kürzesten Weg zum anvisierten Ziel, was in den meisten Fällen bedeutet, dass sie ihr parfümiertes Selbst einsetzen, um dich fast in den Wahnsinn zu treiben, wodurch du – aus reinem Selbsterhaltungstrieb – gezwungen bist, ihnen zu geben, was sie wollen.«

David lachte wieder. »Verstehe ich dich richtig, dass deine liebe Gattin dich mithilfe ihrer Reize dazu gebracht hat, etwas zu tun, was du gar nicht tun wolltest?«

Ein Lächeln legte sich auf Dares Lippen, als er an Charlotte und das heutige Frühstück dachte. Heftige Schuldgefühle nagten an ihm, wenn er an das Leben dachte, das zu führen er gezwungen war, während er beinahe umkam vor Sorge, sein Motor könnte nicht funktionieren. Er nahm einen kräftigen Schluck Whisky und schloss die Augen gegen das Brennen, das sich den Weg in seinen Magen bahnte, als er sich fragte, ob er je das Joch der Schulden abschütteln könnte, das ihm zusammen mit dem Erbe seines Titels auferlegt worden war. Größer noch, gestand er sich ein, als er den restlichen Whisky hinunterstürzte, war die Angst um seine Zukunft mit Charlotte. Gab es Hoffnung für ein glückliches Leben mit einer Frau, die seine Liebe nicht erwiderte?

»Dare?«

Er verdrängte den Gedanken und schenkte David, der ihn mit besorgter Miene beobachtete, ein freudloses Lächeln. »Mir geht's gut, ich bin nur ein wenig müde. Ich habe ein paar Extrastunden in den Kondensator gesteckt und versucht, seine Effizienz zu erhöhen, ehe dein Onkel eintrifft.«

David nickte. »Du hast zwei Monate länger Zeit, als anfangs gedacht. In seinem letzten Brief hat er geschrieben, dass er erst im September kommt.«

»Das ist gut«, erwiderte Dare und lehnte sich zurück, um ein entspanntes Gespräch über die Welt der Schiffsmotoren zu führen. »Ich kann wirklich jede Stunde dieser Zeit gebrauchen, um dem Motor seine volle Leistung zu entlocken. Ich habe mir auch schon die ersten Gedanken darüber gemacht, wie man ihn am besten vorstellt, und da ist mir, glaube ich, etwas Gutes eingefallen –«

»Carlisle! Carlisle, wo sind Sie, Mann? Hat irgendjemand Carlisle … da sind Sie ja. Kommen Sie schnell!«

Dare blickte den aufgeregten vor ihm umherhüpfenden Mann erstaunt an. »Beverly. Stimmt etwas nicht?«

Lord Beverlys Augen quollen vor Nervosität hervor. »Das kann man wohl sagen! Sie müssen schnell mitkommen. Es geht um Ihre Frau.«

Ehe Beverly sich versah, war Dare aufgesprungen und auf halbem Wege zur Tür. »Ist sie verletzt?«

»Nein, keineswegs«, keuchte Beverly, der laufen musste, um mit Dares langen Schritten mithalten zu können. Dare blieb abrupt stehen und hielt den Mann fest, damit er nicht in ihn hineinstolperte.

»Wenn sie nicht verletzt ist, warum dann die Eile?«

Lord Beverly zog ein seidenes Taschentuch hervor und wischte sich sein rotes Gesicht ab. »Sie … sie … sie macht eine Szene! Das können Sie doch nicht wollen. Schließlich ist sie Ihre *Frau*!«

Dare holte tief Luft und kehrte zu seinem bequemen Ledersessel zurück. »Ist das alles?«

»Alles?«, wiederholte Beverly verwirrt. »Alles? *Alles?* Haben Sie mich nicht verstanden? Sie macht eine Szene! Vor allen Leuten!«

»Dann fühlt sie sich bestimmt pudelwohl«, stellte Dare fest und grinste David an. »Es gibt nichts, was Charlotte mehr liebt als eine Szene vor Publikum.«

»Aber … aber … sind Sie denn nicht in Sorge? Wollen Sie nichts unternehmen?«

»Eigentlich nicht«, antwortete Dare, während er sich wieder in den Sessel sinken ließ. »Um ehrlich zu sein, möchte ich ihr ungern den Spaß verderben. Sie hatte in letzter Zeit so wenig davon. Was ist es denn diesmal? Hat sie wieder Streit mit Lady Jersey?«

Beverly starrte Dare an, als befände sich eine tanzende Ente auf seinem Kopf. »Nein, nein, Lady Jersey hat nichts damit zu tun«, würgte er hervor. »Sondern Brindleys Frau.«

Bei Nennung dieses Namens schnellte Dares Kopf nach oben.

»Lady Carlisle scheint Anstoß an einer Äußerung von Lady Brindley zu nehmen und hat ihr deshalb die Schale mit dem Punsch über den Kopf geschüttet.«

Dare fluchte, als er zum zweiten Mal aufsprang und gefolgt von David und Beverly erneut zur Tür stürzte.

»Der Wachmann! Jemand soll den Wachmann holen!«, kreischte Phylomena in dem Moment, in dem er in die tumultartige Szene im Ballsaal platzte. »Sie hat versucht, mich zu ertränken! Sie haben es alle gesehen, wie sie mich angegriffen hat! Sie ist verrückt, völlig übergeschnappt!«

»Ich bin nicht verrückt. Die Schale ist mir aus der Hand gerutscht«, erklärte Charlotte zu ihrer Rechtfertigung.

Dare schob sich durch die Crème de la Crème der Londoner Gesellschaft, die in einem lockeren Kreis um die fünf Akteure in seiner Mitte standen. Er ignorierte die drei Damen, die sich dicht aneinanderdrängten – seine Frau, Patricia und Lady Caroline – und konzentrierte sich auf die beiden anderen Personen.

»Gerutscht? Sie haben mir die Schale über den Kopf gehalten und sie dann umgedreht!«

»Ich wollte Ihnen doch lediglich einen Becher Punsch einfüllen. Und eine volle Schale ist gar nicht so leicht zu halten. Ich möchte behaupten, dass sie jedem anderen in einer ähnlichen Situation auch aus den Händen gerutscht wäre.«

»Sagen Sie von mir aus, was Sie wollen, Sie können mich nicht davon abbringen, jedem zu erzählen, dass – Carlisle!«, quiekte die von Kopf bis Fuß in Punsch getränkte blau gekleidete Gestalt und schob den Mann beiseite, der sie zu beruhigen versuchte. Drei blaue Straußenfedern hingen bis auf ihre Schultern herab, roter Punsch tropfte von ihrem einst zu Ringellöckchen frisierten schwarzen Haar auf ihr Kleid, und ihren Busen bedeckten Orangen- und Zitronenscheiben. Hätte Dare nicht gewusst, dass Phylomena über eine unvergleichlich spitze Zunge verfügte und ein äußerst rachsüchtiges Wesen besaß, hätte er die Situation möglicherweise komisch gefunden. So jedoch … »Halten Sie mir diese … diese … Irre vom Leibe! Dieses Teufelsweib, das Sie da geheiratet haben!«

Als sie zu ihm eilte, hob Dare mit ernster Miene die Hand. »Ich möchte Sie daran erinnern, dass Sie von meiner Frau sprechen, und wäre Ihnen dankbar, wenn Sie Ihren Tonfall mäßigten. Sobald man sich um Sie gekümmert hat, können wir über diese Angelegenheit sprechen.«

»Oh ja, Sie sehen wirklich grässlich aus.« Charlotte nickte tugendhaft und ließ extra für ihren Mann ihre Grübchen aufblitzen. »Vielen Dank für deine Unterstützung, Alasdair. Du weißt ja, wie sehr es meinem von Natur aus schüchternen und zurückhaltenden Wesen widerstrebt, im Mittelpunkt des Interesses zu stehen. Für den nächsten Walzer stehe ich dir gern als Tanzpartnerin zur Verfügung, aber sei vorsichtig, wo du hintrittst. Nach diesem bedauerlichen Zwischenfall mit Lady Brindley ist der Boden hier recht rutschig.«

»Bedauerlich?«, fauchte Phylomena und funkelte Charlotte mit einem Gift sprühenden Blick an, der postwendend Dares Zorn entfachte. Sein eigener Blick war nicht minder glühend, als er sich schützend vor Charlotte stellte. Doch seine Exgeliebte ließ sich davon nicht beeindrucken. Sie machte einen weiteren Schritt auf ihn zu.

»Bedauerlich? Das einzig *Bedauerliche* an dieser Geschichte ist, dass Ihr Ehemann nicht genügend gesunden Menschenverstand besaß, um mich zu heiraten, als er es gekonnt hätte!«

»Außerdem müsste gleich auch noch ein Kontratanz kommen. Möchtest du den vielleicht lieber tanzen? Ich liebe die lebhafte Art der Kontratänze.« Charlotte rückte dichter an Dare heran und strahlte ihn aus ihren blauen Augen an.

Er empfand eine sonderbare Bewunderung für eine Frau, die sich nicht scheute, einer Rivalin eine Schale Punsch über den Kopf zu gießen. Trotzdem warnte ihn die Stimme der Vernunft, dass es wahrscheinlich besser wäre, Phylomena zu besänftigen. Er sah sich nach einem vertrauten Gesicht um. »Lady Beverly, wären Sie so freundlich, Lady Brindley hinauszubegleiten, damit man sich um sie kümmern kann …«

Caroline stieß einen leisen Laut des Erschreckens aus, trat jedoch gehorsam vor und versuchte, Phylomenas Arm zu nehmen. Die jedoch zuckte zurück und ließ ein Knurren vernehmen, als ein Stück Orange an einer der durchtränkten Federn hinabrutschte und mit einem hörbaren Platschen vor ihren Füßen zu Boden fiel. »Ich werde mich nicht von der Stelle rühren, bis sie in die Obhut des Wachmannes übergeben wurde! Ich will, dass sie dafür zur Rechenschaft gezogen wird! So lasse ich mich nicht behandeln. VON NIEMANDEM!«

»Ich hoffe, dass der Prinzregent bald erscheint und die Fenster wieder geöffnet werden können. Ich finde, allmählich stinkt es hier drinnen ein bisschen«, sagte Charlotte und fächelte sich Luft zu. Sie gab sich den Anschein von Lässigkeit, doch Dare bemerkte die Anspannung um ihren Mund.

»Stinkt?!«, schrie Phylomena auf.

Genug war genug. »Lady Brindley, Sie werden sich jetzt zurückziehen«, sagte Dare in bestimmendem Ton, in seinen blauen Augen war stahlharte Entschlossenheit zu sehen. Er schickte einen auffordernden Blick in Richtung Phylomenas

Begleiter, der daraufhin nickte und sie am Arm ergriff. Caroline nahm den anderen Arm. Begleitet von erstaunlich wenigen Flüchen vonseiten Phylomenas gelang es den beiden, sie aus dem Speisezimmer zu führen.

Fast zumindest.

»Glauben Sie nicht, es ist vorbei«, rief Phylomena und stemmte die Fersen in den Boden, um zu verhindern, dass ihre Eskorte sie aus dem Zimmer führte. »Das ist es noch lange nicht! Ich werde dafür sorgen, dass jedermann die Wahrheit erfährt! Jeder soll erfahren, dass Sie sich an eine geistig verwirrte Frau gebunden haben, eine Frau, die so abscheulich ist, dass Sie die Ehe bislang noch nicht vollzogen haben. Jeder soll wissen, dass Sie sich vor Liebe nach mir verzehren! Ich werde mich rächen, darauf können Sie Gift nehmen!«

Hinter sich hörte Dare, wie jemandem bei Phylomenas Worten der Atem stockte, und er fragte sich in einem kurzen Moment der Verwirrung, wieso Charlotte einer anderen Frau derart private Dinge anvertraut hatte. Er war überzeugt, dass Charlotte von seiner Liaison mit der zweifach verwitweten Phylomena wusste. Sie war zu der Zeit seine Geliebte gewesen, als er Charlotte das erste Mal begegnet war. Eigentlich hatte er gedacht, Charlotte würde lieber sterben, als sich dazu herabzulassen, Phylomena auch nur zur Kenntnis zu nehmen, geschweige denn mit ihr über etwas derartig Intimes zu reden. Doch wann, so fragte er sich, während er sich die Stirn rieb, um die beginnenden Kopfschmerzen zu bekämpfen, hatte seine Frau jemals auf eine Weise gehandelt, die einen Sinn ergab?

Um ihn erhob sich aufgeregtes Stimmengewirr. Eilig rotteten sich die Leute zu kleinen Gruppen zusammen, um kichernd und mit gelegentlichen Blicken in ihre Richtung dieses frische Häppchen aus der gefräßigen Welt des Klatsches und

Tratsches zu verschlingen. Kein Zweifel, dies würde *das* Gesprächsthema des kommenden Monats sein. Gott sei Dank hatten Sie nach Patricias Hochzeit nichts mehr mit der Londoner Gesellschaft zu schaffen.

»Ich hoffe, du freust dich über das Ergebnis deiner Aktion«, knurrte Dare seine Frau an. Sie blickte ihn aus vor Überraschung weit aufgerissenen Augen an, doch es war das Aufblitzen von Schmerz darin, das ihn verstummen ließ. Eine Strafpredigt würde nichts nützen. Charlotte war, wie sie war. Sie konnte sich genauso wenig ändern, wie man die Sonne daran hindern konnte, jeden Morgen aufzugehen. Je eher er sich damit abfand, umso leichter würde er es haben.

»Ich möchte gern nach Hause«, sagte Charlotte ungewöhnlich kleinlaut. Dare musterte sie eindringlich. Ihre Augen waren nicht nur weit aufgerissen, sondern glänzten auch vor Tränen, Tränen der Demütigung. Er nahm ihre Hand und zog sie mit sich zur Tanzfläche, wo sich bereits einige Paare für den Walzer aufgestellt hatten. Als er den Arm um sie legte, sagte er: »Lass sie nicht sehen, dass es dich kümmert, mein Herz. Lächle, als wären sie allesamt egal.«

»Aber sie sind nicht egal«, protestierte Charlotte leise und die Tränen drohten aus ihr hervorzubrechen. »Sie sind die Crème de la Crème. Sie repräsentieren alles, was ich je wiedererlangen wollte. Sie stehen für Erfolg und Ansehen und alles, was gut ist. Das musst doch selbst du anerkennen.«

Er musste lachen. »Wenn dir wirklich so wichtig wäre, was diese Leute über dich denken, meine liebe Gattin, dann wäre dir nicht *aus Versehen* eine Schale Punsch entglitten und hätte sich über Lady Brindleys Haupt ergossen. Jegliches Ansehen und aller Erfolg, für den diese Menschen stehen, beruht auf dem glücklichen Zufall, dass sie in die Oberschicht hineingeboren wurden.«

»Aber – «

Er wirbelte sie herum, sodass sie einen Moment lang schwieg. »Charlotte, auch sie sind nur Menschen, keine Götter. Sie begehen Sünden und machen Fehler und haben ihre schlechten Gewohnheiten wie jeder andere auch.«

Darüber dachte sie ein Weilchen nach. »Das mag schon sein, aber sie sehen sehr elegant dabei aus, wenn sie ihre Sünden und Fehler begehen und ihren schlechten Gewohnheiten frönen.«

Seine Miene wurde sanfter, als er in ihr hübsches Gesicht blickte und feststellte, dass die Tränen verschwunden waren. »Das äußere Erscheinungsbild und öffentliche Auftritte sind nicht alles, Mylady.«

»Ach nein?«

Ihre Augen strahlten so hell wie der Sommerhimmel, während ihre leicht geöffneten Lippen ihn lockten, sie noch einmal zu kosten. Ihr Haar glänzte im Kerzenschein, als wäre es von flüssigem Gold überzogen, und ihr Teint hatte nicht den blassen, bei den Damen der Gesellschaft so beliebten Alabasterton, sondern schimmerte in einem warmen, dunklen Honigton. Ein Hauch von Röte überzog ihre Wangen, als hätte sie sich einige Zeit schutzlos in der Sonne aufgehalten. »Nein«, antwortete er sanft und schien nicht zu bemerken, dass er laut sprach. »Ich nehme nicht an, dass du verstehst, was es bedeutet, hinter die äußere Erscheinung zu blicken, wenn die deine doch so perfekt ist.«

Das zarte Rot ihrer Wangen wurde intensiver, als sich ein dunkles Rosé darüberlegte. »Ich bin nicht perfekt. Meine Nase ist exakt einen halben Fingerbreit zu lang. Meine linke Augenbraue ist morgens immer sehr widerspenstig und muss kräftig zurechtgestrichen werden, damit sie aussieht wie die andere. Außerdem ist meine eine Brust etwas größer als die andere«, fügte sie mit einem verdrießlichen Seufzen hinzu. »Als ich sechzehn war, hing sie ein ganzes Jahr lang etwas tiefer als die andere. Ich hatte schon Angst, sie würden nie gleich sein. Jetzt sind sie zwar nicht mehr so auffallend verschieden, aber eben noch nicht identisch. Ich kann dir gar nicht beschreiben, was für eine Herausforderung es ist, ungleiche Brüste zu haben. Das lastet schwer auf meiner Seele.«

Dare versuchte, eine würdevolle Miene zu bewahren, was jedoch von vornherein zum Scheitern verurteilt war. Er musste wieder lachen und schüttelte dann über sich selbst den Kopf. Ihm war bewusst, dass Charlotte die Dinge anders sah als er, dass es nichts Wichtigeres für sie gab als das Aussehen. Tief in seinem Innern, dort wo er seine geheimsten Träume aufbewahrte, beklagte er die langsam sterbende Hoffnung, dass sie eines Tages die gleichen Dinge zu schätzen wüsste wie er – Haltung, Entschlossenheit und Stärke angesichts der Widrigkeiten des Lebens. Er war ehrlich genug sich einzugestehen, dass er sie nicht verbiegen wollte, nur um ihr zu helfen, einen Blick hinter das Offensichtliche zu werfen. Vielleicht würde sie irgendwann einmal in der Lage sein, das zu sehen, was er sah, doch bis dahin … »Charlotte, du bist die einzige Frau, die ich kenne, auf deren Seele die schwere Last der unterschiedlichen Beschaffenheit ihrer Brüste liegt.« Er beugte sich vor und flüsterte ihr ins Ohr: »Als unparteiischer Kenner der beiden bin ich froh, dir versichern zu können, dass welche Unzulänglichkeiten auch immer du empfinden magst, sie für mein Auge unsichtbar sind. Oder meine Hände. Oder meinen … Mund.«

Sie hielt den Atem an, und ihre Augen erglühten vor Leidenschaft, ehe sie – um ein sittsam bescheidenes Aussehen bemüht – die Lider niederschlug. Die Grübchen gruben sich tief in ihre noch immer stark geröteten Wangen. Welch zauberhafter Widerspruch in sich selbst sie doch war – auf der einen Seite versuchte sie mit aller Macht, nach außen hin ein den Anstandsregeln entsprechendes Bild abzugeben, auf der anderen Seite garantierten ihre typisch direkte Art und Lebenslust, dass sie nie wie die anderen langweiligen Mittelmaßfrauen sein würde, die in der Gesellschaft so hoch angesehen waren. Er tanzte enger mit ihr, als er sollte, da ihr Duft ihn erregte. Die Erinnerung an ihren weichen, warmen Körper verlockte ihn, und es kostete ihn große Selbstbeherrschung, dieser Anfechtung zu widerstehen. Er musste ihr Zeit geben; so viel war er ihr schuldig. Wenn sie irgendwann zu ihm kam, wollte er alles von ihr: ihr Herz, ihre Seele und ihren herrlich sinnlichen Körper.

Er war dabei sich auszumalen, was er mit diesem Körper anstellen würde, sobald sie sich in ihn verliebt hatte, als seine Fantasien – und ihr Walzer – jäh unterbrochen wurden.

»Matthew!«, stieß Charlotte atemlos hervor, und alle Farbe wich aus ihrem Gesicht, als sie den Mann anstarrte, der Dare auf die Schulter klopfte.

Ein kleiner, korpulenter Mann mit einer verwässerten Version von Charlottes prachtvollen Augen verbeugte sich vor ihm. »Carlisle, wenn Sie mir das Vergnügen gewähren, diesen Tanz mit meiner Schwester zu beenden?«

Dare nahm den überraschend festen Griff seiner Frau an seinem Arm wahr, doch er sah keinen Grund, Lord Collins diese Bitte abzuschlagen, außer dass ihm der Mann generell unsympathisch war. Was Dare betraf, so war ihm herzlich gleichgültig, was die bessere Gesellschaft von ihm hielt, doch Charlotte dachte in dieser Hinsicht ganz anders. Deshalb schluckte er die ihm auf der Zunge liegenden ablehnenden Worte herunter und deutete eine knappe Verbeugung an.

»Lord Collins«, grüßte er seinen Schwager, während er Charlottes Hand von seinem Arm löste und sie ihrem Bruder zuführte. »Ich vertraue Ihnen meine Frau für den Rest des Tanzes an.«

Seine Worte klangen wie eine Warnung, was Collins offensichtlich verstand, denn er kniff leicht die Augen zusammen. Dare lächelte beim Anblick des Funkelns in den Augen seiner Frau und entfernte sich aus dem Kreis der Tanzenden. Ihrem Blick war ihre Bereitschaft zu blindwütiger Zerstörung deutlich zu entnehmen gewesen, sodass er es für das Beste hielt, sich zu vergewissern, dass sich nicht noch weitere Schalen mit Punsch in ihrer Reichweite befanden.

9

»Wie ich sehe, hast du die letzten vier Jahre meiner Abwesenheit nicht verschwendet«, sagte Charlotte, als ihr Bruder ihre Hand erfasste und es nach leisem Zählen schaffte, sie in den Walzer zu führen. »Du siehst Vater immer ähnlicher.«

Damit spielte sie natürlich auf seine stattliche Leibesfülle an, auf die schwabbeligen Wangen und den Backenbart – eine in ihren Augen äußerst alberne Mode –, doch wie üblich entgingen Matthew die feineren Untertöne in einem Gespräch.

»Nein, gewiss nicht. Ich vergeude meine Zeit nie, anders als einige Menschen, die ich an dieser Stelle erwähnen könnte«, höhnte der Earl und ließ seinen Blick über die anderen Paare gleiten.

Charlotte hasste es, mit ihrem Bruder zu tanzen. Ganz anders als Dare bewegte er sich weder leichtfüßig noch elegant, und er besaß auch keinerlei Gefühl für Musik, weshalb sie sich oft außerhalb des Taktes bewegten.

»Wie geht es Eleanor und den Kindern?«, fragte sie aus reiner Höflichkeit und nicht, weil sie auch nur das geringste Interesse an ihrer hochmütigen Schwägerin und deren drei Kindern hatte.

»Sie sind auf dem Land, wo sie hingehören«, zischte Matthew, während sein blassblauer Blick zu ihr zurückkehrte. »Du hast also Carlisle nach Strich und Faden reingelegt, was? Du dummes Weibsstück, du hältst dich wohl für gerissen, aber du wirst schon bald eines Bessren belehrt werden.«

»Ach, Matthew, dank deiner feinfühligen und höflichen Art

hast du es immer schon verstanden, anderen etwas Nettes zu sagen. Ich bin froh, dass dir deine Gabe während meiner Abwesenheit nicht verloren gegangen ist.«

»Du hättest in jenem verfluchten Land bleiben sollen«, fauchte er und brummte eine Entschuldigung, als er mit einem anderen Paar zusammenstieß. »Jede andere Frau hätte sich vor Scham verkrochen und ihr Gesicht nie wieder in der Gesellschaft gezeigt, wäre sie mit einem Ausländer durchgebrannt. Dir aber ist es völlig egal. Genauso übertrieben stolz und wild wie eh und je, möchte ich wetten. Vater hätte dir ein bisschen mehr Demut einprügeln sollen. Dann besäßest du heute vielleicht den Anstand, dich jetzt, da du unerwünscht bist, nicht mehr blicken zu lassen. Aber nein, du musst zurückkommen und in aller Öffentlichkeit die schmutzige Wäsche der Familie waschen. Aber wie man munkelt, hast du jetzt mit deiner eigenen zu tun. Wie ich hörte, hat dein Mann noch nicht einmal die Ehe vollzogen. Das muss für dich ein ziemlich heftiger Schlag ins Gesicht sein, was? Zu wissen, dass der Mann, den du in die Ehe gelockt hast, nicht sein Schwert für dich ziehen mag?«

»Sprich nicht so laut, Bruder«, zischte Charlotte durch zusammengebissene Zähne und zwang ein Lächeln auf ihre Lippen, die sie vor Wut zu einem schmalen Strich zusammengepresst hatte. Wie konnte er es wagen, sie zurechtzuweisen? Wie konnte er es wagen, sie zu verurteilen? Mit welchem Recht sagte er so ungeheuerliche Dinge über Alasdair? »Ich bin nicht bereit, mit dir darüber zu reden. Ich werde weder über meine Ehe noch über meinen Mann mit dir sprechen.«

Ein teuflisches Lächeln stahl sich in Matthews Gesicht. »Ach, ich denke, das wirst du doch. Wenn die Zeit dafür gekommen ist.«

Charlotte erschauderte unter der Wirkung, die sein kalter Blick auf sie ausübte, lächelte jedoch allein schon aus dem

Grunde, weil sie wusste, dass es ihn ärgern würde. »Was genau willst du mir mit dieser melodramatischen Ankündigung sagen?«

Sein Lächeln verwandelte sich in ein grimmiges Lachen, das so manchen im Saal veranlasste, sich nach ihnen umzudrehen. »Wie man sich bettet, so liegt man, du dummes Ding. Was in deinem Fall wohl bedeutet, dass du allein liegst, da du dir offensichtlich einen Schlappschwanz zum Manne genommen hast. Carlisle impotent, wer hätte das gedacht? Na ja; doch jetzt hör mir gut zu, Schwesterherz – du kannst es dir sparen, zu mir zurückgekrochen zu kommen, sobald du die Wahrheit über deinen Ehemann herausgefunden hast; ich werde dir nämlich kein Gehör schenken.«

Sie wusste, dass Matthew ein großspuriger Prahler war, ein feiger Tyrann, der Schwächere schikanierte, doch sie wusste auch, dass er eine grausame Seite besaß, die nichts Gutes weder für sie noch für Dare verhieß, wenn er es sich in den Kopf gesetzt hatte, ihnen zu schaden. Obwohl sie nicht wenig Lust verspürte, eine Gegenbeleidigung auf seine Worte folgen zu lassen, war es besser für Dare, wenn sie die Verunglimpfungen ihres Bruders kommentarlos schluckte und herauszufinden versuchte, was seine vagen Drohungen bedeuten sollten. Die gegenwärtige Situation erforderte es, Matthew mit Samthandschuhen anzufassen. Sie würde äußerst gerissen und sehr, sehr vorsichtig vorgehen müssen. »Mein lieber Bruder, du Riesendummkopf, was redest du nur für dummes Zeug? Mir ist durchaus bewusst, welche Art von Mann ich da geheiratet habe – einen Mann, der nett, ehrenwert und so völlig anders ist als du, und der seiner Partnerin beim Tanzen nicht ununterbrochen auf die Füße steigt –, komm also endlich auf den Punkt und höre mit diesen verschwommenen Anspiegelungen auf.«

Matthew rollte mit den Augen. »Das heißt Anspielungen, du blöde Schlampe.«

»Da ich vermute, dass ›Schlampe‹ weder etwas Nettes bedeutet noch zum Wortschatz eines liebenden Bruders gehört, verzichte ich darauf, mir von dir erläutern zu lassen, warum du dieses Wort gebrauchst, und wiederhole meine Aufforderung – wenn du etwas Konkretes gegen meinen Mann zu sagen hast, dann raus damit, aber sei dir einer Tatsache gewiss: Alasdair müsste sich schon als ein Mensch entpuppen, der kleine Kinder zum Frühstück verspeist; etwas Geringeres als das könnte mich niemals veranlassen, dich auf Knien um Hilfe anzuflehen. Und selbst dann würde ich es eher bei einer Kinder verschlingenden Kreatur aushalten, als mich deiner Willkür auszuliefern.«

Matthew brach erneut in ein kaltes Lachen aus, das eine Welle der Sorge in Charlotte auslöste. »Oh, du wirst es zu gegebener Zeit schon herausfinden, mein liebes Schwesterlein. Ja, recht bald sogar, möchte ich meinen.«

Was führte er im Schilde?, fragte sie sich. Als der Tanz zu Ende war, geleitete Matthew sie nicht zu ihrem wartenden Ehemann, sondern ließ sie einfach stehen und machte auf dem Absatz kehrt. Eine gezielte Beleidigung, wie Charlotte durchaus bewusst war. Normalerweise hätte dieses Benehmen ihres Bruders sie nicht weiter gekümmert, schon gar nicht an *ihrem* Abend, dem Abend, der ihr großer Triumph werden sollte. Doch der eisige Schatten der Besorgnis, die Matthews Worte hervorgerufen hatten, mischte sich unter die Scham, dass nun jeder die intimen Details ihrer Ehe kannte. Der Abend war gründlich ruiniert.

Für einen kurzen Moment erwog sie, an Ort und Stelle in Tränen auszubrechen, doch dann hallten Dares leise Worte in ihrem Kopf wider. *Lass sie nicht sehen, dass es dich kümmert.* Sie hob das Kinn und betrachtete die Menschen um sich herum; sie flanierten, redeten und lachten, als wäre nichts geschehen.

Doch es *war* etwas geschehen: Sie hatte sich verändert. Es war ein Gedanke, der Charlotte überraschte, doch nach einem kurzen Moment des Innehaltens schob sie ihn beiseite, um sich später damit zu beschäftigen. Kein Zweifel, es musste sich um einen schlechten Gedanken handeln, einen dieser teuflisch unangenehmen Gedanken, die nun wirklich nichts in ihrem Kopf zu suchen hatten, sich ihr zu ihrem Unmut jedoch in letzter Zeit beunruhigend oft aufdrängten.

Doch es gelang ihr nicht, den Gedanken zu vertreiben. Er kehrte zurück, und zum ersten Mal seit ihrem Debüt hatte Charlotte das Gefühl, nicht mehr Teil des eng gesponnenen Geflechts der oberen Zehntausend zu sein. Aus dem Blickwinkel der Außenseiterin war sie daher in der Lage zu erkennen, dass ein Band aus Etikette und Konventionen die Mitglieder der Gesellschaft zusammenhielt und so fest umschloss, dass der Einzelne nicht mehr zu erkennen war und nur noch das Ganze existierte – die strahlend helle Welt der Hautevolee. Charlotte versuchte, diesen bizarren Gedanken zu ignorieren, doch als sie den Blick durch den überfüllten Raum schweifen ließ, begriff sie, dass ihr erster Gedanke richtig gewesen war: Die Zeit hatte sie verändert. Sie gehörte nicht länger zu dieser Gesellschaft. Sie war allein, war nicht mehr Teil jenes Ganzen, sondern eine Außenstehende.

Tränen stiegen ihr in die Augen und verzerrten das Bild vor ihr zu einer konturlosen Mischung aus Farben und Lichtern. Einen Moment lang erahnte sie, was Dare gemeint hatte, als er davon gesprochen hatte, hinter das Äußere zu sehen. Und da sie in der Lage war, die Unzulänglichkeiten hinter der glitzernden Fassade der höheren Gesellschaft zu erkennen, war sie ohne jeden Zweifel eine Außenseiterin. Sie spürte, wie ein

Schluchzen des Selbstmitleids in ihr aufstieg, ihr jedoch in der Kehle stockte, als sie den hochgewachsenen Mann in dem mitternachtsblauen Abendanzug sah, der aus der schillernden Masse herausstach und sich ihr näherte.

Auch Dare fügte sich nicht in das Bild der Londoner Gesellschaft. Wenn sie denn eine Außenseiterin war, so war sie zumindest nicht allein.

Sie schluckte das Brennen in ihrer Kehle hinunter und ging durch den langen Ballsaal zu ihrem Mann.

Dare, der von einem Bekannten aufgehalten worden war, drehte sich zu ihr um, als sie die Hand auf seinen Arm legte.

»Hast du den Tanz genossen?«

»Ganz im Gegenteil«, antwortete sie und spürte ein leichtes Schaudern. Doch sie wollte sich ihre Traurigkeit nicht anmerken lassen und schenkte Dares Gesprächspartner ein freundliches Lächeln. Geduldig wartete sie ab, bis Dare das Gespräch beendet hatte und sich ihr zuwandte. Er sah sie fragend an.

»Ich möchte nach Hause«, sagte sie schlicht.

Seine blauen Augen verfinsterten sich besorgt. »Wegen Lady Brindley? Tu so, als sei dir egal, was sie gesagt hat. Umso weniger reden die Leute über dich.«

Sie rieb sich die Arme. »Ich glaube nicht, dass ich noch länger so tun kann, als mache es mir nichts aus.«

Sie löste den Blick von seinen Augen und schaute auf das schlichte, aber elegante Tuch um seinen Hals. Dares Blick hatte etwas Drängendes, beinahe Magisches, das den Wunsch in ihr weckte, ihm all ihre Gedanken anzuvertrauen, all ihre Ängste, und – was noch schlimmer war – all ihre Sehnsüchte. Und davon gab es einige, wenn es um ihn ging. Vermutlich würde es ihn schockieren, wenn er wüsste, wie zahlreich und vor allem welcher Art diese Sehnsüchte waren. Vyvyan La Blues Handbuch befasste sich sehr eingehend mit den möglichen ehelichen Betätigungen, und obwohl Charlotte arge Zweifel hatte, dass einige der beschriebenen Stellungen ohne die Mithilfe von zwei, drei starken Lakaien oder einem Flaschenzug physisch überhaupt möglich waren, hatten sie ihr Interesse geweckt. Sie hatte sich darauf gefreut, mit Dare das Für und Wider der Stellung des *Umschlingenden Kranichs* gegenüber der des gleichermaßen faszinierenden, wenn auch komplizierteren *Ausbruchs des Vesuvs an einem Spätsommerabend* zu ergründen.

»Ich hole Patricia«, sagte Dare ruhig. Sie konnte spüren, dass sein Blick noch auf ihrem Gesicht ruhte.

»Nein, sie wäre bestimmt sehr traurig, wenn sie den Ball so früh verlassen müsste.« Charlotte berührte den Ehering unter ihrem Handschuh, während sie sich daran erinnerte, dass sie in den kommenden Tagen für ihre Schwägerin verantwortlich war. »Es gibt keinen Grund, ihr den Abend zu verderben. Wir … wir werden bleiben.«

»Bist du sicher?«

Sie blickte ihm in die Augen und hob das Kinn. »Ja, natürlich. Patricia genießt den Abend so sehr.«

»Du aber nicht?«, fragte er, wobei seine Finger kurz über ihr Kinn strichen.

»Nein. Anfangs schon, aber jetzt …« Ihre Stimme erstarb, als sein durchdringender Blick es wie üblich schaffte, alle Gedanken aus ihrem Kopf zu vertreiben.

»Jetzt?«, half er mit leiser Stimme weiter, die so vertraulich klang, dass Charlotte sich in eine weiche Decke aus Wärme und Behaglichkeit gehüllt fühlte. Die Musik und das Stimmengewirr um sie herum schienen zu verstummen, als sie ihrem Mann in die Augen blickte und nur noch ihn sah.

»Jetzt nicht mehr so wie zu Anfang«, gab sie etwas widerwillig zu, da sie bislang stets betont hatte, wie viel ihr eine triumphale Rückkehr in die Gesellschaft bedeutete. Sie fühlte sich so schwach, als wäre sie krank gewesen und das Fieber gerade erst abgeklungen. Vielleicht war der Vergleich mit einem Fieber sogar noch treffender, als ihr bewusst war – sie musste sich in einem Fieberwahn befinden, wenn sie tatsächlich dachte, nicht mehr zu dieser Gesellschaft zu gehören.

So musste es sein. Oder?

»Dann lass uns gehen«, sagte Dare und strich mit dem Daumen über ihre Unterlippe. Erregt atmete Charlotte hörbar ein, während sich ihre Lippen teilten und sie hin- und hergerissen wurde zwischen ihren quälenden Gedanken und der plötzlichen Flut des Verlangens, die ihren Körper erfasste und den Wunsch wachrief, Dare zu küssen. Als jemand Charlotte versehentlich gegen den Arm stieß, rief sie sich in Erinnerung, wo sie sich befanden.

»Ich sage David, dass er Patricia heimbringen soll«, sagte Dare mit vor Leidenschaft glänzenden Augen. Zu wissen, dass ihr Mann genauso empfand wie sie, steigerte Charlottes Erregung und ließ sie alle Verzweiflung über ihre bedrückenden Gedanken vergessen. Darum würde sie sich später kümmern, nachdem sie ihren Mann zu ein paar Küssen verlockt hatte. »Vielleicht könnte bis dahin Lady Beverly Patricia unter ihre Fittiche nehmen?«

Was für ein hervorragender Plan! Patricia könnte weiter den Ball genießen, und sie könnte mit ihrem Mann, der sie so sinnlich ansah, nach Hause fahren, um sich von ihm verführen zu lassen. Oder dieses Mal könnte sie die Initiative ergreifen, da er sie schon letzte Nacht verführt hatte. Welch wundervoller Gedanke. Sie müsste nur ein wenig ihre Reize spielen lassen, und schon würde er seine Ansichten über die Erfüllung ehelicher Pflichten ändern.

»Ich werde Caro fragen, aber sie hat bestimmt nichts dagegen, ein Auge auf Patricia zu haben.« Zumindest wird sie keine Einwände haben, wenn sie wusste, was gut für sie war, schwor sich Charlotte, als sie davoneilte, um ihre Freundin zu suchen.

Charlotte dankte dem Himmel, dass Dare in einem weniger angesagten Stadtviertel wohnte, einem, das ein gutes Stück von Henley Haus entfernt lag. Sie wartete, bis er gegen das Kutschendach geklopft hatte, dann machte sie sich an ihr Verführungswerk.

»Charlotte«, konnte er gerade noch atemlos hervorstoßen, ehe sie sich auf ihn stürzte und ihr Kuss ihm jedes weitere Wort unmöglich machte. Da nun sie an der Reihe war, ihn zu betören, wartete sie nicht ab, bis womöglich doch er die Initiative ergriff. Sie streifte ihre Handschuhe ab, schob die Finger in sein samtweiches Haar und packte dann fest zu, um seinen Kopf in den Nacken zu ziehen, so wie es gestern Teil seines Verführungsrepertoires gewesen war. Sein Mund war heiß und verlockend, und sie stöhnte ihre Lust in ihn hinein, als sie ihre Zunge um seine schlang und sich das Überraschungsmoment zunutze machte, um genauso gründlich von ihm zu kosten, wie er von ihr gekostet hatte. Dass sich seine Finger in ihre Hüften krallten, war das erste Zeichen dafür, dass er seine anfängliche Schockstarre überwunden hatte. Die Tatsache, dass er sie zur Seite warf und unter sich begrub, bis sie halb auf, halb neben der gepolsterten Bank lag, während er sich über sie beugte, war das Nächste.

»Darf ich daraus schließen, dass es dir plötzlich besser geht?«, knurrte er, wobei sein Atem heiß auf ihre Lippen fiel. Sie streckte die Beine und stemmte sich gleichzeitig gegen seine Brust, sodass er zu Boden kippte. Sie ließ sich auf ihn fallen, presste sich schamlos in voller Länge gegen ihn und hielt ihm die Hände neben seinem Kopf auf dem Boden fest, während sich ihre Lippen seinem Mund näherten.

»Viel besser«, bestätigte sie und knabberte Einlass begehrend an seinen Lippen.

Er schlang die Beine um ihre, rollte Charlotte herum und drückte ihren Rücken gegen die Sitzkante. Doch sie stemmte sich erneut gegen ihn und drängte ihn auf den Boden, wo sie ihn festhielt.

»Du bleibst liegen, hörst du?«, befahl sie ihm mit strenger Miene. Gab es etwa noch mehr Männer auf der weiten Welt, die so schwer zu verführen waren? »Jetzt bin ich dran, und es ist verflixt noch mal deine Pflicht, das zu tun, was ich will.«

Das schwache Licht der Kutschenlaterne reichte, seine Verblüffung erkennen zu lassen. »Charlotte, wovon redest du? Es soll meine Pflicht sein, mich mit dir auf dem Boden meiner Kutsche zu wälzen? Ich kann mich nicht entsinnen, dass Derartiges Teil unseres Ehegelöbnisses gewesen wäre. Oder ist das wieder so eine verrückte Spielerei der oberen Zehntausend, die du unbedingt ausprobieren musst? Wenn ja, muss ich energisch protestieren. Diese Stellung ist nicht nur unwürdig, sondern hat auch die unangenehme Begleiterscheinung, zu einem steifen Nacken zu führen, ganz zu schweigen von dem Umstand, dass ich auf einem Stein liege.«

»Oh«, stieß sie erschrocken aus, ehe sie seine Handgelenke losließ und ihm mit den Fingern durchs Haar fuhr. Dann setzte sie sich breitbeinig auf ihn. »Dass da ein Stein war, wusste ich nicht. Möchtest du, dass ich von dir runtergehe und deine Verführung auf später verschiebe, wenn dir weder ein steifer Nacken noch ein wunder Rücken drohen?«

»Das wäre wirklich sehr großmütig von dir«, erwiderte er und ließ dabei eine Hand über ihre Wade wandern. Die Berührung raubte Charlotte den Atem. Sie legte eine Hand auf seine Brust. Selbst durch sein Hemd und seine Weste konnte sie das wilde Pochen seines Herzens spüren; es schlug fast so wild wie ihr eigenes.

»Charlotte«, stöhnte er und ließ die Hände ihre Schenkel hinaufgleiten. »Ach, zum Teufel mit dem Stein.«

Eine Hand in ihr Haar verwoben, zog er sie wieder zu sich herunter, wo sein Mund bereits auf ihren wartete und ihn zunächst höflich bat, dann inständig anflehte und schließlich von ihm verlangte, sich ihm zu ergeben. Nur vage erinnerte sie sich an ihre Absicht, die Führung zu übernehmen, und dass sie jetzt an der Reihe war, ihn zu verführen, doch die Leidenschaft und Magie seines Mundes und die Flammen des Verlangens, die seine Hände in ihr zum Lodern brachten, ließ sie alles andere vergessen.

»Gütiger Himmel, wie sehr ich dich will«, hauchte er in ihr Ohr, als er eine Stelle an ihrem Hals küsste, die Charlotte wundervoll erschaudern machte. »Aber wir müssen aufhören. Charlotte, du musst aufhören. Wir können es nicht hier tun.«

Sie löste die Lippen von seiner vom Halstuch befreiten Kehle und richtete sich auf. »Hmmm.«

Unter ihr hob und senkte sich seine Brust mit schnellem, stockendem Atem, was ihr sehr gefiel. »Hmmm was?«

»Hmmm, ich stimme dir zu, dass wir hier nicht tun können, was ich gerne jetzt täte, aber weißt du eigentlich, dass in Vyvyan La Blues *Sinnliche Wege ins Eheglück* von einem Akt die Rede ist, den sie all jenen empfiehlt, denen nur wenig Raum zur Verfügung steht, wie es zum Beispiel in einer Kutsche der Fall ist? Darf ich es dir zeigen?«

»Was zeigen?«, fragte Dare, während er den Stein unter seinem Kreuz hervorholte. »Vyvyan La wer?«

Sie betrachtete ihn kurz. Dare war so groß, dass er nur in gekrümmter Haltung Platz auf dem Boden der Kutsche fand, was nicht sehr bequem aussah. »Blue. Vyvyan La Blue. Setz dich hin.«

»Wie bitte?«

»Hinsetzen.« Sie rutschte von seinen Beinen herunter, damit er sich aufrichten und mit dem Rücken an die Kutschwand lehnen konnte. Dann langte sie nach den Knöpfen seiner Hose.

»Charlotte!«

»Man nennt es *Fröhlicher Gruß des Alpenhirten in der Morgendämmerung*. Laut Vyvyan La Blue solltest du, wenn wir alles richtig machen, einem jungen Schweizer Burschen nacheifern, der seine Schafe über die saftigen Bergwiesen hinweg ruft. Ach du meine Güte. Ich hatte ganz vergessen, wie … *imposant* du bist. Und wie warm. Wirklich sehr, sehr warm. Also, lass mich mal sehen. Wenn ich mich noch recht entsinne, muss ich jetzt Folgendes tun. Ich hoffe, es macht dir nichts aus …«

Seine Antwort wurde vom lauten Widerhall der Pferdehufe übertönt, als sie in einen Tunnel einfuhren, der aus einer die Straße überspannenden Steinbrücke bestand, auf der ein Gebäude errichtet war. Als sie aus dem Tunnel herausrollten, blickte der Kutscher erstaunt den Stallknecht neben sich an.

»Hast du das gehört, Jem?«

»Was gehört?«

Der Kutscher versuchte, das Dunkel der Nacht um sich herum zu ergründen. Er schüttelte den Kopf und konzentrierte sich wieder auf die Pferde. »Ich könnte schwören, dass da gerade jemand gejodelt hat.«

Charlotte hockte im Bett ihres Ehemannes und schäumte vor Wut.

Sie war allein.

Sie war enttäuscht.

Sie war *fuchsteufelswild*.

Nachdem sie sich so viel Mühe gegeben hatte, ihren Mann mit Mund und Händen zu verführen, nachdem sie ihm höchste Befriedigung verschafft und er dabei sämtliche Schafe der ganzen Gegend herbeigerufen hatte, nach all dem hatte er nichts weiter getan, als sie in ihr Schlafzimmer zu tragen, ihr einen flüchtigen Kuss auf die Stirn zu drücken und sie alleinzulassen. Er war nicht einmal geblieben, um ihr aus dem Kleid zu helfen, und nun saß sie hier, ohne ihren Mann. Vermutlich arbeitete er jetzt an diesem furchtbar schmutzigen Gerät. Aber sie würde nicht einfach nur so dasitzen und diese Schmach kommentarlos hinnehmen! Nach dem traumatischen Erlebnis mit dieser alten Ziege Lady Brindley, die vor aller Ohren hinausposaunt hatte, dass Charlotte die ehelichen Pflichten ihres Mannes noch kein einziges Mal zuteilgeworden waren, war es an der Zeit, die Dinge selbst in die Hand zu nehmen.

Er sollte sie gefälligst beglücken, basta.

Mit nackten Füßen und nicht mehr als ihrem Nachthemd am Leibe verließ sie energischen Schrittes ihr Zimmer. Hocherhobenen Hauptes und mit entschlossener Miene ging sie ins Erdgeschoss und weiter hinab in die im Dunkel liegende Küche, wo sich niemand außer der Katze des Kochs befand. Von dort begab sie sich in die tiefsten Tiefen des Hauses. Sie riss die Tür zu Dares Werkstatt auf, richtete dramatisch den Zeigefinger auf ihn und war bereit, ihm Worte entgegenzuschmettern, wie sie ihr noch nie zuvor über die Lippen gekommen waren.

Das Donnerwetter erstarb ihr noch auf der Zunge, als Dare sich beim Quietschen der Tür umdrehte und sie ansah. Eine dicke Strähne des blonden Haars fiel ihm tief in die markante Stirn. In Charlottes Fingern begann ein Kribbeln, als sie den Anblick seiner nackten und im Kerzenschein vor Schweiß glänzenden Brust in sich aufsog.

»Oh«, hauchte sie, unfähig, noch etwas anderes zu verspüren als den Wunsch, sich an diese Brust zu werfen.

Dare jedoch hatte es nicht die Sprache verschlagen. »Warum zum Teufel spazieren Sie in Ihrem Nachtgewand durchs Haus, Madam?«

»Brust«, murmelte sie mit großen Augen.

»Sind Sie jetzt völlig übergeschnappt?« Er stellte ein großes, schwarzes Ding ab – vermutlich ein Teil seines Geräts, verriet ihr der noch funktionierende Teil ihres Verstandes – und blickte sie mit äußerstem Missfallen an.

»Nackte Brust.«

Dare langte nach einem Lappen und wischte sich das Öl von den Händen, was die Muskeln und Sehnen seiner Arme, Schultern und Brust in einem wunderschönen Ballett tanzen ließ. Charlotte verschaffte sich hastig an der Lehne eines in der Nähe stehenden Holzstuhls Halt.

»Also? Hast du mir etwas zu sagen?« Dare ließ den Lappen fallen und ging zu ihr. »Großer Gott, deine Füße sind ja nackt!«

»Nicht so nackt wie deine Brust«, keuchte sie, als er sie hochhob. »Oh. Du bist so … heeeiiiß! Aber es ist ja auch schon ziemlich warm für Mai, nicht wahr? Habe ich dich bei der Arbeit gestört, Alasdair?«

»Du holst dir noch den Tod, wenn du mitten in der Nacht barfuß und nahezu unbekleidet durchs Haus spazierst«, knurrte Dare und begann, die Treppe zu erklimmen. »Nimm die Kerze da. Ja, natürlich habe ich gearbeitet. Was denn wohl sonst?«

»Aber es ist nach zwei, und du solltest längst im Bett liegen. *Mit mir*«, betonte sie für den Fall, dass er nicht verstand, worauf sie hinauswollte.

Am Fuße der Treppe zum ersten Stock blieb er stehen und blickte finster auf sie herab. »Charlotte, das Thema haben wir bereits erörtert.«

»Aber nicht zu meiner Zufriedenheit.«

Er seufzte, dann beugte er sich vor und bat sie, die Kerze abzustellen. Nachdem Charlotte sie ein Stück weit oberhalb von ihnen abgesetzt hatte, setzte sich Dare auf eine der Stufen und drückte Charlotte fest an seine Brust. Durch den dünnen Stoff ihres Nachthemds spürte sie die Wärme seiner Hände. Sie kuschelte sich an ihn und streichelte die schweißnassen Haare auf seiner Brust. Bei jedem anderen Mann hätte sie so etwas abstoßend gefunden, doch bei Dare zog selbst die Art, wie er schwitzte, sie an. Konnte es einen Mann geben, der in ihren Augen noch perfekter war?

»Charlotte, ich weiß schon gar nicht mehr, wie ich dir noch begreiflich machen soll, was ich empfinde. Ich möchte mehr als eine rein körperliche Beziehung. Und ich glaube, dir geht es genauso. Zumindest hoffe ich das. Doch bis du weißt, was du dir aus tiefstem Herzen von einer Ehe wünschst, wäre es für uns beide nicht fair, das zu tun, was Ehepaare normalerweise tun.«

»Also ständig streiten«, sagte Charlotte sanft, während sie ihm einen zärtlichen Kuss auf sein Ohr drückte.

Er lachte leise. »Du weißt genau, was ich meine.«

Charlotte lächelte schwach. »Wie du siehst, habe ich mehr vorzuweisen, als du denkst. Ich bin nicht nur atemberaubend schön, sondern auch noch humorvoll. Ich interessiere mich für dein Gerät, oder würde es, wenn du es mir erklärtest. Ich übe mich in Sparsamkeit, worüber ich mich, wie du feststellen musst, heute Abend nicht ein einziges Mal beklagt habe. Ich kenne mich mit den Sinnlichen Wegen ins Eheglück aus. Ich habe eine angenehme Stimme und eine leserliche Schrift und könnte dir eine große Hilfe bei deiner Arbeit sein, wenn du mich nur ließest. Ich bin, um es kurz zu machen, die perfekte Frau für dich.«

Dare lehnte seine Stirn an ihre und lächelte ihr in die Augen. »Ich hatte weder Zweifel an deinen Fähigkeiten noch an deiner Eignung, Charlotte.«

»Trotzdem hältst du mich nicht für die richtige Frau für dich?«

Sein Blick brannte wie blaues Feuer auf ihrem zarten Fleisch. »Ganz im Gegenteil, es gibt keine andere Frau, die ich lieber meine Ehefrau nennen würde, als dich.«

Die Glut der Hoffnung, die ihr durch sein hartnäckiges Widerstehen jeglicher Verführungsversuche schon fast genommen war, wurde neu angefacht. »Dann willst du mich also?«

Er presste die Lippen auf die Innenseite ihrer Hand, was ein Schaudern der Erregung durch ihren Arm sandte. Dann öffnete er die Beine ein wenig und führte ihre Hand an seinen Schritt.

»Ob ich dich will oder nicht, war nie die Frage.«

Wie schon zuvor in der Kutsche lag seine Männlichkeit hart und groß unter ihren Fingern. Das berauschende Wissen, dass er sie wirklich wollte, dass sie ihm diese erfreuliche Reaktion entlockte, ließ das Feuer ihrer Hoffnung noch heller brennen.

»Ich verstehe nicht, was ich noch tun soll«, sagte sie leise, während sie in seinen Augen nach einer Antwort forschte. »Ich verstehe nicht, warum du es nicht … einfach nicht … *tust*, obwohl ich diejenige bin, die du willst. Und du weißt, dass ich dich auch will. Ich verstehe nicht, was nicht mit mir stimmt.«

Er fuhr mit dem Daumen über ihre Unterlippe. »Hast du deinen Mann geliebt? Deinen ersten Mann, meine ich.«

Sie blickte ihn verwirrt an. »Antonio geliebt? Ich … ich … er war sehr nett.«

Dare schwieg, als er sie ansah. Einen Moment lang schaute sie zur Seite, aus Angst, er könnte irgendetwas von ihren Augen ablesen. »Ich habe ihn wirklich sehr gemocht. Am Anfang zumindest. Schon kurze Zeit nach unser Hochzeit hat er sich … irgendwie verändert. Seine Mutter war sehr dominant und über unsere Heirat nicht besonders erfreut, und Antonio hatte anscheinend mehr Interesse an der Schafzucht als an mir.«

»Hast du ihn geliebt?«

»Er war sehr nett«, wiederholte sie. »Er war so groß wie du, aber erheblich dünner und hatte nicht annähernd so breite Schultern. Außerdem hatte er sehr elegante Hände und konnte wundervoll tanzen. Ich habe seine Küsse sehr genossen und gehofft, dass alles andere auch so schön wäre. Natürlich sind wir uns auch einmal sehr nahe gekommen, und auch wenn ich es nicht als schrecklich bezeichnen würde, war es ganz gewiss nichts, worüber ich ein Sonett geschrieben hätte.«

Sie konnte spüren, wie er in ihr Haar lächelte. »Aber hast du ihn geliebt?«

»Nein«, bekannte sie schließlich kläglich, während sie den Blick auf die feinen goldenen Härchen an seinen Armen gesenkt hielt.

Als seine Lippen ihre Schläfe liebkosten, seufzte sie und lehnte sich an seine Brust.

»Ich glaube, du verwechselst körperliches Begehren mit tieferen Gefühlen.«

»Sollte man seinen Ehemann denn nicht begehren?«

»Doch, schon …« Seine Hand glitt ihren Arm hinauf. »Aber in unserem Fall ist das nicht genug. Wir hatten beide intime Beziehungen zu Partnern, die wir nicht geliebt haben –« Er unterband ihren Protest durch einen schnellen Kuss. »In deinem Fall war es zugegebenermaßen eine sehr kurze Beziehung, aber ich hoffe, sie hat ausgereicht, um dir klarzumachen, dass eine Beziehung ohne ein stärkeres Gefühl, ohne echte Zuneigung, auf Dauer nicht glücklich macht.«

Sie blickte ihn an und verstand plötzlich, was er ihr sagen wollte. »Du willst, dass ich sage, dass ich dich liebe.«

Er schloss für ein paar Sekunden die Augen, und sie konnte sehen, wie er ein paar Mal schluckte. »Nein, ich will, dass du mich liebst. Das ist ein Unterschied.«

Sie verwob die Finger in die Löckchen auf seiner Brust. »Was wäre, wenn ich dir sagte, dass ich es bereits tue? Würdest du mir glauben?«

Das blaue Feuer seiner Augen loderte hell auf. In dem Moment wusste sie, dass er sie liebte, sie immer geliebt hatte, seit sie sich das erste Mal begegnet waren, und dass seine Liebe ihr unendliche Macht über ihn verlieh. »Ja. Wenn du mir sagen würdest, du liebst mich, würde ich dir glauben.«

Sie konnte ihn dazu bringen, ihr zu geben, was auch immer sie wollte; sie konnte ihn dazu bringen, vor ihr auf die Knie zu gehen; sie konnte ihm jedes nur erdenkliche Zugeständnis abringen, jede Summe fordern, und sie würde alles von ihm erhalten; egal, um welche Gunst sie ihn bäte, er würde sie ihr erweisen. *Er liebte sie.* Und wenn sie ihn anlog, wenn sie ihm sagte, dass auch sie ihn liebte, würde er die Ehe endlich vollziehen. Er würde glauben, dass sie ihn liebte. Mit der Gewissheit einer Frau, deren Mann ihr gerade seine Seele offenbart hatte, wusste Charlotte, dass sie diesen Mann auf den Gipfel der Ekstase bringen oder wie eine Ameise zerquetschen konnte.

Sie genoss das Gefühl gewaltiger Macht, als er sie einen Moment lang voller Liebe betrachtete und darauf wartete, ob ihr erster Schritt in Richtung Verzückung oder Verzweiflung ginge. Dann ließ sie den Blick sinken, ließ das Gefühl der Macht vergehen und drückte ihm schließlich einen zärtlichen Kuss auf seinen köstlichen Mund. »Gute Nacht.«

Sie ließ ihn auf der Treppe zurück und kehrte in ihr Zimmer zurück, wobei sie sich nicht wenig über den Wirrwarr unzähliger Emotionen wunderte und auch ärgerte, die sich in Dares wunderschönen blauen Augen widergespiegelt hatten. Sie wollte ihn mehr als alles andere auf der Welt, und trotzdem erweckte sein Glaube an sie, sein Vertrauen, dass sie das Geschenk der Liebe noch zu schätzen lernen würde, unbekannte Gefühle in ihr. Auf so ein Geschenk konnte sie nicht mit einer Lüge antworten. Er verdiente mehr, als betrogen zu werden. Er verdiente, dass sie seine Liebe erwiderte – nicht weniger.

Als Charlotte sich ins Bett kuschelte, war ihr bewusst, dass sie zum ersten Mal seit vielen Jahren die Gefühle eines anderen Menschen über ihre eigenen gestellt hatte.

Wirklich seltsam, aber sie fühlte sich nicht schlecht dabei.

10

»Wann hast du zum ersten Mal gemerkt, dass du in Captain Woodwell verliebt bist?«

Patricia ließ sich nicht anmerken, wie sehr sie diese Frage erstaunte, und warf ihrer Schwägerin stattdessen ein warmes Lächeln zu. Sie wusste, dass die Beziehung zwischen Dare und Charlotte sich nicht so entwickelte, wie sie sollte, aber sie erkannte die Liebe im Blick ihres Bruders, wenn er seine Frau ansah, und war guter Dinge, dass auch Charlotte ihn noch zu lieben lernte. »Ich glaube, ich habe mich in der Minute in David verliebt, als ich ihn das erste Mal sah. Er war so liebenswürdig und lustig, und als er mich ansprach, hatte ich das Gefühl, es gäbe nur noch uns beide auf der Welt.«

»Liebenswürdig … lustig … nur noch ihr beide auf der Welt«, murmelte Charlotte, die mit dem Rücken zu Patricia stand.

Von Neugier gepackt stellte Patricia den Roman, in dem sie geschmökert hatte, ins Regal zurück, trat zu ihrer Schwägerin und spähte ihr über die Schulter. »Was tust du da? Machst du Notizen?«

»Ja«, antwortete Charlotte, schloss ein kleines, in Leder gebundenes Notizbuch, und verstaute sowohl das Buch als auch einen goldenen Stift in ihrem Retikül. »Ich habe mich entschlossen, eine Studie übers Verlieben durchzuführen. Ich bin mir nicht sicher, wie man es bewerkstelligt, und eine Studie scheint mir der beste Weg, um das Phänomen zu begreifen. Dabei interessieren mich besonders die Merkmale, die dir gezeigt haben, dass du dabei warst, dich zu verlieben, oder dass du dich bereits verliebt hattest. Gab es ein einzelnes großes Zeichen, oder war es die Summe vieler kleiner?«

Patricia schluckte das Lachen herunter, das in ihr aufstieg. Charlotte wirkte so ernst, dass sie es gewiss nicht lustig fände, der Anlass für einen Heiterkeitsausbruch zu sein. »Ich glaube, es waren mehrere Dinge. Da war das Gefühl, das David in mir weckte, und der Wunsch, jeden Tag meines Lebens mit ihm zu verbringen. Außerdem hatte ich das Gefühl, dass etwas fehlte, wenn er nicht in meiner Nähe war; und es war die Art und Weise, wie er meine Gedanken beherrschte … es waren all diese kleinen Dinge und noch vieles mehr.«

»Interessant«, bemerkte Charlotte. Die Falten auf ihrer Stirn zeigten, dass sie ein wenig verwirrt war. Sie spazierte an Patricias Arm durch Hookams Buchladen und nickte den Leuten zu, die sich um die Tische mit den beliebteren Büchern drängten. Sobald sie sicher war, außer Hörweite zu sein, ließ sie den Arm sinken und wandte sich ihrer Schwägerin zu. »Dare möchte, dass ich mich in ihn verliebe, ehe er …« Charlotte gestikulierte, ohne deutlicher zu werden.

»Dir beiliegt«, beendete Patricia den Satz.

Charlotte wurde rot. »Genau.«

»Ist das ein Problem? Liebst du ihn denn nicht schon jetzt? Ich dachte, du wärst ihm sehr zugetan.«

»Das bin ich ja auch. Ich bin ihm sogar sehr zugetan. Und war es immer schon. Er sieht so himmlisch gut aus, und wir geben so ein schönes Paar ab. Ich weiß, dass unsere Kinder genauso attraktiv sein werden wie wir, aber er will mir diese Kinder nicht eher schenken, bis er von meiner Liebe überzeugt ist.«

»Liebst du ihn denn?«

Charlotte rang einen Moment lang die Hände, bis ihr einfiel, dass sie ihr letztes gutes Paar Handschuhe trug. Kraftlos ließ sie sich in einen der Sessel sinken, die für die Kunden bereitstanden. »Das ist es ja! Ich weiß es nicht. Ich begehre ihn, auf sinnliche Art, und ich genieße es, bei ihm zu sein, so wie es dir mit Captain Woodwell geht, und ich halte ihn für liebenswürdig – obwohl er mir, glaube ich, gesagt hat, dass er vor unserer Heirat sein Erbe durchgebracht hat. Ich weiß, dass er sehr lustig sein kann, jedenfalls hat er mich vor fünf Jahren sehr zum Lachen gebracht, aber was das andere angeht …«

Charlotte ließ den Blick durch den Buchladen schweifen. »Ich weiß es einfach nicht. Ich fühle mich nicht verliebt, möchte aber auf jeden Fall in Alasdairs Nähe sein. Und ich möchte unbedingt, dass er –« Plötzlich schien ihr bewusst zu werden, mit wem sie sprach, und sie sah Patricia an. »Ach, ich bin so durcheinander. Wenn ich ihn nicht liebe, wie soll ich es dann anstellen, mich zu verlieben?«

Patricia klopfte ihr auf die Schulter. »Zerbrich dir nicht den Kopf darüber, Char. Solltest du ihn im Augenblick auch noch nicht lieben, wird es bestimmt schon bald so sein. Dare ist wirklich liebenswert.«

»Das hoffe ich«, seufzte Charlotte unglücklich, während sie in ihrem Sessel zusammensackte, ehe sie sich plötzlich kerzengerade aufrichtete und dann aufsprang. »Verflixt. Da ist diese widerliche Mrs Mead. Sie ist Lady Bridgertons Schwester und eines der größten Klatschmäuler der Londoner Gesellschaft. Zweifellos wird sie mich gleich mit dem quälen, was gestern Abend geschehen ist. Lächle, Patricia. Wie dein Bruder so schön sagt: Zeig ihnen nicht, dass es dich kümmert.«

Patricia nickte und knickste höflich, als besagte Dame mit ihrer Zofe und einer weiteren, bedrückt wirkenden Begleiterin im Gefolge heranrauschte. »Miss McGregor, es überrascht mich, Sie gerade einmal zwei Tage vor Ihrer Hochzeit in der Öffentlichkeit zu sehen. Was denkt der Earl sich nur dabei?«

Charlotte kannte ihre eigenen Fähigkeiten und Reize sehr genau. Sie unterlag nicht dem Irrtum, sich auch nur ansatzweise für einen Blaustrumpf zu halten – im Gegensatz zu ihrer Cousine Gillian waren ihr tiefschürfende Überlegungen fremd, was sie in diesem Moment auch nicht zu ändern gedachte. Intelligenz schien ihr eine ausgesprochen unangenehme Eigenschaft zu sein. Sie wusste, dass Männer Gefallen daran fanden, sie anzuschauen, und dass viele Frauen sie um ihre Herkunft und ihr Aussehen beneideten. Letzterem waren die häufigen, entweder laut oder hinter vorgehaltener Hand geäußerten boshaften Bemerkungen und Beleidigungen zuzuschreiben, unter denen weniger hübsche Frauen nicht zu leiden hatten.

Die Tatsache, dass sie soeben von Neela Mead geschnitten worden war, legte sie daher unter der Rubrik »Handlungen aus Neid« ab und ignorierte sie genauso bewusst, wie sie andere Belanglosigkeiten dieser Art ignorierte. Charlotte hob das Kinn, was ihr – wie ihr durchaus bewusst war – ein trotziges Aussehen verlieh, und lächelte. »Sowohl mein Mann als auch ich sind der Meinung, dass nichts Ungebührliches daran ist, wenn Patricia sich mit mir in der Öffentlichkeit zeigt. Sie will schließlich nur heiraten und sich nicht in einen Harem fernab der Blicke anderer Männer begeben.«

Die ältere Frau schnappte nach Luft und durchbohrte sie mit einem Blick so glühend wie kochender Stahl. »Sie wagen es, in aller Öffentlichkeit von dem bedauernswerten Mann zu sprechen, den Sie geheiratet haben? Sie sollten sich schämen, Lady Charlotte. Ihre Mutter würde vor Schmach sterben, wenn sie wüsste, welche Schande sie über ihren Namen gebracht haben.«

»Ich bin jetzt Lady Carlisle«, entgegnete Charlotte mit dem Anflug eines Zähneknirschens. »Und ich wüsste nicht, was an meiner Ehe einen Grund zum Schämen bietet.«

»Eine Ehe, die nur auf dem Papier existiert, wie ich von Minerva Wentwater hörte.«

Charlotte konnte nicht verhindern zusammenzucken, als ihr der Name entgegengeschleudert wurde. Minerva Wentwater galt als sogar noch größere Klatschbase als Mrs Mead, was Charlotte aus leidiger Erfahrung mit Miss Wentwaters spitzer Zunge nur bestätigen konnte.

Mrs Mead beugte sich scheinbar vertraulich zu ihr, um dann mit durchdringender Stimme durch den ganzen Laden zu posaunen: »Haben Sie denn gar keine Angst, dass er die Ehe annullieren lässt, meine liebe Lady Charlotte? Ich muss gestehen, ich an Ihrer Stelle würde mir größte Sorgen machen, ob ich nicht schon bald wieder ohne Ehemann dastünde. Man kommt einfach nicht umhin, sich zu fragen, ob dieser tragische Umstand auf ein Versagen Lord Carlisles zurückzuführen ist, oder …« Sie musterte Charlotte von Kopf bis Fuß. »… dass es ihm zutiefst widerstrebt, die Leidenschaft mit Ihnen zu teilen. Wissen Sie eigentlich, dass die Buchmacher in den Clubs sich mit dieser Frage beschäftigen? Ich bin sicher, dass es Sie freut, der Grund für die zahlreichen Spekulationen so vieler Herren zu sein; ich hatte schon immer den Eindruck, dass Sie sich doch recht *verzweifelt* um die Aufmerksamkeit der Herrenwelt bemühen.«

Patricia stockte bei dieser Beleidigung der Atem. Charlotte ignorierte die Reaktion ihrer Schwägerin und lachte der Frau vor ihr ins Gesicht. Zugegeben, ihr Lachen ließ die üblicherweise damit einhergehende Fröhlichkeit vermissen, doch es war immerhin ein Lachen, und Charlotte war fest entschlossen, es bis ins Letzte auszuschöpfen. »Ach, meine liebe Mrs Mead – wenn ich Ihnen ein Schälchen Milch bringen ließe, würden Sie die Krallen dann einziehen und für uns schnurren?«

»Also, das ist doch die Höhe!«, keuchte Mrs Mead mit vor Empörung weit aufgerissenen Augen.

Charlotte legte den Kopf schräg und tippte sich mit einem Finger an die Lippen. »Nun regen Sie sich doch nicht so sehr auf, Mrs Mead. Wenn Ihre Augen nur noch ein kleines Stück weiter hervortreten, werden Sie Ihnen bestimmt aus dem Kopf fallen, und dann müssten wir furchtbar aufpassen, sie nicht zu zertreten. Komm, Patricia. Hier gibt es kein Buch, das mir gefällt. Ich schlage vor, wir holen dein Hochzeitsgeschenk für Captain Woodwell ab.«

Charlotte ging der kichernden Patricia voran den Gang hinunter und ignorierte das Tuscheln und die Blicke der Kunden, die sich nach ihr umdrehten. Sie wusste, dass sie Mrs Mead besser nicht auf diese Weise hätte angehen sollen und sicherlich einen hohen Preis dafür zahlen würde, aber deren bissige Bemerkungen und Seitenhiebe waren einfach zu viel für Charlotte gewesen. Sie schaffte es bis in die Kutsche, ehe sie vor Wut und Demütigung zu zittern begann.

»Was für eine grässliche alte Ziege!«, zischte sie und wusste nicht, ob sie lieber schreien oder weinen wollte. Sie entschied sich für beides. »Wie kann sie es nur wagen, so etwas Schreckliches über Alasdair zu sagen!«

Patricia, die ihr gegenüber Platz genommen hatte, sah sie verblüfft an. »Aber, Char! Sie hat doch dich beleidigt, nicht Dare!«

»Unsinn«, widersprach Charlotte, während sie in ihrem Retikül nach dem Taschentuch kramte, das sie heute Morgen in Dares Arbeitszimmer an sich genommen hatte. »Als ob mich irgendetwas, das sie sagt, verletzen könnte. Sie ist doch nur eifersüchtig; eifersüchtig und boshaft. Was mir vollkommen egal wäre, hätte sie sich nicht so grausam über Alasdair geäußert …« Ein nie gekannter Zorn wallte in ihr auf. »Das kann ich nicht dulden.«

»Was hast du vor?«, fragte Patricia neugierig, als sie die Entschlossenheit in der Miene ihrer Schwägerin sah.

»Ich werde meine Anstrengungen, mich in deinen Bruder zu verlieben, einfach verdoppeln. Wenn ich mich darauf konzentriere, dürfte ich mein Ziel spätestens bis zum Einbruch der Dunkelheit erreicht haben, meinst du nicht auch? Dann wird er mir beiliegen und all die furchtbaren Dinge, die sie über Alasdair sagt, sind hinfällig.«

Patricias Mund bewegte sich, als wollte sie etwas sagen, doch es kam kein Wort über ihre Lippen.

»Genau.« Charlotte nickte, als hätte Patricia ihr gerade zugestimmt. »Spätestens bis zum Einbruch der Dunkelheit. Ich muss mich nur voll und ganz auf diese Aufgabe konzentrieren.«

Obwohl sie den Rest des Tages mit ihren Bemühungen verbrachte, sich in ihren Ehemann zu verlieben, war alles, was dabei herauskam, ein Streit, der Charlotte das Verbot einbrachte, je wieder seine Werkstatt zu betreten.

»Er sagt, es würde ihn ablenken, wenn ich mich in seiner Nähe *herumdrücke*, Batsfoam. Haben Sie je so etwas Albernes gehört? Ich drücke mich nie herum! Ich weiß nicht einmal, wie man sich herumdrückt, doch selbst wenn ich es getan haben sollte, dann bestimmt in einer äußerst erfreulichen und angenehmen Form, und nicht so, dass man sich darüber ärgern müsste.« Hinter Batsfoam erklomm Charlotte die schmale Stiege aus der Küche ins Erdgeschoss. Dort hielt sie kurz inne und blickte ein paar Sekunden auf die Stufen, ehe sie ihren Weg nach oben fortsetzte. »Außerdem frage ich mich, wieso er darauf bestanden hat, dass Sie mich zu meinem Wohnzimmer begleiten. Man könnte meinen, er traute mir nicht, dass ich seiner Bitte auch tatsächlich nachkomme. Er glaubt wohl, ich bräuchte einen Aufseher! Jetzt reicht's. Wirklich!«

»In der Tat, Mylady, wirkte Seine Lordschaft, mein herzensguter Herr, heute Abend etwas gereizt. Vielleicht ist das Wetter daran schuld. Ich selbst spüre die Feuchtigkeit auf höchst unangenehme Weise in den Knochen meines Beines, das ich auf einem Feld bei Poitiers zurücklassen musste. Dennoch bin ich überzeugt, dass es meinem unglückseligen Bein mehr als guttut, wenn ich Sie die vielen Stufen hinaufbegleite, da meinem Herrn mein Glück und Wohlbefinden sehr am Herzen liegen. Es würde mich nicht wundern, wenn meinem Bein sogar vollständige Genesung widerführe vor lauter Glück und Wohlbefinden, welches ich ob der Gelegenheit empfinde, Mylady Geleitschutz bis zu Ihrem Zimmer zu gewähren und damit vor den unzähligen Gefahren zu bewahren, die möglicherweise auf dem langen Weg vom Keller zu den oberen Räumlichkeiten lauern. Ich könnte schon fast schwören, dass ich das Leben in die Zehen meiner armseligen Gliedmaße zurückkehren spüre.«

»Zehen werden schlichtweg überbewertet. Man ist viel besser ohne sie dran«, sagte Charlotte geistesabwesend und zu sehr damit beschäftigt, ihre Gedanken und Pläne neu zu ordnen. Sie blieb auf dem Treppenabsatz stehen und wandte sich ihrer Eskorte zu. »Batsfoam, waren Sie je verliebt?«

»Verliebt?« Überrascht taumelte der Butler ein paar Schritte rückwärts. »Ich, Mylady? Verliebt?«

Charlotte schürzte die Lippen und stieg weiter die Treppe hinauf. »Ja, das würde ich gerne wissen. Da Sie Lord Carlisles Kammerdiener sind, will ich Ihnen meine Seele offenbaren.«

Wie immer, wenn Batsfoam in Charlottes Nähe war, trat auch jetzt ein Leuchten des Interesses in seinen ansonsten stets melancholischen Blick. »Ich muss sagen, mir fehlen die Worte ob der Ehre, die Sie mir zuteilwerden lassen, Madam. Ich bin überwältigt. Frohlocken könnte ich vor Freude, zerspringen vor Stolz angesichts dieses mir so unerwartet gewährten Geschenks. Ich verzehre mich nach dem herrlichen Moment, Ihre geschätzten Gedanken zu vernehmen. Doch nun erlösen

Sie mich von der Pein des Ausharrens, da die freudige Erwartung mein Herz sonst noch zerbersten lässt und meine Wenigkeit noch an dieser statt als eine leblose Hülle zurücklässt, ein trauriges Rudiment meines einstigen Selbst.«

Auf der letzten Stufe blieb sie erneut stehen und blickte den ihr folgenden Diener skeptisch an. »Batsfoam?«

»Ja, Mylady?« Er verbeugte sich, noch während er die letzten Stufen hinaufstapfte.

»Offensichtlich lesen Sie zu viele Romane. Die schwülstige Sprache verdreht Ihnen den Verstand. Und einen Butler mit verdrehtem Verstand zu beschäftigen ist höchst ungebührlich. Deshalb muss ich darauf bestehen, dass Sie in Zukunft nur noch höchstens einen dieser Romane pro Monat lesen.«

Seine Lippen zuckten, als er sich noch einmal verbeugte, wobei sein Kopf fast gegen seine Knie stieß. »Wie Sie wünschen, Madam. Ich werde mich bemühen, die vielen langen und bisher mit Freude dem Lesen blumiger Romane gewidmeten Stunden meiner Freizeit mit einer anderen, nützlicheren Beschäftigung zu füllen. Vielleicht werde ich mich einmal an Schmiedearbeiten versuchen.«

»Das ist eine hervorragende Idee«, nickte Charlotte und ließ sich von ihm die Tür zu ihrem Wohnzimmer öffnen. »Nun zu meiner Seele … als Seine Lordschafts Kammerdiener genießen Sie ja sein Vertrauen, weshalb ich mich nicht scheue, Ihnen zu verraten, dass ich es mir zum Ziel gesetzt habe, mich in ihn zu verlieben; womit ich zwar umgehend begonnen habe, aber was das traurig Ende dieses Kapitels war, konnten Sie ja soeben im Keller miterleben.«

Für einen kurzen Moment zeigten Batsfoams Augen großes Erstaunen, ehe sie wieder den ihnen typisch unergründlichen Blick annahmen. »Tatsächlich, Madam?«, murmelte er.

Mit krausgezogener Stirn durchmaß Charlotte den kleinen in

Creme und Grün gehaltenen Raum. »Wie er von mir erwarten kann, mich in ihn zu verlieben, wenn ich ihm nicht einmal bei seiner Arbeit helfen darf, ist mir unbegreiflich, schier unbegreiflich. Ich wüsste nicht, was ich falsch gemacht habe.«

»Mylady, ich glaube, dass Lord Carlisle nicht an Myladys zweifellos guten Absichten Anstoß genommen hat, sondern an der Form, in der Sie ihm Ihre geschätzte Hilfe haben zuteilwerden lassen.«

Die Stirn noch in Falten gelegt rauschte Charlotte an ihm vorbei. »Seine Reaktion war maßlos überzogen, und seine Einwände gegen meine Bemühungen, dieses völlig verschmierte Gerät hier und da ein bisschen für ihn zu reinigen, sehr grob. Allein die Tatsache, dass ich fest entschlossen bin, mich zu verlieben, hat ihn vor einer kräftigen Standpauke meinerseits bewahrt.«

Batsfoam verbeugte sich demütig, doch eher, um das verwerfliche Funkeln seiner Augen vor seiner Herrin zu verbergen, als aus ehrlich empfundener Ergebenheit. »Natürlich könnte ich mich irren, aber soviel ich weiß, benötigen die Kolben für ihren reibungslosen Betrieb eine gewisse Menge an Schmierfett. Ohne diesen Stoff würde der Motor nicht in der gewünschten Form laufen.«

Charlotte schwang herum. »Ja, aber er hat behauptet, dass meine Einmischung – ha! Als ob man ein bisschen Dreckbeseitigung als Einmischung bezeichnen könnte! – die Kolben zerstört hätte. Aber«, ihre Hände flatterten, als würde sie den Gedanken abtun, »darum geht es jetzt gar nicht. Das Ergebnis meiner guten Absichten und zärtlichen Sorge ist meine Verbannung aus seiner Werkstatt. Daher muss ich einen anderen Weg finden, um mich in ihn zu verlieben. Und da Sie ihn am besten kennen, habe ich gehofft, Sie könnten mir vielleicht einen Rat geben.«

Sie blickte ihn hoffnungsvoll an. Der Blick, den er ihr zurückwarf, zeigte eine unübersehbare Ratlosigkeit. »Ich … äh … ich …«

»Ach, kommen Sie, Batsfoam, kaum jemand kennt Alasdair so gut wie Sie. Von Miss McGregor konnte ich nichts anderes erfahren als so vage Andeutungen wie ›wenn es passiert, wirst du es schon wissen‹, aber von Ihnen erwarte ich mehr. Sie wissen nicht nur über seine tagtäglich zu erledigenden Privatangelegenheiten Bescheid, sondern assistieren ihm auch bei diesem Gerät. Sie müssen mir doch einen Tipp geben können, der mir weiterhilft.«

Zum ersten Mal seit er in Dares Dienste getreten war, hatte es Batsfoam die Sprache verschlagen. Ohne sich Gedanken zu machen, was er da tat, nahm er auf einem der beiden mit grüner Lederlehne versehenen Stühle Platz. »Ich … Sie …« Er räusperte sich und merkte plötzlich, dass er vor seiner Herrin saß. Sofort sprang er auf und brummte eine kurze Entschuldigung. »Ich werde darüber nachdenken, Mylady.«

»Gut.« Charlotte entließ ihn mit einem Nicken und ging zu ihrem Schreibtisch. »Aber beeilen Sie sich bitte. Bis zum Einbruch der Nacht sind es nur noch wenige Stunden, und obwohl ich gewiss kurz davorstehe, mich zu verlieben, möchte ich nicht riskieren, diesen Zustand vielleicht noch nicht ganz erreicht zu haben, bevor wir uns zurückziehen. Es wäre nicht fair gegenüber Dare.«

»Ich werde mein Bestes geben, Madam«, verkündete Batsfoam feierlich und verließ mit einer Verbeugung den Raum. Tonlos vor sich hin pfeifend verharrte er für wenige Sekunden im Flur, ehe er in Richtung der Hintertreppe davonhinkte. Vielleicht konnte er seiner Herrin bei ihrem Vorhaben tatsächlich helfen.

Dare stieg die Treppe zu seinem Schlafzimmer hinauf. Er war nicht nur erschöpft, sondern auch hungrig, da er es vorgezogen hatte, mit einem Stück trockenem Brot und altem Käse vorliebzunehmen, statt seiner Frau beim Abendessen gegenüberzusitzen. Er verzog das Gesicht und rieb sich im Gehen müde den Nacken. Seine Frau. Charlotte. Die Frau, die ihn langsam, aber sicher in den Wahnsinn trieb. War es nicht ihr ungehemmtes Verlangen, das ihm alles abverlangte, damit er in ihrer Gegenwart nicht die Beherrschung verlor, dann war es die Wut über ihre kläglichen Versuche, ihm bei seinem Motor zu helfen.

Helfen. Ha! Was für eine freundliche Bezeichnung für das, was sie getan hatte. Kein Mensch außer Charlotte käme auf die Idee, das Schmierfett von den Kolben zu wischen. Ihr kleiner Anfall von Reinlichkeit hatte ihn um zwei – wenn nicht mehr – Wochen zurückgeworfen, die er brauchen würde, um neue Kolben als Ersatz für die zerstörten zu gießen und einzubauen.

Sein Magen knurrte, als er sich durch den dunklen Flur zu seinem Ankleidezimmer schleppte und sich dabei eingestehen musste, dass er seiner Frau – so gerne er es auch wollte – nicht die Schuld für den Schaden geben konnte. Sie hatte versucht, sich nützlich zu machen, und trotz des schmerzlichen Anblicks seiner ruinierten Kolben hatte er sich über ihren aufrichtigen Wunsch, eine Hilfe zu sein, gefreut.

Vielleicht bestand doch noch Hoffnung, dass sie zueinanderfanden.

Batsfoam erwartete ihn und sah genauso müde aus wie er selbst.

»Habe ich Sie nicht schon vor zwei Stunden ins Bett geschickt?«

»Das haben Sie in der Tat, Mylord, doch würde ich es nicht missen wollen, meinem gütigen und großzügigen Herrn –«

Dare winkte müde ab und unterband auf diese Weise den Anfang einen gewiss fünf Minuten langen Monologs. »Bitte nicht heute Nacht. Besser gesagt, heute Morgen. Helfen Sie mir nur aus den Stiefeln, und dann legen Sie sich schlafen.«

Batsfoam tat, wie ihm geheißen, und half seinem Herrn in einen verblichenen, aber immer noch sehr eleganten seidenen Morgenrock, ehe er ihn darüber in Kenntnis setzte, dass es ein Problem mit seinem Bett gab.

»Was für ein Problem?«, fragte Dare, die Hand an der Tür, während er vor Müdigkeit fast an Ort und Stelle einschlief.

»Es gab ein kleines Feuer, Mylord. Nichts Ernstes, und es wurde auch sofort gelöscht, doch leider nicht bevor die Flammen über die Matratze herfallen konnten.«

»Ein Feuer.« Dare schüttelte den Kopf. Vor lauter Müdigkeit musste er schon Halluzinationen haben. »In meinem Bett.«

Batsfoam neigte zustimmend den Kopf.

»Es gab ein Feuer in meinem Bett.«

Batsfoam räumte um das Waschbecken und den Wasserkrug herum auf.

»Ein Feuer? Mit Flammen? In meinem Bett? Das weitab vom Kamin steht?«

»Das ist in der Tat ein großes Rätsel, Mylord«, stimmte Batsfoam zu, während er Dares Stiefel beiseitestellte, um sie später zu polieren. »Ich kann mir auch nicht erklären, wie es in Brand geraten konnte. Tatsache jedoch ist, dass Ihnen das Bett heute Nacht leider nicht zur Verfügung steht. Ich dachte, Sie könnten vielleicht auf der Chaiselongue übernachten, und habe sie daher entsprechend hergerichtet.«

»Die Chaiselongue?«, fragte Dare wie benommen und entschied sich dafür, einfach zu müde zu sein, um jetzt noch herauszufinden, wie zum Teufel ein Feuer in seinem Bett ausbrechen konnte.

»Sie wollen, dass ich auf der Chaiselongue schlafe, die, wie Sie genau wissen, viel zu kurz für mich ist?«

»Leider sind keine anderen Betten im Haus vorhanden. Selbstverständlich würde ich Euer Lordschaft mein eigenes überlassen, wenn Sie darauf bestehen –«

»Nein, nein.« Dare lehnte das Angebot mit einer knappen Geste ab, nahm eine Kerze und wankte in sein in Dunkelheit liegendes Schlafzimmer. Auch das geöffnete Fenster änderte nichts daran, dass der Geruch von verbranntem Leinen noch immer schwer in der Luft lag. Er ignorierte den leeren, hochkant in einer Ecke des Raumes aufgestellten Bettrahmen und steuerte auf die kleine rote und jetzt von weißen Laken bedeckte Chaiselongue zu.

»Wenn ich Ihnen einen Vorschlag unterbreiten dürfte«, erklang Batsfoams Stimme aus der Tür zum Ankleidezimmer, »Mylady hat erst heute Morgen davon geschwärmt, wie ausgesprochen weich und bequem ihr Bett sei. Ich bin mir sicher, dass sie es sehr gerne mit Ihnen teilen –«

»Vielen Dank, Batsfoam, das wird nicht notwendig sein. Ich werde sehr gut mit der Chaiselongue zurechtkommen. Gute Nacht.«

»Gute Nacht, Mylord. Und einen erholsamen und angenehmen Schlaf, wenn ich mir erlauben darf, Ihnen das zu wünschen.«

Dare murmelte etwas Unverständliches, ließ sich auf die Chaiselongue fallen und blies mit einem erschöpft klingenden Stöhnen die Kerze aus. Die Tür fiel leise hinter Batsfoam ins Schloss, während Dare sich auf der Suche nach einer bequemen Position erst auf den Rücken und dann auf die Seite rollte. Entweder musste er die Beine in einem Winkel verdrehen, der – wie er wusste – in spätestens fünf Minuten zu starken Schmerzen in ebendiesen führte, oder er musste sich zusammenrollen und dabei die Knie so stark beugen, dass entsprechende Krämpfe gewiss nicht lange auf sich warten ließen. Seufzend drehte er sich auf die andere Seite und versuchte, die überschüssige Beinlänge über die Seitenlehne der Chaiselongue hängen zu lassen, wodurch sich seine Hüfte jedoch in die Polster seiner Schlafstätte bohrte.

»Womit ist dieses Ding nur gefüllt? Mit Steinen?«, brummte er mürrisch, während er seine Position erneut auf der Suche nach einer Stelle veränderte, an der ihm keine spitzen, harten Dinge ins Fleisch stachen. Wieso um Himmels willen hatte er dieses verflixte Ding nur gekauft? Warum hatte er sich nie darauf niedergelassen, um sicherzustellen, dass es kein Menschenfleisch marterndes Instrument war? Und wer, der noch in vollem Besitz seiner geistigen Kräfte war, baute so ein Teufelsding?

Visionen eines herrlich bequemen Bettes ohne Wackersteine begannen durch seinen Kopf zu tanzen. Charlotte besaß ein solches Bett. Und wenn er es benutzte, würde sie es ihm nicht einmal übel nehmen. Im Gegenteil, sie wäre darüber entzückt. Doch es war die Form, die ihr Entzücken vermutlich annähme, die ihn veranlasste, weiter auf der Chaiselongue zu verharren und nach einer angenehmeren Schlafposition zu suchen. Besser, er verbrachte eine unbehagliche Nacht, als zu riskieren, dass seine Frau ihn wieder verführte. Nach dem kleinen Vorfall in der Kutsche und einem ganzen Tag, an dem er versucht hatte, nicht an sie zu denken, wusste er, dass er ihren Reizen nicht noch einmal widerstehen könnte.

Ein Stich in seine empfindliche Nierengegend war der Tropfen, der das Fass zum Überlaufen brachte.

»Verflucht!«, knurrte er, während er sich aufsetzte, seinen Morgenrock packte und ihn anzog, während er sich auf den Weg in Charlottes Zimmer machte. Er brauchte unbedingt etwas Schlaf, da er jetzt doppelt so hart arbeiten musste, um die verlorene Zeit aufzuholen, die ihn Charlottes Besuch in seiner Werkstatt gekostet hatte. Wenn er ganz leise war und seine Frau nicht weckte, würde er vielleicht in ihr Bett schlüpfen können und ein paar Stunden des so dringend benötigten Schlafes bekommen. Viel brauchte er gar nicht, dachte er benommen, als er sich durch den dunklen Raum zur anderen Seite des Bettes tastete; nur ein klein wenig Ruhe, gerade mal so viel, dass er arbeiten konnte, ohne dabei einzuschlafen.

Obwohl von Charlotte nur die Umrisse zu erkennen waren, wandte er seine Gedanken standhaft von der verlockenden Vorstellung ab, sich neben ihr in die warmen, weichen Laken sinken zu lassen. Stattdessen schlang er den Morgenrock um seinen Körper und ließ sich vorsichtig auf der Decke nieder. Auf quälende Weise wurde ihm bewusst, wie nah sich ihre Körper waren, die sich zwar nicht berührten, aber sich doch so nah, dass er den betörenden Duft seiner schlafenden Frau wahrnahm. Er betete, dass sie nicht aufwachte, denn er kannte seine Charlotte – sie wählte immer den kürzesten Weg zwischen zwei Punkten, ganz gleich, welche Hindernisse sie auf diesem Weg erwarteten. Sollte sie entdecken, dass er in ihrem Bett lag, würde sie auf die Erfüllung seiner ehelichen Pflichten pochen. Und so erschöpft war er nun doch nicht, um nicht zu merken, dass die gewaltige Anziehungskraft, die sie auf ihn ausübte, in Verbindung mit seinem verräterischen Körper, seinen festen Vorsätzen den Todesstoß versetzen würde.

»Auf diese Weise ist die Versuchung nicht so groß«, sprach er sich selbst Mut zu und unterdrückte ein wohliges Stöhnen, als die weiche Matratze seine müden Glieder empfing. »In ein paar Stunden bin ich wieder weg. Sie wird nicht einmal wissen, dass ich …«

Er schlief ein, noch ehe er den Satz beendet hatte.

»… hier bin«, flüsterte Charlotte von der anderen Seite des Bettes. Vorsichtig drehte sie sich zu ihrem Mann um, deckte ihn leicht zu und rollte sich dann, eine Hand beschützend auf seiner Brust, neben ihm zusammen.

11

Caroline sah zu, wie ihre Freundin Seiten aus ihrem Notizbuch riss und in das flackernde Kaminfeuer warf, das man gegen die feuchte Kälte des trüben Junitages entfacht hatte, die für die Bewohner Südenglands keinesfalls etwas Unbekanntes war. »Du siehst aus, als hofftest du, damit einen Dämon austreiben zu können«, stellte sie freundlich fest.

»Der Dämon kann sich gefälligst selbst austreiben, ich habe wirklich Wichtigeres im Kopf. Caro, ich bin am Ende meiner Weisheit. Dass ich eines Tages keine Idee mehr für die Lösung eines Problems habe, hätte ich niemals für möglich gehalten. Es wird dich überraschen, aber ich gebe mich geschlagen. Auch wenn mir das ganz und gar nicht behagt.«

Caroline versuchte, sie mit leisen Worten aufzumuntern.

Charlotte warf die letzte Seite ins Feuer, ehe sie sich zum Fenster wandte und in den Regen starrte, der in Rinnsalen die Scheiben hinunterlief. »Ich habe noch nie verloren. Ich habe mir noch nie etwas vorgenommen und es dann nicht erreicht. Noch nie in all den Jahren, habe ich etwas, das ich haben wollte, nicht bekommen. Diese Situation ist untragbar, und ich werde sie nicht länger hinnehmen!«

»Welche Situation ist untragbar?«, fragte Caroline und mehr als nur ein wenig beunruhigt, weil sie sah, wie ratlos die Freundin war. Wenn es etwas gab, um das Caroline Charlotte immer beneidet hatte, dann waren es ihre Entschlossenheit und ihre Überzeugung, immer genau zu wissen, was sie vom Leben erwartete und wie sie es erreichen konnte. Die Charlotte, die jetzt vor ihr stand, war eindeutig nicht mehr dieselbe wie früher; die Charlotte vor ihr war aus demselben Holz geschnitzt wie jeder andere Sterbliche auch: voller Selbstzweifel, Unsicherheit und Missmut.

Und das erfreute Carolines Herz, wie nichts anderes es hätte tun können.

»Die Sache mit dem Verlieben!«, jammerte Charlotte, wobei sie in einer Geste des Unmuts die Hände hob. »Niemand kann mir eine klare Antwort geben, wie man es anstellt; und auf mein Bauchgefühl zu hören, bringt mich offensichtlich auch nicht weiter. Ich habe versucht, mich in Alasdair zu verlieben, ich habe es wirklich versucht. Den ganzen gestrigen Tag habe ich ausschließlich dieser einen Aufgabe gewidmet, und zur Belohnung für all diese Mühe und die harte Arbeit wurde ich von meinem Mann verbannt. Letzte Nacht, als Alasdair dann endlich ins Bett kam ...«

Carolines Augenbrauen schossen nach oben.

»... hat er auf der Bettdecke geschlafen. Obendrauf! Der einzige Grund, warum er den Weg in *mein* Bett gefunden hatte, war, dass Batsfoam seines unter irgendeinem Vorwand abgebaut hatte. Ich weiß nicht mehr weiter, Caro. Das ertrage ich nicht länger. Ich kann an nichts anderes mehr denken, als an die Unlösbarkeit meines Problems. Wenn das so weitergeht, bekomme ich bestimmt noch Falten, und wie stehe ich dann da? Ich kann es dir sagen: ohne den Vollzug der Ehe, dafür aber mit runzligem Gesicht.«

»Vielleicht bemühst du dich zu sehr«, gab Caroline zu bedenken und beobachtete die Freundin, die jetzt im Zimmer hin und her ging. Das war, wie Caroline feststellte, eine Angewohnheit Charlottes, vermutlich tat sie das, um besser nachdenken zu können. Sie fragte sich, ob sie es vielleicht auch einmal ausprobieren sollte. »Möglicherweise hättest du mehr

Erfolg, wenn du deine Bemühungen, dich in Lord Carlisle zu verlieben, weniger verkrampft in Angriff nähmest. Gefühle lassen sich nicht erzwingen, Char. Manchmal muss man sie in Ruhe lassen.«

Charlotte warf ihr im Vorbeigehen einen missbilligenden Blick zu. »Unsinn. Meine Gefühle haben zu tun, was ich ihnen sage. Nein, ich habe ein viel ernsteres Problem – offenbar arbeitet mein Verstand nicht ganz richtig. Er funktioniert einfach nicht so, wie er sollte, und da ich … geht es dir gut? Hast du dich verschluckt? Soll ich dir den Rücken klopfen?«

Caroline winkte ab und kramte nach ihrem Taschentuch, um die Spuren des Verschluckens zu beseitigen, das von Charlottes Beteuerung, nicht ganz bei Verstand zu sein, ausgelöst worden war; als wenn das etwas Neues wäre. »Mir geht's gut. Red nur weiter.«

»Tja.« Charlotte schürzte die Lippen und überlegte, wie sie die unliebsamen Gedanken und Gefühle, die sie bewegten, am besten erklären könnte. »In der Vergangenheit habe ich mich auf meinen Verstand immer verlassen können. So weit stimmst du mir doch zu, nicht wahr?«

»Oh ja. Unbedingt.«

»Ja, und dank meiner Fähigkeit, logisch zu denken, war ich auch immer in der Lage zu erkennen, was ich tun musste, um ein bestimmtes Ziel zu erreichen. Auch dabei stimmst du mir zu, oder?«

»Also … vielleicht würde ich nicht unbedingt immer von ›logisch‹ sprechen, aber im Großen und Ganzen, ja. Ich glaube, du hast stets das getan, was du für das Beste hieltest.«

»Sehr richtig. Nehmen wir die jüngsten Ereignisse – ich wollte nach England und auf meinen rechtmäßigen Platz in der Gesellschaft zurück. Also habe ich darüber nachgedacht, bin zu dem Schluss gekommen, dass ich wieder heiraten muss, und habe mich dann an die Auswahl eines Ehemannes gemacht, der meinen Vorstellungen entsprach. Ich hatte einen Plan, Caro, einen guten Plan, einen Plan, der Früchte schlug, wie all meine anderen – «

»Trug.«

»Wie bitte?« Charlotte blieb stehen und blickte ihre Freundin fragend an.

Caroline lächelte in ihre Teetasse. »Nichts. Sprich weiter.«

Charlotte warf ihr einen finsteren Blick zu und nahm ihre Wanderung wieder auf. »Wie ich bereits sagte, auch alle meine anderen Pläne waren erfolgreich. Und daher muss etwas nicht mit meinem Verstand in Ordnung sein, dass mir jetzt so etwas Simples, wie sich zu verlieben, nicht gelingen will.«

»Ich dachte, du hättest Lord Carlisle lediglich verführen wollen?«

Charlotte blieb vor dem Kamin stehen und starrte in die glühenden Kohlen. »Anfangs ja, aber das hat sich geändert. Ich … äh … Alasdair … ach, es ist zu kompliziert, um es dir zu erklären. Du musst mir glauben, wenn ich dir sage, dass ich mich unbedingt in ihn verlieben muss. Danach ist das mit dem Verführen reine Formsache.«

Caroline dachte, dass ihre Freundin bereits auf dem besten Wege war, sich zu verlieben, behielt diesen Eindruck aber klugerweise für sich. Charlotte ließ sich zwar wie das sprichwörtliche Pferd zum Wasser führen, aber sie ließ sich nicht dazu bewegen, zu trinken, solange sie nicht einsah, dass sie Durst hatte. »Was kann ich für dich tun, Char?«

»Wenn ich das wüsste, hätte ich doch wohl einen Plan!«, erwiderte Charlotte gereizt, ehe sie schwungvoll kehrtmachte und sich in den nächststehenden Sessel sinken ließ. »Ach, entschuldige, Caro. Ich wollte dich nicht anfahren. Es ist nur so, dass in letzter Zeit alles gegen mich zu laufen scheint. Ich bin mir in meinem ganzen Leben noch nie so unscheinbar vorgekommen.«

»Unscheinbar?« Caroline hielt es für an der Zeit, jetzt ein paar Wahrheiten auszusprechen, um Charlotte augenblicklich aus ihrem offensichtlichen Anfall von Selbstmitleid zu erlösen. »Du, unscheinbar? So etwas Dummes habe ich noch nie gehört. Du bist die bezauberndste Frau, die mir je begegnet ist. Über deine Schönheit wurden schon Gedichte geschrieben.«

»Aber ausgerechnet ich habe einen Mann, den sie nicht interessiert«, entgegnete Charlotte verdrießlich, während sie an ihrem Zopf zupfte, der ihr bis weit über die Schulter reichte. »Er redet immerzu davon, wie unwichtig Schönheit doch sei. In dieser Hinsicht ist er wie Gillian – keiner von beiden weiß zu schätzen, wie schwer man es mit einem Gesicht hat, das die Begierde eines Mannes weckt.«

Caroline dachte, es wäre besser, dieses Thema nicht weiter zu vertiefen. »Und du hast einen Ehemann; einen gut aussehenden Ehemann, den du dir selbst ausgesucht hast.«

»Der leider jedoch die Ehe nicht vollziehen will, bis ich mich in ihn verliebt habe.«

»Der Vollzug der Ehe ist nicht alles, Char.«

»Das weiß ich ja! Wenn jemand weiß, dass man eine Ehe ganz ohne die üblichen innigen Zusammenkünfte führen kann, dann ich. Es ist nur so, dass ich dieses Mal … gehofft hatte, dass Alasdair … er hat doch diese herrlich goldene Haut … und es prickelt und kribbelt so herrlich in meinem Schoß, wenn ich nur an ihn denke … ach, vergiss es.«

»Mmm. Außerdem bist du eine Countess.«

»Ja, eine arme. Alasdair ist völlig mittellos. Ich muss sogar *sparen*!« Charlotte betonte das letzte Wort auf eine Weise, aus der sowohl Scham als auch Empörung sprachen.

»Trotzdem bist du eine Countess«, hob Caroline hervor.

»Ja, bin ich, und das ist momentan auch mein einziger Trost.«

»Du bist …« Caroline suchte nach weiteren positiven Eigenschaften. »Ah! Ich weiß – die Gesellschaft hat dich wieder aufgenommen, und das war doch dein Hauptanliegen.«

»… wieder aufgenommen.« Charlotte erhob sich rastlos aus ihrem Sessel und trat ans Feuer, um heftig darin herumzustochern. »Ja, ich habe wieder Zutritt zu den geheiligten Ballsälen der Crème de la Crème, doch wofür? Wozu soll es gut sein? Man hat mich vor allen Leuten blamiert und Alasdairs Manneskraft verhöhnt. Diese schreckliche Ziege Lady Brindley hat ihre üblen Verleumdungen höchstpersönlich weitergetragen.« Die Wangen eher vor Scham und Ärger als von der Wärme des Feuers gerötet, starrte sie in die niedrigen Flammen. »Hätte ich noch Zweifel daran gehabt, dass ich nicht mehr zu den oberen Zehntausend gehöre, wären sie jetzt zerschlagen. Ich bin eine Außenseiterin, eine Ausgestoßene, die in der breiten Masse der unteren Schichten treibt.«

Charlotte musterte ihre Freundin mit neuerlicher Sorge. »Du hältst dich nicht mehr für ein Mitglied der höheren Gesellschaft?«

Charlotte spürte einen Moment lang das Brennen von Tränen in ihren Augen. Dann straffte sie die Schultern und biss die Zähne zusammen. Noch gab sie sich nicht geschlagen. Sie hatte nicht vier lange Jahre im selben Haus mit Antonios Mutter ausgeharrt, um dann zugrunde zu gehen, wenn ihr Verstand ihr die Zusammenarbeit aufkündigte. »Ich weiß, dass ich es nicht mehr bin. Aber genug davon, Caroline, das bringt uns nicht weiter. Was ich brauche, ist ein Plan. Patricia heiratet morgen. Alasdair hat mir heute beim Frühstück mitgeteilt, dass wir uns – obwohl ich beschämt und der Lächerlichkeit preisgegeben wurde – nicht auf eines seiner Landgüter zurückziehen werden, wo ich die uneingeschränkte Herrscherin über die Einheimischen wäre. Stattdessen müssen wir in der Stadt bleiben, da es ein Malheur mit den Kolben gegeben hat und sie neu entworfen oder gegossen werden müssen, oder was auch immer man mit Kolben anstellt. Jedenfalls werden sie nicht geputzt. Alasdair hat unverständlicherweise großen Anstoß daran genommen, dass ich sie gereinigt habe. Und so bleibe ich, ans Haus gefesselt, als Gefangene in London und kann mich nicht eher wieder in der vornehmen Gesellschaft blicken lassen, bis sich die Aufregung um den jüngsten Skandal gelegt hat.«

»Das klingt doch gar nicht so übel«, erwiderte Caroline. »Es hört sich sogar ziemlich romantisch an, nach einer Art Flitterwochen, wo du und Lord Carlisle zwangsläufig eine ganze Menge Zeit miteinander verbringen werdet.«

»Es wäre dann ideal, wenn mein Mann und ich eine andere Beziehung hätten«, sagte Charlotte, während sie ihr Notizbuch nahm und eine leere Seite aufschlug. »Doch da ich einen Verstand besitze, der sich plötzlich gegen mich gewandt hat, ein Herz, das noch jegliche Anzeichen von Verliebtheit vermissen lässt, einen Körper, der die Nähe zu Alasdairs ungebührlichsten, wenn auch interessantesten Regionen sucht, während sich mein Ehemann lieber mit diesem langweiligen Gerät beschäftigt als mit mir, ist unsere gemeinsame Zeit eher ein Fluch als ein Segen. Nein, Caro, dieses ewige Hin und Her bekommt mir nicht. Mir muss endlich etwas einfallen, und du wirst mir dabei helfen.«

Caroline beobachtete, wie Charlotte mit leicht krausgezogener Stirn auf das leere Blatt vor ihr starrte. »Ein Plan muss her, ein absolut brillanter Plan, etwas Außergewöhnliches, etwas Narrensicheres. Sich auf eigene Faust zu verlieben zu versuchen, hat nicht funktioniert, folglich brauche ich Unterstützung. Doch wer könnte mir dabei helfen?«

»Mutter hat mir immer gesagt, in wen ich mich verlieben

dürfte und in wen nicht. Vielleicht könnte sie dir einen Rat geben?«

Charlotte nagte am Ende ihres Stifts. »Nein, in wen ich mich verlieben will, weiß ich doch schon. Ich brauche nur … ach, ich weiß es auch nicht; irgendetwas eben. Einen kleinen Schubs, ein Hilfsmittel, Unterstützung in jedweder Form. Etwas, wodurch ich mich garantiert in Alasdair verliebe.«

»So etwas wie einen Zaubertrank?«, scherzte Caroline, während sie an Shakespeares *Sommernachtstraum* dachte, aus dem sie Algernon gerade vorlas.

Mit einem verschmitzten Lächeln im Gesicht blickte Charlotte hoch. Immer wenn sie kurz davorstand, einen ihrer »brillanten« Pläne zu verkünden, trat, wie Caroline wohl wusste, dieses eigenartige Funkeln in ihre Augen. Und wenn sie dieses Funkeln erblickte, begann Caroline, sich Sorgen zu machen.

»Das ist es! Was für eine glänzende Idee, Caro! Wirklich! Ich stehe für immer und ewig in deiner Schuld. Also, was wirkt wohl besser – ein Amulett oder ein Liebestrank? Vielleicht sollte ich beides verwenden, nur um ganz sicherzugehen? Ja, beides zusammen ist gut. Hm, wo finde ich jetzt wohl eine Hexe …«

Caroline starrte Charlotte mit leicht geöffnetem Mund an. Niemals würde sie verstehen, wie Charlottes verworrener Verstand arbeitete, und wenn sie es hundert Jahre lang versuchte.

»Charlotte?«

Als Dare sich näher zu ihr beugte, brachte sein Atem ihr Haar auf eine Weise in Unordnung, die ihr kleine Schauder wohligen Entzückens über den Rücken jagte. Ihr Blick wich jedoch nicht von Patricia und David, die gerade tanzten. »Ja, Alasdair?«

»Würdest du mir vielleicht verraten, was du da um den Hals trägst?«

Charlotte blickte auf das zu ihren Augen passende blaue Kleid, jenes Kleid, das sie schon am Tag ihrer eigenen Heirat getragen hatte und jetzt zu Patricias Hochzeit trug. Direkt über ihrer Korsage lag eine kaum zu sehende, dünne goldene Kette, an der das Amulett hing, das sie von der Hexe bekommen hatte.

»Das ist ein Amulett.«

»Aha.«

Patricia und David tanzten in einem Wirbel aus bewundernden Blicken, rosa Spitze und waldgrüner, edelster Wolle vorbei. Charlotte beneidete Patricia fast um ihr ungetrübtes Glück und dachte verdrießlich, dass ihre neue Schwägerin, anders als sie selbst, in den letzten Stunden nicht durch die Hölle gegangen war. Lange, quälende Stunden, in denen sie sowohl das Ignoriertwerden als auch den Spott von den Gästen Patricias ertragen hatte, ohne sich davon provozieren zu lassen. Sie hätte gern entsprechend darauf reagiert, hatte jedoch ebenso dem Diktat der Etikette als auch ihrem Wunsch gehorcht, Patricia die Hochzeit nicht zu verderben, indem sie ihrer Zunge freien Lauf ließ. Und *das* war eine echte Herausforderung für sie.

»Was für ein Amulett?«

»Es ist das Hinterbein eines Unzertrennlichen, eines Liebesvogels.«

Doch sie hatte all die spitzen Bemerkungen und grausamen Seitenhiebe überlebt, die man sich laut genug zugeflüstert hatte, damit Charlotte auch mitbekam, was man über sie dachte. Sie hatte bemerkt, dass diese Äußerungen immer dann verstummt waren, sobald Alasdair in der Nähe gewesen war; kein Zweifel, dass man ihn – als Mann – von derartigen Unannehmlichkeiten ausnahm.

Das Leben konnte so ungerecht sein.

»Du trägst das Bein eines toten Vogels am Hals?«

»Das Hinterbein eines Liebesvogels«, stellte sie richtig und schaute auf die Uhr, die auf einem Tisch neben der Tür stand. Nur noch eine Stunde, dann wäre das Hochzeitsfrühstück offiziell vorbei und Patricia und David würden aufbrechen, um an Bord ihres Schiffes zu gehen. Eine Stunde. Eine knappe Stunde, dann würden sie und Alasdair das Brautpaar zum Kai begleiten und danach endlich nach Hause zurückkehren, wo sie solange vor all diesen Leuten in Sicherheit war, bis sie ein neues Opfer für ihre Lästereien gefunden hatten.

Wo allerdings noch die Sache mit dem Verlieben auf sie wartete.

»Vögel haben nur zwei Beine, Charlotte.«

»Ach ja? Wie interessant.«

»Und zwei Beine bedeutet, dass sie keine Vorder- oder Hinterbeine haben.«

»Vielleicht haben Liebesvögel aber vier.«

»Nein, sie haben zwei, wie jeder andere Vogel auch.«

»Vielleicht sind die Liebesvögel eine seltene vierbeinige Art, die so unbekannt ist, dass man ihre Hinterbeine als Glücksbringer betrachtet.«

Dare blickte sie mit einer Miene an, die sie insgeheim als seine Märtyrermiene bezeichnete. Sie betrachtete die Frage des Beines als erledigt und nestelte an der schmalen Kette um ihren Hals, während sie sich fragte, ob sie die Dosis des Liebestranks verdoppeln sollte. Vielleicht reichte es einfach nicht aus, wenn sie ihn nur einmal am Tag nahm. Manchmal sah sie Alasdair mehrere Stunden lang nicht, nachdem sie das recht angenehm schmeckende Gebräu getrunken hatte. Vielleicht war die Wirkung schon verflogen, wenn sie ihn das nächste Mal zu Gesicht bekam. Sobald sie wieder zu Hause waren, würde sie noch eine zusätzliche Portion nehmen. Schaden konnte es ihr bestimmt nicht; immerhin war es ein Liebestrank. Welchen Schaden konnte eine doppelte Portion Liebe schon anrichten?

»Charlotte.«

Sie drehte sich zu ihrem Ehemann um. Er hatte eine seiner herrlichen Augenbrauen hochgezogen. Sie freute sich zu sehen, dass die Spuren der Müdigkeit um seine Augen und seinen Mund fast verschwunden waren, was zweifellos daran lag, dass sie sich nach wie vor schlafend stellte, wenn er zu ihr ins Bett kam. In den letzten Nächten hatte er so erschöpft gewirkt, dass sie nichts anderes getan hatte, als zu warten, bis er eingeschlafen war, um ihn dann zuzudecken und sich neben ihm einzukuscheln. Auch wenn sie dabei gegen das prickelnde Verlangen kämpfen musste, seinen willenlosen Zustand auszunutzen. »Ja?«

»Willst du mir etwa sagen, dass du das Bein eines toten Vogels um den Hals trägst?«

Sie sah ihn vorwurfsvoll an. »Ich dachte, das hätten wir geklärt.«

Er schüttelte den Kopf und fuhr sich mit der Hand auf die Weise durchs Haar, die sie besonders liebte. Es kribbelte ihr in den Fingern, ihre Hand seiner folgen zu lassen.

»Entschuldige, ich dachte, ich hätte mich verhört, und wollte meinen Eindruck lieber korrigieren, bevor sich bei mir die irrige Vorstellung festsetzt, du hättest dir ein totes Tier in die Korsage gesteckt. Ich weiß nicht, warum es mich so überrascht. Vielleicht ist es bei den Damen höherer Kreise nichts Ungewöhnliches, das Bein eines toten Vogels zwischen den Brüsten zu tragen, doch sollte das nicht üblich sein, würdest du mir dann bitte erklären, warum du das tust?«

»Oh.« Er wollte wissen, warum? Verflixt. »Das … bringt Glück.«

Seine zweite Augenbraue schloss sich der ersten an. »Glück?«

»Ja, das bringt Glück. Und zwar … äh … dir.« Sie kreuzte die Finger hinter dem Rücken. Eigentlich war es nicht mal gelogen. Wenn das Amulett, der Liebestrank und die magischen Worte Wirkung zeigten und sie sich in ihren Ehemann verliebte, geschähe das schließlich auch zu seinem Glück. Jede Wette. Was auch sonst, mit ihr an seiner Seite? »Dieses Amulett soll dafür sorgen, dass … dein Gerät ein Erfolg wird.« Noch eine Halbwahrheit, aber immerhin keine richtige Lüge.

Er zog an der Kette, bis ein kleines blaues Fläschchen aus den Tiefen ihres Busens auftauchte, und betrachtete es mit zusammengekniffenen Augen. Durch das dunkle Glas konnte er das vertrocknete Bein eines kleinen Vogels erkennen.

»Es ist ein Glücksbringer«, sagte sie, während sie dem Blick seiner blauen Augen begegnete und sich trotz des außergewöhnlich kühlen Tages plötzlich wohlig warm fühlte. Sein heißer, durchdringender Blick verschmolz mit ihrem und ließ ihre Haut erröten.

»Ein … Glücksbringer«, wiederholte er sanft und steckte das Amulett in ihr Kleid zurück, wobei er mit den Fingern das Tal zwischen ihren Brüsten streifte. Für einen kurzen Moment stockte ihr der Atem, dann setzte er schneller als zuvor wieder ein. Ihre Brüste spannten den Stoff ihrer Korsage, als Dare die Finger langsam herauszog und dabei auf eine Art und Weise ihre empfindsame Haut streichelte, dass ihr die Knie schwach wurden.

»Charlotte«, murmelte er mit funkelnden Augen, während sich sein Mund ihrem näherte.

»Dare.« Sie bog den Kopf in den Nacken, und ihre Lippen teilten sich, um seinen zu begegnen.

»Kommt, tanzt mit«, rief Patricia, als sie und David im Walzertakt an ihnen vorbeischwebten. Schlagartig wurde Charlotte daran erinnert, dass die gesamte Hochzeitsgesellschaft sie sehen konnte. »Ihr sollt auch euren Hochzeitstanz haben.«

Charlotte riss den Blick von ihrem Mann los und war ein wenig verlegen, dass sie sich vergessen und ihr Verlangen in der Öffentlichkeit gezeigt hatte. Doch dann beurteilte sie den Gedanken plötzlich aus einem anderen Blickwinkel. Fast hätte sie Dare vor aller Augen geküsst! Das musste ein sicheres Zeichen dafür sein, dass der Besuch der alten Frau, bei der sie die Liebeszauberutensilien erstanden hatte, sich doch gelohnt hatte. Offensichtlich war sie dabei, sich zu verlieben, denn wer sonst als eine verliebte Frau würde das Verlangen spüren, ihren Ehemann in aller Öffentlichkeit zu küssen?

»Wollen wir?« Alasdair reichte ihr den Arm.

Sie blickte ihn unter halb gesenkten Wimpern an und musste lächeln, als sie die Röte auf seinen Wangen sah. Dann legte sie die Hand an seinen Arm und ließ sich von ihm auf die Tanzfläche führen. Gleich bei der ersten Drehung zog Dare ihren Körper fest an seinen, und sie hätte vor Freude jubeln mögen, als sie sich mit wild schlagendem Herzen im Takt der Musik bewegte und es genoss, in seinen Armen zu liegen. Vergessen war die Demütigung der vergangenen Stunden, vergessen der nagende Verdacht, dass sie nie wieder als Mitglied der Londoner Gesellschaft akzeptiert werden würde, vergessen all die Sorgen darüber, dass Alasdair der so verzweifelt angestrebte Erfolg verwehrt bleiben könnte.

All diese trüben Gedanken waren aus ihrem Kopf verbannt, als sie glückselig über die Tanzfläche schwebte. Jetzt bestand kein Zweifel mehr, dass sie begonnen hatte, Liebe für ihren Mann zu empfinden. Und in Anbetracht des sprunghaften Wesens der feinen Gesellschaft, die gewiss in Kürze ein neues, aufregenderes Thema für ihr Geschwätz fände, würde sich gewiss bald alles zum Guten wenden. Schon bald würde sie Dare aus tiefstem Herzen lieben und ihn nicht nur zum Schlafen in ihrem Bett willkommen heißen. Und sobald die Gerüchte über sie und Dare der Vergangenheit angehörten, würden sich auch ihre dummen Befürchtungen, von der Gesellschaft ausgestoßen zu sein, endgültig zerstreuen.

Ein Leben voller Freude erwartet mich, sinnierte sie und gab sich völlig dem glückseligen Gefühl eines Tanzes mit ihrem Mann hin.

»Das war eine sehr schöne Hochzeit«, stellte Mrs Whitney mit leiser Zufriedenheit fest. »Wie schade, dass Nathaniel nicht dabei sein konnte, doch ich bin sicher, dass er Patricia genauso lieben wird wie ich sie. Sie ist die perfekte Frau für David. Ich hätte ihn nicht jeder Frau hergegeben, aber die beiden passen wirklich gut zusammen. Das spüre ich bis ins Mark, und mein Gefühl hat mich noch nie im Stich gelassen.«

Dare sah zu, wie seine Frau mit seinem neuen Schwager tanzte. Dann wandte er sich mit einem Lächeln der Frau neben ihm zu. »Sie empfinden große Liebe füreinander, und ich bin sicher, dass sie sehr glücklich werden. David sagte, dass Ihr Gatte im August zurückkäme?«

»So jedenfalls hat er es geplant.«

»Ah.« Das verschaffte ihm zwei Monate, wenn nicht mehr, um die Feineinstellungen an seinem Motor vorzunehmen. Wenn alles glattlief, konnte er vielleicht etwas Zeit für seine Frau erübrigen. *Charlotte*, klang ihr Name leise in seinem Kopf. Sein Blick wanderte zu ihr und David zurück. Wenn sie vielleicht etwas Zeit miteinander verbrachten, würde sie sich in ihn verlieben, und dann konnte er endlich …

»McGregor! Ich habe Sie schon gesucht. Hier ist jemand, den Sie vielleicht gern sehen würden.«

Als Dare seinen Namen hörte, drehte er sich um. Lord Collins stand im Türrahmen des Hotelsaals, den Dare für das Hochzeitsfrühstück seiner Schwester gemietet hatte. Obwohl ihm klar war, dass Patricia Charlottes Bruder nur aus reiner Höflichkeit eingeladen hatte, überraschte es ihn jetzt doch, Collins tatsächlich anzutreffen. Durch ein paar vorsichtige Andeutungen Dritter hatte er erfahren, dass Collins seine Schwester sofort hatte fallen lassen, nachdem sie mit ihrem ersten Mann durchgebrannt war.

»Collins«, begrüßte Dare den Mann höflich und mit einer nur angedeuteten Verbeugung. Wenn der Earl vorhatte, Charlotte in welcher Form auch immer zu ärgern, sollte er sich das gut überlegen; sie hatte schon genug mit den sarkastischen Äußerungen der Frauen um Phylomena zu kämpfen, da konnte sie nicht auch noch die Schwierigkeiten gebrauchen, die ihr eigener Bruder ihr womöglich bereitete. »Ich habe nicht damit gerechnet, Sie hier zu sehen. Ich hätte nicht gedacht, dass Sie etwas für Hochzeiten übrig haben.«

Der Earl zeigte ein kaltes und grausames Lächeln und wedelte mit seinen plumpen Fingern in Richtung eines hoch aufgeschossenen jungen Mannes, der Dare irgendwie bekannt vorkam. »Dass Sie nicht erwartet haben, uns zu sehen, davon bin ich überzeugt, aber da dies ein Familienereignis ist, dachte ich, es würde Sie freuen, die ganze Familie versammelt zu sehen.«

Dare betrachtete den jungen Mann, der spöttisch die Stirn runzelte und sich mit affektierter Eleganz verbeugte. Er erwiderte den Blick des Earls. »Ich bedaure, aber ich kenne Ihren werten Namen nicht.«

»Genau das«, entgegnete Lord Collins mit einem widerlichen Grinsen, »habe ich unserem jungen McGregor hier gerade gesagt.«

»McGregor?« Dare musterte den jungen Mann vor ihm aus zusammengekniffenen Augen.

»Geoffrey McGregor«, bestätigte der Mann mit einem verschlagenen Lächeln um die Lippen.

Dare erstarrte, als er den Namen hörte. »Ich hatte einen Cousin namens Geoffrey«, sagte er gedehnt und musterte den Mann argwöhnisch. Er hatte das blonde Haar und die dunkelblauen Augen der McGregors, doch während Dares Zweig der Familie zu stattlicher Größe und breiten Schultern neigte, war der Mann vor ihm eher schlank, fast schmal. Trotzdem ließ sich nicht bestreiten, dass das gleiche Blut in den Adern dieses Mannes floss. »Mein Cousin starb vor etwa fünf Jahren. Er ertrank, als sein Schiff auf dem Weg nach Holland in einem Sturm unterging.«

»Ja, so erzählt man es sich, aber meinen Sie nicht auch, dass die Wahrheit manchmal so viel hässlicher sein kann?«

Dares Hände ballten sich beim Klang der unterschwelligen Andeutungen des jüngeren Mannes zu Fäusten. »Wollen Sie etwa behaupten, dass Sie Geoffrey McGregor sind, der Verschwender, der Sohn von Robert McGregor aus Perth?«

»Genau der bin ich.« Der Mann verzog die Lippen zu einem selbstgefälligen Lächeln.

Dare war wie vom Blitz getroffen und fühlte sich mehr als elend. »Dann Sind Sie gar nicht vor fünf Jahren auf dem Weg nach Holland ertrunken?«

»Ganz und gar nicht. Ich wurde entführt und ohne meine Zustimmung auf ein Handelsschiff verfrachtet, das in den Orient segelte. Der Mann, der mich entführen ließ, verkaufte mich in die Knechtschaft, damit ich für ihn die Spielschulden abarbeitete, die er beim Kapitän dieses Schiffes hatte. Ich habe fünf Jahre gebraucht, um sie zu begleichen. Danach habe ich mich auf den Heimweg gemacht, und wie Sie sehen, lieber Cousin, bin ich wieder da.«

Oh Gott, konnte es tatsächlich noch schlimmer kommen?

»Matthew, was für eine unliebsame Überraschung, dich hier zu sehen.«

Ja. Ja, es konnte tatsächlich noch schlimmer kommen. Einen Augenblick lang war Dare hin- und hergerissen, ob er sich seine Frau einfach über die Schulter werfen und mit ihr davoneilen sollte.

»Darf ich darauf hoffen, dass du die falsche Tür erwischt hast und dich gleich wieder auf den Weg in die nächstbeste Spielhölle machst?« Charlotte hakte sich bei ihrem Mann ein und funkelte ihren Bruder böse an. Dare schloss kurz die Augen und wünschte sie sich weit weg. Wenn der junge Mann vor ihm tatsächlich der war, der zu sein er behauptete … ein Stöhnen kam ihm über die Lippen.

»Na bitte, selbst Alasdair will dich nicht hier haben, und er ist der Höflichere von uns beiden.«

»Meine liebe Schwester, ich bringe frohe Kunde.« Collins' Augen leuchteten vor Vergnügen und Verschlagenheit. Dare schlang den Arm um seine Frau und versuchte, mit ihr davonzugehen, um sie vor den Nachrichten zu bewahren, die sie – wie er wusste – am Erdboden zerstören würden.

»Wir feiern die Hochzeit meiner Schwester«, erklärte er den beiden Männern, die ihn mit rachsüchtigen Blicken beobachteten. »Ich möchte nicht, dass dieses Fest durch Ihre *frohe Kunde* getrübt wird. Wenn Sie also so freundlich wären, mich am späteren Nachmittag aufzusuchen –«

»Was führst du im Schilde, Matthew?«, sträubte Charlotte sich, hinausgeführt zu werden, und ließ den Blickt zwischen Dare und ihrem Bruder hin- und herspringen. »Welche Teufelei hast du dir diesmal ausgedacht?«

»Teufelei?« In einer Geste der Unschuld hob Collins die Hände und spreizte die Finger.

Panik wallte in Dare auf. Er wollte nicht, dass Charlotte die

Neuigkeiten hier und jetzt erfuhr, nicht auf diese Weise und nicht vor allen Leuten. »Madam, ich bestehe darauf, dass Sie jetzt gehen und sich um Ihre Gäste kümmern.«

Sie rümpfte die Nase auf eine Weise, bei der er sie am liebsten immer gleich küssen wollte, doch jetzt war ihm nur daran gelegen, ihr zu ersparen, was in den nächsten Sekunden passieren würde. »Das sind nicht meine Gäste, sondern Patricias, und ich verspüre nicht den geringsten Wunsch, mich um sie zu kümmern. Ich möchte nur wissen, welche widerwärtige kleine Überraschung Matthew diesmal für uns bereithält.«

»Es verletzt mich zutiefst, dass du mir so etwas zutraust, Schwesterherz, wo ich mir doch die Mühe gemacht habe, einen Verwandten deines Ehemannes mitzubringen.«

»Madam«, sagte Dare so bestimmt wie nur möglich, damit Charlotte hoffentlich erkannte, dass jede Widerrede zwecklos wäre, oder wenigstens beleidigt abzöge, »Sie haben da etwas an der Nase. Bitte kümmern Sie sich sofort darum.«

Charlotte verdrehte die Augen. »Sei nicht albern. Ich würde mich doch nicht mit einer schmutzigen Nase in der Öffentlichkeit zeigen. Ein Verwandter von Alasdair, sagst du?«

Geoffrey McGregor, wenn er es denn war, nahm Charlottes Hand und beugte sich darüber. Dare riss sie zurück, ehe die Lippen des anderen Mannes sie berührten, und blickte seine Frau streng an. »Charlotte, ich bestehe darauf, dass du gehst. Unterhalte dich mit Mrs Whitney. Gerade gestern erst hast du erklärt, dass du mir gerne bei der Arbeit an meinem Motor helfen würdest – also geh bitte und rede mit ihr darüber, was für ein weitblickender Visionär ich bin.«

Sie lächelte ihn an. »Ich kann ja noch viel weiter sehen als du. Als wir gestern zum Schmied gefahren sind, konnte ich sein Schild ein ganzes Stück eher lesen als du.«

Geoffrey verwandelte sein leises Lachen in ein Husten. Dare

bedachte ihn mit einem eisigen Blick. »Nichtsdestotrotz tun Sie, was ich sage, Madam.«

»Aber wieso denn?«, fragte Charlotte und versuchte, um ihn herum zu dem jungen Mann zu spähen. »Hat er irgendetwas Schlimmes an sich, dass du ihn mir nicht vorstellen willst?«

»Ha!«, lachte Collins.

Dare packte seine Frau und versuchte, sie mit sich zu ziehen, doch sie rührte sich nicht vom Fleck. »Charlotte –«

»Ist er es nicht wert, ihn kennenzulernen?«

»Wenn du die Wahrheit wissen möchtest, Schwesterherz …«

»… könntest du mir nur ein einziges Mal den Gefallen erweisen, ohne Widerrede …«

»Ist er etwa ein Ausbund an Sünden und schlechten Manieren?«

»… der junge Mann vor dir ist der Cousin deines Mannes …«

»… oder viel Aufhebens einfach nur das zu tun, was ich dir sage?«

»Oder ist er ein Verführer und Schänder unschuldiger Jungfrauen oder ein zwielichtiger, lüsterner Kaufmann, der mit anrüchigen Dingen handelt?«

»… sein seit vielen Jahren verschollener Cousin, jener Cousin, der von deinem Ehemann zwar offensichtlich für tot gehalten wurde, es aber ganz und gar nicht ist; und weil das so ist …«

Dare packte seine Frau und schob sie gewaltsam zu der Gruppe von Gästen, in deren Mitte seine Schwester stand. »Frau, ich bestehe darauf, dass Sie uns jetzt alleinlassen!«

»Ist er ein schlechter Mensch?«, wollte sie wissen und spähte über die Schulter zu ihrem Bruder und Geoffrey zurück.

Collins warf sich in die Brust und erklärte schließlich laut: »… ist *er* der rechtmäßige Earl von Carlisle, und nicht dein Gatte.«

Dares Griff um die Arme seiner Frau wurde hart wie Stahl. Zum Teufel mit Collins! Zum Teufel mit allen beiden! Wenn der Mann tatsächlich der war, der zu sein er vorgab – und Dare würde sich auf alle Fälle erkundigen, ob der Lump Beweise für seine Identität vorbringen konnte –, hatte Collins recht. Dann war sein Cousin der Erbe des Titels und der Ländereien, nicht er. Ihm persönlich war dieser Titel völlig egal – er war nichts als eine hohle Ehre, an der leider ein Haufen Schulden klebte –, aber Charlotte, so wusste er, legte großen Wert darauf.

»Ich wollte es dir unter vier Augen sagen«, erklärte er ihr leise, während seine Hand zärtlich ihren Rücken hinauf bis zu ihrem Nacken glitt und dort streichelnd verweilte. Wie versteinert stand sie da und starrte den Earl mit sprachlosem Entsetzen an, während die Verkündigung durch den ganzen Saal hallte. Danach erfüllte ein bedeutungsschweres Schweigen für einen kurzen Augenblick den Raum, ehe sich hier und da leise Kommentare erhoben, die schließlich zu einem Crescendo anschwollen, als die Crème de la Crème sich umeinander scharte, um sich voller Begeisterung auf den jüngsten Skandal zu stürzen, den man ihnen so mundgerecht serviert hatte.

Das Leben, so entschied Dare, als er die vor Schmerz und ungläubigem Staunen weit aufgerissenen Augen seiner Frau erblickte, hatte einen Punkt erreicht, an dem es beim besten Willen nicht schlimmer kommen konnte.

12

Wie ein Häufchen Elend saß Charlotte in ihrem Schlafzimmer und starrte ins Kaminfeuer.

Sie war keine Countess mehr.

Mit der Regelmäßigkeit des Tickens der Kuckucksuhr, die sie zu ihrem siebten Geburtstag geschenkt bekommen hatte, huschten immer wieder die Bilder der Ereignisse des Tages durch ihren Kopf: die Freude über Patricias schöne Hochzeit; das Hochzeitsfrühstück, das sich zäh hingezogen hatte und kein Ende hatte nehmen wollen; Matthews überraschendes Erscheinen und seine Bekanntmachung; die darauf folgenden quälenden Minuten, in denen sie – nun da sie nichts mehr besaß, das von Bedeutung für sie war – den wissenden Blicken der Menschen ausgesetzt war; die beinahe unerträgliche Verlegenheit und Scham; und schließlich die Erleichterung, nachdem sie endlich das frischgebackene Ehepaar verabschiedet hatten und nach Hause zurückgekehrt waren. Wo sie sich sogleich in tiefer Verzweiflung in ihrem Zimmer verkroch.

Sie war keine Countess mehr.

Das Feuer knackte und zischte so wie immer, als wäre nichts geschehen, und dennoch hatte Charlotte das Gefühl, ihre Welt stünde kopf. Es war, als wäre ihr Leben plötzlich eine lose Aneinanderreihung von Ereignissen, die zwar irgendwie miteinander zu tun hatten, aber doch keine Verbindung aufwiesen – bekannt, aber fremd. Sie war noch immer Charlotte, und doch war sie nicht mehr das, wofür sie sich gehalten hatte. Sie war eine Ehefrau, doch nur dem Namen nach. Einst war sie die Tochter eines Earls, die Schwester eines Earls und die Frau eines Earls gewesen, aber jetzt hatte sie durch ihren Bruder erfahren, dass sie einfach nur Mrs McGregor war, die Gattin eines verarmten Gentlemans, die man obendrein weder besonders schätzte noch brauchte.

Sie war keine Countess mehr.

Was würde Dare jetzt tun? Was würde *sie* tun? Wie sollte sie in ihr neues Leben finden, jetzt, da ihr alles genommen worden war, alles, das sie sich gewünscht, das sie gebraucht, das sie geplant hatte? Zuerst die Sicherheit des Reichtums, dann ihre Stellung in der Gesellschaft und schließlich das mit Dares Titel einhergehende Ansehen ... alles was sie jetzt noch besaß, war Dare selbst. Und obwohl sie wusste, dass er sie liebte, war es eine widerwillige Liebe, eine Liebe, die er ihr eigentlich nicht hatte schenken wollen. Er hatte nie die Absicht gehabt, sie zu heiraten.

Plötzlich stürzte alles auf sie ein. »Wie soll ich je damit fertig werden?«, schluchzte sie.

»Mit mir an deiner Seite«, antwortete eine warme Stimme. Den Morgenrock locker um seine Hüften gebunden, stand Dare in der Tür. »Und zwar hocherhobenen Hauptes und mit einem Lächeln auf den Lippen. Zusammen werden wir die Zukunft meistern, Charlotte. Zusammen können wir alles schaffen.«

Sie schüttelte den Kopf, als die Hoffnung, die seine Worte geweckt hatte, zu schwinden drohte. »Du bist kein Earl und ich keine Countess mehr.«

»Nein, aber du bist immer noch meine Frau.« Er kam zu ihr und ging vor ihr auf die Knie, beugte sich über ihre im Schoß liegenden Hände und bedeckte sie mit Küssen. Als seine Haare ihre Haut streiften, loderte ein vertrautes Feuer tief in ihrem Innern auf. Dasselbe Feuer glaubte sie in seinen Augen zu erkennen, als er sie anblickte. »Du hast immer noch mich. Ich bin noch der Gleiche wie vorher. Ich brüste mich mit dem festen Glauben daran, dass du *mich* wolltest und keinen leeren Titel, oder sehe ich das falsch?«

Charlotte sah tief in seine indigoblauen Augen und dachte über die Frage nach, ja, sie dachte gründlich darüber nach. Hatte sie ihn nur des Titels wegen geheiratet? Es gab noch mehr Männer, die einen Titel besaßen und sich mit einer kleinen List in die Ehe hätten locken lassen, aber keiner sah so gut aus wie Dare … doch halt, das waren Äußerlichkeiten, und sie hatte inzwischen begriffen, was er mit dem Blick hinter die Fassade gemeint hatte. Wenn sie ehrlich war, gab es keinen anderen Mann, der dieselben Gefühle in ihr weckte wie Dare, keinen, für den sie größeres Interesse zeigte, der sie herausforderte, keinen, dessen Berührung ihr den Atem raubte, sie erregte und ein Verlangen nach mehr hervorrief. Sie zog eine Hand unter seinen Händen hervor und schmiegte sie an seine Wange. Goldene Barthärchen kitzelten sie, als sie mit den Fingern an seinem Kinn entlangfuhr. »Nein, ich wollte dich nicht deines Titels wegen heiraten. Ich wollte *dich*.«

Sein Kinn spannte sich unter ihrer Berührung an, als er mit einer leichten Drehung des Kopfes dafür sorgte, dass ihre Finger über seine Lippen strichen. Er öffnete den Mund und strich mit der Zunge über die Fingerspitze, die in ihn eintauchte. Das Gefühl seines Mundes an ihrer Haut schien ihre intimsten Regionen zu reizen – plötzlich bettelten sie um Aufmerksamkeit, wobei der Punkt, an dem sich ihre ganze Erregung sammelte, am allerlautesten schrie. Charlotte ließ auch die andere Hand durch sein seidiges Haar gleiten. Sie spürte, wie sich etwas in ihr aufbaute, eine Gewissheit, die kurz davorstand, entdeckt zu werden, etwas von großer Tragweite, das sich in ihrer Seele zu entfalten begann. Sie neigte den Kopf, bis sich ihre Lippen fast berührten, bis sie seinen Atem auf ihrem Mund spürte. Der Druck in ihrem Innern nahm weiter zu, bis die Erkenntnis schließlich in dem Moment hereinbrach, als sich ihre Lippen berührten. Sie brach herein wie ein herrlicher Sonnenstrahl in einen schwarzen Abgrund.

Sie liebte ihn. Sie liebte ihn von ganzem Herzen, mit ganzer Seele, mit jeder Faser ihres Körpers, sie liebte ihn! Tränen benetzten ihre Wangen, als sie an seinem Mund lächelte und ihre Liebe am liebsten vom höchsten Berg der Erde hinabgeschrien hätte.

»Es tut mir so leid, Charlotte, so unendlich leid«, sagte er leise, während er ihr mit schmerzerfüllter Miene ihre Tränen abwischte.

»Das weiß ich«, hauchte sie und ließ sich vom Stuhl in seine Arme gleiten, während ihr Lächeln beim Anblick seiner Überraschung breiter wurde. »Ich liebe dich, Dare. Ist das nicht unglaublich? Ich hätte nie gedacht, dass es so schnell geht, aber so ist es, denn gerade vor einer Sekunde habe ich gemerkt, dass ich dich liebe. Ich liebe dich wirklich. Findest du es nicht auch äußerst erstaunlich und wundervoll, dass ich so empfinde? Ich ja. Für mich ist das alles so verwirrend. Aber weißt du, jetzt da mir meine Liebe zu dir klar geworden ist, obwohl dieser furchtbare Mann behauptet, du wärst gar kein Earl mehr, nicht, dass ich ihm glauben würde – es ist nicht zu übersehen, dass er ein Hochstapler ist, der es auf deinen Titel abgesehen hat, ein übler Gauner; denn wenn jemand dazu bestimmt ist, ein Earl zu sein, dann du – und dennoch, dass ich dich lieben kann, ohne auch nur daran zu *denken*, dass du möglicherweise gar kein Earl bist, ist so erstaunlich, dass es mir die Sprache verschlägt; mir fehlen wirklich die Worte.«

Dare starrte sie einen Moment lang an, dann warf er den Kopf zurück und lachte, bis er hintenüberkippte und dabei

Charlotte mitriss, sodass sie vor dem Kamin zu liegen kamen, seine Frau auf seiner Brust, von wo aus sie ihn anlächelte.

»Du schaffst es immer wieder, mich zu überraschen. Gerade wenn ich meine, endlich zu wissen, woran ich bei dir bin, ziehst du mir den Teppich unter den Füßen weg.«

»Sei nicht albern«, lächelte Charlotte, während sie sein Kinn küsste und ihr das Herz beim Anblick ihres lachenden Ehemannes sprang, vor Glück und Freude und der Zufriedenheit, dass der Liebestrank gewirkt hatte. Sie empfand tatsächlich Liebe! »Mir gefällt dieser Teppich, und ich würde nie grob daran zerren.«

»Ist das dein Ernst?«, fragte Dare, sobald seine Lippen sich von ihren getrennt hatten.

»Ja«, hauchte sie mit vor Leidenschaft und Liebe strahlenden Augen. Dann fuhr sie mit einem Finger unter den Aufschlag seines Morgenrocks und genoss es, seine Haut unter ihrer Hand zu fühlen. Voller Ungeduld schob sie ihm den Morgenrock von den Schultern, dann beugte sie sich zu ihm und drückte zärtliche Küsse auf seine Brust. »Ja, mein voller Ernst. Immerhin ist das mein Lieblingsteppich.«

Dare stieß ein leises Lachen aus, als er sie fest an sich zog und sich mit ihr herumrollte, sodass jetzt sie auf dem Rücken unter ihm lag. »Das habe ich nicht gemeint, Madam, und das wissen Sie auch.«

Sie ließ ihre Grübchen für ihn erscheinen. »Ach, du meinst das andere? Dass ich dich liebe? Ja, auch das habe ich ernst gemeint. Trotzdem ist und bleibt es ein Wunder für mich.«

Er tauchte unter, um mit den Lippen die sensible Stelle hinter ihrem Ohr zu liebkosen, womit er eine Welle der Lust durch ihren Körper sandte.

»Es ist ein Wunder, weil ich es nicht geschafft habe, dir zu geben, was du dir von mir gewünscht hast?«

»Nein.« Sie zupfte an seinem Haar, damit er hochsah. »Du *hast* mir doch gegeben, was ich mir gewünscht habe – einen gut aussehenden Ehemann, meine Rückkehr in die vornehme Gesellschaft Londons, Ansehen und gesellschaftlichen Rang. Es ist nicht deine Schuld, dass dieser bösartige Mann sich einen Plan ersonnen hat, um uns all dies wegzunehmen. Wenn ich von einem Wunder spreche, dann beziehe ich mich auf meinen Verstand, an dem ich schon zu zweifeln begann, und darauf, dass ich nicht in der Lage war, Liebe zu empfinden. Doch nun ist mir klar, dass diese Zweifel einfach nur töricht waren. Mein Verstand ist genauso klar und scharf wie zuvor, worüber ich sehr erleichtert bin, da ich schon völlig verunsichert war, ob sich dieser Mangel wohl zu deiner Zufriedenheit beheben ließe.«

Dare schenkte ihr ein zärtliches Lächeln und strich ihr sanft das Haar aus der Stirn. »Dein Verstand ist absolut einzigartig, Charlotte, und ich würde nichts daran ändern wollen, nicht die kleinste Kleinigkeit.«

Sie starrte ihn an, beobachtete, wie er sie beobachtete, und war sich mit allen Sinnen bewusst, dass sich sein nackter Oberkörper eng an ihre Brust schmiegte, während seine Arme ihren Kopf umschlossen und sein Mund, dieser herrliche Mund, nur wenige Zentimeter von ihrem entfernt war. Er beugte sich tiefer, bis sich ihre Lippen berührten.

»Ich glaube, wir setzen das hier lieber in deinem Bett fort, wo es erheblich bequemer sein dürfte.«

»Ach?« Hoffnung, Verlangen, Liebe und Leidenschaft – die in ihr erwachenden Gefühle waren zu zahlreich, um sie alle unterscheiden und aufzählen zu können. »Du bist müde? Und willst schlafen?«

Seine Lippen waren süß wie Zucker auf ihren. »Nein, ich bin weder müde noch möchte ich schlafen. Ich möchte eins mit meiner Frau werden.«

Charlotte stieß einen leisen Seufzer der Vorfreude aus. »Bist du sicher? Du warst bei diesem Thema letztens noch so unerbittlich – «

»Ich bin mir sicher«, sagte er mit begehrlich rauer Stimme. »Aber was ist mit dir? Möchtest du mich noch immer? Kannst du einen Ehemann wollen, der deinen Ansprüchen so wenig genügt?«

»Ja«, antwortete sie, wobei sie das Verlangen in seinem Blick nicht leugnen konnte, nicht, dass sie es je gewollt hätte. »Ich habe dich schon immer gewollt, Dare. Es gibt so viele Sinnliche Wege ins Eheglück, die ich gerne noch mit dir ausprobieren würde, besonders *Montezumas Pyramide*, obwohl ich finde, dass die *Hängenden Gärten von Babylon* auch sehr reizvoll klingen, trotz der Tatsache, dass dieser Sinnliche Weg mit all den Seidenschnüren und dergleichen doch recht kompliziert anmutet, und außerdem verstehe ich noch nicht so ganz, wie die Federn ins Spiel kommen, oder übrigens auch die Weintrauben, aber ich bin überzeugt, dass wir viel Spaß haben werden – «

Dare lachte, als er aufstand, sie in seine Arme hob und zum Bett trug. »Ich glaube, Montezuma und Babylon heben wir uns für ein andermal auf. Im Augenblick würde ich meiner bezaubernden Frau nur gerne auf die mir bestmögliche Art und Weise huldigen, ohne Hilfsmittel und akrobatische Stellungen.«

»In Italien soll man die erstaunlichsten Dinge mit Ziegenkäse anstellen kön– «

Mit einem Keuchen brach sie ab, als Dare sie absetzte und ihr das Nachthemd vom Leib riss. Sie stand neben dem Bett – splitterfasernackt – und gewährte ihm freien Blick auf ihren Körper, der vom goldenen Glanz des Feuerscheins umhüllt wurde … und sie fand es keinesfalls schockierend. Sie hatte sich nie große Gedanken über ihren Körper gemacht, er war immer da und brachte ihre Kleidung gut zur Geltung. Aber anders als Crouch mit seiner abfälligen Bemerkung über ihren Allerwertesten hatte sie ihm nie viel Beachtung geschenkt. Jetzt jedoch schien ihr Körper verletzlich, was nicht zuletzt daran lag, dass ihr Ehemann direkt vor ihr stand und sie ansah, als würden ihm gleich die Augen aus dem Kopf fallen. Ihre Brüste waren schwer und brannten, ihr Schoß war heiß und ihre Haut an den Stellen, wo Dares Blick kurz verweilte, empfindlich und voller Sehnsucht nach seiner Berührung. Erregt durch die aus seinem Blick sprechende Leidenschaft schmiegte sie sich an ihn und genoss seine Nähe.

Doch jetzt wollte auch sie alles von ihm sehen, jene Körperteile, die noch von seinem Morgenrock verdeckt wurden. Die *interessanten* Teile.

»Ich denke, dass es höflich von dir wäre, mir den gleichen Gefallen zu tun«, schlug sie vor, während sie am Gürtel seines Morgenmantels nestelte.

»Wunderschön.« Er schluckte hörbar, während sein Blick bewundernd über sie glitt. Er schien wie gebannt von dem, was er sah, denn er machte keinerlei Anstalten, sich auszuziehen. Also löste Charlotte den Knoten seines Gürtels. Mit einem Rascheln fiel der Mantel zu Boden.

»Oh, ja, wunderschön!«, sagte sie und verstand plötzlich, warum er sich von ihrem Anblick so betört gefühlt hatte. Denn mit ihr geschah das Gleiche, als sie ihn betrachtete. Er war so wunderschön, dass sie spürte, wie ihr die Tränen in die Augen stiegen. Er strotzte nur so vor Männlichkeit, seine Muskeln waren hart und wohlgeformt, und sein festes Fleisch verlangte danach, berührt zu werden. Jede Erhebung, jedes Tal und jeder Muskel verlangte danach, von ihr angefasst zu werden. »Du bist wunderschön, Dare, so – ach, du meine Güte, jetzt sieh dir das an, das muss doch wehtun, in diesem Zustand – und dann diese breiten Schultern! Und dein Bauch! Ich muss sagen, dein Bauch ist wirklich ein Prachtexemplar. Du bist wie eine dieser Statuen, die Lord Elgin aus Griechenland mitgebracht hat, nur dass du noch tausendmal schöner anzusehen bist. Ist deine Rückseite noch so schön, wie ich sie in Erinnerung habe – oh ja, ist sie! Sie ist genauso perfekt wie die Vorderseite! Darf ich ihn anfassen? Darf ich – oh! Wie machst du das? Wie kann man sich nur so sehr anspannen? Was würde wohl geschehen, wenn ich dich genau hier berüh–«

Charlotte, die sich glücklich in einer Welt verloren hatte, die nur aus dem nackten Dare bestanden hatte, fand sich plötzlich auf dem Rücken liegend im Bett wieder.

»Char«, knurrte er, als er auf ihr lag und sein Mund über ihrem schwebte. Sie wölbte sich unter ihm auf, sodass ihre Nippel sich an den weichen Härchen seiner Brust rieben. »Hast du etwa vor, alles zu kommentieren, was diese Nacht geschehen wird?«

»Vyvyan La Blue sagt, dass Gespräche während des Beschreitens eines Sinnlichen Weges eine Bereicherung für Mann und Frau sein können, und da ich dir auf möglichst vielfältige Weise Wonne bereiten möchte, nicht nur mit meinem Körper, sondern auch mit meinem Geist, denn meine Cousine Gillian hat mir erzählt, dass ihr Mann – Lord Weston, du erinnerst dich doch, der, den du ein- oder zweimal umzubringen versucht hast – also Gillian sagt, dass Noble genauso großen Gefallen an ihrem Geist wie an urtümlicheren Genüssen hat, obwohl sie eigentlich nicht näher darauf eingegangen ist, was sie mit *urtümlichen Genüssen* meinte, ich nehme jedoch an, dass es um solche sinnlicher Natur ging, das heißt, die Antwort auf deine Frage lautet Ja; um deines Genusses willen beabsichtige ich, alles zu kommentie– oh, gütiger Himmel!«

Dare stoppte den Redeschwall seiner Frau auf einfache, doch höchst effektive Weise, indem er ihren Nippel in den Mund nahm. Sie war wie Feuer aus Seide, wie Hitze aus Samt, und die Zartheit ihrer Haut verwandelte das Blut in seinen Adern in ein Flammenmeer. Seine Männlichkeit war härter, als er es je für möglich gehalten hätte. Er begehrte sie so sehr, dass er vor Freude hätte weinen können, Freude zu wissen, dass sie ihm gehörte, dass sie hier war, und dass sie ihn liebte. Sein Körper bebte vor Verlangen, in die Tiefen ihrer Weiblichkeit einzutauchen, aber er war ein Gentleman, und sie seine über alles geliebte Frau, die Frau, die das Leben mit ihm teilen würde. Er war es ihrem sensiblen Wesen schuldig, sie behutsam auf das Vorhaben seiner Männlichkeit vorzubereiten; er musste dafür sorgen, dass sie vor Leidenschaft brannte, ehe sie ihn empfangen konnte. Er musste sie ganz allmählich zum Gipfel des Genusses bringen, damit auch sie die Herrlichkeit des wundervollsten Augenblicks erlebte, den ein Mann und eine Frau teilen konnten.

Ihre Beine bewegten sich unter ihm. Sein Kopf schoss nach oben, und schlagartig waren sämtliche Gedanken verflogen, bis auf einen. »Jetzt?«

Ihre Augen flogen kurz auf. »Gütiger Gott, wenn du auch nur einen Funken Mitleid hast, ja, dann jetzt!«

In einer fließenden Bewegung spreizte er ihre Beine, hob ihre Hüften und drang in sie ein. Sie stieß einen spitzen Schrei aus und zog sich krampfartig um ihn zusammen, Hunderte kleiner Muskeln, die ihn packten, ihn quetschten, in einer Weise liebkosten, wie er sie nie zuvor erlebt hatte, und die ihn zur Raserei brachten. Der Schweiß auf seinem Rücken brannte, als sie ihm mit den Fingernägeln durchs Fleisch fuhr, doch all das vermochte seine Verzückung nur zu steigern und ließ ihn nur noch wilder werden vor Euphorie, endlich eins mit ihr zu sein.

»Warum habe ich dich nicht schon vor fünf Jahren geheiratet?«, fragte er sich laut und mit auffallend gepresster Stimme.

»Das war dumm von dir«, keuchte sie, während sie die Finger in die Muskeln seines Hinterteils grub und ihm ihre Hüften entgegendrängte.

»Ja, das war es«, stimmte er zu, während auch sein Atem stoßweise ging und sich ein Druck, ein vertrauter Druck, in seinem Innern aufbaute, der jedoch so intensiv, so prächtig war, dass er sich fühlte, als hätte ihre Liebe seine Seele gereinigt. »Sehr dumm. Unglaublich dumm. So dumm, dass ich gar nicht weiß, wie – oh Gott, mach das nicht noch mal oder es ist um mich geschehen, Charlotte.«

»Was denn?«, keuchte sie, während sie mit den Zähnen seine Schulter neckte. »Das?«

Dare schloss die Augen, und sein Körper war zum Bersten gespannt, als er in ihre Hitze stieß. »Nein, das nicht.«

Sie schlang die Beine um seine Hüften, und leise Seufzer der Wonne entrannen ihren Lippen, als sie ihre Hüften gegen seine Lenden presste und ihn tiefer in sich aufnahm, als er es für möglich gehalten hätte. »Dann … vielleicht … das?«

Ihre Nägel zerkratzten ihm den Rücken. Ein Beben purer Lust erfasste ihn, während er ihre Hüften noch höher hob und mit seinen Stößen bis in ihre Seele drang. »Nein.« Er zog sich zurück und tauchte wieder ein, was ihr einen Schrei purer Wonne entlockte. »Das.«

Ihr Kopf warf sich hin und her, als er seine Stöße verkürzte, voller Entschlossenheit, sie auf dem Weg ins Paradies nicht zurückzulassen, aber auch voller Verzweiflung, jetzt, da der Druck in seinem Innern sich zu entladen drohte.

»Dare!«, schluchzte sie seinen Namen, als sich ihr Schoß um ihn zusammenzog und ihre Beine sich um seine Hüften klammerten, und sie ihn mit wildem Blick in die Tiefen ihrer Weiblichkeit zog, bis er dachte, dass sie nie mehr zwei getrennte Wesen wären. In einer gewaltigen Explosion der Euphorie, die nicht nur seinen Körper, sondern auch seine Seele erfasste, fand er endlich, ausgelöst durch ihren Höhepunkt, seine Erlösung. Er hörte, wie er ihren Namen ausrief, spürte, wie ihr Körper vor Leidenschaft erbebte, und ergoss sein Leben in ihren köstlichen Schoß.

Danach war sein rauer Atem, der sich in ihr heftiges Keuchen mischte, das einzige Geräusch im Zimmer. Er lag auf seiner Charlotte und wusste, dass er sich bewegen sollte, wusste, dass er zu schwer für ihren zarten Körper war, doch er konnte sich nicht dazu durchringen, sich von ihr zu trennen. Stattdessen rollte er sich auf die Seite und nahm sie dabei mit. In dieser innigen Weise verbunden, lagen sie viele Minuten mit wild schlagenden Herzen da und versuchten, wieder zu Atem zu kommen.

»Genau *das* hatte ich gemeint, mein Herz«, gelang es ihm schließlich zu sagen, als sich sein Puls beruhigt hatte und er wieder klar denken konnte.

»Das? Ach, du meinst das hier?« Ihre geheimsten Muskeln zogen sich fest um ihn zusammen.

Ein heiserer Schrei kam über seine Lippen.

Sie schenkte Dare ein Lächeln fraulichen Wissens, das ihm sicherlich Sorgen bereitet hätte, wäre er in diesem Moment nicht viel zu selig gewesen, um sich Gedanken über eine Belanglosigkeit wie die Tatsache zu machen, dass seine Frau allein durch das Anspannen ihrer Muskeln in der Lage war, ihm die letzten Säfte aus dem Körper zu pressen.

»Mmm. Sehr interessant. Doch bevor ich meine Fähigkeit, deine Augen hervortreten zu lassen, näher erforsche, würdest du mir eine Frage beantworten?«

Während sie sprach, schob sie sich ein Stück von ihm weg. Er umfasste ihre Taille und rollte sich auf den Rücken, sodass sie jetzt oben lag. Die Augen weit aufgerissen, setzte sie sich auf und blickte auf die Stelle, an der sie vereint waren. »Dein Ding steckt immer noch in mir.«

Ein wohliges Schaudern lief durch seinen Körper, als sie die Hüften leicht bewegte. »Ja«, bestätigte er heiser und spürte, wie seine Erregung wieder in ihr wuchs. »Sehr richtig. So ist es.«

Sie sah ihn fragend an. »Ich habe vielleicht nicht so viel Erfahrung wie du, Dare, aber ich weiß, dass das beste Stück eines Mannes hinterher weich und schlaff ist. Deins ist aber weder weich noch schlaff.« Sie bewegte ihre Hüften in kleinen Kreisen, sodass Dare sich sicher war, gestorben und gen Himmel gefahren zu sein. »Du scheinst noch genauso steif zu sein wie vorher. Habe ich etwas falsch gemacht?«

»Großer Gott, nein«, keuchte er und packte sie bei den Hüften in einem verzweifelten Versuch, sie davon abzuhalten, ihn mit ihren unschuldig verführerischen Bewegungen vor lauter Lust noch in den Wahnsinn zu treiben, was ihr offensichtlich gar nicht bewusst war. »Nein, ganz im Gegenteil. Deshalb bin ich auch immer noch erregt. Und jetzt bleib einfach sitzen und hör auf mit diesen Bewegungen, und spann vor allem nicht – AAAAAH! – vor allem nicht *diese* Muskeln an!«

Sie grinste vielsagend, ehe sie sich auf seine Brust legte, ihr Kinn auf die Hände gestützt. »Besser so?«

Er war noch immer in ihr und merkte, wie sein Verlangen, sie noch einmal zu lieben, schnell größer wurde. »Geringfügig. Was wolltest du mich denn fragen?«

Einen Moment lang musterten ihn ihre strahlend blauen Augen mit großem Ernst. »Bekomme ich eine ehrliche Antwort?«

Zärtlich strich er ihr mit der Rückseite seiner Hand über die Wange. Sie wandte ihr Gesicht seiner Hand zu und schmiegte ihre Lippen hinein.

Gütiger Himmel, wie er sie liebte.

»Ich werde immer ehrlich zu dir sein, Charlotte.«

Sie holte tief Luft. Er versuchte, sich von dem verflixten Gefühl der Glückseligkeit loszureißen, dass sie ihn fest mit ihrem Schoß gefangen hielt, doch es fiel ihm schwer.

»Ich glaube, dass irgendetwas nicht mit mir stimmt. Da unten. In meinem Schritt.« Ihr Blick sank auf seinen Hals. Sie schaffte es nicht, ihn bei diesem peinlichen Bekenntnis in die Augen zu schauen.

»Wie, mit dir stimmt was nicht? Hast du Schmerzen? Habe ich dir wehgetan?«

Sie wollte ihm nicht sagen, welchen Makel sie hatte, doch er war ihr Ehemann – in jeder Hinsicht –, und ihr Problem bereitete ihr Sorgen. Sie hoffte nur, dass man es beheben konnte und dass er wusste, wie sich der Mangel beseitigen ließ. Sie konnte sich nicht vorstellen, einem anderen Menschen diese Art von Problem zu schildern. »Nein, ich habe keine Schmerzen … na ja … nicht im eigentlichen Sinne …«

»Charlotte.« Dare setzte sich abrupt auf und zog sie von sich herunter. Als er sich von ihr getrennt hatte, spürte sie eine gewaltige Leere, doch was er dann machte, war noch schlimmer.

Er untersuchte sie!

»Bitte, Dare, es ist alles in Ordnung! Wenigstens … na schön, es ist nicht alles in Ordnung, aber ich bin sicher, dass es nichts ist, das man sehen kann, also würdest du bitte aufhören, mir zwischen die Beine zu starren? Ich versichere dir, dass mein Problem nicht da unten zu finden ist. Nicht ausschließlich. Also, möglicherweise liegt dort die Ursache für meine Schwierigkeiten, ach, ich weiß es doch auch nicht!«

Sie zerrte an seinem Kopf, bis er aufhörte, sich an ihren intimsten Körperteilen zu schaffen zu machen, und hochblickte. »Wenn ich dir nicht wehgetan habe, wo genau liegt dann das Problem?«

Sie schaute auf seine Brust. »Ich habe … einen Makel.«

»Makel?« Er versuchte, ihr Kinn anzuheben, um ihr in die Augen zu sehen, doch sie behielt den Blick fest auf seine Brust gesenkt. »Ich verstehe nicht. Wie kommst du auf den Gedanken, einen Makel zu haben?«

Sie tat einen tiefen Atemzug. Manchmal war es ratsam, eine Sache schnell hinter sich zu bringen. »In Vyvyan La Blues *Sinnliche Wege ins Eheglück* wird der Höhepunkt eines Sinnlichen Weges als ein Augenblick beschrieben, in dem du von einer karmesinroten Welle der Erfüllung zum Gipfel der Verzückung getragen wirst, eine wild rauschende, hoch aufschäumende Welle, die dich erfasst und steigt und steigt, bis sich die Schleusen des Himmels öffnen und Abermillionen von Perlen der Freude auf dich herabregnen.«

Dares Mundwinkel zuckten, und die Muskeln an seinem Kinn spannten sich an, aber dann räusperte er sich nur zweimal und fragte: »Und?«

Ihr Blick sank wieder auf seine Brust zurück. »Und … so etwas habe ich nicht gefühlt.«

Daraufhin schwieg er für einige Sekunden, wenngleich seltsame Rumpelgeräusche aus seiner Brust drangen und den Anschein erweckten, als versuchte er, irgendeine Emotion zurückzuhalten. Zweifellos Abscheu über ihren Makel.

Am liebsten hätte sie geweint.

»Charlotte, ich bin vielleicht kein Meister auf diesem Gebiet, aber ich weiß, wenn eine Frau einen Orgasmus erlebt, und ich kann dir versichern, du hattest einen.«

»Also mit dieser Orgasmussache kenne ich mich nicht aus,

damit habe ich mich noch nicht befasst, aber eines weiß ich gewiss: obwohl das, was ich gefühlt habe, herrlich, wirklich herrlich, ja einfach traumhaft war, bin ich *nicht* von einer karmesinroten und wild rauschenden, hoch aufschäumenden Welle der Erfüllung erfasst worden. Was ich gespürt habe, war eher … verschwommen. Es war … mir fällt kein besseres Wort ein, erdhaft. Ich weiß, dass eine Dame nicht solche Gefühle haben sollte, und ich werde mir große Mühe geben, meine Gefühle zur karmesinroten Welle der Erfüllung hin zu schulen, aber du musst mir erklären, wie ich das anstellen soll. Vyvyan«, bedauerte sie mit einem missbilligenden Blick zu dem Sekretär, auf dem das Buch lag, »schweigt sich leider darüber aus, wie man zu all diesem Rauschen, Schäumen und so weiter gelangt und die elementareren Gefühle beseitigt.«

Dare sagte einen Moment lang nichts. Charlotte fasste sich ein Herz und sah ihn an. Obwohl sie Angst davor hatte, Abscheu in seinem Blick zu finden, sehnte sie sich nach seinem Trost und Verständnis. Sie fasste neue Hoffnung, als sie Liebe und Lachen in seiner Miene sah, als er ihr über die Wange strich, dann eine Hand sanft an ihr Kinn schmiegte und sie zärtlich küsste. Wie könnte wohl jemand, der sie so liebevoll betrachtete, Abscheu empfinden, dachte sie mit einem seligen Seufzen.

»Charlotte, dieser Moment – den man Orgasmus nennt – ist in der Tat erdhaft. Die innige Zusammenkunft von Mann und Frau, der Liebesakt, hat nichts mit Eleganz oder Kultiviertheit und gar technischer Perfektion zu tun. Er bedeutet, dass zwei Menschen auf die urwüchsigste Art und Weise zusammenkommen, er bedeutet Schweiß und Erregung und uneingeschränkten Genuss, und wenn man es richtig macht und alles vorbei ist, sollte man ein Bad brauchen.«

Sie blickte ihn verblüfft an. »Keine Kultiviertheit? Dazu äußert Vyvyan La Blue sich nicht. Ein Bad … ja, das könnte bei all der Feuchtigkeit, die im Spiel ist, wohl zumindest vonseiten der Damen gewünscht sein, aber ich hatte keine Ahnung, dass dies auch auf die Herren zutrifft.«

Mit einem Grinsen zog er ihre Hand über seine Brust bis zwischen seine Beine. »Wie fühle ich mich an?«

Mit einem plötzlichen Anflug von Hemmungen schloss sie die Finger um sein bestes Stück. »Deine Brust ist voller Schweiß.«

»Und?«

Sie erinnerte sich daran, wie sich sein Rücken angefühlt hatte. »Und dein Rücken war es auch.«

»Und?«

»Und du bist klebrig. Hier«, sagte sie, während sie ihn leicht quetschte.

Er strich mit einem Finger unter ihrer Brust entlang und langsam wieder zurück. »Und wie fühlst du dich an?«

Sie blickte zu ihrem Schritt. »Ich schätze genauso, obwohl Mutter immer sagt, dass Damen nicht schwitzen, sondern glänzen.«

Plötzlich schwebte er über ihr, drückte sie, sein Mund dicht an ihrem Ohr, sanft in die weichen Decken des Bettes. Sie legte den Kopf zur Seite, als er anfing, ihren Hals zu liebkosen.

»Und habe ich dich glücklich gemacht?«

»Ja«, hauchte sie und streichelte seine Brust, wo ihre Finger die beiden kleinen Knöpfe fanden, die sie schon früher hatte untersuchen wollen. »Sogar sehr.«

»Wie du mich«, hauchte er zurück, sein Atem jetzt auf ihren Lippen. Sie starrte in seine tiefblauen Augen und ließ sich durch seine Worte beruhigen. »Du hast keinen Makel, mein Herz, du bist nur voller Leidenschaft.« Er presste sich an sie und fing an, sie heiß zu küssen, wobei sich ihre Zungen mit derselben Innigkeit begegneten, mit der seine Männlichkeit noch kurz zuvor ihrem Schoß begegnet war. »Und ich würde nichts, aber auch gar nichts, an dir verändern wollen.«

13

»Du bist ja so ein Scheusal, Alasdair.«

»Deine Meinung ist mir durchaus bekannt, Charlotte.«

»Ich kann nicht glauben, dass ich noch denselben Mann vor mir habe, der mir erst letzte Nacht die Freuden des Orgasmus bereitet hat. Bei Tageslicht betrachtet bist du ein völlig anderer Mensch!«

»Hast du vor, den letzten Toast noch zu essen?«

»Du brichst mir das Herz.«

»So bedauerlich ich es auch finden mag, der traurige Zustand deines Herzens ändert nichts an meiner Entscheidung.«

»Aber jeder redet über uns!« Charlotte reichte ihrem Mann den kleinen silbernen Toastständer. Wie konnte der Mann nur essen, wenn ihr gesamtes Leben in Scherben lag? »Unsere Namen sind in aller Munde! Ich kann keinen Fuß mehr vor die Tür setzen, ohne beschämt und gedemütigt zu werden! Wie soll ich nur in einer Gesellschaft bestehen, die mir mit Spott und grausamen Mutmaßungen begegnet? Du bist furchtbar unsensibel, wenn du von mir erwartest, in der Stadt zu bleiben, wo du doch drei bestens geeignete Landgüter besitzt, auf die wir uns zurückziehen könnten, bis Gras über die leidige Geschichte gewachsen ist.«

Dare strich in aller Ruhe Kompott auf sein kaltes Brot. »Scham und Demütigung kann man nur empfinden, wenn man sich die Meinung anderer zu Herzen nimmt, meine Liebe. Du bist die Einzige, die den Leuten diese Macht über dich verleiht.«

»Aber, Dare, warum können wir nicht für ein, zwei Monate auf eines deiner Güter ziehen?«

»Solange ich von meinem Anwalt nicht gehört habe, dass mein Cousin nicht der rechtmäßige Erbe meines Onkels ist, bleibt die Frage des Eigentums der Güter weiterhin offen. Der einzige Besitz, der unbestritten mir gehört, ist ein kleines Gut auf einer felsigen kleinen Insel vor der Küste Schottlands, und ich kann mir nicht vorstellen, dass es dich dort hinzieht.«

»Für ein Weilchen auf dem Land zu leben würde die ganze Sache so unendlich erleichtern.« Charlotte setzte ihr Klagen fort, als hätte er gar nichts gesagt.

»Den Motor für einen Monat nach Schottland zu schaffen, um ihn dann für die in zwei Monaten stattfindende Industrieausstellung wieder hierher zurückzubringen, kann man wohl kaum als Erleichterung der Sache betrachten«, widersprach er sanft, während er sich noch ein Stück vom Schinken nahm.

»Dann könntest du in aller Ruhe an deinem Gerät arbeiten ...«

»Was ich genauso gut hier kann.«

»... und ich könnte meinen Pflichten als deiner Ehefrau nachkommen ...«

»Was *du* genauso gut hier kannst.«

»... ohne dass wir den heimlichen Beleidigungen und widerwärtigen Tuscheleien der Leute ausgesetzt wären«, schloss Charlotte triumphierend.

»Ich habe vollstes Vertrauen, dass du – wenn du dich nur ordentlich bemühst – bei jeglicher Art von Tuschelei oder Beleidigung auch die andere Wange hinhalten kannst.«

»Aaaaagh!« Charlotte knallte die Gabel auf den Frühstückstisch und sah ihren Mann aus zornfunkelnden Augen an. »Du hast doch absichtlich ein Bett vorm Kopf, nur um mich zu ärgern!«

»Bett?« Verwirrt sah Dare von seinem Teller auf, ehe er seine Frau anlächelte. »Ein Brett vielleicht, aber ich hoffe kein Bett. Charlotte?«

Sichtlich verstimmt blickte Charlotte auf das grässliche Gemälde mit einem Mann und seinem Jäger, das an der Wand des kleinen Speisezimmers hing. »Was?«, zischte sie in einer Schärfe, bei der ein Brot freiwillig in Scheiben zerfallen wäre.

»Habe ich dir heute Morgen eigentlich schon gesagt, wie schön du bist?«

Sie ließ sich so weit von ihm besänftigen, dass sie ihm einen hochnäsigen Blick zuwerfen konnte. »Nein, hast du nicht. Ich werde es mit auf die Liste deiner Unzulänglichkeiten setzen.«

Sein Lächeln wurde breiter. »Habe ich dir eigentlich schon gesagt, dass mir das Herz aufging, als ich dich heute Morgen neben mir im Bett liegen sah?«

Ihr Hochmut schwand im warmen Schein des Glücksgefühls, das seine Worte in ihr auslösten. »Nein, hast du nicht. Auch das war sehr ungehobelt von dir.«

»Ach. Dann habe ich aber vielleicht erwähnt, wie außergewöhnlich gut mir die Ägyptische *Begrüßung einer Dame im vollen Glanze des Morgens* gefallen hat?«

Ein kleines, sehr zufriedenes Lächeln umspielte Charlottes Mund, als sie sich an die Freude über ihren ersten gemeinsam mit Dare beschrittenen Sinnlichen Weg ins Eheglück erinnerte. Vyvyan La Blue hatte auf keinen Fall zu viel versprochen. »Jetzt werde ich immer an dich denken, wenn ich von den Nadeln der Cleopatra höre«, murmelte sie.

Dare hatte recht, sinnierte sie, während sie rot wurde und heimlich unter den Wimpern hervor zu ihm spähte. Wenn alles so lief, wie es sollte, brauchte man tatsächlich ein Bad hinterher.

In seine Augen trat ein Leuchten, das Charlotte allmählich

sehr vertraut wurde. Sie hätte diesen Blick vermutlich erwidert, wäre Batsfoam nicht in diesem Moment mit einer frischen Kanne Tee hereingekommen.

»Benötigen Sie die Kutsche heute Morgen, Sir? Ich frage Sie dies nicht meinetwegen – ich für meinen Teil wäre mehr als glücklich, einen kleinen Marsch zu den Ställen in Ergänzung zu den vielen anderen Aufgaben zu unternehmen, mit denen den Tag zu füllen Sie mir so großzügig gestatten – sondern nur um zu erfahren, ob Sie die Begleitung des jungen Wills wünschen, da seine Livree durch einen äußerst unglücklichen Sturz in den Kohlenkasten in arge Mitleidenschaft gezogen wurde. Sollten Sie dennoch heute von der zuvor erwähnten Kutsche Gebrauch machen wollen, mein großmütiger Herr, werde ich selbstverständlich noch die Reinigung des Burschen meiner umfangreichen Liste der an diesem Tag zu erledigenden Aufgaben hinzufügen, Aufgaben, auf deren Erfüllung Sie sich verlassen können, und zwar dergestalt, dass Ihnen das Wissen um die mondänen und überaus ermüdenden Alltagspflichten erspart bleibt, die sowohl von meiner Wenigkeit als auch allen anderen Mitgliedern der Dienerschaft mit Freuden wahrgenommen werden, um den Haushalt Seiner Lordschaft mit der von Ihnen verlangten Präzision eines Uhrwerks in reibungslosem Gang zu halten.«

Dare zog seine Taschenuhr hervor und warf einen Blick darauf. »Zwei Minuten. Ich glaube, damit haben Sie einen neuen Rekord aufgestellt, Batsfoam. In Anbetracht Ihrer letzten Vorstellung hätte ich nie gedacht, dass Sie die Reinigung des Jungen in Ihre Geschichte einflechten und dabei unter sechs Minuten bleiben könnten. Mein Respekt, dass Sie sich so kurz gefasst haben.«

Batsfoam verneigte sich tief vor seinem Herrn. »Wie Sie wissen, Sir, lebe ich, um Ihnen zu dienen.«

»Dann dürfte es Sie mehr als erfreuen zu erfahren, dass ich die Kutsche heute nicht brauche. Ich werde den ganzen Tag an meinem Motor arbeiten. Leider liege ich aufgrund des Missgeschicks mit den Kolben hinter meinem Zeitplan zurück, weshalb ich für eine Weile ans Haus gebunden bin. Charlotte? Wie sehen deine Pläne für heute aus? Ich bin sicher, Batsfoam wäre außer sich vor Freude, wenn du noch ein paar Aufgaben für ihn hättest, über die er immer so viel redet.«

Charlotte blickte von ihrem Teller auf. »Du willst doch wohl nicht den *ganzen* Tag arbeiten? Ich hatte gehofft, dass wir uns ein- oder zweimal zusammen in der Öffentlichkeit zeigen könnten, um auf diese Weise einige der um uns kursierenden Gerüchte aus der Welt zu schaffen. Ich dachte da an einen Ausritt im Park – oder eine Ausfahrt, solltest du einen entsprechend schicken Phaeton beschaffen können – und ein paar Einkäufe im Anschluss; und mit einem Besuch der Oper heute Abend würden wir mehr als deutlich beweisen, dass wir uns noch genauso gut verstehen wie vor dem Zeitpunkt, als dieser furchtbare Mensch seine lächerlichen Ansprüche vorgetragen hat.«

Dare schüttelte den Kopf, das dunkle Blau seiner Augen wirkte kalt und hart. »Es kümmert mich keinen Pfifferling, was die vornehme Gesellschaft von mir denkt, und ich will verdammt sein, wenn ich es für nötig erachtete, mich den Leuten zu beweisen. Ich habe noch an meinem Motor zu arbeiten, Charlotte. Es ist von größter Wichtigkeit, ihn mindestens einen Monat lang zu testen, bevor Whitney und die anderen Yankees zur Ausstellung kommen. Und um diese Probeläufe durchführen zu können, muss ich den Motor erst einmal zum Laufen bringen. Nur wenn ich mich die nächsten sieben Tage, und zwar Tag und Nacht, damit befasse, werde ich es noch rechtzeitig schaffen.«

»Vielleicht könntest du etwas Unterstützung gebrauchen«, schlug Charlotte hoffnungsvoll vor. »Es würde mir überhaupt nichts ausmachen, unsere Tagespläne zu ändern, wenn ich dir bei deinem Gerät helfen dürfte. Nichts würde mich glücklicher machen, als zu wissen, dass ich dir eine Hilfe bin.«

Ein Anflug von Panik huschte über Dares Gesicht, als sie ihm ihre Hilfe anbot. »Das ist sehr lieb von dir, aber Joseph wird mir heute zur Hand gehen, und später überträgt Batsfoam noch die Änderungen in die Zeichnung, die ich am Motor vorgenommen habe. Auch wenn ich dein Angebot sehr zu schätzen weiß, ist es nicht notwendig, dass du mir hilfst.«

Er brauchte sie nicht. Er hatte sie nicht heiraten wollen, weil er sie nicht brauchte. Diese bittere Erkenntnis schluckte Charlotte mit einem knappen Nicken herunter.

»Es gibt keinen Grund, deine Pläne zu ändern«, fügte er hinzu. »Du kannst immer noch deinen Ausflug machen sowie einkaufen gehen und die Oper besuchen. Nur eben ohne mich.«

»Ich *möchte* all das aber nicht ohne dich«, fauchte sie mit finsterer Miene, ungeachtet der Falten, die solch eine Mimik ohne Zweifel nach sich zöge. Zuweilen kam man nicht umhin, alle Vorsichtsmaßnahmen über Bord zu werfen, und dies war sicherlich so ein Zeitpunkt. »Schließlich ist der Sinn und Zweck des Ganzen, dass wir gemeinsam in der Öffentlichkeit gesehen werden, unbeschwert und glücklich, und nicht ich allein, ohne dich an meiner Seite.«

»Es tut mir leid, aber du wirst ohne mich auskommen müssen. Batsfoam wartet immer noch auf eine Antwort, und wie du soeben bis ins kleinste Detail von ihm gehört hast, macht ihm sein lädiertes Bein heute schwer zu schaffen – also, brauchst du die Kutsche oder nicht?«

Sie verbiss sich ihren Ärger über seine unbekümmerte Art, die Meinung der vornehmen Gesellschaft als unwichtig zu erachten. Er war, immer noch, ein Earl – ganz gleich, was dieser bösartige Mensch behauptete – und alle Welt wusste, dass ein Earl über solchen Dingen stand wie sich den Kopf darüber zu zerbrechen, was die Leute wohl von ihm dachten. Trotzdem, sie war seine Frau, und so war es ihre Aufgabe, dafür zu sorgen, dass weder sein noch ihr Ruf mit einem Makel behaftet war. Es war ihre Aufgabe sicherzustellen, dass ihr Ansehen nicht noch mehr Schaden litt, als es ohnehin schon gelitten hatte. »Und was ist mit dem Hochstapler?«

Dare stellte seine Tasse ab. »Wem?«

»Dem Hochstapler.« Sie wedelte wenig aussagekräftig mit ihrer Gabel. »Dem Mann, der behauptet, dein Cousin zu sein? Was gedenkst du in seinem Fall zu unternehmen?«

»Du hast doch mitbekommen, dass ich meinen Anwälten geschrieben habe. Bevor ich nicht von ihnen höre, ob McGregor der Sohn meines Onkels ist, werde ich gar nichts unternehmen.«

»Du kannst doch so etwas Wichtiges nicht den Anwälten überlassen«, protestierte sie. »Du musst *selbst* etwas unternehmen!«

Dare tupfte sich den Mund mit seinem Tuch ab und schob den Teller beiseite, um sich gleich darauf zu erheben. »Und was genau stellst du dir vor?«

»Du musst diesen Betrüger dazu bringen zuzugeben, dass er gelogen hat! Das dürfte doch wohl auch für jemanden ersichtlich sein, der seine Zeit ausschließlich an einem stinkenden Gerät in einem Kellerloch verbringt!«

Dare ging um den Tisch herum zu seiner Frau, um sich dann zu ihr zu beugen und ihr einen Kuss auf die Stirn zu drücken. »Die Anwälte werden diese Angelegenheit unter die Lupe nehmen, Charlotte. Deshalb überlassen wir sie deren erfahrenen Händen, bis wir die Wahrheit kennen.«

»Aber –«

»Wir überlassen sie deren Händen«, wiederholte er, während er ihr Kinn anhob und mit einem Blick fesselte, der nicht dazu einlud, noch weiter mit ihm zu streiten.

»Ich werde doch nicht tatenlos zusehen, wie dieser Mann dir nimmt, was rechtmäßig dein ist«, hielt sie ihm mit rebellischem Blick entgegen. Wenn er glaubte, sie mit seiner strengen Miene einschüchtern zu können, befand er sich gewaltig im Irrtum.

»Die Anwälte werden schon dafür sorgen, dass so etwas nicht geschieht«, sagte er leise, ehe er sie ungeachtet Batsfoams Anwesenheit zärtlich auf den Mund küsste. »Halte dich heute von jeglichen Schwierigkeiten fern. Batsfoam, ich überlasse es Ihnen herauszufinden, ob meine Frau die Kutsche in Anspruch nehmen möchte. Ich bin unten, falls mich jemand braucht – was gewiss nicht der Fall sein wird.«

»Wie Sie wünschen, Mylo… Sir. Ich werde die Dienstboten über Ihre Absichten in Kenntnis setzen. Wie die meine wird auch ihre Freude grenzenlos sein, wenn sie hören, dass Sie uns die kommende Woche lang mit ihrer geschätzten Anwesenheit zu beglücken gedenken.«

Dare warf Charlotte einen letzten Blick zu, den sie mit einem Naserümpfen und schmalen Lippen erwiderte. Dann verabschiedete er sich in Richtung seines muffigen Kellerlochs.

»Hat man je so einen starrköpfigen und reizbaren Mann gesehen? Er ist einfach nur zum Haareraufen!«, schnaubte Charlotte vor Wut und warf sich in ihren Stuhl zurück. Dares beharrliche Weigerung, sich mit der vorliegenden Situation zu befassen, ließ ihr offensichtlich nur zwei Möglichkeiten – entweder unternahm sie nichts, kümmerte sich um Dares Haus und wartete darauf, dass die Anwälte den Hochstapler als solchen entlarvten, oder sie nahm die Dinge selbst in die Hand, wozu sie sich durchaus in der Lage fühlte. Keine Frage, dass sie und Dare durch die Enttarnung des Hochstaplers ihr Ansehen in der Londoner Gesellschaft zurückgewinnen würden. »Ich habe mich noch nie vor etwas gedrückt, Batsfoam.«

»Daran hege ich nicht den geringsten Zweifel, Ma'am.«

»Ich liebe meinen Mann«, erklärte sie, während sie sich erhob und den Butler mit vor Kampflust funkelnden Augen fixierte.

Batsfoam straffte die Schultern, als er dieses Funkeln sah. »So wie jede gute Frau es gewiss sollte.«

»Ich werde nicht zulassen, dass man seine gutmütige Art ausnutzt.«

Batsfoam hob den Kopf, als er den kämpferischen Unterton in ihrer Stimme hörte. »Da draußen gibt es Leute, die sich nichts dabei denken, genau das zu tun«, bellte er wie ein Feldwebel.

»Anwälte haben durchaus ihre Berechtigung, aber um Alasdair darüber hinausgehenden Beistand zu leisten, sind sie völlig fehl am Platze!«

»Der Platz gebührt allein Ihnen und sonst niemandem«, stimmte er Charlotte zu und salutierte schneidig.

»Und deshalb fällt es mir zu, etwas in dieser Angelegenheit zu unternehmen.«

»Jawohl, Ma'am!« Nur das Quietschen des Holzbeines war zu hören, als Batsfoam in strammer Haltung bereitstand, während Charlotte in den leeren Kamin starrte und sich dabei mit dem Finger ans Kinn tippte. Schließlich nickte sie und wandte sich zur Tür um.

»Ich werde mich selbst um diesen Mann kümmern, der behauptet, Alasdairs Cousin zu sein. Dann wird Dare sehen, dass ich von Nutzen für ihn bin. Batsfoam?«

»Hier, Ma'am, und stets zu Ihren Diensten, ganz gleich, wie groß die Schmerzen in meinem unglückseligen Bein auch sein mögen. Ich freue mich darauf zu erfahren, was ich für Sie und meinen großzügigen Herrn tun kann.«

»Ich möchte, dass die Kutsche sofort geholt wird, da ich einige Besuche zu erledigen habe!«

»Ich werde den weiten Weg zu den Ställen fliegen, Ma'am«, versprach Batsfoam mit einem weiteren zackigen Gruß und machte mit militärischem Schliff ungeachtet des mysteriösen Knarrens seines Holzbeines auf dem Absatz kehrt. »Ich werde schnell sein wie der Blitz. Ich werde flink sein wie ein Wiesel. Mit der Geschwindigkeit einer Sternschnuppe werde ich fliegen. Man wird sich erstaunt die Augen reiben, wenn ich die Beine, mein unglückseliges eingeschlossen, unter den Arm nehme und –«

Charlotte hob die Augen gen Himmel und unterbrach ihn lieber, ehe ihr noch die Ohren abfielen. »Batsfoam?«

Er neigte den Kopf in unterwürfiger Erwartung.

»Sie dürfen jetzt gehen. Ich werde dann in einer halben Stunde unten sein.«

Er verbeugte sich so tief, dass er mit der Nase seine Knie berührte. Charlotte verzog das Gesicht, diesmal jedoch so dezent, dass sie nicht Gefahr lief, Falten zu bekommen. Dann verließ sie den Raum, während sie in Gedanken bereits verschiedenste Vorgehensweisen gegen Hochstapler Geoffrey entwickelte und gleich wieder verwarf. Schon in ähnlichen Fällen hatte Charlotte immer festgestellt, dass zwei Köpfe klüger waren als einer.

»Caro wird mir helfen.« Ein Lächeln im Gesicht stieg sie die Treppen hinauf, um sich einem Besuch angemessen umzuziehen. »Ganz sicher. Sie hat mich sehr gern und kann mir nichts abschlagen. Auf sie ist Verlass, wenn ich in diesen schweren Zeiten Beistand brauche.«

»Nein.«

»Caro –«

»NEIN!«

»Aber du hast doch noch gar nicht gehört –«

»Und das muss ich auch nicht! Charlotte, du hast mich in einen Irrsinn nach dem anderen gezogen, aber jetzt muss ich ein Machtwort sprechen. Ich kann dir nicht helfen.«

»Aber es geht um Leben und Tod.«

»Nein, geht es nicht, sondern nur um deinen Stolz. Du sagtest, Lord … äh … Mr … ach, wie soll ich deinen Ehemann denn jetzt nennen?«

»Er ist Lord Carlisle, aber nenn ihn ruhig Alasdair, wenn du möchtest.«

Diese Vorstellung entsetzte Caroline so sehr, dass sie abrupt und zwar mitten auf dem Weg im Hyde Park stehen blieb. Ihre Zofe und Charlottes Lakai, die beide in diskretem Abstand folgten und sich mit einer Vertrautheit unterhielten, die Caroline alles andere als gutheißen konnte, nahmen auf der nächsten Bank Platz. »Das kann ich doch nicht!«

»Unsinn! Mach doch nicht so viel Aufhebens um nichts! Na schön, dann nenn ihn von mir aus McGregor.« Charlotte drehte ihren Sonnenschirm auf eine betont sorgenfreie Weise und lächelte, als zwei Damen vorbeispazierten. »Mrs Hawkins sieht ziemlich rund aus. Meinst du, sie bekommt wieder Nachwuchs?«

»Das möchte ich bezweifeln. Mr Hawkins war das ganze letzte Jahr in Belgien. Wie ich schon sagte, wenn dein Gatte sich wegen dieser Angelegenheit schon mit seinen Anwälten in Verbindung gesetzt hat, gibt es keinen Grund für dich, sich wieder in einen deiner wahnwitzigen Pläne zu stürzen.«

»Und ob es den gibt, Caro«, widersprach Charlotte und ignorierte geflissentlich den Vorwurf des Wahnwitzes. Aus Gewohnheit lächelte sie auch einigen Gecken zu, die von ihren Pferden aus in ihre Richtung sahen. Nach dem Regen des Vortags lud die Sonne wieder zum Flanieren im Park ein, besonders in der Nähe des Reitweges Rotten Row, wo man gut sehen und gesehen werden konnte. Nichtsdestotrotz hatte sie eine Aufgabe zu erledigen. Erst die Arbeit, dann das Vergnügen. Nachdem sie ein Notizbüchlein aus ihrem Retikül geholt hatte, hakte sie sich bei Caroline ein und drängte sie in die von ihr gewünschte Richtung. »Anwälte sind berühmt für ihre langsame Arbeitsweise, ich habe aber nicht die Zeit, darauf zu warten, dass sie sich irgendwann bequemen, sich um unsere Angelegenheit zu kümmern. Außerdem bin ich nicht ganz sicher, ob ich darauf vertrauen kann, dass sie den Fall zu Alasdairs Gunsten klären, so wie ich es tun werde.«

»Aber – «

»Nur du kannst mir helfen – du bist ein wahrer Urquell für Gerüchte, Caro!«

»Ach ja?«

»Ja. Außerdem muss dir doch klar sein, in welch prekärer Lage Alasdair und ich uns momentan befinden. Noch ein Skandal, und dann kann selbst ich unsere gesellschaftliche Stellung nicht mehr retten. Und daher bitte ich dich, meine liebste und beste Freundin und Vertraute, um deine Hilfe.« Charlotte blinzelte heftig und tupfte sich mit dem Taschentuch eine nicht vorhandene Träne ab. »Ich habe sonst niemanden, an den ich mich wenden könnte.«

»Ich weiß sehr wohl, dass du nicht weinst; du hasst es zu weinen. Von Tränen bekommst du rote und geschwollene Augen, und auch deine Nase leidet. Und manchmal bekommst du sogar Schluckauf davon, also versuch nicht, mir weiszumachen, dass dich so etwas Triviales zum Weinen bringt.«

»Triviales!« Charlottes funkelnde Augen zeigten nicht die geringste Spur von Tränen. »Mein Leben ist nicht trivial!«

»Nicht dein Leben, sondern dein Stolz steht auf dem Spiel – «

»Mein Stolz! Oh, das gefällt mir! Wie würdest du dich denn fühlen, wenn dein geliebter Algernon plötzlich ohne Titel dastünde, in Ungnade gefallen und von jedermann erniedrigt?«

»So etwas würde nie passieren, weil der Vater meines geliebten Algernon vor ihm Viscount war, und er hat keine Brüder – «

Charlotte blieb mit geballten Fäusten und zähneknirschend stehen. Sie würde nicht in der Öffentlichkeit laut werden, ganz gleich, wie sehr sie sich provoziert fühlte. »Was ich sagen will, dir aber völlig entgangen zu sein scheint, ist die Tatsache, dass diese Angelegenheit für uns von allergrößter Bedeutung ist. So weit wirst du mir doch wohl zustimmen.«

»Ja«, antwortete Caroline würdevoll, während sie den Blick von einem Gentleman mit üppigem Schnurrbart losriss, um ihrer Freundin die volle Aufmerksamkeit zu schenken. »Ich stimme dir zwar zu, dass es sich um eine sehr wichtige Angelegenheit handelt, aber ich halte sie nicht für eine Sache, bei der es um Leben und Tod geht, und weil das so ist, sehe ich mich nicht in der Lage, dir meine Unterstützung bei dem zu gewähren, was auch immer du dir diesmal ausgedacht hast. Mein lieber Algernon war alles andere als erfreut, als er herausfand, dass ich dir bei Lady Jerseys Maskenball geholfen hatte, und nach der Szene auf dem Ball der Herzogin von Deal … also, so leid es mir tut, aber ich muss auch an seine Stellung denken, nicht zu vergessen meine. Ich kann dir nicht helfen.«

Charlotte zerrte Carolines Retikül von ihrem Handgelenk, angelte eine kleine mit Diamanten besetzte Herrenuhr hervor, die eine liebevolle Erinnerung an Carolines Vater war, und drehte den kleinen Knopf an der Seite.

»Was um alles in der Welt tust du da?«, fragte Caroline mit offensichtlicher Verwirrung.

»Ich habe die Uhr deines Vaters um eine Stunde vorgestellt. Nehmen wir einmal an, wir hätten die ganze letzte Stunde darüber gestritten, ob du mir nun hilfst oder nicht. Und jetzt ist es eine Stunde später. Du bist erschöpft von meinen schlagkräftigen Argumenten und meinem charmanten Witz und hast dich dazu durchgerungen, mir schließlich doch zu helfen.«

Caroline blickte überrascht. »Ich habe nicht – «

»Nein, würdest du aber, wenn ich noch weitermachte. Das weißt du; du hast meinen blausiplen Argumenten noch nie etwas entgegenhalten können. Also, warum verzichten wir nicht darauf, unnötig Zeit mit dieser Debatte zu verschwenden, und kommen gleich an den Punkt, wo du dich einverstanden erklärst, mir zu helfen.«

Caroline sah aus, als ob sie widersprechen wollte, doch dann sackte sie in sich zusammen und ließ sich die Uhr zurückgeben, um sie sorgfältig in ihrem Beutel zu verstauen, ehe sie sich wieder in Bewegung setzte. »Es heißt *plausibel*, und ich habe nicht vor, das zu vergessen, Charlotte, wirklich nicht.«

»Wenn's dich glücklich macht«, erwiderte Charlotte mit einem strahlenden Lächeln. »Den Ausdruck habe ich bei Gillian gehört. Lustig, nicht? Nun, was meine Pläne betrifft – «

»Du hast mehr als einen?«, fragte Caroline erschrocken.

»Ja, auf dem Weg hierher hatte ich eine brillante Idee, sodass ich jetzt wahrscheinlich eine Lösung für unser Problem mit den Leuten habe. Wie du sehr wohl weißt, werden sie so lange auf der aktuellen Geschichte herumkauen – die mit dem Hochstapler –, bis sie etwas Schmackhafteres in die Finger bekommen. Daher schlage ich vor, ihnen einen so überaus köstlichen Bissen hinzuwerfen, dass sie Dare und den Hochstapler ein für alle Mal aus ihren Gedanken streichen.«

»Du hast den ursprünglichen Skandal vergessen, den, als ich Lady Brindley unbeabsichtigterweise wissen ließ, dass dein

Gatte die Ehe noch nicht vollzogen hat. Und ich möchte hinzufügen, dass du es nur meiner Beteiligung an dieser leidigen Sache zu verdanken hast, dass ich dir auch diesmal helfe. Ich habe etwas gutzumachen.«

Charlotte ließ ihre Grübchen aufblitzen und, noch während sie sprach, eine zarte Röte mädchenhafter Unschuld auf ihre Wangen fliegen, eine Röte, die ihr – ihrer Meinung nach – gut zu Gesichte stand. »Meine liebe Caro, ich wusste, dass du meine Bitte nicht abschlagen könntest, obwohl ich dir nun wirklich nicht die Schuld an dieser Situation gebe – es passt einfach zu Lady Brindley, sich im Gebüsch zu verstecken und andere zu belauschen. Sei's drum, dieser Skandal ist Geschichte, seit Dare … äh … du kannst mir glauben, dass er der Vergangenheit angehört.«

Carolines Blick erstrahlte, während sie sich eilig umsah, um sicherzugehen, dass ihnen niemand zuhörte. »Hat er etwa …?«

Mit auf praktischer Erfahrung beruhender Leichtigkeit ließ Charlotte ihre Röte dunkler werden, während sie sittsam den Blick auf ihre Hände senkte, ehe sie nickte. »Er hat.«

»Und war es …?«

»Es war einfach umwerfend, wie ich es nicht anders erwartet hatte.«

Caroline stieß ein leises Seufzen der Erleichterung aus. »Ich freue mich sehr für dich, wenn ich auch zugeben muss, ein wenig irritiert zu sein. Soll das etwa heißen, dass du einen neuen Skandal heraufbeschwören willst, um von jenem mit Mr Geoffrey McGregor abzulenken?«

»Sehr richtig. Du magst nicht unbedingt ein heller Kropf sein, aber wenn's drauf ankommt, ist dir immer noch ein Licht aufgegangen.«

»Ich … Kropf?« Caroline schüttelte den Kopf. »Char, ich verstehe nicht, wie du zu der Ansicht kommst, ein neuer Skandal würde die Lösung deines Problems sein. Die Leute werden trotzdem über dich reden – wenn nicht wegen der Geoffrey-McGregor-Sache, dann wegen deines nächsten Skandals.«

»Sei nicht albern, Caro, ich werde doch keinen Skandal um meine Person erzeugen. Es wird um jemand anderen gehen.«

»Ach.« Die Verwirrung stand Caroline auch weiterhin ins Gesicht geschrieben. »Wie willst du denn das anstellen? Ich kann mir nicht vorstellen, dass sich jemand freiwillig dazu bereit erklärt. Ich weiß, ich sollte protestieren – großer Gott, du hast doch wohl nicht vor, mich zu benutzen?«

»Ja, würde ich denn so etwas tun?«, empörte Charlotte sich mit leicht vorgeschobenen Lippen.

»Wenn du der Meinung wärst, es wäre deiner Sache dienlich, sehr wahrscheinlich.«

»Caroline Augusta Gwendlyspere! Ich würde dich niemals absichtlich in einen Skandal verwickeln, und es verletzt und beleidigt mich zutiefst, dass du mir so etwas zutraust.«

»Wenn ich mich recht entsinne, wurde ich einmal keine hundert Meilen von hier, als wir beide noch in Miss Benjymans Schule für Höhere Damen waren, von einer gewissen Person als Sündenbock missbraucht, als Miss Benjyman sie nach Mitternacht und in Begleitung des Stallburschen Ted beim Einsteigen durchs Fenster der Bibliothek erwischte.«

»Unsinn, das war nur ein dummer Zufall.«

»Zufall? Du hast Miss Benjyman erzählt, ich wäre bis über beide Ohren in Ted verknallt, und dass du mich nur davon abhalten wolltest, mit ihm durchzubrennen.«

Charlottes Miene verfinsterte sich. »Caro, meine liebste Caro, darf ich dich daran erinnern, dass wir ein ernstes Problem zu lösen haben? Du kannst doch unmöglich von mir verlangen, mich an jede kleine Begebenheit in meinem Leben zu erinnern, wenn wir also bitte zum Thema zurückkommen könnten …«

»Zur Strafe musste ich der alten Mrs Benjyman einen ganzen Monat lang aus der Bibel vorlesen, und du weißt sicher noch, wie grässlich sie war. Sie roch nach Kampfer und hat immer dann mit ihren falschen Zähnen geklappert, wenn ich es am wenigsten erwartet hatte. Das war lauter als ein Kanonenschuss.«

»… würde ich dir mit dem größten Vergnügen meinen Plan erläutern.«

»Es dauerte nur wenige Tage, da war ich das reinste Nervenbündel. Am Ende hatte ich sogar noch drei Monate später ein nervöses Zucken über dem rechten Auge.«

»Er wird«, Charlotte holte tief Luft und lehnte es strikt ab, mit der ihr einzig verbliebenen Freundin zu streiten, »Lady Brindley betreffen.«

Diese Ankündigung brachte Caroline abrupt zum Schweigen. »Lady Brindley? Du planst einen Skandal um Lady Brindley?«

»Schscht, oder willst du, dass ganz London von meinem Vorhaben erfährt? Wer könnte wohl besser als Mittelpunkt eines Skandals herhalten? Ich könnte nicht, ruhig schlafen, wenn es um eine unschuldige Person ginge, nicht, dass die Crème de la Crème in dieser Hinsicht viel zu bieten hätte, aber trotzdem würde ich niemals jemanden, der es nicht verdient hat, ins Zentrum eines Skandals stellen. Und eines wirst du zugeben müssen: Wenn jemand einen kleinen Anteil an dem Kummer verdient, den er bereitet hat, dann Lady Brindley.«

Caroline starrte einen Moment lang vor sich hin. »Ich muss gestehen, dass du nicht ganz unrecht hast. Sie ist eindeutig übers Ziel hinausgeschossen, als sie dir und Lord … äh, Mr McGregor dies angetan hat. Was genau stellst du dir vor?«

»Nun, erinnerst du dich noch daran, wie du mir letzte Woche vom Ball der Marquise von Welles erzählt hast, der kommende Woche stattfinden soll?«

Leichte Falten der Konzentration legten sich auf Carolines Stirn. »Ja, du sagtest, du fändest Lady Welles widerwärtig und würdest lieber nackt durch den Hyde Park spazieren, als ihren Ball zu besuchen.«

»Ich habe meine Meinung geändert. Prinny soll auch da sein, stimmt das?«

»Du darfst ihn nicht so nennen; das ist respektlos. Der Prinzregent ist Hypatias Pate, und ja, er hat seine Teilnahme zugesagt. Warum?«

»Auf dem Ball wird es sicherlich großes Gedränge geben, da jeder anwesend sein wird, der Hypatia nicht als kleines pickliges Mädchen mit dem Hang zum Geschichtenerzählen in Erinnerung behalten hat – mit anderen Worten, der Ball liefert den perfekten Schauplatz für einen Skandal, der die Gesellschaft garantiert schockieren und zugleich angenehm erregen wird. Und diese dumme Sache mit dem Hochstapler wird im Handumdrehen vergessen sein.«

»Was für ein Skandal?«, fragte Caroline mit offensichtlicher Sorge in der Stimme.

Charlotte lächelte. Nun, es war kein besonders nettes Lächeln, das wusste sie. Es war kein Lächeln der Art, wie man es jemand anderem als einer engen Vertrauten zeigen würde, ein Lächeln voller Selbstzufriedenheit und mit einem Anflug von Bösartigkeit, doch immer noch ein Lächeln. Sie gab sich selbst mehrere Punkte für die Tatsache, dass sie noch immer lächeln konnte, obwohl ihr gesellschaftliches Leben in Scherben lag. »Auf dem Ball wird Lady Brindley ein kleines Unglück widerfahren. Oder besser gesagt, ihrem Kleid.«

Caroline riss die Augen auf. »Ihrem Kleid? Du meinst doch

nicht etwa das, das ihr gerade angepasst wurde, als ich sie letztens bei der Schneiderin getroffen habe?«

»Doch, genau das. Oder vielmehr eine Kopie davon. Und das ist der Punkt, wo deine Hilfe ins Spiel kommt.«

»Meine Hilfe? Meine Hilfe wobei?« In ihrer Not kletterte Carolines Tonhöhe mindestens eine Oktave höher. Charlotte erläuterte Caroline sämtliche Einzelheiten ihres Plans, der ihrer Freundin das Blut in den Adern gefrieren ließ.

Als sie fertig war, spazierte Caroline einige Minuten lang schweigend und wie betäubt neben Charlotte her und spähte nur hin und wieder kurz zu ihr. »Du kannst manchmal wirklich gruselig sein. Das beunruhigt mich, Char, das beunruhigt mich sehr. Ich möchte mir gar nicht ausmalen, welche Zerstörung du anrichten würdest, solltest du eines Tages die Beherrschung verlieren. Was deinen Plan betrifft …«

Charlotte flanierte Arm in Arm mit Caroline weiter und nahm es gelassen hin, dass sie von der Freundin wegen ihres Vorhabens getadelt wurde. Da die Vorbereitungen für den Skandal, den sie provozieren würde, getroffen waren, konnte sie sich jetzt der weitaus wichtigeren Angelegenheit widmen: den Beweis zu erbringen, dass der angebliche Cousin seinen Anspruch auf den Earl-Titel zu Unrecht erhob. Sie hoffte, dabei auf Crouchs Hilfe zählen zu können. Crouch war sehr nützlich, wenn es um gewisse Dinge ging – Dinge, wie eine Entführung oder heimliches Beobachten, das Herumschnüffeln im Leben von Menschen, die es auf den Titel anderer Leute abgesehen hatten, und vieles mehr.

»Alasdair dürfte es kaum gefallen, dass ich Crouch um Hilfe bitte«, überlegte sie laut und unterbrach damit Carolines Vorhaltungen. Sie blieb stehen und riss die Seite mit den für Caroline gedachten Notizen aus ihrem Notizbüchlein. »Schon gar nicht in Anbetracht seines dummen Verhaltens heute Morgen, als er versucht hat, mich zu tyrannisieren – Caro, er hat doch tatsächlich versucht, mich zu tyrannisieren! Es sollte ein Gesetz erlassen werden, das verbietet, Ehefrauen auf diese Weise zu traktieren – andererseits, wie Mutter so gerne sagte: Was er nicht weiß, kann mir nicht schaden.«

»Äh …«

Charlotte reichte ihrer Freundin den Zettel und steckte das Notizbuch wieder in ihr Retikül, ehe sie einer Frau in der Nähe eines großen Rhododendronbusches zuwinkte. »Da ist Mrs Whitney. Sie sagte, dass sie ebenfalls heute im Park wäre. Mit Rücksicht auf Alasdair muss ich sie begrüßen, auch wenn es keine langweiligere Person als sie gibt. Das war ein netter Spaziergang, Caro, doch jetzt verabschiede ich mich von dir in der Gewissheit, dass ich die liebste und beste Freundin ganz Englands habe, eine Freundin, von der ich weiß, dass sie mich in Zeiten der Not nicht im Stich lässt. Ich werde Mrs Whitney ein paar Minuten meiner kostbaren Zeit opfern und mich dann flugs zu Crouch begeben, damit er sich gleich des Hochstaplers annimmt. Herzliche Grüße an deinen lieben Algernon. Jackson, kommen Sie und hören Sie auf, Clothilde zu bezirzen. Ich habe heute noch eine Menge zu erledigen.«

Sie winkte Caroline noch einmal fröhlich zu und eilte zu der grauhaarigen Dame, die in Begleitung ihrer Zofe spazieren ging.

Caroline ließ sich resigniert auf einer Bank nieder. Es gab Momente – zum Beispiel wenn sie versuchte, sich gegen Chars unbeugsamen Willen durchzusetzen –, da fühlte sie sich wie eine Maus, die es mit einer Herde von Charlottes Elefanten aufnehmen wollte … ganz gleich, welcher Farbe sie waren.

14

»Sie, Sir, sind ein elender Lügner. Sie haben Ihre Frau belogen. Dafür sollten Sie sich schämen.« Dare bedachte das Gesicht vor ihm mit einem finsteren Blick, ehe er sein Handtuch gegen den Spiegel warf und sich Wasser in sein erhitztes Gesicht spritzte. Vielleicht war *Lügner* ein zu grobes Wort – ja, er lag hinter seinem Zeitplan zurück und musste rund um die Uhr an seinem Motor arbeiten, damit dieser bis zum Ende der nächsten Woche für die Probeläufe bereit war. Das war nicht gelogen gewesen. Trotzdem hätte er problemlos ein paar Stunden erübrigen können, um mit Charlotte durch den Park zu reiten.

Er blickte aus dem Fenster. Die Sonne stand tief und warf den langen verzerrten Schatten des Hauses auf die Straße. Es war noch nicht zu spät; er konnte immer noch mit ihr in die Oper gehen. Auf Patricias Bitten und Drängen hin hatte er eine Loge für die Saison gemietet … ein Lakai ließe sich binnen kürzester Zeit zum Theater schicken. Ein schwaches Lächeln spielte um seinen Mund, als er sich vorstellte, den Abend in Gesellschaft seiner Frau zu verbringen. Offen gestanden würde er diese Zeit lieber an einem weniger öffentlichen Ort verbringen, einem, der jenen Aktivitäten zuträglicher war, die ihm gestern Abend den letzten Tropfen seiner Manneskraft aus dem Körper gewrungen hatten, doch ein Opernbesuch war etwas, das Charlotte gefallen würde. Und Sängern zu lauschen, die in schrillen Tönen auf Italienisch ihre Arien schmetterten, war ein kleiner Preis für die Freude, die er ihr damit bereitete.

Dare nahm ein gestärktes Halstuch aus der Kommode und hielt einen Moment lang inne. Der Gedanke, seiner Frau eine Freude zu machen, löste ein Kribbeln in ihm aus. Er brauchte sich nur vorzustellen, wie sie auf ihn reagierte, um sofort brennendes Verlangen zu empfinden. Mit einem lüsternen Grinsen, das einer Hure die Schamesröte ins Gesicht getrieben hätte, entledigte er sich seiner ölverschmierten Arbeitskluft und legte die einem Gentleman angemessenere Kleidung an.

»Ah, Batsfoam«, sagte er, als sein Diener einige Minuten später ins Zimmer kam. »So zeitig hatte ich Sie hier oben nicht erwartet.«

Batsfoam hob Dares von Kohlestaub, Öl und verschiedenen Schmierfetten schmutzigen Stiefel und neigte zur Antwort den Kopf. »Ungeachtet meiner weiteren Aufgaben – so zahlreich und vielfältig sie auch sein mögen – bin ich noch immer Ihr Kammerdiener, und als dieser ist es meine Pflicht, nein, vielmehr ist es mir ein grenzenloses Vergnügen, Ihnen zur Hand zu gehen, wenn Sie sich an die schwierigste aller Aufgaben begeben: das An- und Auskleiden. Daher sehen Sie mich jetzt förmlich außer Rand und Band vor Freude über den Gedanken, Ihnen dienen zu dürfen.«

Dare bedachte Batsfoam mit einem freundlichen Lächeln. Nicht einmal dessen übliche sauertöpfische Miene konnte seine Vorfreude auf den gemeinsamen Abend mit Charlotte trüben … schon gar nicht die auf den letzten Teil des Abends, wenn sie allein waren und so, wie Gott sie geschaffen hatte. Seine Hände würden über ihre herrlichen Kurven gleiten, und in ihren Augen würde hell diese erotische Mischung aus Liebe und Leidenschaft auflodern, die ihm das Gefühl gab, ein wahrer Gott unter den sterblichen Männern zu sein. Das, dachte Dare zufrieden, während er sich von Batsfoam in eine eng anliegende, mitternachtsblaue Jacke helfen ließ, war es, was er sich immer von einer Ehefrau gewünscht hatte – nicht nur die pure Fleischeslust, sondern auch das bis in die Seele dringende, befriedigende Gefühl, eine Gefährtin zu haben, eine Vertraute, mit der er sein Leben teilen wollte, weil ihre Nähe und Gesellschaft ihm Glück und Zufriedenheit schenkten.

Ein Mensch, der ihn liebte.

»Wissen Sie, wo meine Frau ist, Batsfoam?« Er zupfte hier und da an seinem Halstuch, bis er mit dessen lässigem Sitz zufrieden war.

»Lady Charlotte besaß die Güte, mir dieses Wissen zuteilwerden zu lassen, Sir.«

Dare wartete einen Moment, doch als Batsfoam schweigend die Stiefel und abgelegten Kleider einsammelte und sich zum Gehen wandte, zog er die Stirn kraus. »Wären Sie dann vielleicht so großzügig, dieses Wissen mit mir zu teilen, oder handelt es sich um ein Staatsgeheimnis, in das ich nicht eingeweiht werden darf?«

Zum ersten Mal, seit Dare und Batsfoam sich kannten, zögerte sein Diener mit der Antwort. »Lady Charlotte hält sich im Haus der Brittons auf, Sir.«

Im Haus der Brittons? In Westons Haus? Obwohl Dare Noble schon lange nicht mehr die Schuld am Tod seiner Geliebten gab – längst waren ihm die Augen über die verstorbene Lady Weston und ihr grausames Wesen geöffnet worden, Tatsachen, für die man Noble in keiner Weise verantwortlich machen konnte – beschränkte er den Kontakt zu Weston und seiner charmanten, wenn auch exzentrischen Frau, auf ein Minimum. »Und wieso ist sie in Westons Haus? Hat sie Ihnen verraten, was sie da will?«

Batsfoam zuckte beim lauten Ton seines Herrn zwar nicht zusammen, ging aber fest davon aus, dass er eine Woche lang erste Anzeichen von Taubheit zeigen würde. »Ich wurde darüber in Kenntnis gesetzt, dass Lady Charlotte das Personal des Earls von Weston wegen eines unspezifischen Unterfangens zu bemühen gedachte, da das hiesige Personal, um es mit Lady Charlottes Worten zu sagen, ein wenig überlastet sei.«

»Unterfangen? Für welche Art von Unterfangen braucht sie die Dienstboten der Westons?« Dare wusste zwar, dass es nicht fair war, den Boten für die schlechte Nachricht, die er überbrachte, zu köpfen, doch der Gedanke, dass Charlotte, wenn sie Hilfe brauchte, sich an Weston – respektive seine Dienerschaft – wandte, wirkte auf ihn wie ein rotes Tuch. Verdammt, *er* war ihr Ehemann! Wenn sie Hilfe brauchte, konnte sie doch verflixt noch mal zu *ihm* kommen. Hatte sie etwa nicht verstanden, wie diese Ehemann-Ehefrau-Sache funktionierte?

»Da ich gerade kein Wörterbuch zur Hand habe, bin ich gezwungen, auf meine Auslegung des Wortes *unspezifisch* zurückzugreifen; im Allgemeinen versteht man darunter ...« Die strenge Miene, mit der er Batsfoam bedachte, ließ diesem seine schlagfertige Erwiderung auf den Lippen verkümmern. Sein Diener räusperte sich und ließ respektvoll den Blick auf die Stiefel in seinen Händen sinken. »Das hat sie nicht gesagt.«

Als nähme er plötzlich einen üblen Geruch wahr, rümpfte Dare die Nase. Dann griff er sich seinen Hut und stürmte aus dem Zimmer. »Dann werde ich meiner Frau wohl meine Interpretation einiger Begriffe darlegen müssen – Ehe, Treue und Beistand sind drei davon. Lassen Sie sofort Jupiter satteln, Batsfoam. Oder nein, schicken Sie einen Lakaien, das geht schneller.«

Dare wartete in der Bibliothek und schlug sich mit der Reitgerte immer wieder gegen sein Bein, als er zu begreifen versuchte, was Charlotte wohl zur Dienerschaft der Westons getrieben hatte. Die Erkenntnis, dass er niemals verstehen würde, wie ihr Verstand funktionierte, egal, wie lange er mit ihr verheiratet wäre, ließ ihn sich schließlich so weit beruhigen, dass er seine schlechte Laune nicht an Batsfoam ausließ, als dieser verkündete, das Pferd stünde bereit.

Weston wohnte in einem eleganten Stadtteil, eine Tatsache, über die sich Dare jetzt zum ersten Mal Gedanken machte, als er von seinem bescheidenen gemieteten Haus in einem dicht bewohnten Teil der Stadt zum Haus der Brittons ritt. Es lag an einer breiten Straßen und bot mit seiner Fassade aus cremefarbenem Marmor ein prächtiges Bild. Plötzlich wurde ihm der Unterschied zwischen dem Leben, wie Charlotte es vor ihrer Heirat geführt hatte, und ihrem jetzigen unangenehm bewusst. Ein Gefühl des Bedauerns erfasste ihn, als er erkannte, wie viel sie aufgegeben hatte, doch er schob es beiseite, als er sich in Erinnerung rief, dass sie *ihn* liebte und nicht seinen Titel oder sein Geld. Dass Charlotte sich in ihn verliebt hatte, obwohl sie in einem bescheidenen Heim mit wenig Personal und ohne das gewohnte Drumherum leben musste, war ein Beweis für die tiefen Gefühle, die sie ihm entgegenbrachte. Vielleicht konnte er ihr nicht mit Reichtümern dienen, dachte er grimmig, doch auf jeden Fall mit seinem Geist und seinem Körper. Und vor allem mit seiner Unterstützung, ganz gleich, welches Problem sie quälte.

Seine Grübeleien endeten in eiserner Entschlossenheit, als er vor dem Eingang des großen Hauses aus dem Sattel stieg und dem Lakaien, der Charlotte in der Rolle des Kutschers begleitet hatte, die Zügel zuwarf.

»Binden Sie das Pferd hinten an der Kutsche an.«

»Sir?« Jackson riss die Augen auf, als Dare die Stufen zur Eingangstür hinaufeilte.

»Ich bin in einer Minute zurück. Zusammen mit meiner Frau. Warten Sie also hier.«

»Aye, Sir.«

»Lady Charlotte?«, fragte Dare mit finsterer Miene den schmächtigen, goldblonden Lakaien, der ihm die Tür öffnete.

Der Lakai sah ihn überrascht an. »Nein, ich bin Charles. Lady Charlotte ist eine Frau.«

Dare holte tief Luft und lockerte seine verkrampften Finger. »Ich suche meine Frau, Lady Charlotte. Ist sie hier?«

»Ja, Sir.« Der Lakai sah ihn freundlich, aber nichtssagend an.

Dare riss sich zusammen, um nicht mit den Augen zu rollen. Oder den Mann zu erwürgen. Beides hatte seinen Reiz. »Darf ich Sie dann vielleicht sehen? Heute noch? *Jetzt?*«

Allmählich begriff der Lakai. »Oh! Sie wollen Sie *sehen*. Wenn Sie bitte hier entlangkommen …«

Dare stapfte an dem Mann vorbei in die eichenvertäfelte Halle und ignorierte ihn, als dieser ihm die Tür zu einem kleinen Raum aufhielt, in dem Besucher offensichtlich auf die Herrschaften des Hauses warten konnten. Am Fuße der Treppe blieb Dare stehen, stemmte die Hände in die Hüften, warf den Kopf in den Nacken und bellte: »CHARLOTTE!«

Das Echo hallte laut durch die lange Halle, die Treppe hinauf und durch den ersten Stock. Der Diener tanzte um ihn herum, als das Geräusch einer sich irgendwo oben im Haus öffnenden Tür an seine Ohren drang. Ohne auf Charles' Vorschlag einzugehen, im Besucherzimmer zu warten, stürmte Dare die Treppe hinauf. »Charlotte? Ich weiß, dass du hier bist. Du kannst dich nicht vor mir verstecken!«

»Warum sollte ich mich denn vor dir verstecken wollen?«, fragte seine Frau erstaunt, als er auf dem Treppenabsatz ankam. »Alasdair, was machst du hi– uff!«

Dare kannte seine Frau gut genug, um den störrischen Zug um ihr Kinn zu erkennen, ein Ausdruck, der ihn zu kurz entschlossenem Handeln veranlasste. Er würde sich nicht auf lange Erklärungen einlassen, sondern gleich auf den Punkt kommen.

»Ich hole dich ab«, fauchte er knapp, während er sie sich über die Schulter warf, sich umdrehte und die Treppe wieder hinabstieg. »Du kannst es dir schenken, mit mir zu streiten; du kommst mit. Spar dir deine Tränen und Wutanfälle, mein Entschluss steht fest. Du kommst mit mir.«

»Das dachte ich mir schon, Alasdair.« Dares Laune hob sich. Charlotte klang weder gereizt noch hysterisch. Trotzdem, bei ihr konnte man nie wissen. Vorsicht war besser als Nachsicht.

»Da ich weder in Tränen ausbrechen noch einen Wutanfall bekommen darf – würdest du mir vielleicht eine einfache Frage gestatten?«

Dare blieb am Fuße der Treppe stehen und ließ seine Frau zu Boden, hielt sie jedoch am Arm fest, damit sie ihm nicht plötzlich entwischte. »Eventuell, wenn sie die gegenwärtige Situation betrifft.«

»Das ist überaus großzügig von dir«, entgegnete sie, wenngleich er zugeben musste, dass sie nicht besonders dankbar wirkte. Wenn ihre schmalen Lippen und das Feuer in ihren Augen ihm etwas verrieten, dann dass sie ihm gleich eine Kostprobe ihres Temperaments geben würde. »Dürfte ich dann bitte schön erfahren, was zum Teufel du – ach, Crouch, da sind Sie ja. Würden Sie mir bitte mein Retikül und mein Notizbuch bringen? – was du hier machst, und warum du plötzlich das dringende Verlangen hast, mich umherzuschleppen wie einen Sack …« Charlotte gestikulierte wild, um ihre Unfähigkeit auszudrücken, das passende Bild zu finden.

»Mehl?«, fragte Dare zur selben Zeit wie Diener Charles, der ihr ebenfalls zu Hilfe zu springen versuchte und »Bulldoggen?« anbot.

Charlottes Blick schnellte zu dem glücklosen Mann, ehe sie

ihn wieder auf Dare richtete, der ihrem Zornesfunkeln mit nicht minder missmutiger Miene begegnete. »Die Frage lautet doch wohl eher, was *Sie* hier treiben, Madam.«

»Ich hatte etwas mit Crouch zu besprechen.« Dares Lippen verzogen sich zu einem Knurren, als Charlotte den Butler erwähnte. Sie ignorierte seine Reaktion. »Da du eine Abersion gegen ihn zu haben scheinst, hielt ich es für das Beste, mich hier mit ihm zu treffen und nicht bei uns zu Hause.«

»Ich habe eine *Aversion* gegen ihn, meine Liebe – «

»Nenn es, wie du willst«, fiel Charlotte ihm ins Wort und wedelte wieder wild mit den Händen, bis Dare beide einfing. »Jedenfalls finde ich es albern.«

»Das ist überhaupt nicht albern, schließlich hat dieser verfluchte Gauner mich mal entführt.«

»Das ist schon Jahre her!«

»Er hat mir den Schädel eingeschlagen.« Dare hatte noch immer die Narbe von dem Schlag, den Crouch ihm mit einem Eisenrohr verpasst hatte, um ihn außer Gefecht zu setzen.

»Das war vor fünf Jahren.« Als Charlotte versuchte, sich aus seinem Griff zu befreien, packte Dare fester zu. »Das ist eine sehr lange Zeit, um den Groll gegen Crouch aufrechtzuerhalten.«

»Dieser Feigling hatte zwei Männer dabei, die mich festgehalten haben, damit er mich k. o. schlagen konnte.«

»Crouch ist kein Feigling, Dare.«

»Danke, M'lady«, ertönte es hinter Dare. Er drehte sich um und verengte die Augen zu bedrohlich wirkenden Schlitzen, als er Westons Ungeheuer von einem Butler die Treppe herunterkommen sah. Ein zierliches, perlenbesticktes Retikül baumelte an seinem Greifhaken. »Die beid'n andern hab ich gebraucht, um den fein' Herrn hier davon abzuhaltn, mich um die Ecke zu bringn. Ich hatt nämlich schon genug von Ihn'n gehört. Ich hätt mein' Kopf unterm Arm nach Hause getragn, wär ich auf die Idee gekomm', es allein mit Ihn'n aufzunehm'.«

»Ich bin mir nicht ganz sicher – bei Crouch bin ich mir das nie; entsetzlich, was er der Sprache antut –, aber ich glaube, das sollte ein Kompliment sein«, flüsterte Charlotte Dare zu. Einen Moment lang lenkte ihn das prickelnde Gefühl ihres Atems ab, der über sein Ohr strich, doch dann fiel ihm wieder ein, dass er wütend war, und wütende Ehemänner küssten ihre Frauen nicht in Gegenwart der Diener seines Rivalen, schon gar nicht vor solchen, die Übung in heimtückischen Entführungen besaßen.

»Ich möchte dich daran erinnern, dass ich einen guten Grund habe, dich mit allem Nachdruck aufzufordern, die Bekanntschaft mit Crouch oder den übrigen Bediensteten Westons zu beenden. Du hast ein Haus voller Dienstboten. Wende dich an sie, wenn du etwas brauchst.«

»Wir sparen doch«, erhob Charlotte Einspruch, während Dare sie zur Tür drängte. Es gelang ihr, eine Hand freizubekommen und im Vorbeigehen ihr Retikül von Crouchs Haken zu nehmen. »Ich kann unserer Dienerschaft nicht zumuten, auch noch einen Teil ihrer kostbaren Zeit für mein … äh … kleines Vorhaben zu opfern.«

Dare blieb stehen und blickte sie stirnrunzelnd an. Er hatte völlig vergessen, sie zu fragen, was in aller Welt denn so wichtig war, dass sie ein Raubein wie Crouch um Hilfe ersuchte. War er nicht mehr recht bei Verstand? Ein kurzer Blick in ihre bezaubernden blauen Augen war die Antwort – er war so liebestrunken, dass er nicht mehr klar denken konnte, wenn sie in der Nähe war. »Worum genau dreht es sich bei deinem kleinen Vorhaben?«

»Ach.« Ein kurzer Moment des Überlegens, dann zeigte Charlotte ihm ihr strahlendstes Lächeln. »Ich halte es für das

Beste, wenn du es nicht weißt. Es wird dir bestimmt nicht gefallen, und da ich bereits Crouchs Hilfe in Anspruch nehme, werde ich darüber hinaus keine Unterstützung benötigen. Deshalb ist es besser, wenn wir so tun, als wüsstest du nichts von der ganzen Sache.«

Dare zählte bis zehn. Als ihm danach noch immer zum Schreien zumute war, wiederholte er den Vorgang drei weitere Male, ehe er sagen konnte: »Solche Äußerungen tragen wahrhaftig nicht dazu bei, mein Interesse zu mindern. Ich verlange eine Erklärung, worum es bei diesem kleinen Vorhaben geht und wie es zu verstehen ist, dass Crouch dir behilflich ist.«

Charlotte tätschelte beruhigend seinen Arm und wandte sich zur Tür. »Ich versuche einfach nur, dir eine gute Ehefrau zu sein – alles, woran mir liegt, ist dein Glück, Dare. Da dich mein Plan nur aufregen würde, musst du mir vertrauen, dass Unwissenheit in dieser Sache das Beste ist. Daher wirst du nichts von mir erfahren, und alles wird gut.«

»Gattin –«, warnte er zähneknirschend, doch ohne Erfolg. In der Regel biss er bei Charlotte auf Granit.

»Meine Lippen sind versiegelt, Liebster. Und solltest du mir auch mit glühenden Eisen drohen, so bleiben meine Lippen dennoch verschlossen. Übrigens musst du Crouch gar nicht so böse ansehen, denn er wird genauso darüber schweigen wie ich.«

Dare schob seine Frau in die Kutsche. Dann sprach er den Piratenbutler an, der mit verschränkten Armen lässig am Türrahmen lehnte. »Darf ich annehmen, dass meine Frau in Ihrem Sinne gesprochen hat?«

»Aye, Sir. Sie hat mein Wort.«

»Ich verstehe. In diesem Fall werde ich, sobald ich meine Frau nach Hause gebracht habe, noch einmal herkommen, um die Angelegenheit etwas ausführlicher mit Ihnen zu … *erörtern*.«

Hätte Dare es nicht besser gewusst, er hätte geschworen, dass so etwas wie Erheiterung in den Augen des Butlers aufblitzte. »Hatte mir schon so was gedacht, Sir. Ich werd der Köchin sagn, sie soll 'n bisschen Eis bereithaltn.«

Dare nickte und stieg hinter Charlotte in die Kutsche. Das Leben sah auf einmal wieder gut aus. Er schenkte seiner Frau ein schwaches Lächeln und amüsierte sich über die besorgten Blicke, die sie ihm zuwarf, als er die Finger knacken ließ, dehnte und zu Fäusten ballte. Auf einmal war er froh über ihre störrische Art, denn so konnte er darauf verzichten, sie so lange unter Druck zu setzen, bis sie ihm ihr Vorhaben verriet, und sich die gewünschten Informationen stattdessen von Crouch holen – mit der zusätzlichen Genugtuung, es ihm heimzuzahlen. Sein Lächeln verwandelte sich in ein Grinsen, während Charlotte anfing, die Hände zu ringen.

Er freute sich auf seine Rache, sehr sogar.

»Ich weiß es zwar zu schätzen, dass du mich heute Abend in die Oper ausführen möchtest, Dare, aber wie bitte schön sollen wir *das* da erklären?«, fragte Charlotte aus sicherer Entfernung ihren Mann, der sich auf der Chaiselongue in seinem Schlafzimmer ausruhte.

Er nahm die dicke Scheibe rohes Fleisch vom Gesicht und bewegte vorsichtig seinen Kiefer, worauf er eine schmerzerfüllte Grimasse schnitt. »Ich wüsste nicht, was es da zu erklären gäbe. Was ich mit meinem Gesicht anstelle, geht niemanden etwas an.«

Männer! Als ob keinem die Schwellung an seinem Kinn auffiele. »Die Leute werden es trotzdem wissen wollen. Ich hoffe nur, dass es Crouch gut geht. Ich brauche ihn morgen – bist du sicher, dass du ihm nichts gebrochen hast? Wie dem auch sei, hoffentlich hast du ihn nicht so stark verletzt, dass seine Beteiligung an meinem kleinen Vorhaben gefährdet ist.«

Dare besaß die Unverfrorenheit, sie finster anzublicken. »Du könntest wenigstens so tun, als würdest du dich auch um mich sorgen. Bevor ich ihn umhauen konnte, ist ihm leider noch ein Treffer gelungen. Und was dein mysteriöses Vorhaben angeht – «

»Unsinn«, schimpfte sie und rückte etwas näher, um sein Kinn zu untersuchen. Nachdem sie die Schwellung behutsam abgetastet hatte, trat sie ein Stück zurück, um das Gesamtbild zu betrachten. Wenn sie etwas Reispuder auf die Schwellung stäubte, würde die Rötung nicht so sehr ins Auge fallen. »Ich hatte nie Angst, dass Crouch dir ernsthaft wehtun könnte. Nicht nur, dass du ein Earl bist, sondern ich weiß außerdem, wie du unter deinen Kleidern aussiehst. Für mich ist es offensichtlich, dass es mehr als eines einzelnen Mannes bedarf, um dir ernsthaft zu schaden.«

Ihre Worte schienen Dare zu gefallen, obwohl sie weiß Gott nicht als Kompliment gedacht waren. Würde sie je verstehen, was in den Köpfen der Männer vorging? Männer dachten viel zu unlogisch, als dass man vernünftig mit ihnen reden konnte.

»Dein Vorhaben, Charlotte?«

Sie seufzte. Unlogisch, wie schon gesagt. Und hatte sich erst einmal ein bestimmter Gedanke in ihrem Kopf eingenistet, war dort kein Platz mehr für anderes. »Sind wir also wieder bei diesem Thema angelangt?«

»Ja, sind wir.«

»Dann wird die Oper wohl für uns ausfallen müssen, weil du von nun an damit beschäftigt sein wirst, auf die Offenlegung meines Planes zu pochen, und ich dir in aller zeitraubenden Ausführlichkeit meine vielen guten Gründe darlegen werde, warum du dir keine Sorgen zu machen brauchst. Soll ich Batsfoam sagen, er kann die Kutsche zurückschicken?«

»Nein, erst wirst du mir verraten, was du vorhast, und danach gehen wir in die Oper.«

Charlotte ließ einen weiteren Seufzer hören, setzte sich neben Dare und legte Handschuhe und Fächer beiseite. Sie würden also nicht in die Oper gehen. »Na schön, wie du willst. Dann bleiben wir eben hier und streiten den ganzen Abend, wo wir doch eigentlich eine herrliche Zeit in der Oper genießen könnten. Und was deine Vorstellungen zum Ablauf dieses Abends betrifft, Dare, hätte ich von dir erwartet, dass du mich inzwischen gut genug kennst, um zu wissen, dass mich keine zehn Pferde davon abhalten können, mich auf den rechtschaffenen und selbstlosen Pfad ehelicher Aufopferung zu begeben, wenn ich es mir in den Kopf gesetzt habe, meinen Pflichten als Ehefrau nachzukommen und dir die vielen kleinen Widrigkeiten des Lebens zu ersparen.«

Dare verdrehte die Augen, warf das Steak beiseite, als er aufstand, und gab Charlotte ihre Handschuhe und den Fächer zurück. »Na komm schon, du Ausbund an Selbstlosigkeit und Aufopferung. Du kannst mir auch genauso gut auf dem Weg zur Oper erzählen, was du geplant hast.«

Sie stritten auf dem Weg zur Oper (oder – wie Charlotte feststellte – er stritt und sie hielt nur an ihrem Entschluss fest, ihm unsägliche Seelenqualen zu ersparen), sie stritten auf den Stufen der Oper, sie stritten, bis sie in Dares Loge Platz genommen hatten, und sie stritten sogar noch die ersten beiden Akte der Oper hindurch, wenn auch mit gedämpften Stimmen, um niemanden zu stören. Das musste Charlotte ihm lassen: Er hatte wirklich alles versucht, um ihr die gewünschte Information zu entlocken, alles von der Androhung der entsetzlichsten, obgleich nicht näher beschriebenen Dinge, die er ihr, wie

Charlotte wusste, niemals antun könnte, bis hin zu inständigem Flehen, ihm endlich seine innere Ruhe wiederzugeben, damit er sich unbeschwert dem Genuss der Oper hingeben konnte. Doch da Charlotte ihn vor nicht einmal einer Woche mit wenig zimperlichen Worten hatte erklären hören, was er von der Oper generell hielt, tat sie sein herzergreifendes Betteln als unaufrichtig ab und tröstete sich mit der Gewissheit, das Richtige zu tun, indem sie das Bedürfnis, ihm seinen Seelenfrieden zu verschaffen, nicht über ihren eigenen Wunsch stellte, dass ihr selbstloses Handeln Anerkennung fände.

Als schließlich eine kurze Pause eintrat, war auch das Ende von Dares Geduld gekommen. Charlotte war ehrlich überrascht, dass er es so lange ausgehalten hatte.

»Da du dich hartnäckig weigerst, mir eine einfache Frage zu beantworten, nehme ich an, dass dir nichts an meiner Anwesenheit liegt. Und da ich mit den Einstellungen des Dampfventils an meinem Motor ohnehin im Zeitverzug bin, ergreife ich die Gelegenheit, um deinem Wunsch, mich loszuwerden, zu entsprechen.«

Charlotte war hin- und hergerissen. Wenn er sie jetzt in der Oper alleinließ, würde nicht nur jeder sehen, dass sie sich gestritten hatten, sondern dann müsste sie sich auch der Tatsache stellen, die sie den ganzen Abend mit Erfolg verdrängt hatte – niemand, ja nicht eine einzige Person, hatte sie bisher in ihrer Loge besucht. Sie wurden geschnitten, was Dare vielleicht nicht störte, sie jedoch anerkennen müsste, sobald er gegangen war. Sollte sie doch lieber nachgeben und ihm verraten, was er wissen wollte, um ihn zu besänftigen und an ihrer Seite zu halten, sodass sie vorgeben konnten, sich in den Flitterwochen zu befinden und ungestört bleiben zu wollen? Oder sollte sie in selbstloser Weise sein Wohlergehen über ihr eigenes stellen? Sie neigte zu Ersterem, da er die Opfer, die sie für ihn brachte, anscheinend ohnehin nicht zu schätzen wusste. Es war hart, Edelmut zu zeigen, wenn Dare ihre Selbstlosigkeit nicht einmal zu bemerken schien.

Sie entschied sich für Letzteres. Er brauchte sie, wenn auch nur aus dem einen Grund, um seinen Ruf in der Gesellschaft zu wahren. Da das Schicksal so freundlich gewesen war, ihr zu gewähren, was sie wollte, nämlich eine entscheidende Rolle im Leben ihres Mannes zu spielen, würde sie ihrem Los gerecht werden und ihm dienen, so gut es ging. Daher würde sie statt Seiner der Londoner Gesellschaft die Stirn bieten und sich nicht eher geschlagen geben, bis ihre ganze Kraft aufgebraucht war.

Sie hob das Kinn und begegnete dem wütenden Blick ihres Mannes mit Ruhe und Gelassenheit. »Wie du meinst. Wenn du den restlichen Abend lieber an diesem Gerät verbringen möchtest, bitte, dann geh. Caro und Lord Beverly sind auch hier – ich werde mich bis zum Ende der Oper zu ihnen setzen.«

Offensichtlich verblüfft, dass sie es darauf ankommen ließ, sah Dare sie einen Moment lang an, ehe er sich steif verbeugte und ihr seinen Arm bot. Er kochte vor Wut, das wusste sie, weshalb sie gar nicht erst versuchte, ihn mit einem vergnügten Lächeln oder betörenden Blicken aufzuheitern. Stattdessen ließ sie sich von ihm zu Caros Loge bringen, wo er ein Minimum an Höflichkeiten austauschte, um sich dann mit einem förmlichen Nicken von ihr zu verabschieden. Sicherlich war Dare in diesem Augenblick sehr verärgert, doch eines Tages, so sagte sie sich, als sie in einem Ebenholzstuhl mit goldenen Polstern neben Caro Platz nahm, würde er das Opfer, das sie für ihn gebracht hatte, bestimmt zu schätzen wissen.

»Lord Car… dein Ehemann scheint heute Abend aber sehr schlechte Laune zu haben«, flüsterte Caro über ihren Fächer hinweg, als Algernon einen weiteren Besucher in ihrer Loge begrüßte. »Liegt es daran, dass man euch schneidet?«

Charlotte zuckte die Achseln und blickte über die Logenbrüstung hinweg in den darunter liegenden Zuschauerraum, wo all die Gecken und Damen zweifelhaften Rufs flanierten. »Ehrlich gesagt bezweifle ich, dass er es überhaupt bemerkt hat. Nein, das wäre nicht fair. Alasdair ist ein sehr scharfsinniger Mensch; gewiss ist ihm nicht entgangen, dass uns niemand besucht hat – es ist ihm nur egal.«

Carolines Augenbrauen schossen nach oben. »Es ist ihm egal? Was die Leute von ihm denken? Es ist ihm egal?«

»Das ist in der Tat höchst ungewöhnlich, doch leider, meine liebe Caro, ist das wohl mein Schicksal – die Frau eines Mannes zu sein, der sich gleichgültig gegenüber der Meinung anderer Leute zeigt.«

»Aber dir ist es doch nicht egal«, empörte Caroline sich.

»Natürlich … bis zu einem gewissen Grad.« Charlotte schob eilig eine Erklärung nach, als Carolines Brauen, die gerade erst wieder in ihre Ausgangsposition zurückgekehrt waren, aufs Neue bis zum Haaransatz hochzuschnellen drohten. »Das heißt, mich kümmert schon, was die Leute sagen – ein guter Ruf bedeutet wirklich alles –, aber ich lasse mich nicht zum Sklaven der von der Gesellschaft geforderten Etikette machen. Ich bin immer schon meinen eigenen Weg gegangen, und jetzt ist es zu spät für mich, um noch zu lernen, sich den Regeln zu unterwerfen. Außerdem weißt du genauso gut wie ich, dass die Gesellschaft diejenigen liebt, die aus dem Rahmen fallen. Sie mögen sich vielleicht die Mäuler um jedes Skandälchen zerreißen, wie mein Durchbrennen mit Antonio, aber letzten Endes lieben sie genau die Leute, die sie so gern kritisieren.«

Caroline wirkte nicht überzeugt. »Im Moment sieht es aber danach aus, dass sie dich nicht lieben, Charlotte.« Sie blickte kurz über die Schulter zu ihrem Mann, um sich zu vergewissern, dass er außer Hörweite war. »Mein geliebter Algernon hat mir erzählt, dass man sogar auf dich und Mr McGregor wettet.«

»Ja, ja, das weiß ich – das war Lady Brindleys Werk. Bei den Wetten ging es darum, wann Alasdair die Ehe vollzieht. Aber wie du weißt, ist der Fall inzwischen erledigt. Hat dein Algernon den Leuten es denn nicht erzählt?«

Carolines Augen wurden größer. »Doch, ja, hat er … ach, Char, hätte ich das nicht tun sollen? Ich habe es ihm nicht untersagt, davon zu sprechen, und du weißt ja, was für Klatschmäuler Männer sind.«

»Schon gut, Caro. Ich habe darauf vertraut, dass ihr beiden diese besondere Information weitertragt, nicht – was ich unbedingt betonen möchte – dass es irgendjemanden etwas anginge. Trotzdem war es die einzige Möglichkeit, um diese alberne Wette aus der Welt zu schaffen.«

»Ach, Char–« Das Wort erstarb Caroline auf den Lippen.

Charlotte sah ihre Freundin aufmerksam an, die nach Worten zu suchen schien, ein Zustand, der Charlotte neu war. »Bist du krank? Brauchst du mein Riechfläschchen?«

»Nein, nein. Es ist nicht so, dass … ich … ich …« Caroline schnappte nach Luft wie ein auf dem Trockenen liegender Fisch.

»Dass du was? Also ehrlich, Caro, wenn du nur so dasitzen und mich mit diesen Glatzaugen anstarren willst, könntest du wenigstens den Mund schließen. Nur Dummköpfe reißen in der Oper den Mund so weit auf, dass sie Fliegen damit fangen könnten.«

Caroline schien sich zu besinnen. »Es heißt Glotzaugen, und fang nicht wieder mit diesem Dummkopf-Gerede an. Ich habe nur überlegt, wie ich es dir am schonendsten beibringe.«

»Was beibringe?« Nun hatte Caroline ihre ungeteilte Aufmerksamkeit. Lord Beverly beugte sich zu seiner Frau und murmelte etwas davon, dass er für ein paar Minuten in der Loge eines Bekannten sei. Charlotte wartete mit der ihr größtmöglichen Geduld ab, bis er gegangen war, um sich dann auf ihre Freundin zu stürzen. »Caro, solltest du mir etwas Wichtiges verheimlichen, werde ich, so wahr ich hier sitze, überall erzählen, dass du dein Dekollete mit Strümpfen ausstopfst –«

»Charlotte!«

Das halbe Haus drehte sich nach ihnen um, als Carolines wütender Aufschrei das allgemeine Stimmengewirr durchschnitt. Charlotte öffnete schwungvoll ihren Fächer und verschaffte sich eilig Kühlung. »Du bist wohl immer erst glücklich, wenn du deine Szene hattest, was?«

»Ich … du … Charlotte …«, stotterte Caroline.

»Ja, hättest du jetzt, da du die Personalpronomen geübt hast, vielleicht die Güte, mir endlich zu verraten, was du mir beizubringen versuchst?«

Caroline starrte sie trotzig an. Charlotte wollte gerade darauf hinweisen, dass Damen bei so einem Gesichtsausdruck Gefahr liefen, zeitlebens wie ein störrischer Esel auszusehen, da flüsterte Caroline ihr aufgebracht zu: »Ich sollte es wirklich lassen; ich sollte es dir nicht erzählen, du verdienst nämlich nicht, es zu erfahren, nachdem du mir mit der Verbreitung dieser schamlosen Lüge gedroht hast –«

Charlotte musterte kritisch den Busen ihrer Freundin. »Du erwartest doch nicht ernsthaft von mir zu glauben, das da sei alles echt?«

»Mein Busen hat dich nichts anzugehen«, bemerkte Caroline voller Würde, während sie ihren Fächer öffnete und vor die Korsage ihres Kleides hielt.

»Stimmt. Er ist ja quasi nicht vorhanden.«

»Ich werde es dir trotzdem sagen«, fuhr Caroline fort, wenn auch leicht eingeschnappt, »weil dein Gatte es nicht verdient hat zu leiden. Mein geliebter Algernon hat mir heute Abend erzählt, dass sich die Buchmacher unter anderem mit Mr McGregor befassen, das heißt mit der Frage, ob er ... oder ob er nicht ... ob er überhaupt dazu in der Lage ist ...«

»Ob er wozu in der Lage ist?«

»Ob er impotent ist«, flüsterte Caroline, wobei ihr die Schamröte rasch ins Gesicht stieg.

»Impotent?«, wiederholte Charlotte fragend, wobei sie keine Ahnung hatte, warum Caroline sich wie eine dumme Gans benahm. Vielleicht war sie in anderen Umständen. Alle Welt wusste, dass Frauen, die Nachwuchs erwarteten, sich häufig wie dumme Gänse benahmen.

»Schscht!«

»Um Himmels willen, Caro, Algernon will dich wohl nur aufziehen. Warum sollte es jemanden kümmern, ob Alasdair impotent zu mir ist? Wenn du die Wahrheit wissen willst, bin ich genauso impotent wie er, wahrscheinlich sogar noch mehr. Mutter hat immer gesagt, ich wäre furchtbar frech.«

Caroline starrte sie glatzäugig an – oder hieß es glotzäugig? –; Charlotte konnte sich nicht daran erinnern, wie es denn nun richtig hieß. Caro stieß einen erstickten Laut aus und fächelte sich, den Blick zu Boden gerichtet, hektisch Luft zu, während sie sich zu Char lehnte und zischte: »*Impotent*, nicht *impertinent*. Impotent bedeutet, dass ein Mann körperlich nicht dazu in der Lage ist, seinen ehelichen Pflichten nachzukommen.«

Charlotte spürte, wie ihre Gesichtszüge immer mehr entgleisten. Einen Moment lang hatte sie Angst, vor lauter Zorn in Ohnmacht zu fallen, und es kostete sie ihre ganze Kraft, nicht die Beherrschung zu verlieren und wild loszubrüllen, als sie mit einem einzigen Wort zu wissen verlangte: »Wer sagt das?«

»Mein geliebter Algernon sagt, dass es nicht nur eine einzelne Person sei. Die Wette läuft in den Büchern sämtlicher Clubs … Charlotte, wo willst du hin?«

Für einen kurzen Augenblick nicht in der Lage, irgendetwas zu erwidern, griff Charlotte nach ihrem Umhang, der auf dem Stuhl hinter ihr lag. In einem entlegenen Winkel ihres Verstandes stellte sie fest, dass ihre Hände interessanterweise zitterten, obwohl sie weder Kälte noch Angst verspürte. »Alasdair hat unsere Kutsche genommen; dürfte ich wohl eure benutzen?«

Caroline folgte ihrer Freundin aus der Loge. »Ja, selbstverständlich darfst du. Du siehst nicht allzu gut aus; es ist wohl das Beste, wenn du heimfährst und dich ausruhst.«

»Nach Hause fahren werde ich, sobald ich mich um diese Ungeheuerlichkeit gekümmert habe.«

»Gekümmert? Sprichst du etwa von der Wette? Wie willst du dich denn darum kümmern?«

Charlotte verschloss ihren Umhang, ehe sie ihr Retikül und ihren Fächer nahm. Die Wut, die sie gepackt hatte, verlieh ihr allergrößte Entschlossenheit. Sie würde nicht zulassen, dass Dare zum Gespött der Londoner Gesellschaft wurde. »So, wie es mir angebracht und am zweckdienlichsten scheint – ich werde sämtliche Clubs aufsuchen und die Wettbücher stehlen.«

Caroline fiel auf der Stelle in Ohnmacht.

Eine Stunde später stieg Charlotte aus der geliehenen Kutsche und wies ins Wageninnere, als Batsfoam die Tür schließen wollte. »Auf dem Sitz liegen ein paar Bücher. Bitte sorgen Sie dafür, dass sie in die Küche gebracht und verbrannt werden.«

»Bücher, Madam?«

»Bücher, Batsfoam. Große Bücher mit vielen Seiten, von denen die meisten mit dummen Wetten von noch dümmeren Männern, die es eigentlich besser wissen sollten, gefüllt sind.«

Batsfoam blickte auf das nächstgelegene Buch, das in goldenen, elegant geschwungenen Buchstaben die Aufschrift WHITE'S trug. Im Schein der Kutschenlaterne erkannte er noch mindestens sieben weitere Wettbücher. Der Anflug eines seltenen Lächelns ließ ihn die grimmig zusammengepressten Lippen leicht verziehen, als er einen Lakaien herbeiwinkte. »Äh … hat Sie auch niemand dabei beobachtet, als Sie die Bücher an sich genommen haben?«

»Doch, schon, aber ich habe einen Domino getragen, um unerkannt zu bleiben. Übrigens wirken die Männer, die in diesen Clubs angestellt sind, nicht sehr Furcht einflößend. Im Grunde genommen sind sie Feiglinge. Sie haben förmlich um Gnade gewinselt, als ich mit der Duellierpistole Seiner Lordschaft herumgewedelt habe. Es war ein Kinderspiel, die Bücher zu stehlen.«

»Oh. Das mit dem Domino war wirklich eine äußerst raffinierte Idee, wenn ich mir die Bemerkung erlauben darf.«

»Natürlich war das eine raffinierte Idee. Sie glauben doch wohl nicht, ich würde irgendetwas Dummes anstellen, um die Leute zum Reden zu bringen, oder? Arbeitet Lord Carlisle noch an seinem Gerät?«, fragte Charlotte, während sie ihren Umhang öffnete und sich ihn von Batsfoam abnehmen ließ.

»In der Tat.«

»Sehr schön.« Sie hielt einen Moment lang inne, während sie die Handschuhe abstreifte, ehe sie den Kopf schüttelte, da sie sich plötzlich doch Sorgen wegen ihrer jüngsten Tat machte. »Tja, jetzt ist es, wie es ist.«

»Ma'am?«

Ach was, sie machte sich völlig unnötig Gedanken. Niemand hatte auch nur die leiseste Ahnung, wer da so kühn an den Pförtnern vorbei in die Clubs spaziert war und die Bücher mitgenommen hatte. Gott sei Dank war Matthew ihr in seinen Jugendjahren mit seinem Gerede über diese Bücher auf die Nerven gefallen. Unglaublich, aber fast war sie diesem Tunichtgut dankbar. »Und selbst wenn mich jemand erkannt haben sollte, habe ich immer noch meinen kleinen feinen Plan in der Hinterhand; und der wird gewiss alle Spekulationen beseitigen, die noch in Umlauf sein sollten.«

»Was ist in Umlauf, Ma'am?«

»Hmm?« Sie riss sich von der besorgten Überlegung los, was wohl geschehen würde, wenn herauskam, dass sie die Wettbücher gestohlen hatte, und blickte zu Batsfoam, ehe sie sich zur Treppe wandte. »Nichts, was ein kleines Feuer nicht erledigen könnte, also vergessen Sie nicht, sich um diese üblen Dinger zu kümmern. Ich werde nicht zulassen, dass man das Leistungsvermögen des besten Stückes meines Mannes anzweifelt.«

Als der Butler Geräusche erzeugte, als hätte er sich verschluckt, blieb sie kurz stehen und gab ihm den Rat, ein Glas Wasser zu trinken. Dann begab sie sich in ihr Zimmer, wo es ihr gelang, sich mit schlangengleichen Verrenkungen, die einen Akrobaten vor Neid hätten erblassen lassen, aus ihren Kleidern zu schälen. Angetan mit Dares kirschrotem Seiden-Morgenrock – sie zog ihn ihrem eigenen, züchtigen blauen vor – kuschelte sie sich in sein wieder gebrauchsbereites Bett. Sie begann, in Vyvyan La Blues Buch zu lesen und merkte sich jene Sinnlichen Wege ins Eheglück, die am besten dazu dienten, die Laune eines schmollenden Ehemannes zu heben. Sie wog gerade das Für und Wider des *Umgedrehten Blumentopfes auf einer Alabastersäule* gegenüber der *Kantonesischen Bogenschießkunst* ab, als eine gewaltige Explosion das Haus erschütterte.

Der Boden des Zimmers schwankte, als ob die Erde selbst bebte, und über das sogleich folgende Krachen war das helle Klirren von Glas zu hören, das auf dem Pflaster vor dem Haus in abertausend Splitter zersprang. Einen Augenblick lang saß Charlotte wie gelähmt da, doch dann sprang sie auf und rannte barfüßig die Treppen hinunter. Dabei rief sie immer wieder den Namen ihres Mannes und stieß jeden rücksichtslos beiseite, der ihr in den Weg kam. Die Fensterscheiben in der Küche waren zerborsten, überall lagen Holz, Mörtel und verbogene Metallteile verstreut. Die Tür zur Kellertreppe hing schief in nur noch einer Angel und lehnte weit aufgeworfen an der Küchenwand.

Jemand rief ihren Namen, doch Charlotte ignorierte die Warnung, ignorierte die Hände, die versuchten, sie aufzuhalten. Trotz stechender Schmerzen schob sie mit nackten Füßen den Schutt beiseite, als sie sich hustend und keuchend die Treppe hinab bis in den Raum vorkämpfte, der in einer dichten Wolke aus Kohlenstaub, Schmutz und Dampf lag. Ihre Augen brannten und tränten, als sie verzweifelt nach Dare suchte.

»Hier!«, krächzte eine Stimme hinter den Überbleibseln eines schweren Eichentisches, der Dare als Werkbank diente. »Joseph! Wills! Ich brauche eine Trage. Und jemand soll Mylady sagen – «

Charlotte war im Nu da und schob Batsfoam aus dem Weg, um nach ihrem Mann zu sehen. Sein Kopf war voller Blut und schwarzem Kohlenstaub. Holzstücke und Papierfetzen bedeckten seinen Körper, in seiner Haut steckten Metallsplitter, die vom explodierten Motor stammten.

Die Zeit schien stillzustehen, als Charlotte sich neben ihm auf den Boden kniete, obwohl der Schutt sich in ihr Fleisch bohrte. Sie ignorierte den Schmerz angesichts des Albtraums, der ihr entgegenstarrte. Sie empfand Fassungslosigkeit, Angst und Wut, als sie die Blutlache sah, in der Dare lag und die ihre Beine benetzte. Vorsichtig berührte sie die blutige Masse, in die sich die rechte Seite seines Gesichts und seiner Schulter verwandelt hatte, während sich das lähmende Entsetzen über das Ausmaß seiner Verletzungen mit der unbändigen Freude vermischte, dass sein Brustkorb sich hob und senkte und auf diese Weise anzeigte, dass er nicht tot war, dass er ihr nicht entrissen worden war … *noch* nicht.

Wie in Trance nahm sie wahr, dass Batsfoam Befehle erteilte, während er und die Lakaien die gröberen Metall- und Holzteile um Dare herum entfernten. Sie riss ihr Nachthemd in Streifen, um seine schlimmsten Wunden damit zu verbinden, und ging an seiner Seite, seine Hand fest in ihrer, als seine leblose Gestalt nach oben getragen wurde. Und die ganze Zeit über tobte ein Sturm unbeantworteter Fragen in ihrem Kopf. Konnte jemand eine solche Explosion überleben? Konnte sein Herz nach so einem schrecklichen Unfall weiterschlagen? Wie sollte er den Verlust von so viel Blut verkraften? Ein Schluchzen entrang sich ihr, als sie auf Dares geschundenen Körper starrte.

Wie sollte sie ohne ihn leben?

15

Seine Frau war der leibhaftige Teufel.

»Guten Morgen, lieber Gatte! Ist es nicht ein herrlicher Tag?«

Zugegeben, sie hatte weder Hörner noch Pferdefüße, auch stank sie nicht nach Schwefel, aber Dare war überzeugt, dass sie eine Handlangerin Satans war, wenn nicht sogar der Höllenfürst selbst.

»Natürlich kannst du nicht wissen, was für ein wunderschöner Tag es draußen ist, wenn du hier im Dunkeln hockst. Ich werde nur schnell die Vorhänge öffnen und die Sonne hereinlassen.«

Wer außer dem Leibhaftigen würde sich an seinem Schmerz weiden?

»Du hast dein Frühstück gar nicht angerührt, Dare. Du musst etwas essen, wie willst du sonst wieder gesund werden?«

Sie lächelte ihn verflucht noch mal an und ließ ihre Grübchen sehen, während sie versuchte, ihn dazu zu bringen, etwas zu essen. Sie versuchte ständig, ihn zu irgendetwas zu überreden. Er wollte aber nicht überredet werden, er wollte, dass man ihn in Ruhe ließ. Im Dunkeln. Ohne strahlend blaue Augen, die ihn daran erinnerten, wie viel er verloren hatte.

Er wollte sterben.

»Dare? Ich habe etwas für dich gemacht.«

Er schloss die Augen … das Auge … und hielt den Atem an. Wenn er so tat, als schliefe er, würde sie ihn vielleicht in Ruhe lassen. In der Vergangenheit hatte es funktioniert. Ein paar Mal. Wenn auch nicht in letzter Zeit.

»Hier! Es ist eine neue Augenklappe. Gefällt sie dir?«

Er spürte einen Luftzug vor dem Gesicht, als schwinge ein Gegenstand vor seiner Nase hin und her … ein Gegenstand in ungefähr der Größe und Form einer Augenklappe.

Eine Augenklappe, die er brauchte, um das gähnende Loch in seinem Kopf zu bedecken, wo sich einst sein rechtes Auge befunden hatte.

»Es war gar nicht so leicht, sie mit den Farben deines Plaids zu besticken, aber ich habe nicht aufgegeben und glaube, das Ergebnis kann sich durchaus sehen lassen.«

Da saß er also – mit nur einem Auge, zahlreichen Narben und einem schlaffen rechten Arm; das reinste Wrack. Nutzlos, so konnte man ihn bezeichnen. Nein, noch schlimmer als nutzlos – mitleiderregend. Er war ein mitleiderregender, nutzloser halber Mann, ein Mann, der seine Frau auf allen Ebenen seines Daseins als Ehemann enttäuscht hatte.

»Der Sporran ist, wie ich finde, das Tüpfelchen auf dem i.«

Mitleiderregend und pathetisch, ein Wrack, einst ein Mensch, der jetzt zu nichts mehr imstande war, als in der Finsternis zu hocken, Raum zu beanspruchen und Essen zu sich zu nehmen, das man lieber besseren, würdigeren, verdienteren Menschen geben sollte, die weder ihr eigenes Leben noch das ihrer Frau zerstört hatten … Sporran?

Dare öffnete sein Auge. »Du hast einen Sporran auf der Augenklappe angebracht?«

Charlotte kniete sich zu seinen Füßen und legte eine Hand an sein Knie. In der anderen hielt sie eine rote Augenklappe, die mit einem kompletten Miniaturkilt bestickt war, also auch mit einer kleinen Tasche, dem Sporran. Daran musste sie Stunden gesessen haben.

»Gib sie jemand anderem«, hörte er sich grob sagen. »Ich verdiene sie nicht.«

»Sei nicht albern. Ich kenne keinen anderen McGregor, der eine Augenklappe braucht.« Charlotte ließ ihre verflucht fröhlichen Grübchen wieder aufblitzen. Der Griff an seinem Knie wurde fester und jagte ihm plötzlich eine Welle wohliger Wärme durchs Bein, die ihm schnurstracks in die Lenden schoss.

Dies war eine weitere Sache, in der er sie enttäuschen musste. Sie wünschte sich Kinder und hatte die trauten Begegnungen im Ehebett sehr genossen. Und nun war sie für den Rest ihres Lebens an ihn gekettet, an ein bedauernswertes Exemplar der Menschheit, das nie wieder dazu fähig wäre, ihre einfachsten und natürlichsten Bedürfnisse zu befriedigen.

Wenn er auch nur noch einen einzigen Funken Ehre im Leib hatte, würde er sich die Pistole an den Kopf und ihrer beider Qualen ein Ende setzen.

»Lass mich allein«, murmelte er, während er den Kopf gegen den Sessel zurückfallen ließ und sein Auge schloss.

»Was hast du gesagt?«

»LASS MICH ALLEIN«, fauchte er gereizt und öffnete sein Auge, um sie anzufunkeln.

Sie musterte ihn einen Moment lang, ehe sie sich so tief zwischen seine Beine beugte, dass sich ihre Brüste an seine Männlichkeit pressten, um dann mit den Fingern über das Geflecht aus Narben zu fahren, das die eine Hälfte seines Gesichts überzog. »Hast du Schmerzen?«

Überrascht stellte er fest, dass er eine Erektion hatte. Eigentlich war er davon ausgegangen, dass er nicht mehr dazu in der Lage wäre, aber die Wärme ihrer weichen Brüste und ihre sinnliche Berührung seines Gesichts weckten eine Erregung in ihm, wie er sie seit dem Unfall vor vier Wochen nicht mehr gespürt hatte.

»Keine Schmerzen«, krächzte er, während er neue Hoffnung schöpfte. Wenn er seinen ehelichen Pflichten nachkommen könnte, wäre er wenigstens noch zu irgendetwas nutze. Er könnte ihr Befriedigung verschaffen und Kinder schenken, ihr wenigstens einen kleinen Ausgleich zu der Hölle bieten, in die er sie gezogen hatte.

Mittlerweile war ihr Blick von seinen Verletzungen zu seinem Mund gewandert und ruhte dort jetzt mit einer Begierde, die ihre eigene Erregung deutlich erkennen ließ. Leidenschaft keimte in ihm auf, als er sich vorbeugte, um Besitz von ihrem Mund zu ergreifen, um sie wieder zu schmecken, wieder in die Wärme und Geborgenheit einzutauchen, die ihr Mund bot. Er ließ einen Arm um ihre schmale Taille gleiten und zog sie an sich, während die andere Hand sich danach verzehrte, sich an ihren Kopf zu schmiegen, um ihn nach hinten zu neigen und ihren Mund zu erobern, sobald sich ihre Lippen geöffnet hatten …

Gedemütigt blickte er auf seinen rechten Arm. Kraftlos hing er an seiner Seite und verweigerte den Befehl, seine Finger in Charlottes goldenes Haar gleiten zu lassen. Er schaffte es nicht einmal, den bleischweren Arm so weit zu heben, dass er ihn um sie legen konnte.

»Dare?«

Er ließ den linken Arm sinken und sackte in seinem Sessel zusammen, während er das Auge vor der Enttäuschung und schlimmer noch dem Mitleid verschloss, das sicherlich aus ihrem Blick sprach.

»Dare? Stimmt etwas nicht?«

Was war nur aus ihm geworden? Ein Wehklagen der Verzweiflung erhob sich in ihm, als ihm klar wurde, dass er seine Frau selbst dann nicht beglücken könnte, wenn er seinen verletzten Arm dazu bringen könnte, zu tun, was er sollte. Welche

Frau bei klarem Verstand würde wohl die körperliche Nähe dieses fleischgewordenen Elends suchen?

»Dare, ich weiß, dass du enttäuscht und wütend bist, weil dein Arm noch nicht wieder seine gewohnte Kraft hat, aber Dr. Milton sagt, regelmäßige Übungen würden dir helfen, die Muskeln wieder aufzubauen. Hast du Lust, jetzt einige dieser Übungen zu machen? Und wenn du fertig bist, würde ich mich mit dem größten Vergnügen auf deinem Schoß niederlassen, um dich zu küssen.«

Er machte sich etwas vor, wenn er etwas anderes für möglich hielt. »Lass mich allein, Charlotte.«

»Aber, Dare –«

»Verschwinde endlich! Warum musst du immer um mich herumscharwenzeln? Siehst du denn nicht, dass ich dich nicht hier haben will?«

»Aber ich möchte dir doch nur helfen –«

»Ich aber will, dass du mir fernbleibst!«

Seine Worte schmerzten, sie sollten verletzen und voller Grausamkeit sein, da er wusste, dass Charlotte auf andere Weise nicht zu bewegen wäre, von seiner Seite zu weichen. Eigentlich erwartete er, dass sie ihm jetzt genauso grobe Worte an den zernarbten Kopf werfen oder schluchzend aus dem Zimmer laufen würde. Deshalb überraschte ihn ihre Reaktion völlig: Sie schmiegte sich an ihn und küsste ihn zärtlich auf den Mund.

»Ich liebe dich, Dare. Ich werde dich immer lieben.«

Er kniff das Auge zu, um die Tränen zurückzuhalten, die ihm bei ihren Worten kamen, und hielt solange den Atem an, bis er hörte, dass sie die Tür hinter sich schloss. Erst als diese leise einrastete, stieß er den Atem aus und starrte wie betäubt auf den Teppich zu seinen Füßen.

Das Letzte, was er ertragen könnte, war, dass sie ihn weinen sah.

»Ich bin zurück, Batsfoam.«

»Das sehe ich, Mylady. Wie hat Mr Crouch es aufgenommen?«

Charlotte legte ihre Jacke ab, ohne sich helfen zu lassen. »Er war enttäuscht, dass mein Plan, der Gesellschaft durch ein furchtbar peinliches Erlebnis Lady Brindleys neuen Gesprächsstoff zu liefern, bis auf Weiteres aufgeschoben werden muss. Allerdings konnte er nicht umhin, mir beizupflichten, dass ich im Moment wichtigere Dinge zu tun habe, als mich um das Geschwätz der Leute zu scheren. Der Besuch bei Dr. Milton war weniger erfreulich. Hat mein Mann etwas gegessen?«

»So sehr ich es auch bedaure, nein, Mylady.«

Charlotte, die sich gerade die Handschuhe abstreifte, hielt inne und blickte den Butler genauestens an. In den letzten vier Wochen hatte er seine übliche Trübsal vermissen lassen, und es schien, als hätte ihn die Pflege seines verletzten Herrn aus seiner Selbstversunkenheit erlöst. Genauso wie sie hatte Batsfoam in der ersten Zeit nach dem Unfall alles getan, um Dare am Leben zu erhalten. Sie hatten einander dabei abgelöst, bei Dare zu wachen und dafür zu sorgen, dass er nicht dem Wundfieber erlag, das er bekommen hatte. Es war ein langer, erbitterter Kampf gewesen, doch nach zwei Wochen war das Fieber endlich gesunken, und sie hatten in stiller Freude ihren Sieg feiern können. Seitdem hatte sich Dare rasch erholt.

Bis ihn letzte Woche Melancholie und Schwermut überfallen hatten.

»Hat er sein Zimmer verlassen?«

»Er ist in sein Arbeitszimmer gegangen.«

Besorgnis verfinsterte Batsfoams Miene. Charlotte zog die Stirn kraus, während sie den zweiten Handschuh auszog. Was befand sich in Dares Arbeitszimmer, das Batsfoam zu dieser beunruhigten Miene veranlasste? Dare hatte keinen Fuß mehr vor seine Schlafzimmertür gesetzt, seit man ihn mehr tot als lebendig nach oben getragen hatte. Da musste die Tatsache, dass er sein Zimmer endlich verlassen und sich ins Arbeitszimmer begeben hatte, doch eigentlich ein gutes Zeichen sein.

Als sie zur Treppe eilte, dachte sie an den heutigen Morgen zurück. Dare hatte zu ihr gesagt, dass er sie nicht bräuchte. Er hatte ihre Zuwendung abgelehnt und sich nicht einmal in dem Moment, als sie sich an ihn kuschelte, dazu durchringen können, sie zu küssen. Sie hatte die Selbstverachtung in seinem Blick erkannt und wusste, dass er förmlich vor Selbstmitleid zerfloss. Der Arzt hatte ihr berichtet, dass Dares körperliche Wunden gut verheilt wären, sein seelischer Zustand jedoch Grund zur Sorge bot … »Verflixt! Die Pistolen!«

Mit wild pochendem Herzen flog sie die Treppe hinauf. Warum hatte sie nicht daran gedacht, seine Pistolen zu verstecken? Die Antwort hallte in ihrem Kopf wider, als sie die oberste Stufe erreichte und den langen Flur entlangrannte.

Niemals hätte sie gedacht, dass seine Verzweiflung so groß wäre, dass er es auch nur in Erwägung zöge, sich das Leben zu nehmen.

»Lady Charlotte!«

Sie ignorierte Batsfoams Ruf und lief den schmalen Gang entlang in den hinteren Teil des Hauses, wo sich Dares Arbeitszimmer befand.

Eine Flasche Whisky neben sich und eine seiner Duellierpistolen auf dem Schoß, saß er vor dem leeren Kamin des abgedunkelten Zimmers. Mit einer unheimlichen, langsamen Bewegung drehte er den Kopf und sah Charlotte an. Der Ausdruck der Hoffnungslosigkeit in seinem dunkelblauen Auge ließ ihr den Atem stocken. Er hatte aufgegeben. Dr. Milton hatte sie gewarnt, dass ein Patient entweder um sein Leben kämpfte oder sich aufgab und nur noch dahinsiechte. Trotz aller Fürsorge und Liebe. Dare hatte letzteren Weg gewählt.

Nicht mit ihr! Mit geballten Fäusten baute Charlotte sich vor ihrem Mann auf und spürte, wie eine nie gekannte Wut sie beim Anblick der Pistole auf seinem Schoß überkam. Sie liebte ihn – er konnte doch nicht einfach so aufgeben! Und er liebte sie. Sollte das, was er vorhatte, heißen, dass sie ihm vollkommen egal war?

»Wenn du dich umbringst, werde ich dir das *nie* verzeihen«, stieß sie hervor. »Nie, hast du verstanden? Niemals! Ich werde dir das Leben zur Hölle machen, darauf kannst du Gift nehmen!«

Er sah sie ungläubig an, ehe er sie mit einem bitteren Lächeln bedachte, ein Lächeln, das sie ihm am liebsten aus dem Gesicht geschlagen hätte. Doch sie konnte ihm keine Ohrfeige geben – seine schweren Verletzungen waren noch nicht ausgeheilt. Außerdem tat eine gute Ehefrau so etwas nicht, wenn ihr Mann eine so traumatische Erfahrung hinter sich hatte wie eine Explosion und den darauf folgenden Überlebenskampf.

»Wenn ich tot bin, kannst du mir ja wohl kaum das Leben zur Hölle machen.«

Sie waren beide erschrocken, als ihre Hand mit lautem Klatschen an seiner Wange landete. Batsfoam, der im Türrahmen stand, hielt überrascht den Atem an und fing an zu grinsen, ehe er sich leise zurückzog und die Tür hinter sich schloss. Als Dare Charlotte anstarrte, stand ihm die Fassungslosigkeit deutlich ins Gesicht geschrieben. Er legte die Pistole bedächtig auf dem Tisch ab und stieß sich mit der gesunden Hand aus dem Stuhl hoch.

Charlotte dachte nicht daran, vor ihm zurückzuweichen. Dicht vor ihm stehend und mit in den Nacken gelegtem Kopf rührte sie sich nicht vom Fleck und funkelte ihn mit bitterbösen Blicken an.

»Du hast mich geschlagen«, knurrte Dare.

»Ja, das habe ich, und ich habe es genossen«, antwortete sie trotzig. Es stimmte – sie hatte es genossen, ihn zu schlagen, wofür sie vor Scham im Erdboden versunken wäre, wäre sie sein Selbstmitleid inzwischen nicht gründlich leid gewesen. Erst heute Nachmittag hatte Dr. Milton ihr prophezeit, dass Dare höchstwahrscheinlich den nächsten Monat nicht überleben würde, wenn er nicht aufhörte, vor Selbstmitleid zu zerfließen. Und wenn sie an die Pistole dachte, hatte sie Zweifel, dass er überhaupt so lange am Leben bliebe. »Oh ja, ich habe es wirklich sehr genossen. Daher mache ich es gleich noch einmal.«

Die zweite Ohrfeige brachte eine gewisse Röte in Dares Gesicht, doch – was das Beste war – auch ein mörderisches Funkeln in sein Auge. Beim Anblick dieser Gefühlsregung hätte Charlotte am liebsten vor Freude getanzt. Bisher hatten nur Apathie und Verzweiflung in seinem Blick gelegen.

»Ich bin verletzt, Madam. Weiden Sie sich so sehr an meinem Schmerz, dass Sie ihn noch vergrößern müssen?«, stieß Dare zischend zwischen zusammengebissenen Zähnen hervor.

»Aber natürlich«, erwiderte sie und reckte das Kinn noch eine Winzigkeit höher, während der Anblick seiner unübersehbaren Empörung sie insgeheim lächeln ließ. »Deswegen bin ich nämlich in den letzten vier Wochen nicht von deiner Seite gewichen. Deswegen bin ich auch zwei Wochen lang Nacht für Nacht wach geblieben, als du im Fieberwahn gelegen hast. Deswegen habe ich deine Wunden versorgt, deine Verbände gewechselt, mich um deine persönlichen Bedürfnisse gekümmert und dich gefüttert. Deswegen habe ich neben dir geweint und dich angefleht, nicht aufzugeben und doch bitte gegen das Fieber zu kämpfen, bis du wieder bei mir wärest. Und genau deswegen habe ich bis heute, als ich den Arzt aufgesucht habe, den du nicht sehen willst, seit dem Unfall keinen Fuß mehr vor die Tür gesetzt. All das habe ich nur getan, weil ich mich so sehr an deinem Schmerz weide.«

Wenigstens war er so anständig, eine betroffene Miene zu zeigen, doch das reichte nicht. Offensichtlich war jetzt der Zeitpunkt gekommen, dass er sich entschied – und wehe, er würde nicht die richtige Entscheidung treffen, dann würde sie das für ihn erledigen.

»Ich werde nicht noch einmal den Albtraum durchmachen, mir einen neuen Ehemann suchen und dressieren zu müssen«, fauchte sie, wobei sie ihm mit dem Finger in die Brust stach.

»Dressieren?«, zischte er. »Vergleichst du mich etwa mit einem Hund, den man dressieren muss, um ihm Gehorsam und Benimm beizubringen?«

»Ich vergleiche dich mit einem extrem dickköpfigen und widerspenstigen Mann, der nicht die geringste Ahnung hat, was wirklich im Leben zählt. Bevor du nicht begreifst, wie viel Glück du hattest, mich als Ehefrau zu bekommen –«

»Ich begreife sehr wohl, wie viel Glück ich habe … hatte«, polterte er mit hochrotem Kopf zurück. »Du bist verdammt noch mal die bezauberndste, fantastischste Frau, die ich kenne! Ich liebe dich!«

»Dann benimm dich auch endlich entsprechend!«, erwiderte sie in einer Lautstärke, die eine weniger kultivierte Person schon als Schreien bezeichnet hätte.

»Zum Teufel mit Ihnen, Madam, wie soll ich das denn anstellen? Ich bin ein Krüppel! Nahezu blind! Ich bin zu nichts zu gebrauchen! Ich besitze kein Geld, keinen Titel, keinen gesellschaftlichen Rang, und das Letzte, was mir noch geblieben war – ein Körper, der in der Lage war, Ihnen zu huldigen – ist zerstört. Der einzige Beweis meiner Liebe zu Ihnen, den ich jetzt noch erbringen kann, besteht darin, von dieser unglückseligen Welt zu scheiden und Ihnen so den Weg für die Ehe mit einem Mannes freizumachen, der Ihnen geben kann, was ich Ihnen zu geben nicht imstande bin.«

Sie versetzte ihm eine weitere Ohrfeige, keine sehr harte, jedoch spürbar genug, dass er das Kinn anspannte, sein Auge verengte und ihr Handgelenk packte, um sie davon abzuhalten, ihn noch einmal zu schlagen. Offen gestanden machte es ihr Spaß, ihn auf diese Weise aus den Tiefen seines Selbstmitleids zu reißen. »Wie kannst du es wagen! Wie kannst du es wagen anzudeuten, dass ich dich nur deines Geldes, Titels, gesellschaftlichen Ranges oder guten Aussehens wegen geheiratet habe!«

Als er sich zu ihr beugte, spürte sie seinen heißen Atem auf ihrem Gesicht. »Kannst du mir hier und jetzt aus ehrlichem Herzen sagen, dass du mich nicht all dieser Dinge wegen geheiratet hast?«

»Nein, natürlich kann ich das nicht! Welche Frau in meiner Position würde nicht um des Geldes, Titels oder guten Aussehens willen heiraten?«

Der vertraute Ausdruck der Resignation und Verwirrung huschte über sein Gesicht, als er ihr Handgelenk losließ und sich die Stirn rieb. »Du willst mir also sagen, dass du mich genau all dieser Dinge wegen geheiratet hast, die ich dir nicht mehr geben kann, und trotzdem bist du beleidigt, wenn ich dich darauf hinweise?«

Sie nahm ihm die schlichte schwarze Augenklappe ab und trat um ihn herum, um ihm die neue, mit dem Kilt bestickte anzulegen. »Rot steht dir sehr gut. Ich bin nicht beleidigt, dass du weißt, warum ich dich geheiratet habe; ich bin auch nicht beleidigt, dass du glaubst, diese Dinge seien mir immer noch wichtig. Kaum dass ich es geschafft hatte, mich in dich zu verlieben – was keine leichte Aufgabe war, wenn man dein Temperament bedenkt –, war alles anders. Geld oder Äußerlichkeiten sind einer verliebten Frau nicht wichtig.«

Sie trat wieder vor ihn und ließ die Finger seinen leblosen Arm hinab zu seiner Hand wandern, wo sie seine Finger umschloss und ihre Hände gemeinsam zum Mund hob. Dann küsste sie jeden seiner Finger einzeln.

»Aber sind einer verliebten Frau ihr gesellschaftlicher Rang und ein Titel denn völlig egal?«

»Der Titel, ja«, antwortete sie mit einem kurz aufblitzenden Lächeln. »Der Rang … nun ja, verliebte Frauen nehmen für sich das Recht in Anspruch, ihren Rang in der Gesellschaft zu behalten, um so ihrem Ehemann leichter zum Erfolg verhelfen zu können. Ich glaube, dass ich an einem Punkt angelangt bin, wo ich nicht noch mehr von deinem Selbstmitleid ertragen kann, Alasdair. Und daher werde ich Dr. Miltons Rat befolgen und dir ein Ultimati stellen: Du wirst hier und jetzt eine Entscheidung treffen, die Entscheidung, weiterzuleben. Du wirst einsehen, dass du trotz des Verlustes eines Auges und der Kraft in deinem Arm noch immer ein vitaler und bedeutender Mann bist. Du wirst dich daran erinnern, dass du vor Gott geschworen hast, mich zu lieben und zu ehren, was dir kaum möglich ist, wenn du dahinscheidest oder in dunklen Zimmern Trübsal bläst. Ich verdiene es, geliebt und bewundert zu werden. Und aus diesem Grunde wirst du mich küssen, in den Arm nehmen und dich um die Regionen meines Körpers kümmern, die zu prickeln beginnen, wenn du nur in der Nähe bist, und dann wirst du mich lieben. Jede Nacht. Vielleicht sogar, nachdem du deine ganze Kraft wiedererlangt hast, zwei Mal pro Nacht.

Kurzum, mein lieber Gatte, du wirst mir jenen Dare zurückgeben, den ich kannte und liebte, und damit wirst du auf der Stelle beginnen!«

Dare machte den Eindruck, als wollte er lächeln, wovor er sich jedoch fürchtete. Das Feuer in seinem Auge erstarb, während er eine Hand auf ihre Schulter legte und sie sanft mit dem Daumen streichelte. »Es heißt Ultimatum.«

»Ich weiß«, erwiderte sie leise, während sie all die Liebe in ihren Blick legte, die sie für ihn empfand. »So hörte es sich einfach besser an. Schwungvoller, fröhlicher.«

Seine Mundwinkel zuckten. »Meine wunderschöne Frau. Meine wunderschöne Charlotte, die nur das Allerbeste verdient.«

»Sehr richtig«, stimmte sie zu und rieb ihre Wange an seinem Handrücken. »Ich verdiene einen Ehemann, der kein Feigling ist, einen Ehemann, der das Wort Kapitulation nicht einmal kennt. Ich verdiene einen Ehemann, der mich so sehr liebt, dass er um mich kämpft.«

»Du verdienst einen Ehemann, der dir geben kann, was du willst«, antwortete Dare leise und sackte in sich zusammen, während er die Hand von ihrer Schulter nahm. »Was habe ich dir schon zu bieten? Ich bin nur ein mittelloser, halb blinder Krüppel. Mein Titel ist infrage gestellt worden, und die einzige Aussicht auf Rettung hat sich bereits in einen Haufen Schrott verwandelt. Du verdienst weit mehr, als ich dir je bieten könnte, Charlotte.«

Sie legte ihre Arme um seine Taille und hinderte ihn daran, vor ihr zurückzuweichen. »Du hast einmal zu mir gesagt, dass Äußerlichkeiten nicht alles wären; dasselbe sage ich jetzt zu dir. Du magst ein halb blinder Krüppel sein, aber trotzdem bist du noch immer du, und das ist das Einzige, das zählt. Und was die anderen Dinge betrifft … in dem Moment, wo du das Gerät verkaufst, wirst du mehr Geld besitzen, als ich wohl je ausgeben kann. Dein Titel mag verloren sein – obwohl Crouch sich schon emsig mit dieser Sache befasst –, deine Stellung in der Londoner Gesellschaft ist es jedoch nicht. Du magst ein Auge verloren haben, das zweite jedoch nicht, und Dr. Milton ist überzeugt, dass dein rechter Arm zumindest einen Teil seiner alten Kraft wiedererlangt, wenn du es nur willst. Und was dein Gerät angeht, bin ich voller Zuversicht, dass du es noch rechtzeitig zur Ausstellung fertig bekommst, wenn du alles daransetzt.«

Er schüttelte den Kopf, noch bevor sie den letzten Satz beendet hatte. »Das sind nur noch zwei Wochen. In der Zeit schaffe ich es nie, den Motor wieder zusammenzubauen.«

Sie streifte mit den Lippen seinen Mund und lächelte, als sie einen Hauch von Leidenschaft in seinem Blick aufflackern sah. »Wir werden dir alle helfen. Batsfoam hat sich den Motor angesehen und gesagt, seiner Meinung nach müsste nur der Dampfkessel ausgetauscht werden. Und außerdem hast du etwas mehr Zeit als zwei Wochen – kannst du in dieser Zeit einen Dampfkessel bauen?«

Dare runzelte die Stirn, eine Reaktion, bei der Charlotte am liebsten laut gejubelt hätte. Er dachte darüber nach. Sie konnte sehen, wie er überlegte, was zu tun war, um das Gerät wieder zusammenzubauen.

»Den Dampfkessel zu erneuern würde nur wenige Tage dauern, aber das ist nicht das Problem. Offensichtlich weist meine Konstruktion einen Fehler auf, sonst wäre mir der Motor nicht schon bei nur halb gefülltem Kessel um die Ohren geflogen.«

»Dann musst du die Konstruktion eben verbessern«, schlug sie vor und küsste ihn erneut, wobei ihre Lippen diesmal länger auf seinem Mund verweilten.

»Ich werde es aber nicht schaffen –«, hob er an zu erklären, während er den Arm um ihre Taille schlang, um sie fester an sich zu ziehen. Charlotte rieb sich an ihm und war drauf und dran, vor Wohlbehagen zu schnurren, als sie die Härte seiner muskulösen Brust und Oberschenkel spürte.

»Du kannst alles schaffen, was du dir vornimmst«, widersprach sie und knabberte an seiner Lippe. Mit einem Stöhnen zog er sie noch fester an sich und schob seine Lenden ihren Hüften entgegen. »Ich glaube an dich, Dare. Ich glaube daran, dass du es schaffst. Ich hätte nie einen Mann geheiratet, der mir nicht gibt, was ich verdient habe.«

»Du kleine Hexe«, hauchte er auf ihre Lippen. Sie nestelte an seinem Hemd, bis sie alle Knöpfe geöffnet hatte, und fuhr dann mit den Fingern über seinen glatten, muskelbepackten Rücken, seine wohlgeformte Brust. Selbst nach einem Monat der Krankheit und des Nichtstuns waren seine Muskeln noch kräftig und von drahtiger Struktur. »Wenn du glaubst, du könntest mich dazu treiben, das zu tun, was du willst –«

»Aber nicht doch«, hauchte sie zurück und knabberte weiter zärtlich an seinen Lippen, während sie insgeheim hoffte, er würde die Führung übernehmen. Als er es nicht tat, murmelte sie: »Ich will dich doch nicht treiben. Verführen schon eher …«

Da er sie noch immer nicht auf die Weise küsste, wie sie es gerne hätte, entschloss sie sich, die Dinge selbst in die Hand zu nehmen – gewissermaßen. Sie begehrte Zugang zu den Lockungen und der Wärme seines Mundes, und als er ihr gewährt wurde, eroberte sie ihn hemmungslos – kostete ihn, neckte ihn und schürte die Glut der Leidenschaft, die zwischen ihnen entbrannte.

Mit einem Stöhnen erlag er dem Feuer, während sein Mund sich mit wachsender Erregung des ihren bemächtigte, seine

Zunge all die wunderbaren Dinge anstellte, die sie früher für absolut uninteressant gehalten hatte (was zum Glück mittlerweile ins Gegenteil umgeschlagen war), sein Körper sich hart gegen ihren presste und sie mit seinen langsamen und sinnlichen Bewegungen der Gefahr aussetzte, noch völlig den Verstand zu verlieren. Seine Hand war überall; gerade noch zogen seine Finger ihren Kopf in den Nacken, damit er noch tiefer in ihren Mund dringen konnte, und im nächsten glitten sie über die Bänder ihres Kleides und zupften an dem feinen Batist, bis seine Finger auf nacktes Fleisch stießen. Aus den von Leidenschaft umnebelten Winkeln ihrer Erinnerung löste sich eine Szene und hielt sich lange genug in ihrem Bewusstsein, um ihn in den weinfarbenen Sessel hinter ihm zu schieben. Sie folgte ihm und setzte sich mit gespreizten Beinen und hochgezogenem Kleid auf seinen Schoß.

»Char, ich kann nicht –«

»Weißt du noch?«, säuselte sie und machte sich fieberhaft daran, ihn aus seinem beengenden Hemd zu schälen. »Du hast versprochen, mir zu zeigen, wie sich dein bestes Stück in einem Sessel zum Einsatz bringen lässt. Ich kann mir noch immer nicht vorstellen, wie das gehen soll – gehen wir einmal davon aus, dass dein Ding auch umgedreht funktioniert, nicht, dass ich Erfahrung mit umgedrehten Liebesinstrumenten hätte, aber da deines offensichtlich schon heftig gegen die Knöpfe deiner Hosen drückt, wage ich zu behaupten, dass dir der Gedanke einer trauten Zusammenkunft im Sessel nicht unangenehm ist. Und deshalb werde ich auch bestimmt eine zufriedenstellende Erklärung von dir erhalten, wo die Beine und so weiter bleiben sollen.«

Mit seinen Küssen raubte Dare ihr auch noch den Rest ihres Verstandes, ehe er ihre Lippen verließ und sich auf einen heißen Pfad der Küsse über ihren Hals begab. »Ich kann das nicht. Ich kann … ich weiß nicht, ob ich … du kannst doch nicht wollen, dass …«

»Und ob ich will«, widersprach sie ihm und neckte mit den Lippen sein Kinn, während sie an dem zum Zerreißen gespannten Stoff über seiner Männlichkeit nestelte. »Du kannst dir nicht vorstellen, wie sehr ich dich will, Dare.«

»Du verdienst Besseres als einen halben Mann mit einem Narbengesicht und einem nutzlosen Arm«, sagte er gepresst gegen ihre nackte Schulter, als sie den letzten Hosenknopf öffnete und den Stoff beiseiteschob, um seine pralle Männlichkeit in die Hände zu nehmen.

»Ich verdiene dich.« Mit einem Lächeln entfernte sie vorsichtig seine Augenklappe. Schließlich wurde er unruhig und versuchte mit qualvoll verzerrter Miene, sie aufzuhalten, indem er die Finger seiner gesunden Hand um ihr Handgelenk schloss. »Männer! Ich werde euch nie verstehen. So viel Trara um ein paar Narben.«

Sein Kinn spannte sich an, als sie die auf der einen Gesichtshälfte sichtbare Spur der überstandenen Verletzung hinaufküsste und sein geschlossenes Lid erreichte.

»Nein.«

Das Wort klang schon fast wie ein Schluchzen, ein einziges Wort, jedoch so voll des Schmerzes, dass sich ihre Augen mit Tränen füllten. Zärtlich drückte sie einen Kuss auf sein erschlafftes Lid. Wie kam er nur auf den Gedanken, dass der Verlust eines Auges ihre Liebe zu ihm schmälern könnte? »Doch. Bis dir klar wird, dass Narben nicht von Bedeutung für mich sind.« Noch einmal und noch einmal küsste sie sein Lid, bis er ihr das Gesicht zuwandte.

Hell brannte das Fieber der Begierde in seinem Blick, ließ es sein Auge vor Liebe und Leidenschaft funkeln, ein Auge, das jedoch auch Wachsamkeit zeigte, als wappne er sich für einen

Schlag. Mit einem Lächeln küsste sie auch sein gesundes Auge. *»Sehnsucht träuft von den Wimpern herab, wenn das Auge sie öffnen, sinnbetäubend«*, zitierte sie.

Dare blickte sie verwirrt an. Sie lächelte. »Das stammt von einem dieser verstaubten Griechen, die Vater immer so wichtig genommen hat. Ich weiß nicht mehr, welcher von ihnen es war … Ilias hieß er, glaube ich, … ich kann mich noch gut entsinnen, wie Vater ihn uns laut vorgelesen hat. Dieser Ilias war eigentlich nicht besonders interessant, bis er anfing, über mit süßem Tau benetzte Zungen zu reden.«

Der Anflug eines Lächelns spielte um seine Lippen. »Ich glaube, der fragliche Herr war Hesiod und nicht Homer, der die Ilias verfasst hat.«

Sie beugte sich zu ihm, wodurch sich seine harte Männlichkeit zwischen sie schob, und schmiegte die Hände an sein Gesicht. »Ist es denn so wichtig, wer das gesagt hat?«, fragte sie zwischen zärtlichen Küssen, die sie ihm auf Wangen und Kinn hauchte. »Kann denn überhaupt noch etwas anderes wichtig sein, als die Tatsachen, dass du mein Mann bist und dass ich dich liebe und dass ich mir von dir zeigen lassen will, wie man das bewerkstelligt, wofür du erst vor wenigen Monaten meine Neugier geweckt hast, nämlich die sinnlichste aller Begegnungen in einem Sessel?«

Einen Moment lang befand Dare sich im Zwiespalt. Seine Stimme der Vernunft, die Stimme, die wusste, dass er ihrer nicht wert war, die Stimme, die ihm riet, den Weg des Feiglings zu beschreiten, den einzigen Weg, um sie von ihrer misslichen Lage zu erlösen, drängte ihn, Charlotte von seinem Schoß zu stoßen und sich zurückzuziehen. In sein Schlafzimmer, in die Dunkelheit, die seine Narben verbarg, auch jene unter der Haut. Doch die Wärme seiner Frau, der innige Körperkontakt und die aus ihren kristallblauen Augen sprühende Liebe erfüllten ihn mit einem Gefühl, das die Kraft besaß, seine Verzweiflung zu zerschlagen. Sein Verstand sagte ihm, dass er sie unbedingt zurückweisen musste, doch er war zu schwach, um sich der Geborgenheit zu entziehen, die sie ihm darbot.

Sie hauchte seinen Namen, als er mit ihrem Kleid kämpfte, bis ihre Brüste – ihre herrlichen Brüste – entblößt waren, umrahmt von dem bezaubernden zarten Grünton und der Spitze ihres Hemdes. Er schmiegte die Hand an eine Brust und rieb sanft mit dem Daumen über ihren Nippel, bis sie sich mit einem lustvollen Stöhnen nach hinten bog. Unter leisen Flüchen versuchte er zähneknirschend, seinen rechten Arm dazu zu bewegen, seinem Bedürfnis zu entsprechen und sie zu berühren, und er war verblüfft, als sie seine kraftlose Hand nahm und an ihre Brust führte.

»Wie edelste Seide«, murmelte er, als er ihre Brüste streichelte und sich prickelnde Leidenschaft von seinen Fingerspitzen bis zu seiner Brust ausbreitete. Als seine Hand abzurutschen begann, spannte er jeden Muskel seines Körpers an und schaffte es, sie auf den Rundungen von Charlottes Hüfte zum Liegen zu bringen, deren Wärme er durch den Stoff ihres Kleides hindurch spüren konnte.

»Gerade wollte ich das Gleiche über dich sagen«, antwortete sie, während sie seine Männlichkeit mit beiden Händen streichelte. »Dein bestes Stück ist so hart, doch seine Haut gleichzeitig so weich. Was für ein erstaunliches Ding, nicht wahr? Ich meine, im Ruhezustand macht es nicht besonders viel her. Es sieht sogar schon fast komisch aus, wenn es so herumschwingt oder träge daliegt. Doch wenn du es in diesen Zustand bringst, möchte man vor Ehrfurcht erstarren. Wie genau machst du das, Dare? Hast du lange gebraucht, um es zu lernen? Musstest du Unterricht nehmen? Natürlich habe ich es schon bei Tieren gesehen, aber ein Mann steht doch weit über einem Tier, weswegen ich mich immerzu fragen muss, wie dieser Zustand wohl zustande kommt.«

Dare hielt ihren Berührungen – die sich dergestalt äußerten, dass sie ihn beim Reden unentwegt zwischen den Beinen streichelte –, so lange wie möglich stand. Er biss die Zähne zusammen. Er spannte den Kiefer an. Er krallte die Finger in ihr Kleid. Schnell versuchte er, sich etwas einfallen zu lassen, was ihn von der Erregung ablenkte, die sie mit jeder Berührung steigerte, doch ihm war klar, dass er es nicht mehr lange aushielte, wenn sie ihn nicht sofort losließ.

»Charlotte«, sagte er so streng, wie es einem Mann am Rande der Ekstase nur möglich war, »wenn es dir nichts ausmacht, würde ich den Vortrag über gewisse Vorgänge beim Mann gerne auf einen späteren Zeitpunkt verschieben.«

Sie beugte sich zu ihm und presste ihren weichen Busen an seine Brust. »Versprochen?«, fragte sie und knabberte zärtlich an seinen Lippen, bis er die Hand in ihr Haar verwob und ihren Mund eroberte. Sie schmeckte so köstlich, dass er ihren Mund gleich ein zweites Mal in Besitz nahm, und hätte sie nicht unentwegt seine Männlichkeit gestreichelt, hätte er Stunden damit verbringen können, dem Wunder ihres Mundes zu huldigen.

»Ich pflege meine Versprechen zu halten«, hauchte er auf ihre Brüste, bevor sein Mund sich über dem entzückenden Leckerbissen schloss, der ihn anlachte. Er neckte und liebkoste den ersten Nippel, während ihr lustvolles Stöhnen in seinen Ohren klang und ihre Finger sich in seine Schultern krallten. Dann schenkte er der zweiten Brust seine Aufmerksamkeit und leckte und saugte an ihr, bis Charlottes Atem so heftig ging wie sein eigener. Er ließ ihr Haar los und genoss ihr wohliges Schaudern, als er die Hand über ihren Rücken und ihre Hüfte bis zu der Stelle gleiten ließ, die sich – wie er wusste – nach ihm verzehrte.

»Ich entschuldige mich für meinen Schoß«, keuchte sie, als er die Hand an ihren Venushügel schmiegte. »Er ist ein wenig feucht. Es scheint bei mir immer der Fall zu sein, wenn du in der Nähe bist. Zuerst habe ich mir Sorgen deswegen gemacht, aber dann ist mir wieder eingefallen, wie du mich dort in unserer Hochzeitsnacht berührt hast und dass dir dieser Zustand offensichtlich sehr gefallen hatte, also habe ich meine Sorgen begraben. Sofern du nicht möchtest, dass ich dort nicht mehr feucht bin, und selbst wenn, musst du wohl leider –«

»Sie plappern schon wieder, Madam«, unterbrach er sie und stöhnte entzückt auf, als sie seine Zunge in ihren Mund zog. Flammen der Lust und der Liebe vereinten sich, während sich sein Verlangen nach ihr fest mit der Freude verwob, die er empfand, als ihm bewusst wurde, dass sie sein war, in diesem Moment, in dieser Nacht und für alle Zeiten.

Er hob sie mit seiner kräftigen Hand hoch und rutschte ein Stück im Sessel nach vorne, während er ihr Anweisungen ins Ohr flüsterte. Dann umfasste er seine aufrechte Männlichkeit und führte sie ans Tor ihrer seidigen Hitze. Wellen der Lust liefen durch seinen Körper, als sie sich langsam auf ihm niederließ. Ein gewaltiges Gefühl der Besitzgier packte ihn, als er ihr zeigte, wie sie sich auf ihm bewegen sollte. Sie war seine Frau, seine Charlotte, seine strahlende Göttin der Leidenschaft, deren Liebe ihn trotz seines Wunsches, alleingelassen zu werden und zu sterben, heilte.

Für den leibhaftigen Teufel hatte er sie gehalten? Dare riss seine Lippen von der sanften Wölbung ihrer Kehle los, beobachtete, wie sie mit vor Verblüffung aufgerissenen Augen im Moment ihrer Erlösung den Rücken durchbog, und genoss ihren lieblichen Schrei der Verzückung und die innige Verbundenheit, bei der er nicht mehr zu sagen vermochte, wo sie aufhörte und er begann. Ihre Liebe schwappte in einer

Welle sengender Hitze auf ihn über, die so groß war, dass sie ihren Namen von seinen Lippen brannte, als er schließlich vor dem Druck dieser Welle kapitulierte und sein Leben in sie ergoss.

Sie war kein Teufel; sie war ein Engel.

Und er würde sie nie mehr hergeben.

16

Die Beine noch immer um ihren Ehemann geschlungen, ruhte Charlotte an seiner Brust und kam langsam wieder zu Atem, wenngleich er noch etwas rau in seinen Ohren klang. Sie bewegte sich leicht und musste lächeln, als sie den kräftigen Schlag seines Herzens an ihrem spürte. Wer hätte gedacht, dass so etwas Vertrautes wie sein Herzschlag so großes Wohlbehagen in den Tiefen ihrer Weiblichkeit hervorrufen würde, ein Gefühl der Zufriedenheit, das – gab sie ehrlich zu – weniger mit dem eigentlichen Liebesakt zu tun hatte als vielmehr mit der Tatsache, dass er im Augenblick der Erlösung laut seine Liebe zu ihr bekräftigt hatte.

Mit einem zufriedenen Seufzen stellte sie fest, dass ihre Verführungskünste Wirkung gezeigt hatten, und freute sich, etwas anderes als Selbstzerstörung in seinem Blick zu finden.

Als sie sich erneut rührte, packte der um ihre Taille geschlungene Arm sie fester. »Ich würde ja gerne, mein Herz, aber du musst mir schon ein wenig Zeit geben. Ich bin nicht mehr der Mann von einst.«

Sie musste kichern, als sie verstand, was er meinte, verstummte aber, als ihr klar wurde, dass sie sich hatte gehen lassen. Sie kicherte nie; für sie war es eine Frage des Stolzes, keine Kicherliese zu sein. »Heiliger Strohsack, was bin ich heute doch albern«, stellte sie nachdenklich fest, während sie aufs Neue die Hüften bewegte. Irgendwo in ihrem Schoß zuckte er, was ihr ein behagliches Summen entlockte. Dare stöhnte, als sie die Hüften auf ihm kreisen ließ. Ein erneutes Kichern stieg in ihr auf, als ihre Bewegung von einem Geräusch begleitet wurde, das von ihrem Vereintsein zeugte.

»Ich bin wohl mehr als nur ein wenig feucht.« Ihre Grübchen erschienen. Dare sah Charlotte einen Moment lang bestürzt an, ehe sich langsam, sehr langsam, ein Lächeln um seine Lippen legte, das sich zu einem sinnlichen Grinsen ausweitete.

»Madam, Sie sind unverbesserlich.«

»Ich weiß. Aber das liebst du ja so an mir«, erwiderte sie gelassen, zumindest so gelassen, wie eine Frau sein konnte, wenn sie auf der Erektion ihres Mannes saß. »Heißt das, du hast dich erholt? Hörst du jetzt auf, Trübsal zu blasen, und machst dich wieder an die Arbeit an deinem Gerät?«

Das dunkle Leuchten der Leidenschaft in seinem Blick ließ deutlich nach. Mit einem düsteren Zug um den Mund schob er sie sanft von seiner Männlichkeit und half ihr auf die Beine, ehe er seine Kleider ordnete.

Charlotte wertete das als Beweis, dass es ihm noch nicht wieder gut ging. Mit einem Seufzen richtete sie ihr Kleid.

»Das Leben, meine bezaubernde Gattin, ist nie so einfach, wie es aussieht.«

Charlotte runzelte die Stirn, als er ihr den Rücken zudrehte und aus dem Fenster auf das geschäftige Treiben auf der Straße starrte. »Ist das ein Zitat, oder lediglich eine Feststellung von dir?«

Er zuckte zwar mit den Schultern, gab ihr jedoch keine Antwort.

Für einen Moment sah Charlotte rot, einen langen, sehr langen Moment, einen Moment, der lange genug andauerte, um noch einmal im Geiste das Wunder ihrer Vereinigung zu durchleben, die Erfüllung, die sie in seiner Liebe fand, die aufkeimende Freude, mit der sie ihrer gemeinsamen Zukunft entgegensah, ehe ihr Zorn plötzlich in grimmige Entschlossenheit umschlug. »Ich habe soeben eine wunderbare Zeit in deinen Armen verbracht. Wir haben etwas Seltenes, etwas Wundervolles und Bedeutendes geteilt. Und ich bin bereit zu tun, was auch immer getan werden muss, um dir klarzumachen, dass dieser Unfall nichts an meinen Gefühlen zu dir geändert hat, doch jetzt weist du mich schon wieder zurück und begibst dich auf deinen selbstzerstörerischen Weg des Selbstmitleids und der Seelenqualen.« Sie nahm die Pistole, die er auf dem kleinen Tisch abgelegt hatte. »Du lässt mir keine Wahl. Wenn du unbedingt die Begegnung mit ... Tantalus suchst, sollst du sie haben.«

Dare drehte sich um und blickte in den langen Lauf seiner Duellierpistole.

»Ich glaube, das Wort, nach dem du suchst, lautet *Thanatos*.«

»Ich weiß, wer Tantalus war«, zischte Charlotte und benutzte beide Hände, um den Hahn der Pistole zu spannen. »Und ich kann dir versichern, wenn es dein Wunsch ist, ins Totenreich zu gelangen, soll er dir erfüllt werden. Wenn du nicht SOFORT damit aufhörst zu schmollen, werde ich dich erschießen.«

»Ich schmolle nicht. Großer Gott, Charlotte, sieh mich an, sieh mich nur an! Ich habe ein Auge verloren, außerdem die Kraft in meinem Arm und meine ganze Hoffnung, uns vor dem Armenhaus zu bewahren. Kann man es denn Schmollen nennen, wenn ich mich wegen des teuersten Fehlers meines Lebens gräme? Ist es denn schmollen, zu wissen, dass ich nie mehr sein kann, was ich einmal war? Ist es schmollen, zu wissen, dass ich nicht nur mein, sondern auch dein Leben ruiniert habe? Ich schmolle nicht, ich beklage den Verlust meiner Männlichkeit. Wie kann ich dir in meinem jammervollen Zustand geben, was du willst und was du verdienst?«

»Du kannst es und du wirst es, wenn du zur Abwechslung aufhörtest, dich zu bemitleiden, und an mich denken würdest.

Ganz im Ernst, Dare, jeder andere Ehemann auf Erden würde sich überschlagen, um mich glücklich zu machen, du aber schenkst mir einen wundervollen Augenblick inniger Liebe, um dich dann im nächstem Moment von mir abzuwenden, als hätte ich eine grässliche Warze auf der Stirn. Es reicht mir, hast du gehört? Es reicht mir endgültig. Wenn du lieber sterben möchtest, als glücklich bis ans Ende aller Tage mit mir zu leben, bitte schön, dann erschieße ich dich eben.«

»Du schießt nicht auf mich«, sagte er mit einem gequälten Seufzen und machte einen Schritt auf sie zu. »Du hast selbst gesagt, dass du mich liebst. Du kannst mich nicht erschießen, wenn du mich liebst.«

»Oh doch. Das ist mein Ernst, Dare. Sieh dir meine Augenbrauen an. Siehst du, dass sie hochgezogen sind? Davon bekommt man Falten; so etwas nehme ich nicht leichtfertig in Kauf. Versteh es als Warnung, wie ernst mir die Angelegenheit ist.«

»Du schießt nicht auf mich«, wiederholte er und trat einen weiteren Schritt vor, während er die Hand nach der Pistole ausstreckte. »Ich bin den Ärger nicht wert, den du bekommst, wenn du mich erschießt.«

»Papperlapapp!«, fauchte Charlotte zornig, wobei sie versehentlich am Abzug zog. Die Pistole prallte ihr schmerzhaft gegen die Hände, als der Schuss so laut durch den Raum hallte, dass ihr die Ohren rauschten. Sie hustete sich den Schmauchgeschmack aus dem Mund und starrte ihren Mann voller Entsetzen an.

»Du hast tatsächlich auf mich geschossen«, rief er mit ungläubigem Staunen aus, als er auf sein Bein starrte. Er griff an das Loch in seinen Hosen und hob die Hand, um ihr seine blutverschmierten Finger zu zeigen. »Allmächtiger, du hast auf mich geschossen!«

»Du hast es doch darauf angelegt«, entgegnete Charlotte, während sie die Pistole fallen ließ und sich zu seinen Füßen warf.

»Aber doch nicht, damit du mir ins Bein schießt«, hielt Dare dagegen. »Niemand will, dass man ihm ins Bein schießt, das ist unmännlich. Ein Schuss in die Schläfe, das ist angemessen. Aber nicht ins Bein, Charlotte, niemals ins Bein. Au! Das tut weh!«

»Wenn du aufhören würdest, so herumzuzappeln, könnte ich mir die Wunde besser … ah, Batsfoam, es hat leider einen kleinen Unfall gegeben –«

»Du hast auf mich geschossen! Mit voller Absicht!«

»Einen kleinen Unfall gegeben«, wiederholte Charlotte mit Nachdruck, während sie an dem Stoff um das blutige Loch an der Außenseite von Dares Hosen zerrte. Da nicht viel Blut zu sehen war und Dare immer noch stand, war sie guter Hoffnung, dass sie ihn nicht allzu schwer verletzt hatte. »Ich wollte gar nicht schießen.«

»Sie hat zu mir gesagt, sie würde mich erschießen«, erklärte Dare seinem Diener. »Genau da hat sie gestanden und verkündet, mich zu erschießen. Und dann hat sie abgedrückt. Was ist das für eine Frau, die kaltblütig ihren verkrüppelten Ehemann erschießt?«

»Eine, die seine endlose Schwermut und sprunghafte Depressivität nicht länger ertragen kann?« Batsfoam starrte einen Moment lang auf Dares kiltartige Augenklappe, ehe er sich über die freigelegte Wunde beugte und sie untersuchte.

»Das sagt der Richtige«, erwiderte Dare gereizt. »Au! Charlotte!«

»Reißen Sie mal das Stück Stoff da ab … Na, sieht doch gar nicht so schlimm aus, nicht wahr, Batsfoam?«

Batsfoam holte ein nicht gerade blütenweißes Taschentuch

hervor und tupfte das Blut ab, das aus einer kleinen Wunde an der Außenseite von Dares Oberschenkel quoll. »Wahrlich nicht, Madam. Ihr Schuss scheint ein wenig aus der Linie geraten zu sein. Das sieht nicht nach mehr als einem kleinen Kratzer aus.«

»Sie hat mich angeschossen!«

»Nun stell dich nicht so an.«

»Mit meiner eigenen Pistole hat sie mich angeschossen!«

»*Minimal* angeschossen. Ich habe dich nur *minimal* mit deiner Pistole angeschossen. Die Wunde ist nicht der Rede wert, sie verdient es fast gar nicht, als vorhanden bezeichnet zu werden, stimmt's, Batsfoam?«

»In der Tat, Ma'am, ich würde sogar sagen –«

»Na bitte, da hörst du es. Batsfoam ist ganz meiner Meinung. Man könnte schon sagen, der Schuss wurde nie abgegeben. Also, wenn du jetzt so freundlich wärst, dich zu setzen, könnte ich deine als so gut wie gar nicht vorhanden zu bezeichnende Wunde reinigen, und du könntest dich in deine Werkstatt begeben und mal nachsehen, wie es um dein Gerät steht.«

»MOTOR«, fauchte Dare in bewusst missmutigem Tonfall, als er sich von Batsfoam in den Sessel helfen ließ. Charlotte entspannte sich. Wenn er so viel Wirbel um eine Lappalie wie einen Beinschuss machte, musste er sich auf dem Weg der Besserung befinden. Als er sich von seinen anderen, weitaus schlimmeren Verletzungen erholte, hatte er nicht ein einziges Mal gejammert.

»Ich brauche Wasser und saubere Verbände und diese Tinktur, die bei Alasdairs Verletzungen im Gesicht so hervorragend gewirkt hat.« Charlotte musterte ihren Mann eindringlich. »Und Brandy, Batsfoam. Er sieht ein bisschen blass aus; ich denke, ein kleiner Stärkungstrunk würde Seiner Lordschaft jetzt guttun.«

Die ganze Zeit über, als Charlotte sein Bein wusch, salbte und verband und Batsfoam ihm in ein neues Paar Hosen half, stritt Dare heftig mit ihr. Sie freute sich über jedes Stirnrunzeln, jeden finsteren Blick und belohnte seine Gefühlsausbrüche – die sie in den vergangenen vier Wochen so schmerzlich vermisst hatte – mit bewundernden Blicken und sanften Küssen, ganz zu schweigen von den zärtlichen Kniffen in den Teil seiner Anatomie, den man nicht sah, wenn er saß.

»Das werde ich dir so schnell nicht vergessen, Gattin«, warnte er sie, während er die Stufen zu dem am tiefsten gelegenen Raum des Hauses hinunterhüpfte. »Möglicherweise sogar nie.«

»Gut. Dann überlegst du es dir vielleicht zweimal, wenn du wieder den Wunsch verspürst, dir das Leben zu nehmen.«

Dare warf ihr einen kurzen Blick zu und hinkte stärker, als es notwendig war. Offen gestanden spürte er die kleine Verletzung kaum, doch der Schock, dass seine eigene Frau, seine Charlotte, auf ihn geschossen hatte – sie hatte doch tatsächlich die Waffe auf ihn gerichtet und abgedrückt! –, versetzte ihn in üble Laune. Obendrein schien ihr ihre schreckliche Tat nicht im Geringsten leidzutun. Oh, nein! Sie bedachte ihn mit einem süßen Lächeln und noch süßeren Küssen, liebkoste ihn und sandte ihm kleine Botschaften der Bewunderung mit ihren zauberhaften blauen Augen, bis er nichts anderes mehr wollte, als sie sich über die Schulter zu werfen und eilig in sein Schlafzimmer zu tragen, wo er sie in aller Ruhe und ausgiebig für die nächsten paar Stunden lieben würde. Oder die nächsten Tage. Jahre klang auch nicht schlecht.

»Weißt du, dieses Hinken ist ja so romantisch«, hauchte sie ihm kess ins Ohr, während er ihr die Tür zur Küche aufhielt. Ihre Finger streiften die Finger seines in Mitleidenschaft gezogenen Arms, als sie mit einem unmissverständlich leidenschaftlichen Blick in die Küche trat.

Seufzend folgte Dare seiner Frau die letzten Stufen zu den Überresten seiner Werkstatt hinab. Am liebsten hätte er sich den frostigen Mantel des Märtyrers wieder umgehängt und ihr vorgeworfen, dass sie es überhaupt nicht bedauerte, ihn verletzt zu haben, doch er war, wenn auch sonst nichts, ein ehrlicher Mensch, und daher gestand er sich ein, dass ihm gerade diese unverfrorene Tat bewusst gemacht hatte, wie sehr sie ihn liebte.

Und wie viel für ihn auf dem Spiel stand.

»Und? Was denkst du? Bekommst du das hin?« Charlotte trat beiseite und wies auf die Trümmer seines Motors.

Dare blickte sich um und stellte geistesabwesend fest, dass jemand hier gewesen war und sämtliche Spuren der Explosion beseitigt hatte. Die Einzelteile des zerstörten Dampfkessels lagen fein säuberlich in einer Ecke gestapelt, und der robuste Eichentisch, der ihm laut Charlottes Erzählung das Leben gerettet hatte, war frisch geschliffen und stand an seinem gewohnten Platz. Den Motor an sich mochte er nicht ansehen aus Angst vor dem Moment, in dem er zugeben musste, dass sein Traum geplatzt war, dass sich all seine Hoffnungen und Pläne für die Zukunft durch eine Nachlässigkeit in den Berechnungen zerschlagen hatten. Doch irgendwann fiel sein Blick auf Charlottes hoffnungsvolle Miene.

»Und?«, fragte sie noch einmal.

Schließlich sah er sich den Motor doch an. Langsam ging er um ihn herum und begutachtete die Schäden, wovon der Korpus erstaunlich wenig aufwies – immerhin hatte sich seine Konstruktion in dieser Hinsicht bewährt.

»Kannst du ihn reparieren? Und wie lange wird es dauern? Wir wollen dir alle helfen, Batsfoam, die anderen Angestellten und ich, damit du nicht das Gefühl hast, du müsstest es ganz alleine schaffen. Bis zur Ausstellung sind es noch zehn Tage.

Und wenn wir dir helfen, läuft der Motor bis dahin bestimmt wie geschmiert.«

Ihm entging nicht der Anflug von Stolz in ihrer Stimme, als er sich vorbeugte und die empfindlichen Ventile näher betrachtete. Sie bewegten sich etwas zäh, doch das war eine Sache, die sich mit einem ordentlichen Schuss Öl leicht beheben ließe. Einen Ersatzkessel besaß er auch – er hatte ihn in der Phase gebaut, als er noch Änderungen an der Konstruktion vornahm. Wenn also nur der Dampfkessel ausgetauscht werden musste und alles andere eigentlich unversehrt war, musste es tatsächlich zu schaffen sein, den Motor noch vor der Ausstellung wieder zum Laufen zu bringen. Während er im Kopf einige Berechnungen anstellte, trat er zurück, entfernte geistesabwesend den Manschettenknopf an seinem kraftlosen Arm, um den Ärmel aufzurollen, und verzog das Gesicht, als Charlotte vortrat, um ihm mit dem Ärmel seines gesunden Armes zu helfen.

»Du schaffst es, nicht wahr?«, fragte sie mit einer Stimme, die so sanft war wie die Hand, die seine Wange streichelte. Er wandte kurz den Blick vom Motor ab und sah ihr in die Augen. Sie glänzten vor Hoffnung, Stolz und Liebe.

»Ich habe nicht den Hauch einer Chance, ihn rechtzeitig fertigzubekommen«, warnte er sie.

Sie lächelte ihn an. »Du schaffst es.«

»Ich werde eine Ewigkeit brauchen, um herauszufinden, wo der Fehler beim alten Dampfkessel lag, und um ihn neu zu entwerfen, ganz zu schweigen davon, dass ich ja auch noch die entsprechenden Änderungen am Ersatzkessel vornehmen muss.«

»Ein Mann von deiner Intelligenz? Pah! Ich schätze, du weißt ohnehin schon, wo der Fehler lag und wie man ihn beseitigen kann.«

Seine Mundwinkel hoben sich bei ihren Worten. Sie hatte recht, und das wussten sie beide.

»Ich werde Tag und Nacht arbeiten müssen. Da wird mir nicht eine Sekunde Zeit für Unternehmungen jedweder Art mit dir bleiben.«

Charlottes Blick fiel auf seine Weste, als sie sich daranmachte, sie aufzuknöpfen und ihm herauszuhelfen, sodass er in seiner üblichen Arbeitskleidung, bestehend aus Hemd und Hosen, steckte. »Das ist kein Problem. Ich selbst werde sämtliche Ausflüge und Unternehmungen streichen, um dich zu Hause unterstützen zu können.«

Es lag ihm auf der Zunge, ihre Hilfe abzulehnen, doch ein Blick in ihre vor Glückseligkeit strahlenden Augen genügte, um die Ablehnung nicht auszusprechen. Ihr Stolz, als sie ihm mitteilte, dass sie und die gesamte Dienerschaft ihm helfen würden, war ihm nicht entgangen; er brachte es genauso wenig übers Herz, diesen Ausdruck der Verehrung und Liebe in ihren Augen zu zerstören, wie sich selbst zu erschießen.

Das überließ er seiner Frau.

»Ich kann deine Hilfe gut gebrauchen«, sagte er feierlich und konnte sich nicht beherrschen, ihre bezaubernde Nasenspitze mit einem liebevollen Kuss zu krönen, ehe er sich dem Motor wieder widmete. Er musste nur etwas finden, das ihren Wunsch zu helfen befriedigte, ohne dass sie den nächsten Schaden anrichtete – oder was noch schlimmer wäre, selbst dabei zu Schaden kam, sollte sich ein derartiges Unglück wiederholen.

»Diesmal wird nichts schiefgehen«, machte sie ihm Mut, als hätte sie seine Gedanken gelesen. »Jetzt, da du weißt, was du falsch gemacht hast, kannst du den Fehler beheben.«

»Mmm …« Dare langte nach einem Werkzeug, um eine Schraube des Kolbengehäuses festzuziehen, die sich bei der Explosion gelockert hatte. Im Geiste fertigte er bereits eine Liste der Dinge an, die noch zu tun waren, und er überlegte gerade, wie der Überlauf des Dampfkessels verändert werden müsste, als er hörte, wie die Tür geöffnet wurde. Er blickte auf und lächelte.

»Charlotte?«

Sie hielt kurz auf der Schwelle inne.

»Danke.«

Sie betrachtete ihn mit schräg gelegtem Kopf. »Dafür, dass ich auf dich geschossen habe?«

Er grinste. »Dafür, dass du mir gezeigt hast, was ich verpassen würde, wärst du nicht meine Frau.«

»Ach das«, sagte sie beschwingt, während sie mit hocherhobenem Kinn über die Türschwelle schwebte. »Ich hätte gedacht, dass du schon längst wüsstest, dass du nicht ohne mich leben kannst!«

»Haben Sie Neuigkeiten für mich, Crouch?« Charlotte nahm in Gillians Wohnzimmer Platz und sah den vor ihr stehenden Butler erwartungsvoll an. Sie winkte ihn zu einem zierlichen blau-goldenen Stuhl, dem er sich mit deutlicher Skepsis näherte, um dann seine massige Gestalt mit einem Gesichtsausdruck, aus dem seine Befürchtung sprach, er könnte es dem Erdboden gleichmachen, auf dem zierlichen Möbelstück niederzulassen. Charlotte jedoch hatte keine Bedenken. Mit Blick auf die ebenso stattliche Größe des Schwarzen Earls hatte ihre Cousine vorsorglich alle Stühle im Haus verstärken lassen, sodass selbst das am zerbrechlichsten wirkende Sitzmöbel notfalls einen Ochsen getragen hätte.

Crouch kratzte sich mit dem Haken an der Nase. »Da gibt's leider nich viel zu erzähln, M'lady. Ich hab ein paar Jungs auf Lord Carlisle angesetzt – also dem, der sich Lord Carlisle nennt – doch bisher konntn se nur bestätign, dass er, wie er behauptet, mit der *Mary Rose* gekomm' is.«

Charlotte zog die Stirn kraus. »Mehr haben Sie innerhalb eines ganzen Monats nicht herausfinden können? Nur dass der Hochstapler auf einem Schiff war?«

»Is nich leicht, 'ne Mannschaft aufzuspürn, die drei Wochen Landgang hat, M'lady. Ich musste Thomas und Charles aufs Land schickn, um mit dem Bootsmann zu redn, und 'n paar Bow Street Runners anheuern, um die restliche Mannschaft ausfindig zu machn. Mit dem Käpt'n hab ich selber gesprochn, aber der hat auch nur gesagt, dass McGregor in Shanghai zur Mannschaft gestoßn ist. Soll entführt und dagelassn wordn sein, und obwohl er 'n feinerer Herr zu sein schien, hat er 'ne gute Figur aufm Schiff gemacht.«

»Das bestätigt mir nur, dass ein Teil seines Märchens – nämlich dass er auf Handelsschiffen gearbeitet hat – wahr ist. Es beweist mir aber nicht, dass er keinen Anspruch auf Alasdairs Titel hat. Was ich eigentlich von Ihnen erwartet hatte, Crouch!«

»Ich tu, was ich kann, um möglichst viel über den Herrn rauszukriegn, Lady Charlotte. 'nen Beweis für seine Abstammung wollt er mir aber nich zeign – er sagt, den hat er sein'm Anwalt überlassn und ich hätt kein Recht, mir das anzusehn.«

»Ha! Was für eine bequeme Ausrede.« Charlotte klopfte rhythmisch mit den Fingern auf das Tischchen neben ihr, während sie überlegte, welche Möglichkeiten ihr noch blieben. »Ich muss ehrlich sagen, ich bin sehr enttäuscht über das Ergebnis Ihrer Nachforschungen, Crouch. Sehr enttäuscht. Eigentlich hatte ich darauf gezählt, die Sache noch vor Seiner Lordschafts Genesung bereinigen zu können. Und jetzt sind vier Wochen vergangen, und das Einzige, was ich meinem Mann berichten kann, ist, dass sein falscher Cousin offenbar auf einem Schiff gedient hat, das von England nach China und wieder zurück gefahren ist. Ich muss wohl nicht betonen, dass schon viele Männer so etwas getan haben, aber keiner von ihnen behauptet, Dares verschollener Cousin zu sein.«

»Nee, M'lady«, antwortete Crouch mit einer Demut, die nur leicht durch das Zucken seiner quer über die Wange zum Mundwinkel verlaufenden Narbe geschmälert wurde. »Weiß 'n der Anwalt Seiner Lordschaft nix Neues?«

Das Klopfen von Charlottes Fingern wuchs sich allmählich zu einem Trommeln aus. Wann immer sie an das dachte, was Dares noch weniger als nutzlose Gesetzesvertreter in ihrer letzten Mitteilung geschrieben hatten, traten Falten zwischen ihre Augenbrauen, die bestimmt bis ans Ende ihrer Tage blieben. »Nichts, was ich hören wollte. Er schreibt, der Hochstapler habe einen Beweis für seine Behauptung, dessen Richtigkeit er jedoch erst noch überprüfen müsste. Dessen *Richtigkeit*!«, fauchte Charlotte das letzte Wort, während sie einen von Gillians Fächern aufschlug und sich energisch Luft zufächelte. »Sein Anwalt versucht nicht mal, die Falschheit der Forderung dieses Betrügers zu beweisen; vielmehr setzt er alles daran, um deren Richtigkeit zu bestätigen. Genau aus diesem Grund habe ich daher ja Sie um Hilfe gebeten, Crouch. Um das zu tun, was die Anwälte ganz offensichtlich nicht tun.«

»Und ich hab Ihn'n gesagt, ich würds nur machn, wenn ich die Wahrheit herausfindn soll und nich das, was Ihn'n in'n Kram passt.«

»Papperlapapp! Ich habe keine Zweifel, dass die Wahrheit und das, was ich hören möchte, ein und dasselbe sind. Nur diese Dummköpfe von Dunbridge und Storm sind zu dumm, um hinter das Offensichtliche zu blicken, und wenn mein Mann mich eines gelehrt hat, dann, dass manchmal das Schwein pflügt.«

Crouch machte ein Gesicht, als wären ihr plötzlich Flügel gewachsen. »M'lady?«

»Das Schwein pflügt. Das heißt, dass man manchmal tiefer graben muss, um die Wahrheit zu erblicken. Das ist ein berühmtes Sprichwort, von einem berühmten Dichter, glaube ich. Vater hat es mir vor vielen Jahren mal vorgelesen. Ich erinnere mich noch ganz genau daran, wie er zu mir sagte, ich sollte es mir gut merken, obwohl ich nie begriffen habe, warum das Schwein pflügt und nicht der Bauer, aber wahrscheinlich klingt ›der Bauer pflügt‹ einfach nicht so schön, oder?«

Crouchs Verblüffung hielt noch für ein paar Sekunden an, ehe er sich schließlich räusperte und seine Narbe zweimal zuckte. »Ähm … was das andere betrifft, M'lady, da ist noch etwas …«

Charlotte stellte das Trommeln ihrer Finger sofort ein und zog fragend eine Augenbraue hoch. »Noch etwas? Etwas, das beweist, dass der Hochstapler ein gemeiner Schuft ist, der es auf Dares Erbe abgesehen hat, ganz zu schweigen von seinem Titel? Etwas, um seine falschen Ansprüche und teuflischen Pläne ein für alle Mal zu zerschlagen? Etwas, das ich diesen beiden Narren Dunbridge und Storm präsentieren kann und womit sie ihn zum Gespött der feinen Gesellschaft machen können?«

»Das müssn Se entscheidn. Einer von mein' Leut'n hat 'n bisschen rumgeschnüffelt und sagt, dass Seine Lordschaft, also Seine Angebliche Lordschaft – total blank ist.«

»Blank?«

Crouch nickte. »Er soll bis zum Hals in Schuldschein'n steckn und nur darauf warten, endlich sein' Titel und sein Erbe zu kriegn. Wie ich hörte, hat er nich eine Münze mehr im Geldbeutel.«

»Dieser Schurke! Kein Zweifel, sobald wir beweisen, dass er nichts weiter als ein Scharlatan ist, wird er versuchen, uns seine Schulden aufzuhalsen, und sagen, es wäre unsere Schuld, dass es so schlecht für ihn gelaufen sei. Männer wie er kennen keine Scham.«

»Ich schätz mal, der Mann würd für klingende Münze alles tun«, stellte Crouch klugerweise fest.

Charlotte verstand ihn sofort. »Sie meinen, er würde sich möglicherweise bestechen und seine lächerlichen Forderungen fallen lassen?«

Crouch zuckte die Achseln. »Wär 'nen Versuch wert.«

»Hmmm. Die Idee ist nicht schlecht, aber da uns aufgrund unserer augenblicklichen Lage leider keine entsprechende Summe zur Verfügung steht, müssen wir uns etwas anderes einfallen lassen. In der Zwischenzeit würde ich gerne eine andere Sache mit Ihnen besprechen – ich nehme an, dass Sie und die anderen Angestellten momentan Verpflegungsgeld von Lord Weston erhalten?«

Wenn es Crouch überraschte, wie plötzlich sie das Thema wechselte, dann ließ er es sich nicht anmerken. »Aye, M'lady.«

»Gut, das heißt, zurzeit haben Sie nichts Wichtiges zu tun. Ich möchte, dass Sie und alle verfügbaren Diener jeden Morgen zu mir nach Hause kommen. Natürlich können Sie weiter hier schlafen, und ich bin mir sicher, dass Lord Weston nichts dagegen hat, wenn Sie seine Kutsche und Pferde während seiner Abwesenheit benutzen, schon gar nicht, wenn es um meine Belange geht. Ich erwarte Sie dann alle pünktlich bei Tagesanbruch. Melden Sie sich bei Batsfoam; er wird Ihnen erzählen, wer welche Aufgaben übernehmen wird.«

»Aufgaben?«

»Aufgaben. Ich habe Seiner Lordschaft versprochen, ihm so viel Hilfe wie nur möglich bei seinem Motor zukommen zu lassen, darum brauchen wir Leute, die die Aufgaben unseres Personals übernehmen, und da kommen dann Sie und das übrige Personal in diesem Haus ins Spiel. Natürlich werden wir

Ihnen Ihre Arbeit entsprechend vergüten. Da Gillian mir bestimmt ein Hochzeitsgeschenk machen will, werde ich ihr einfach mitteilen, dass ich das Geld für Ihre Löhne geschenkt haben möchte.«

»Sie sind die Güte in Person«, bedankte Crouch sich mit einem leichten Zucken seiner Narbe.

»Haben Sie je daran gezweifelt?«, fragte Charlotte, während sie ihre Handschuhe anzog und sich darauf vorbereitete, zu gehen.

»Nein, eigentlich nich. Die Nachforschung'n in Schottland – solln die also weitergehn?«

»Ja, unbedingt. Ich bin mir ziemlich sicher, dass sich dort irgendetwas finden lässt, womit wir beweisen können, dass der Hochstapler nicht der ist, den er uns vorspielt. Sagen Sie Ihrem Mann in Schottland, er soll nicht aufhören zu suchen, bis er den nötigen Beweis gefunden hat.«

»Aye. Kann ich sonst noch was für Se tun?«

Charlotte ließ sich von Crouch die Tür öffnen. »Nein, ich glaube nicht. Sorgen Sie nur dafür, dass Sie und Ihre Leute bei Sonnenaufgang in unserem Hause sind.«

»Aye, M'lady.«

Sie eilte nach unten, wobei sie in Gedanken schon eine Liste der Aufgaben erstellte, die noch vor Ende des Tages erledigt werden mussten. Zum einen galt es, einen gepfefferten Brief an Dunbridge und Storm zu schreiben, um ihnen mitzuteilen, dass ihre Dienste nicht mehr benötigt würden, wenn sie sich nicht schleunigst daran erinnerten, für wen sie arbeiteten. Dann musste sie Caroline noch besuchen und sich auf den neuesten Stand in Sachen Klatsch und Tratsch bringen lassen. Doch das Allerwichtigste war, dass sie noch etwas Zeit fand, um sich ein paar von Dares Büchern zu Gemüte zu führen und sich gründlich mit seinem Motor vertraut zu machen.

»Ach, eins noch«, sagte sie, bevor sie in die Kutsche stieg. Sie drehte sich zu Crouch um, der mit seinem aberwitzig in der Sonne glänzenden Haken höflich auf dem Gehweg wartete. »Kennen Sie oder einer der anderen Diener sich mit dem Entwurf oder Bau von Schiffsmotoren aus?«

Er stieß einen erstickt klingenden Laut aus, als sei ihm etwas in die falsche Kehle geraten – sicher nur zu viel Sauerstoff; ihrer Cousine Gillian passierte so etwas ständig. Dann antwortete er: »Tut mir leid, Se enttäuschn zu müssn, aber damit könn' wir nich dien', M'lady.«

»Schade«, bedauerte Charlotte, während sie in die Kutsche stieg und den Kutscher anwies, sie zu Caro zu fahren.

Eine große, wohlgenährte Frau mit ergrauenden Haaren stand vor Caroline und präsentierte ihr etwas Grünes. Als Charlotte angekündigt wurde, versteckte die Frau das, was auch immer sie in der Hand hielt, schnell in ihrer Schürze und zog sich hastig und mit hochrotem Kopf aus Carolines Wohnzimmer zurück.

»So weit ist es also schon gekommen, Caro? Dass du dich hier mit deiner Köchin triffst und alberne Scherze machst?«, fragte sie, während sie Wellington beiseiteschob, um den Platz für sich zu beanspruchen.

»Oh nein! Das ist … es ist nur … sie hatte da … und die war … sie dachte nur, ich würde sie gerne sehen wollen … du liebe Güte!« Caroline brach in so heftiges Lachen aus, dass ihr die Tränen übers Gesicht liefen, während Charlotte ihre Röcke richtete. Freudig mit der Rute wedelnd kreiste Wellington um ihre Füße. Nachdem er seine platte Schnauze an ihrem Knöchel gerieben hatte, ließ sie sich erweichen und kraulte ihn hinter seinen Stummelöhrchen, bis er mit einem zufriedenen Seufzer zusammenbrach, sein Kinn gemütlich auf ihren Füßen ablegte und allmählich in lauten Schlaf versank.

»Wirst du es mir erzählen oder einfach nur dasitzen, herumstottern und fünfzehn verschiedene Rottöne annehmen?«, fragte Charlotte, während sie ihre Freundin mit der gleichen Miene wie jene ältere, ledige Tante anblickte, die sie als Kind einmal mit der Frage schockiert hatte, ob es wahr sei, dass Babys von einem Riesengurkenfeld stammten.

»Ein Schniedel«, erklärte Caroline atemlos und tupfte sich die Augen mit ihrem Spitzentaschentuch ab. »Mrs Robbins hatte eine Gurke, die wie ein Schniedel geformt war. Sie sah so … so … so echt aus.«

Charlotte sah zu, wie ihre Freundin von einem weiteren Lachanfall geschüttelt wurde, und war sich der Tatsache wohl bewusst, dass sie niemand anderen hatte, auf den die Bezeichnung Freundin zutraf. Daher musste sie so lange warten, bis Carolines »Gurken-Anfall« vorüber war. Sie gab ihr dreißig Sekunden, um sich zu fassen, bevor sie etwas unternähme, um ihre Freundin zu beruhigen. Eine Ladung kaltes Wasser ins Gesicht war, so glaubte sie, lange Zeit ein probates Mittel gewesen, um hysterische Frauen zur Besinnung zu bringen.

Zu Carolines Glück war eine derart drastische Maßnahme nicht erforderlich. Unter Charlottes stechendem Blick gelang es ihr schließlich, sich zu fassen. Sie kicherte nur noch ab und zu oder gab seltsame Laute von sich, auf die sie mit einem hastigen Betupfen ihrer Augen mit dem Taschentuch reagierte.

»Na endlich! Ich muss sagen, Caro, dass ich dein albernes Verhalten missbillige. Wenn ich jetzt noch einmal ›Gurke‹ sagen sollte, würdest du vermutlich nur wieder wie ein Riesendummkopf loskichern.«

Die Erwähnung des von Caroline so verhassten »D« – Wortes brachte die gewünschte Wirkung. Caroline richtete sich umgehend kerzengerade in ihrem Sessel auf und funkelte ihre Freundin böse an. »Ich bin kein Dummkopf!«

Zu diesem Protest wären Charlotte jetzt die wohl unterschiedlichsten Erwiderungen eingefallen; dank der in den vergangenen paar Monaten erlangten Weisheit griff sie jedoch überraschenderweise zu einer Antwort, die ihre Freundin möglichst nicht beleidigte oder kränkte. »Nein, das bist du nicht. Du bist ein sehr nettes Mädchen mit einer albernen Seite, die ich unter anderen Umständen sehr begrüßt, wahrscheinlich sogar unterstützt hätte, wäre ich heute leider nicht zu Albernheiten aufgelegt.«

Sowohl diese unerwartet freundlichen Worte als auch Charlottes unterschwellige Andeutung ernüchterten Caroline auf einen Schlag. »Ist etwas nicht in Ordnung? Geht es Mr McGregor wieder schlechter?«

»Ganz im Gegenteil. Als ich ging, hat er mit Batsfoam, Wills, dem Koch und zwei Lakaien an seinem Motor gearbeitet. Er scheint seinen Lebenswillen wiedergefunden zu haben, wofür ich zutiefst dankbar bin.«

»Und warum bist du dann nicht in der Stimmung für Albernheiten? Ich kenne dich von klein auf, Char, und du warst immer zum Herumalbern aufgelegt, ob du es zugibst oder nicht. Und wenn du jetzt so ernst bist, muss ich annehmen, dass etwas ganz Schreckliches passiert ist. Trotzdem erfahre ich von dir, dass dein Mann sich besonnen hat … ich gebe zu, ich bin verwirrt!«

Obwohl Charlotte wusste, dass es nicht ohne Folgen für ihre makellose Schönheit bliebe, wenn sie die Lippen vorschob, gab sie dem Drang nach, genau das zu tun. Wenn es jemandem zustand, seine Unzufriedenheit zur Schau zu tragen, dann ihr. »Es ist wegen dieser leidigen Angelegenheit mit diesem Hochstapler. Ich hatte gehofft, die ganze Sache würde sich noch vor Dares Genesung und seiner Wiederaufnahme der Arbeit an seinem Motor klären, doch dem ist leider nicht so. Seine Anwälte sind praktisch nutzlos – ich schwöre dir, der Hochstapler hat sie bestochen –, und selbst Crouch war nicht in der Lage zu beweisen, dass der Mann nicht der ist, der zu sein er behauptet. Niemand außer mir scheint zu merken, wie wichtig es ist, diese Angelegenheit zu bereinigen. Ohne seinen Titel werden sich Dares potenzielle Investoren, also andere Mitglieder des Hochadels, von ihm distanzieren. Mr McGregor von Cairn Isle vor der Küste Schottlands mag ja ein Gentleman sein, aber die Macht oder den Einfluss, den ein Earl von Carlisle mitbringen sollte, lässt er jedenfalls vermissen.«

»Unsinn«, widersprach Caro, während sich ihre besorgte Miene allmählich entspannte. »Dein Ehemann wird immer derselbe bleiben, Titel hin, Titel her.«

»Natürlich wird er das! Dass Dare auch ungeachtet seines Ranges ein höchst bemerkenswerter, außergewöhnlicher Mann ist und immer sein wird, steht außer Frage; vielmehr geht es um das launische Wesen der feinen Gesellschaft, die, wie du sehr gut weißt, ihresgleichen beim geringsten Anlass schneidet, wofür ich der lebende Beweis bin.«

»Du bist damals auf skandalöse Weise durchgebrannt, Char«, erinnerte Caroline sie möglichst schonend.

Charlotte stand auf und spielte an der Kordel des Vorhangs, während sie aus dem Fenster auf das Treiben auf der Straße starrte. »Aber mein Ehemann wird keinen Skandal dieser Art verursachen. Und er wird auch nichts angestellt haben, was es rechtfertigt, ihn aus der Gesellschaft zu verstoßen, falls der Hochstapler bekommt, was er will.«

»Aber –«

»Siehst du, was mir Sorgen bereitet, Caro? Ich schaffe es nicht, Dare auf dem einzigen Gebiet zu helfen, auf dem ich Expertin bin: der Gesellschaft.« Die Scheibe an ihrer Stirn fühlte sich wohltuend kühl an. Charlotte spürte plötzlich den starken

Drang, sich wie ein Igel zusammenzurollen und den Dingen ihren Lauf zu lassen. Sie war noch nie vor einer Herausforderung zurückgeschreckt, aber zum ersten Mal im Leben fragte sie sich, ob sich der Kampf überhaupt lohnte.

»Was, abgesehen von noch mehr Kummer, bringt es einem schon?«, murmelte sie.

»Was bringt einem Kummer?«

»Das Leben«, erwiderte Charlotte, während sie die Augen schloss und sich dem Schmerz geschlagen gab, der sie befiel. »Ich habe den Eindruck, in letzter Zeit nichts anderes mehr getan zu haben, als für das zu kämpfen, was ich will, doch mit welchem Erfolg? Ich habe darum gekämpft, nach England zurückzukehren – mit dem Ergebnis, mittellos und sogar in der eigenen Familie unerwünscht zu sein. Ich habe darum gekämpft, Dare zu heiraten – mit dem Ergebnis, ihm zur Last zu fallen und ihn mit seinen Sorgen über unser gemeinsames Leben in noch tiefere Verzweiflung zu stürzen. Ich habe dafür gekämpft, ihm zu zeigen, dass ich zu ihm stehe, dass ich ihn liebe, ganz gleich, was passiert, und trotzdem wurde mir alles Gute in meinem Leben, alles wofür ich gekämpft habe, entrissen – Dare ausgenommen.«

»Char, ich weiß nicht, was ich sagen soll. Falls du Geld brauchst – «

Charlotte lächelte, ohne dass ihre Grübchen sich auch nur andeutungsweise blicken ließen. »Das ist überaus nett von dir, aber nicht notwendig. Unser finanzieller Engpass ist nicht das Problem, also nicht das eigentliche Problem.«

»Was ist es dann?«

Mit einem Seufzen nahm Charlotte wieder auf dem Sofa Platz und überlegte, wie sie das langsam, aber stetig wachsende Gefühl beschreiben sollte, das sie beschlichen hatte, seit sie Dare zum ersten Mal gesehen hatte. Ihr war durchaus bewusst, dass die Überlegungen, die sie anstellte, höheren Damen fremd sein sollten, und sie war sich auch nicht sicher, was Caroline von ihren tiefgründigen Gedanken halten würde. »Das Problem ist, dass ich nicht gebraucht werde. Es gibt keinen ersichtlichen Grund dafür, dass ich überhaupt existiere. Ich werde von niemandem gebraucht. Damen unserer Klasse sind nutzlos, ja schlimmer noch, sie sind in jeder Hinsicht von allen und jedem abhängig, angefangen bei der Zubereitung ihrer Mahlzeiten bis zum eigenständigen An- und Entkleiden. Wann hast du dich das letzte Mal alleine an- oder ausgezogen, Caro? Dir selbst die Haare gebürstet? Siehst du? Ich bin nicht besser als der Rest unserer Klasse. Meine ganze Erziehung bestand darin, mir beizubringen, hübsch auszusehen, die Leute zu unterhalten und das Geld meines Mannes auszugeben. In alledem sehe ich keine Zukunft für mich – erstens würde Dare gar nicht merken, wenn mir plötzlich ein oder zwei Arme zusätzlich sprössen; zweitens gibt es in der feinen Gesellschaft niemanden außer dir, der mich beachtet, und ich muss zugeben, dass ich mehr erreichen möchte, als mein Leben ganz auf deine Unterhaltung auszurichten; und drittens, was das Ausgeben von Geld betrifft, da gibt es nichts auszugeben.«

Caroline starrte sie mit deutlicher Fassungslosigkeit an. »Das meinst du doch nicht ernst! Willst du behaupten, dass wir zu nichts anderem taugen, als hübsch auszusehen, die Leute zu unterhalten und Geld auszugeben?«

»Nenn mir noch irgendeine Sache, wofür die Damen der Londoner Gesellschaft gut sind. Etwas, das zu erwähnen sich lohnt.«

»Also …« Caroline wirkte etwas nervös und biss sich auf die Lippe, als sie überlegte. »Wir können … wir haben … äh … wir unterstützen die Wohlfahrt!«

»Geben also das Geld unserer Männer aus«, entkräftete

Charlotte das genannte Beispiel. »Fällt dir noch etwas anderes ein?«

»Ja … nein … ach, du drängst mich, und wenn man mich drängt, kann ich nicht nachdenken.«

Charlotte seufzte erneut. »Ich fürchte, da gibt es nichts anderes. Zumindest nicht in meinem Fall. Dare befindet sich auf dem Wege der Besserung, sowohl geistig als auch emotional. Ich habe keine Zweifel, dass er jetzt auch ohne mich zurechtkäme. Er hat seine Diener, die ihm beim Wiederaufbau seines Motors zur Hand gehen, er hat Davids Beziehungen, die ihm helfen, den Motor zu verkaufen, selbst wenn alle anderen Investoren das Interesse verlören, und vor allem besitzt er die Intelligenz, den Charme und die Wärme, um sich eine andere Frau zu suchen, eine, die genau dem entspricht, was er möchte, und nicht eine Frau, die sich ihm an den Kopf geworfen hat. Hals«, korrigierte sie sich, bevor Caroline es tat, und blinzelte die Tränen zurück, die geradewegs aus ihrem Herzen hervorzuquellen schienen. »In Wahrheit bin ich jetzt, wo es Dare wieder gut geht, vollkommen überflüssig.«

»Aber er liebt dich«, versuchte Caroline sie zu ermutigen, und betupfte die eigenen Augen mit ihrem Taschentuch. »Das ist doch auch eine Art von Nutzen, oder nicht? Und du liebst ihn.«

»Er liebt mich zwar, aber es gibt keinen zwingenden Grund für ihn, mich in seinem Leben zu behalten. In Wirklichkeit wäre er sogar besser ohne mich dran.«

»Du hast doch nicht etwa vor … du willst dich doch wohl nicht …«

»Nein, natürlich nicht. Sei nicht albern. Ich will nur damit sagen, dass es wahrscheinlich das Beste – also das Beste für Dare – ist, die Ehe annullieren zu lassen, damit ihm für ein glückliches Leben nichts mehr im Wege steht. Auch wenn es mir das Herz brechen wird, ihn freizugeben, werde ich die beruhigende Gewissheit haben, dass er glücklich sein wird.«

»Oh, das ist das Romantischste, das ich je gehört habe«, schniefte Caroline. »Du bist so unendlich tapfer! So selbstlos! Du bist die ehrbarste Frau, die ich kenne, Char.«

»Ja, nicht wahr?«, pflichtete Charlotte ihr verdrießlich und mit bebenden Lippen bei, als ihr das volle Ausmaß ihres Opfers dämmerte. »Ich kann nicht begreifen, wie es dazu kommen konnte, Caro, aber ich will nur, dass er glücklich ist, ganz gleich, wie unglücklich ich mich dann fühle. Alles war noch in Ordnung, als er mich brauchte, aber jetzt …« Sie wischte eine Träne weg, die sich über ihre Wange stahl. »Tja, es hat gar keinen Sinn zu weinen; mein Entschluss steht fest. Und jetzt, wo das geklärt ist, wäre ich sehr froh, wenn du irgendetwas für mich hättest, das sich die Gesellschaft über den Hochstapler erzählt und mir neue Ansätze bei meinen Nachforschungen bringt, etwas, womit ich die öffentliche Meinung gegen ihn aufbringen könnte. Das soll meine letzte Tat im Namen der Güte sein, ehe ich Dare die Freiheit schenke.«

Carolines von Natur aus ohnehin schon blasses Gesicht erbleichte noch mehr. Sie zerknüllte ihr Taschentuch, während sie Charlotte eingehend beobachtete. »Ach du liebes bisschen.«

»Ach du liebes bisschen? Was ist los? Was hast du mir noch nicht erzählt?«

»Eigentlich hatte ich dich nicht damit belasten wollen, aber vermutlich ist es besser, wenn ich es erzähle und Lord … äh, Mr McGregor es nicht von anderer Seite erfährt.«

Charlotte tupfte sich die Tränen ab, die ihr bei dem Gedanken an ihre edle und selbstlose Tat gekommen waren. »Nun sag schon.«

Caroline zappelte nervös herum, etwas, das sie selten tat und Charlotte daher augenblicklich stark beunruhigte.

»Also … ach, es ist natürlich nichts Wahres daran, und ich möchte, dass dir das klar ist. Überhaupt nichts Wahres! Es sieht danach aus, dass Lord Carlisle … also, der Mann, der behauptet, Lord Carlisle zu sein, Lord Keyes erzählt hat, der es Sir Albert Moray gesagt hat, der es dann meinem geliebten Algernon weitererzählt hat, also dass … dass …«

»Du meine Güte, Caro, jetzt spuck es schon aus!«, zischte Charlotte besorgter denn je.

»Er hat gesagt, dass dein Ehemann ihn vor sechs Jahren entführen ließ, um den Titel an sich zu reißen, und auch die Landgüter, weil er ja so arm gewesen wäre, und dass er schon immer nach dem Titel gegiert hätte und dass Lord Carlisle den Beweis für diese Missetaten habe und er Alasdair McGregor deshalb vor Gericht bringen und ihn für sein Verbrechen hängen sehen wolle und dass der Unfall nur ein Trick gewesen sei, um Mitleid zu erregen, und dass er in Wirklichkeit gar nicht verletzt und nur zu feige sei, um Lord Carlisle öffentlich gegenüberzutreten«, sprudelte es nur so aus Caroline heraus.

»Er hat was?«, schrie Charlotte schon beinahe, während sie vom Sofa aufsprang.

Caroline holte tief Luft. »Er hat gesagt, dass dein Mann seine Entführung arrang –«

»Nein, du brauchst diese infamen Lügen nicht zu wiederholen. Großer Gott, all das hat er gesagt? In der Öffentlichkeit?«

Caroline nickte und verfolgte Charlotte mit Blicken, als die sich daran machte, vor ihr auf und ab zu laufen. Kritisch betrachtete sie den Teppich, um zu sehen, ob er nach Charlottes jüngstem Marsch ausgetauscht werden müsste. Vielleicht sollte sie Matthews auftragen, einen Schonteppich auszulegen, wenn Charlotte zu Besuch kam. »In den Clubs, ja. Inzwischen dürfte es wohl schon die Runde gemacht haben. Du weißt doch, was für ein Klatschmaul Sir Albert ist.«

»Das kann ich nicht glauben, ich kann es einfach nicht glauben. Wie kommt er dazu, so etwas zu behaupten? Dare soll ihn entführt haben? Das ist doch lächerlich, absolut lächerlich. Nein, das ist nicht lächerlich, das ist … das, äh … das ist absud! Absuff?«

»Absurd.«

»Bitte?« Charlotte hielt in ihren Überlegungen inne.

»Es heißt absurd, nicht absud oder absuff.«

Sie runzelte die Stirn. »Absurd? Wie in ge*surrt*? Bist du sicher?«

Caroline nickte mit dem Kopf. »Ganz sicher.«

»Sehr merkwürdig. Aber nicht wichtig.« Charlotte schob den Gedanken beiseite und lächelte, als das wohltuende Gefühl der Glückseligkeit wiederkehrte. »Was hingegen wichtig ist, ist, dass ich wieder einen Sinn in meiner Existenz sehe und für etwas gebraucht werde. Ich muss jetzt schnell nach Hause, ehe Dare davon hört.«

»Wie willst du verhindern, dass er es erfährt?«

»Ich weiß nicht, aber irgendwie muss ich es schaffen, sonst wird er … er … ach, ich habe keine Ahnung, was er sonst tun wird, aber ich weiß, dass es die Arbeit an seinem Motor beeinträchtigen würde, und der ist das Einzige, worauf er sich im Augenblick konzentrieren sollte. Wenn ich keine Besucher vorlasse, ihn zu Hause behalte und seine Post durchsehe, dürfte ich genügend Zeit schinden.«

»Wofür?«

»Natürlich um mich des Hochstaplers anzunehmen und die Sache ein für alle Mal zu erledigen.«

»Aber … du hast doch gerade gesagt, dass dir nichts mehr einfiele, was du gegen ihn unternehmen könntest, und dass du Mr McGregor nicht zu helfen vermagst, obwohl du eine Expertin für gesellschaftliche –«

»Papperlapapp! Das war, ehe ich wusste, welch infame Lügen dieser furchtbare Mann verbreitet! Sag mir eines, Caro: Gibt es irgendeinen Menschen in der Stadt, der besser als ich dazu in der Lage wäre, einen Gegenangriff zu starten?«

»Einen Gegenangriff?«, sagte Caroline mit einem erschrockenem Blick in ihre Richtung. »Willst du ihn etwa verleumden?«

Charlotte schnaubte, während sie Wellington tätschelte, erhob sich dann und schenkte ihrer Freundin ein unheilvolles Lächeln. »Als ob das möglich wäre. Ich werde einfach nur dafür sorgen, dass die ganze vornehme Gesellschaft ihn als das sieht, was er wirklich ist. Und das, meine Liebe, soll meine neue Räsen Dottre sein!«

»Räsen … du meinst nicht vielleicht Raison d'Être – «

Charlotte glitt zur Tür hinaus, wobei sie kurz stehen blieb, um sich mit einem Kuss auf die Wange bei ihrer Freundin zu verabschieden. »Vielen Dank, liebste Caro. Ich wüsste nicht, was ich ohne dich anfangen sollte.«

Mit einem Aufblitzen ihres Spitzenunterrocks eilte Charlotte die Treppe hinunter und nach draußen zur Kutsche, während ihre Gedanken wieder einmal nur um Pläne für ihren Ehemann kreisten. Wie töricht von ihr zu glauben, dass Dare sie nicht mehr brauchte. Denn jetzt hatte sie den Beweis, dass es ihr Schicksal war, eine bestimmte Aufgabe zu übernehmen, ein Schicksal, dem sie sich stellen würde – Dare brauchte ihr scharfes Auge und ihren scharfen Verstand sowie ihre Fähigkeit zu sehen, was anderen verborgen blieb, um dafür zu sorgen, dass er ein Leben in Ruhe, Frieden und Glück führen konnte.

Charlotte lehnte sich bequem in die schäbigen Polster der Mietkutsche zurück und gestattete sich ein schwaches Lächeln der Zufriedenheit. Die Sache mit dem Hochstapler ging nun endlich in eine Richtung, auf die sie gehofft hatte. Was sonst konnten die Dinge jetzt noch tun, als sich zu ihrer Zufriedenheit zu entwickeln, nun da sie wusste, dass ihr Mann sie brauchte? Sie musste nur dafür sorgen, dass Dare nichts von den üblen Anschuldigungen erfuhr, dann würde sich alles zum Guten wenden. Und bis zu dem Zeitpunkt, wo der Motor fertig und Dare bereit wäre, sich wieder in der Gesellschaft zu zeigen, würde sie sich ein für alle Mal um den angeblichen Cousin gekümmert haben.

Sie lächelte sogar, als sie von der schlecht gefederten Kutsche auf der holprigen Straße durchgeschüttelt wurde. Am Ende käme doch noch alles ins Reine.

17

»Batsfoam, holen Sie mich, wenn Johnson den Dampfzylinder repariert hat.«

»Wie Sie wünschen, Sir. Nur wenige Dinge würden mir mehr Vergnügen bereiten, als am sengenden Feuer der Schmiede zu warten. Es spricht wahrlich für die Güte Ihrer Person, dass Sie mir die Gelegenheit bieten, der brütenden Hitze des Tages zu entrinnen, indem Sie mir gestatten, mich in dem kleinen, beengten Schuppen mit dem gewaltigen Schmiedeofen aufzuhalten, ganz zu schweigen von der riesenhaften Gestalt des Schmiedes selbst, seinem riesengroßen Assistenten und seinen beiden riesigen Söhnen, die alle vier den Blasebalg betätigen werden, um dem Feuer eine Hitze zu entlocken, die es ermöglicht, die Reparatur an Ihrem Stahlzylinder vorzunehmen.«

»Batsfoam – «

»Ich kann mir kaum etwas Angenehmeres vorstellen, als im Schweiße meines Angesichts auf meinem unglückseligen Bein auszuharren, in der Gewissheit, meinen unbedeutenden Beitrag zu Ihrer Beruhigung leisten zu können.«

»Batsfoam – «

»Just in diesem Augenblick fällt es mir unendlich schwer, die Freude zu bändigen, die mich bei dem Gedanken daran überkommt, Ihre äußerst gnädige und rücksichtsvolle Bitte zu erfüllen. Müsste ich mich nicht dem Umstand beugen, von der Hitze des Tages an die Grenzen meines armen, geschundenen Körpers gebracht worden zu sein, würde ich mich sogar zu ein paar Überschlägen hinreißen lassen, um meinem großen

Entzücken Ausdruck zu verleihen, welches mir die auferlegte Pflicht bereitet.«

Dare kannte das Spiel. Ein Schmunzeln war erlaubt, aber nur auf die richtige Weise, also taktvoll und dezent. Ein lautes Lachen würde Batsfoams Gefühle verletzen, weshalb Dare es unterließ und seinem Diener stattdessen ein geduldiges Lächeln schenkte. »Ich werde die Unbilden des Mittagessens bestimmt überstehen, ohne Ihnen eine Kostprobe Ihrer turnerischen Fähigkeiten abverlangen zu müssen.«

»In der Tat wäre mein Glück nahezu grenzenlos, Sir –«

Dare hob die Hand und nahm seinen Stock aus der Kutsche. »Sorgen Sie nur dafür, dass Johnson gute Arbeit leistet, und holen Sie mich, wenn er fertig ist. Und bevor Sie gleich wieder Ihre Bedenken äußern, nein, ich werde mich nicht durch Sie gestört fühlen. Bevor der Zylinder nicht wieder in Ordnung ist, kann ich ohnehin nicht weiterarbeiten, daher kann ich auch genauso gut im Club warten und mich auf den neuesten Stand dessen bringen, was sich während meiner Zwangspause ereignet hat.«

Batsfoam unternahm zwar noch einen halbherzigen Versuch hinsichtlich der Überschläge, stieg aber schließlich wieder in die Kutsche ein und versprach, die Reparaturarbeiten des Schmieds mit Argusaugen zu überwachen. Als Dare die Stufen zu seinem Club erklomm, spürte er im Oberschenkel nur noch ein leichtes Zwicken der Schusswunde.

Es entlockte ihm ein Lachen, das er nicht zurückhalten konnte (oder wollte), als er an seine zornige Charlotte dachte, die keinen anderen Ausweg mehr gesehen hatte, als auf ihn zu schießen, um ihn zur Besinnung zu bringen. Wie hatte er auch nur in Erwägung ziehen können, ohne sie zu leben? Sie war alles, was er wollte, was er brauchte. Ehefrau, Geliebte, Freundin, Krankenschwester …

»Exekutionskommando«, lachte er leise vor sich hin und schockierte damit den Pförtner, der ihm Hut und Gehstock abnahm.

Er verbrachte ein paar Minuten im Gespräch mit einem älteren Clubkameraden, der sich noch an seinen Vater erinnerte, dann begab er sich zu den bequemen Ledersesseln in der Nähe eines offenen Fensters, durch das angenehm frische Luft in den Raum strömte. Es amüsierte ihn ein wenig, dass die Leute nicht so recht wussten, wo sie hinblicken sollten – auf seine Augenklappe, auf die vom Haaransatz über eine Gesichtshälfte verlaufende Narbe oder auf seinen offensichtlich kraftlosen Arm. Außerdem schienen sie unsicher, wie sie ihn nun anreden sollten; einige nannten ihn Carlisle, als wollten sie damit ihre Unterstützung bekunden, andere benutzten seinen Nachnamen. Es war das Bedürfnis, in Ruhe über seinen Cousin nachzudenken, das Dare veranlasst hatte, in seinen Club zu gehen, während der Zylinder repariert wurde. Und er musste über Charlotte nachdenken, was er nicht konnte, wenn ihre Anwesenheit ihn ablenkte.

Dare war kein Narr, und so hatte er schon vor seinem Unfall das Unheil kommen sehen. Er hatte keine Ahnung, wer hinter der Entführung seines Cousins auf ein Handelsschiff steckte, doch er zweifelte nicht im Geringsten daran, dass Geoffrey McGregor derjenige war, der zu sein er behauptete. Was bedeutete, dass der Titel und die Landgüter nun rechtmäßig seinem Cousin gehörten, ebenso wie auch die Schulden seines verstorbenen Onkels. Dare sagte sich, dass er ohne den Titel und die Landgüter sehr viel besser dran war. Er brauchte sich jetzt nur noch um sich selbst und Charlotte zu kümmern und musste sein knappes Geld nicht mehr in die Sanierung der maroden Güter stecken. Doch Charlotte, seine süße, bezaubernde, exzentrische Charlotte … sie versuchte mit allen Mitteln, seinen Titel zu retten.

»Ganz schön heiß heute.«

Dare nickte dem älteren Herrn zu, dem gegenüber er in einem der Sessel Platz genommen hatte. Er bestellte sich einen Drink bei dem bereitstehenden Clubdiener, ehe er antwortete. »In der Tat.«

»Sie sind dieser Schotte, richtig? Der Bursche, über den sie alle reden.«

Dare bestätigte die Vermutung bezüglich seiner Abstammung, äußerte sich jedoch nicht zu seinem plötzlichen Ruhm. Es bestand kein Zweifel, dass über seinen schrecklichen Unfall noch geredet wurde. Und das Thema einfach zu ignorieren, war nicht möglich, da er eine Augenklappe trug – eine Augenklappe, die seine zauberhafte Frau für ihn gemacht hatte. Heute trug er eine silberfarbene mit einer blauen Paspelierung, die farblich zu seiner Weste passte. Diese Augenklappe und etliche andere hatte sie ihm präsentiert und dabei verkündet, dass sie zu jeder seiner Westen ein passendes Stück genäht hatte.

Nur Charlotte konnte sich so etwas ausdenken.

»Habe gehört, dass der andre Bursche, der andre Schotte, Sie herausgefordert hat.«

Dare, der sich eben anschickte, nach dem Glas zu greifen, das ihm der Diener auf einem Tablett reichte, erstarrte mitten in der Bewegung. Dann griff er nach dem Glas und schickte den Bediensteten mit einem kurzen Wink fort, ehe er fragte: »Was haben Sie gesagt?«

Der Mann, der ihm gegenübersaß, war schon sehr alt, vermutlich an die hundert Jahre. Er hatte struppiges weißes Haar und durchdringend blaue Augen, die trotz seines hohen Alters bemerkenswert lebhaft funkelten. Die Nase in dem von tiefen Falten durchzogenen Gesicht war auffallend breit. Gegen sein Bein gelehnt stand ein Stock aus Ebenholz, dessen Knauf von einem Löwenkopf geziert war. Der Mann hielt den Stock mit seiner knorrigen, zittrigen Hand umschlossen.

»Dieser andere McGregor behauptet, dass Sie hinter dieser Entführung stecken, die ihn nach China verschlagen hat. Er sagt, dass Sie den Titel wollten, der eigentlich ihm gehörte. Stimmt das, Junge?«

Dare biss die Zähne zusammen. Er hatte schon viel in seinem Leben erduldet, weil es in jenen Momenten das Beste gewesen war, doch eine Beleidigung seiner Ehre oder seines Namens hatte er nie hingenommen. »Nein, Sir, das entspricht nicht der Wahrheit. Wenn mein Cousin angekündigt hat, sich mit mir im Morgengrauen treffen zu wollen, wird es mir eine Freude sein, ihm den Wunsch zu erfüllen. Wenn nicht, werde ich ihn umso freudiger dazu einladen.«

»Dachte mir schon, dass Sie es so sehen. Sie waren nie der Typ, der eine Beleidigung hingenommen hat. Zu Ihrer Zeit haben Sie so manches Duell ausgetragen, stimmt's?«

»Einige«, gab Dare zähneknirschend zu, während er seinen suchenden Blick durch das Gesellschaftszimmer des Clubs schweifen ließ, in der Hoffnung, seinen Cousin zu entdecken.

»An Ihrer Stelle würde ich Ihrer Herzensdame nichts davon erzählen«, sagte der Alte nachdenklich, während er sich mit einem seiner gekrümmten Finger das Kinn rieb. »Lady Charlotte ist auch so eine, die ihren eigenen Kopf hat. Sie würde sich etwas einfallen lassen, um die Sache zu verhindern. Besser, Sie behalten Ihre Absichten für sich, wenn Sie nicht wieder bei Crouch landen wollen.«

Durch eine der offen stehenden Türen fiel Dares Blick auf die in elegantes Scharlachrot gekleidete Gestalt des Mannes, der ihn in aller Öffentlichkeit herausgefordert hatte. Er stand auf und verneigte sich in Richtung des älteren Herrn, der ihn mit einem seltsamen Ausdruck in den Augen ansah. Der Alte hatte irgendetwas über Charlotte gesagt, doch Dare hatte jetzt keine Zeit, um ihm zuzuhören. Er musste eine Herausforderung annehmen ... oder aussprechen. »Danke für Ihren Rat, Sir –«

»Ich heiße Palmerston.«

»Angenehm. Wenn Sie mich jetzt bitte entschuldigen, ich glaube, ich habe meinen Cousin entdeckt.«

Eine knochige, doch erstaunlich kräftige Hand packte ihn an seinem Handgelenk und hielt ihn auf, als er sich abwenden wollte. Dare stand vor dem Alten und sah ihn an, abermals verwirrt über den lebhaften Glanz in seinen Augen.

»Vergessen Sie nicht, was Sie beinahe verloren hätten, Junge. Sie wären ein Dummkopf, es noch einmal aufs Spiel zu setzen.«

Dare unterdrückte den Drang, die Stirn zu runzeln. Für einen kurzen Moment dachte er über die Bemerkung des Alten nach, um sie dann als die verworrenen Worte eines in die Jahre gekommenen Geistes abzutun. Er brummte etwas Versöhnliches und ging zu seinem Cousin.

Eine Stunde später traf Batsfoam seinen Herrn in der Gesellschaft eines jungen Mannes an, dessen Gesicht hochrot war und der einen nervösen Eindruck machte.

»Es ist nichts dabei, Sekundant zu sein, Mann. Das ist eine reine Formsache.«

»Wie auch immer, meiner Frau wird es gewiss nicht gefallen. Nichtsdestotrotz steht die Ehre eines Gentlemans natürlich an erster Stelle.«

»Sehr richtig«, erwiderte Dare und gab Lord Beverly einen ermutigenden Klaps auf die Schulter, der den jüngeren Mann fast in die Knie zwang. »Es handelt sich nur um ein Duell auf Pistolen im Morgengrauen. Alles, was Sie zu tun haben, ist, den Ort zu bestimmen und dafür zu sorgen, dass ein Arzt anwesend sein wird.«

»In dem Fall wird es mir eine Ehre sein, Ihr Sekundant zu sein.«

Dare dankte ihm, drehte sich dann zu seinem Diener um und fragte fröhlich: »Alles erledigt, Batsfoam? Ausgezeichnet. Na dann los.«

Mit Batsfoam im Gefolge hatte Dare die große Eingangshalle mit dem schwarz-weißen Marmorboden fast durchquert, als er von einer ihm bekannten (wenn auch nicht willkommenen) Person aufgehalten wurde.

»Ah, McGregor. Es überrascht mich, Sie auf den Beinen zu sehen. In den Schilderungen meiner Schwester klang es so, als stünden Sie auf der Schwelle des Todes.«

Dare verzog den Mund zu einem, wie er hoffte, höflichen Lächeln. »Dank Charlottes hervorragender Pflege ist es mir vergönnt, heute vor Ihnen zu stehen, Collins.«

Mit mürrischer Miene musterte Lord Collins Dare von der Augenklappe bis zu dem schlaff herabhängenden Arm. Dann zeigte er unerwartet ein leichtes, sehr zufrieden wirkendes Lächeln, das rasch zu einem gemeinen Grinsen wurde. »Wir sind alle sehr froh zu sehen, dass die Berichte über Ihr kurz bevorstehendes Ableben wohl etwas voreilig waren. Trotzdem erstaunt es mich, Sie hier anzutreffen. Wie ich hörte, wurden Sie zum Duell gefordert, haben aber nicht darauf reagiert. Ich hätte nicht gedacht, dass sich ein Feigling wie Sie traut, sich in der Öffentlichkeit zu zeigen.«

Die Finger von Dares linker Hand ballten sich zu einer Faust, die darauf brannte, Collins' aufgeblasener Fratze einen Hieb zu versetzen. »Beides auf einmal geht nicht, Collins. Entweder war ich zu krank, um zu wissen, dass eine Herausforderung ausgesprochen wurde, oder ich war nicht krank und nur zu feige, mich in der Öffentlichkeit sehen zu lassen. Da ich tatsächlich krank war – möchten Sie vielleicht sehen, was von meinem Auge übrig ist? –, hatte ich keine Ahnung von der Herausforderung meines Cousins.« Mit gespieltem Bedauern schüttelte er den Kopf. »Ach, diese Jugend von heute, sie scheint nicht zu wissen, wie man eine korrekte Forderung ausspricht, zum Beispiel dass die Forderung dem Kontrahenten gegenüber persönlich ausgesprochen wird, damit dieser nicht erst über drei Ecken davon erfährt. Sei's drum, Geoffrey musste in der Vergangenheit mit großen Widrigkeiten zurechtkommen, da hat er ein wenig Nachsicht sicherlich verdient.«

»Nachsicht?«, schnaubte Collins. »Spricht da etwa die Stimme der Schuld aus Ihnen?«

Dare nahm seinen Hut und Stock und schaffte es mit einiger Anstrengung, seinem verhassten Schwager nicht den Mund damit zu stopfen. »Was meinen Cousin betrifft, habe ich mir nichts zuschulden kommen lassen, aber seien Sie versichert, dass ich eine Herausforderung nicht auf die leichte Schulter nehme. Ich lasse zurzeit die Umstände von Geoffreys Abenteuer vor sechs Jahren untersuchen und werde schon bald herausfinden, wer dahintersteckt. Wenn das alles ist, werde ich jetzt gehen. Ich habe ziemlich viel Zeit mit meinem Motor verloren und muss nach Hause, um einen neuen Dampfzylinder einzubauen. Ich werde Charlotte Ihre Grüße übermitteln.«

Lord Collins machte den Eindruck, als wollte er noch etwas sagen, aber Dare war nicht in der Stimmung, sich ärgern zu lassen. In dieser Hinsicht war er bereits durch seinen Cousin ausreichend bedient; und außerdem hatte er nicht die Absicht, diese Unterhaltung mit seinem Schwager an der Eingangstür des Clubs fortzusetzen.

Mit einem energischen Aufsetzen seines Spazierstocks ging er Batsfoam voran die Stufen hinunter und stieg in die wartende Kutsche.

»Nach Hause, John«, rief er dem Kutscher zu, während er Batsfoam zu sich hereinwinkte. »Setzen Sie sich, Mann. Ich habe Ihnen ein paar Dinge zu sagen, die ich Ihnen schlecht durch das Fenster zubrüllen kann. Aber zuerst möchte ich erfahren, was Johnson zu dem Zylinder gesagt hat.«

Batsfoam berichtete ihm in aller Ausführlichkeit, was die Untersuchung des beschädigten Zylinders ergeben hatte, und welche Möglichkeiten einer robusteren Bauweise es gab. Dare nahm diese Informationen zur Kenntnis und brachte das Gespräch dann auf den Punkt, der ihn am meisten beschäftigte. »Wie Sie sich schon denken können, bin ich für morgen früh zu einem Duell verabredet.«

Batsfoam blickte unverhohlen auf Dares verwundeten rechten Arm. »In dem Fall würde ich sagen, können Sie sich glücklich schätzen, Linkshänder zu sein, Sir.«

Dare staunte nicht schlecht. »Mehr haben Sie nicht dazu zu sagen? Sie wollen mir keinen zehnminütigen Vortrag halten, in dem Sie mich abwechselnd in den Himmel loben und darauf hinweisen, dass es der reine Wahnsinn ist, sich mit nur einem funktionierenden Arm und einem Auge auf ein Duell einzulassen? Sie wollen mir nicht in einem fünfminütigen Monolog darlegen, wie schwer es für Sie und Ihr unglückseliges Bein sein wird, einen neuen Arbeitgeber zu finden, wenn ich das Duell nicht überlebe? Sie wollen nicht unsere gemeinsame Zeit bei der Armee erwähnen und dass ich Sie unzählige Male ermahnt habe, Sie sollten nicht so leichtsinnig sein, und dass es absurd wäre, dem Tod hinterherzujagen, wenn er uns doch nur allzu gern holen würde? All dies wollen Sie nicht sagen, wohl aber, dass ich von Glück reden kann, Linkshänder zu sein? Mehr nicht, Batsfoam?«

Batsfoam lächelte auf eine Art und Weise, die Dare bei jedem anderen Menschen als Grinsen bezeichnet hätte. »Warum sollte ich noch davon reden, nachdem Sie es doch soeben getan haben, Sir.«

»Ich könnte Sie immer noch entlassen.«

»Aber das werden Sie nicht«, erwiderte Batsfoam mit einer Selbstgefälligkeit, die Dare erheiterte. »Sie brauchen mich, zumindest bis Ihr Motor fertig ist, da es – wie Sie selbst gesagt haben – niemanden gibt, der so ein geschickter Reinzeichner ist wie ich.«

Tja, da hatte Batsfoam ihn. Dare lehnte sich in die weichen Polster zurück und schaffte es unter Aufbietung all seiner Kräfte, seinen rechten Arm so weit anzuheben, dass er die Hand auf seinem Oberschenkel ablegen konnte. »Dann betrachten wir die Frage Ihrer Weiterbeschäftigung als abgehakt. Was nun die andere Sache betrifft – davon darf meine Frau natürlich nichts erfahren.«

»Natürlich nicht«, stimmte Batsfoam zu.

»Und wenn sie es doch herausfindet – was sie bestimmt wird, da sie eine Frau ist, und Frauen bekommen solche Geschichten wie Verabredungen im Morgengrauen immer heraus, egal, wie sehr wir Männer auch versuchen, es vor ihnen zu verbergen –, werden Sie Ihr Bestes tun, sie davon zu überzeugen, dass das Duell erst am Tag darauf stattfinden soll.«

»Ich werde mich und mein gesamtes schauspielerisches Talent in die Waagschale werfen und eine Vorstellung geben, die Lady Charlotte eben dieses glauben machen wird, Sir.«

»Ausgezeichnet. Wenn wir zu Hause sind, können Sie noch ein paar Aufgaben am Motor für mich erledigen. Erstens sollen Sie den Kondensator ausprobieren …« In den nächsten fünf Minuten erzählte Dare froh gelaunt, was er an diesem Nachmittag noch erledigt sehen wollte.

Batsfoam hörte ihm geduldig zu und blickte ihn dann fest aus dunklen Augen an, ehe er mit der Vertraulichkeit eines

Menschen, der einem anderen Menschen in seinem Kampf um Leben und Tod beigestanden hatte, fragte: »Ich nehme an, ich muss Sie nicht darauf hinweisen, was passieren wird, wenn der Morgen nicht so verläuft, wie Sie es erwarten?«

Dares Kinn spannte sich an. Er war kein leichtsinniger Mann. Er hatte dem Tod ein oder zwei Mal ins Auge geblickt, und obwohl er erst vor Kurzem die Begegnung mit Tantalus … äh, Thanatos – großer Gott, jetzt dachte er schon wie Charlotte! – gesucht hatte, wusste er jetzt, dass er diesen letzten Schritt nie gegangen wäre. Allein der Gedanke an Charlotte erfüllte ihn mit einer Wärme und Glückseligkeit, an die er nur in seinen Träumen geglaubt hatte. Sofort tauchte ihr Bild in seinem Kopf auf, das Bild, wie sie eingehüllt in den zarten Duft einer Frau, die leidenschaftlich geliebt worden war, in seinem Bett lag, das Haar wundervoll zerzaust, die Augen schläfrig. Seine Finger zuckten vor Verlangen, ihre seidig zarte Haut zu streicheln. Sie war sein, und er fühlte sich untrennbar mit ihr verbunden, im Herzen und in der Seele. Nein, der Tod übte keinen Reiz mehr auf ihn aus. Viel zu sehr liebte er seine Frau, viel zu sehr hing er am Leben, um Thanatos herauszufordern.

»Was die Frage aufwirft, warum ich mich so darauf freue, meinem Cousin in einem Pistolenduell gegenüberzutreten, nicht wahr?«, fragte er laut. Batsfoam hatte offensichtlich Ähnliches gedacht, denn er neigte zustimmend den Kopf.

»Das bevorstehende Ereignis scheint Sie seltsam ungerührt zu lassen, was ich bei einem Mann, der vorhat, sich mit nur einem funktionierenden Auge in der Morgendämmerung zu duellieren, nicht erwarten würde.«

Dare gestattete sich ein Lächeln. »Es ist so, dass … nun ja, wie würde meine Frau sagen? Es ist nicht alles Geld, was glänzt.«

Batsfoam legte die Stirn in Falten, während sich Dares Lächeln in ein freches Grinsen verwandelte.

Das Leben sah bemerkenswert gut aus.

»Ich bin in der Hölle, nicht wahr? Ich bin gestorben und zur Hölle gefahren, und niemand hat es für nötig gehalten, mir Bescheid zu sagen.«

»Hm?«

»Ach nichts. Wie lange ist es her, dass mein Mann fortgegangen ist, Crouch?«

»Dürfte nur 'n paar Minut'n her sein, M'lady. Fünf würd ich schätzn.«

»Zum Teufel mit diesem Mann. Wie kann er es wagen, sich in der Dunkelheit davonzustehlen, um mich zur Witwe zu machen? Ich habe es ihm nicht nur einmal, ich habe es ihm schon zweimal gesagt: Niemand außer mir wird ihn umbringen.«

»Das is 'ne ziemlich interessante Einstellung, M'lady.«

»Das ist die einzig wahre Einstellung, Crouch, und Sie sollten lieber an der Tür stehen bleiben und sich nicht in meinem Schlafzimmer umsehen oder versuchen, um den Paravent zu spähen. Ich breche bestimmt sämtliche Regeln eines geordneten Dienstverhältnisses, wenn ich es Ihnen als Butler gestatte, sich in meinem Zimmer aufzuhalten, während ich mich ankleide, aber da ich keine Zofe habe und Batsfoam unterwegs ist, um Dares Tod zu bezeugen, bleiben nur Sie übrig, um mir die Bänder meines Kleides zu schnüren.«

»Jetzt, M'lady?«

»Nein, noch eine Minute, dann habe ich auch meine Stiefel angezogen. Ich kann es nicht fassen! Wie konnte er nur gehen, um sich zu duellieren, ohne mir Bescheid zu sagen! Er hätte mir wenigstens *Lebewohl* sagen können; *schön, dich ge-*

kannt zu haben; ich hoffe, du hast noch ein schönes Leben ohne mich.«

»Vielleicht glaubt er nich, dass er ins Gras beißt.«

»Oh, davon können Sie ausgehen; Männer halten sich doch grundsätzlich für renitent.«

»Bitte?«

»Was?«

»Alle Männer haltn sich für renitent?«

»Ja, natürlich, wie sonst sollte man einen Mann nennen, der mitten in der Nacht aus dem Haus stürmt, um sich auf einer feuchten Wiese von einem anderen Mann von Pistolenschüssen durchlöchern zu lassen, einem Mann, der es auf all das abgesehen hat, was einem wichtig ist, und der die schlimmsten Gerüchte über einen verbreitet hat?«

»Ich würd sagn, er hält sich für resistent.«

»Seien Sie nicht albern. So bockig ist Dare nun auch nicht. Sie können sich jetzt umdrehen und mir das Kleid schnüren, und dann sind wir auch schon weg. Sie sagten, Sie hätten zufällig gehört, wie Batsfoam, dieser Verräter, den Ort des Duells nannte?«

»Aye, M'lady. Die Jungs und ich sind grad hier eingetroffn, da stiegn der alte Batty und McGregor in 'ne Kutsche und sagtn, se wolltn nach Bakersfield. Dann sin Se auch schon die Treppe runtergeflitzt gekommn und ham so laut rumgeschrien, dass man's von hier bis Banbury hörn konnte.«

»Nun beeilen Sie sich doch! Dare hat schon einen ordentlichen Vorsprung. Immerhin waren Sie so vorausschauend, die Kutsche dazubehalten.«

»Is nich grad leicht, diesen ganzen Fummelkram mit nur einer Hand hinzukrieg'n, M'lady, aber wenn Se nich so rumzappeln würdn … aye, das hättn wir. Fertig.«

Charlotte verzichtete auf Haube und Tuch, griff nach ihrem Retikül und stürmte zur Tür hinaus, während sie über die Schulter rief: »Na los, Crouch, nun trödeln Sie nicht so. Ich muss meinen Mann retten! *Mal wieder!*«

Die Fahrt nach Bakersfield war weder besonders lang noch sehr anstrengend, doch Charlotte hatte das Gefühl, eine kleine Ewigkeit unterwegs zu sein. Was, wenn sie nicht rechtzeitig kam? Was, wenn dieser Mistkerl von einem Hochstapler Dare umbrachte? Was, wenn ihr geliebter Ehemann in genau diesem Augenblick im morgentaunassen Gras lag und sein Leben aushauchte? Was dann?

»Ich bringe ihn um«, knurrte sie vor sich hin und krallte sich in die Polster, als die Kutsche durch die Fahrspur schlingerte. »Wenn er tot ist, werde ich ihn wiederbeleben, um ihn sofort wieder umzubringen, weil er mich in Angst und Schrecken versetzt hat! Ach, Dare! Du dummer, törichter, wahnsinniger … wunderbarer Mann! Wie kannst du mir nur so etwas antun? Wieso bedeute ich dir so wenig, dass du dich davonstiehlst, ohne Lebewohl zu sagen, wenn du mir doch alles bedeutest? Wie kannst du nur sterben wollen, nachdem wir so eine unglaubliche Nacht zusammen verbracht haben?«

Charlotte schnäuzte sich in ihr Taschentuch, als sie an die Stunden weit nach Mitternacht dachte. Dare war sehr ungestüm gewesen, sanft, aber fordernd, kraftvoll, aber zärtlich; immer wieder hatte er sie ans Tor zum Paradies gebracht. »Wenn du stirbst, wie soll ich dann je wieder den herrlichen Moment der *Schaumkronen an einem lauen Lenzmorgen* erleben?«

Ihr Kummer wich allmählich einer tief sitzenden, düsteren, zornigen Entschlossenheit. Wenn der Himmel die Gnade hätte, Dare so lange am Leben zu lassen, bis sie ihn retten konnte, würde sie dafür sorgen, dass dieser abscheuliche Hochstapler ihn nie wieder belästigte. Sie würde ihm notfalls eigenhändig den Hals umdrehen, wenn das die einzige Lösung war, um weitere Gefahren von Dare abzuwenden.

Solche Gedanken gingen Charlotte durch den Kopf, als sich die Kutsche dem näherte, was sie mittlerweile als Mordwiese bezeichnete. Noch ehe sie Zeit hatte, Geoffrey McGregor in ihrer Fantasie zwei- oder dreimal zu ermorden, hielt die Kutsche an, aufgehalten durch ein soeben eingetroffenes Karriol. Charlotte spähte aus dem Fenster auf das ärgerliche Hindernis, dann stieß sie einen derben Fluch aus, den zu kennen sie nie zugegeben hätte. Ohne darauf zu warten, dass Crouch den Tritt herunterließ, sprang sie aus der Kutsche und rannte zu dem Mann, der in diesem Moment aus dem anderen Wagen stieg.

»Matthew! Was machst du hier? Wo ist Dare? Was hast du mit meinem Ehemann angestellt?«

»Charlotte! Gütiger Himmel, Frau, was denkst du dir nur dabei? Du darfst doch nicht hier sein! Fahr auf der Stelle nach Hause.«

Charlotte packte ihren Bruder an seinem Halstuch und schüttelte ihn, was keine leichte Aufgabe war, da er um einiges schwerer war als sie. »Wo ist mein Mann?«

Lord Collins' Augen quollen hervor und erinnerten sie an Caros Mops. »Ich … habe ihn nicht … gesehen«, würgte er stockend hervor. Charlotte lockerte den Griff. »Ich bin allein gekommen. Und jetzt lass mich los. Wo du schon mal hier bist, würde ich dir gern etwas sagen.«

Sie trat ein paar Schritte von ihrem Bruder weg und ließ den Blick über die Wiese schweifen. Eine Reihe von Bäumen, die heftig in der steifen Morgenbrise schwankten, erschwerten ihr die Sicht, doch dazwischen meinte sie zwei Kutschen zu entdecken. »Crouch?«

»Direkt hinter Ihn'n, M'lady.«

»Wo ist er?«

»Wahrscheinlich hinter den Bäum'n.«

Sie raffte ihre Röcke und eilte in Richtung der Kutschen, wobei sie die Aufforderung ihres Bruders ignorierte, stehen zu bleiben und ihm zuzuhören. »Ich habe Besseres zu tun, als mir von dir erzählen zu lassen, dass ich nun liegen muss, wie ich mich gebettet habe.« Zum Beispiel musste sie den Mörder ihres Mannes mit bloßen Händen erwürgen.

»Darum geht es doch, du Närrin, ich biete dir meine Vergebung an und möchte dich wieder am Busen der Familie willkommen heißen!«

»Alles, was mir momentan am Herzen liegt, ist Dare und dass ich dieses idiotische Duell beenden muss, bevor er stirbt. Dein Busen muss also warten.«

»Verdammt, Schwester, dabei geht es mir doch um dich! Ich kann das Duell stoppen!«

Charlotte blieb stehen und wirbelte zu ihrem Bruder herum. »Du kannst was?«, fragte sie knapp und wartete voller Ungeduld, während ihr Bruder schnaufend zu ihr aufschloss.

»Ich will dir vergeben. Du wirst den dir zustehenden Platz in der Londoner Gesellschaft wieder einnehmen. Du wirst alles haben, was du früher schon hattest – eine Mitgift, einen Rang, den guten Namen unserer einflussreichen Familie – einfach alles.«

Charlotte blickte durch die Bäume. Sie konnte die Umrisse von Männern erkennen, die bei den Kutschen standen und miteinander sprachen. Ihr fiel ein Stein vom Herzen, dass das Gemetzel noch nicht begonnen hatte. »Du sagtest, du könntest das Duell stoppen. Hast du das auch so gemeint?«

»Ich sage nie etwas, was ich nicht so meine, Schwesterherz.«

»Papperlapapp, das tust du fortwährend. Ich möchte nur wissen, ob du diesmal die Wahrheit sagst. Kannst du das Duell verhindern? Kannst du es wirklich aufhalten?«

Das Lächeln auf dem Gesicht ihres Bruders verursachte Charlotte eine Gänsehaut. Sie hatte Matthew eigentlich nie gemocht. Von Kind auf war er ein Tyrann und Besserwisser gewesen, doch jetzt wurde ihr zum ersten Mal bewusst, dass sie ihn richtiggehend hasste. Er war ein skrupelloser Unmensch, und plötzlich spürte sie das große Verlangen, von ihm und seinem schmierigen Lächeln wegzukommen.

»Ich kann das Duell aufhalten. Dafür brauche ich nichts weiter als ein wenig deiner Kooperation, Schwesterchen.«

Noch einmal warf sie einen Blick durch die Bäume. Die Männer unterhielten sich noch immer. »Crouch, würden Sie bitte nachsehen, ob sie sich schon auf ihre gegenseitige Ermordung vorbereiten?«

»Aye, M'lady.«

Charlotte wandte sich wieder ihrem Bruder zu. »Kooperation inwiefern?«

Sein schmieriges Lächeln wurde breiter. »Keine allzu große Sache, und ganz gewiss nichts, das du verweigern solltest, wenn du auf deinen Platz in der Gesellschaft zurückmöchtest.«

»Und was stellst du dir unter ›keine allzu große Sache‹ vor?«

»Eine Annullierung deiner Ehe natürlich, damit du eine vorteilhaftere Partie machen kannst als mit diesem mittellosen Verbrecher. Wenn du dich von McGregor als dem Lügner und Betrüger lossagst, der er ist, wenn du bereit bist auszusagen, dass er ein ehrloser Erpresser ist, der versucht hat, an den Titel seines Cousins zu gelangen, indem er dessen Entführung veranlasst hat, und dass er außerdem impotent ist, werde ich dafür sorgen, dass du alles bekommst, was du dir je gewünscht hast.«

Charlotte starrte ihren Bruder mit vor Überraschung offenem Mund an, war jedoch für ein paar Sekunden nicht in der Lage, irgendetwas gegen diese unziemliche Mimik zu unternehmen, zu groß war ihre Verblüffung ob seines Vorschlags.

»Impotent?« Das hatte sie eigentlich nicht sagen wollen, aber es war das erste Wort, das ihr über die Lippen kam.

Collins nickte. Seine Stimme klang aalglatt und unangenehm sanft, als er sie einzuwickeln versuchte. »Du kannst alles haben, Charlotte: einen neuen Gatten, einen, der dir Kinder schenkt, sowie einen Titel, Geld, Ansehen, Macht – das alles kann dir gehören. Gib mir nur dein Wort, und ich werde Carlisle erzählen, dass du einverstanden bist, zu seinen Gunsten gegen McGregor auszusagen. Du wirst wieder frei sein, aber dann mit meinem Segen, der dir den Weg zurück in die Gesellschaft ebnet. Es kann alles wieder dir gehören, Charlotte, alles, was du je wolltest.«

Charlotte glaubte zu erkennen, dass sich die Gestalten in der Ferne voneinander trennten. Sie musste ihren dummen, ehrenwerten Ehemann aufhalten, ehe er sich noch umbrachte; sie musste die Dinge selbst in die Hand nehmen.

»Dazu fällt mir nur eine Antwort ein«, sagte sie zu ihrem Bruder, während sie die Handschuhe abstreifte.

»Ich dachte mir schon, dass du es so siehst«, erwiderte er mit einem selbstgefälligen Lächeln.

Den Bruchteil einer Sekunde später landete sie ihre Faust mit aller Kraft, die sie besaß, mitten in Matthews Gesicht. Dann stürzte sie, ohne seine Reaktion abzuwarten, auf die Bäume zu und folgte Crouch, der soeben nach links abbog. Den Flüchen nach zu urteilen, die sie hinter sich hörte, folgte ihr Bruder ihr dichtauf.

Sie brach durch die Bäume und sah gerade noch, wie der Hochstapler mit der Pistole auf ihren Mann zielte. Dann hörte sie den Knall des Schusses und beobachtete, wie eine schwarze Rauchwolke aus der Pistole drang. Ihr blieb das Herz stehen, als sich ihr Mann taumelnd an die Brust griff und zu Boden ging.

»Dare!«, schrie sie so laut, dass sie einen Schwarm Vögel in einem nahe stehenden Baum aufschreckte. Ein weiterer Schuss hallte wider, als Batsfoam die zweite geladene Pistole hochriss und damit auf den Hochstapler schoss. Dass daraufhin Geoffrey mit einem Schrei zusammenbrach, bekam Charlotte jedoch schon nicht mehr mit. Ihr Blick war fest auf den Körper ihres Mannes gerichtet. Irgendwie schaffte sie es, die Wiese zu überqueren, sich auf Dare zu werfen und seinen Namen zu schluchzen, während ihr Herz in Millionen brennender Stücke zerbrach. Seine Jacke war zur Seite gerutscht und offenbarte einen riesigen roten Fleck direkt über dem Herzen, doch so sehr Charlotte sich auch bemühte, gelang es ihr vor lauter Tränen nicht, die Wunde zu finden und die Blutung zu stoppen.

»Wie konntest du mir das nur antun?«, schluchzte sie, während sie mit seinem Halstuch kämpfte und ihr heiße Tränen übers Gesicht liefen und auf ihre Hände tropften. »Bedeute ich dir so wenig? Wie konntest du nur so leichtsinnig sein? Ach, Dare, ich liebe dich so sehr, dass ich nicht ohne dich weiterleben kann, weißt du das denn nicht, du dummer, dummer Kerl?«

»Wenn du nicht sofort mein Halstuch loslässt, wirst du mich noch erwürgen, Charlotte«, drang ein Flüstern an ihr Ohr.

Wie vom Donner gerührt starrte Charlotte auf ihren Ehemann. Er schlug für einen kurzen Moment sein Auge auf, doch es genügte, dass sie sein herrliches Blau aufblitzen sah.

»Dare?«, fragte sie zögerlich, während ihre blutbesudelten Finger noch in den Falten seines Tuchs steckten. »Dare?«

»Schhhh«, hörte sie ihn unerklärlicherweise zischen, wobei sein Auge sich wieder schloss. »Tu so, als wäre ich tot. Du musst ordentlich jammern und klagen; bis eben warst du sehr überzeugend.«

Sein Auge öffnete sich erneut für einen kurzen Moment. »Ich liebe dich auch, Char, und ich würde dich niemals alleinelassen. Niemals«, versicherte er ihr.

Sie schaute auf seine reglose Gestalt und nahm wie durch einen Nebel wahr, dass andere Personen zu ihr getreten waren. Dare wollte, dass sie sich benahm, als sei er tot? Sie sollte jammern und klagen? Er wollte, dass sie so *tat*, als sei er tot? So tat?

Langsam zog sie die Finger aus seinem Halstuch und starrte darauf. Sie waren voller roter Flecken, das ließ sich nicht leugnen. Aber es war ein seltsames Rot, ein blasses Rot, ein Rot, das ganz und gar nicht mit dem zu vergleichen war, das sie gestillt hatte, als Dare durch die Explosion verletzt worden war. Dieses Rot war … nun ja, es war falsch. Und wenn das Blut auf seinem Hemd nicht echt war …

»Aaaaaaaaaagh«, heulte sie los und warf sich auf den Leib ihres Mannes, ehe sie erneut aufschrie, und zwar noch lauter, um das Stöhnen zu übertönen, das ihm durch ihren harten Aufprall auf seiner Brust entschlüpft war. Charlotte klagte, sie haderte, sie hob die Fäuste gen Himmel und schwor Vergeltung an einem Gott, der so grausam war, ihr den Ehemann zu nehmen, sie tat alles, außer in Sack und Asche zu gehen.

»Lady Charlotte, wenn Sie bitte ein Stück beiseitetreten würden, vielleicht kann ich Ihrem Mann helfen.«

Charlotte blickte über ihre Schulter und starrte Lord Beverly einen Moment lang an, ehe sie ihren tränenüberfluteten Blick auf ihren Bruder richtete. »Er ist tot, er ist tot, dieser furchtbare Mensch hat meinen geliebten Mann ermordet. Ach, weh mir!«

»Hören Sie, Mylady, ich bin mir ziemlich sicher, dass ich Ihrem Mann helfen kann, wenn Sie nur zur Seite gehen –«

»Verschwinden Sie«, zischte sie leise, ehe sie für alle hörbar klagte, dass sie ohne ihren Alasdair sterben würde.

»Sie da, kommen Sie her«, sagte Lord Beverly. »Kümmern Sie sich um Ihre Herrin. Sie ist ein wenig durcheinander und weiß nicht mehr, was sie redet. Wenn Sie Lady Charlotte zu ihrer Kutsche begleiten, kann ich in der Zwischenzeit nachsehen, wie schwer Sie McGregor verletzt haben, obwohl, wo soll das nur enden, wenn das eigene Personal auf den gegnerischen Duellanten schießt, weil –«

»Er ist tot!«, schrie Batsfoam, dem Lord Beverlys Worte gegolten hatten, während er neben Geoffreys Leichnam kniete. »Ich habe Lord Carlisle umgebracht! Er ist tot, tot, tot! Ach, könnte es mir meinen geliebten Herrn doch nur zurückbringen!«

»Tot? Alle beide?« Lord Beverly rang ungläubig die Hände.

Charlotte seufzte. Offensichtlich war Lord Beverly nicht in den Plan eingeweiht, welchen auch immer Dare und vermutlich auch McGregor – dessen Wunde zweifelsfrei genauso aussah wie die von Dare – da ausgeheckt hatten. Darum war es jetzt an ihr, die ganze Chose zu retten. Mit einem herzerweichenden Schluchzen warf sie sich an Algernons Brust, weinte in seinen Kragen und klammerte sich an seine Schultern, um ihn davon abzuhalten, Dare oder Geoffrey zu untersuchen.

»Hören Sie gut zu«, flüsterte sie ihm ins Ohr, während Crouch und Batsfoam hastig eine Decke über Dare legten und das Gleiche bei dem anderen Niedergestreckten taten. »Wenn Sie nicht sofort aufhören zu versuchen, nach Dare zu sehen, werde ich Ihnen Dinge antun, die Sie sich in Ihren kühnsten Träumen nicht vorstellen könnten. Habe ich mich klar ausgedrückt?«

Lord Beverly stammelte etwas, als Charlotte ihn losließ und sich zu ihrem Bruder umdrehte. Sie hatte keine Ahnung, worauf Dares Plan abzielte – schließlich war sie nur seine Frau und genoss daher nicht das Privileg, in seine Pläne eingeweiht zu sein, eine Tatsache, für die sie ihn später noch zur Rechenschaft ziehen würde – doch wusste sie genug, um sich ungefähr ausrechnen zu können, was sie zu tun hatte.

»Er ist tot«, erklärte sie mit von ganz alleine bebenden Lippen, als sie sich langsam erhob. Die Worte klangen so schaurig, dass sie sich am liebsten zuerst vom Gegenteil überzeugt hätte, ehe sie weiterspielte, doch wenn Charlotte eines besaß, dann Entschlossenheit. Sie unterdrückte das Verlangen, unter die Decke zu spähen, um nachzusehen, ob alles in Ordnung war, und vertraute darauf, dass Dare nicht gelogen hatte, als er ihr versicherte, er würde sie nie verlassen. »Sie sind tot. Alle beide. Du hast sie umgebracht. Du hast meinen Dare umgebracht.«

»Ich? Sie umgebracht?«, schrie Lord Collins auf. »Du bist ja nicht bei Sinnen! Ich stand neben dir, als Carlisle McGregor erschoss, und der Krüppeldiener deines Mannes hat den armen Carlisle erschossen.«

»Du magst ja den Abzug nicht selbst betätigt haben, trotzdem bist du für Dares Tod verantwortlich«, warf Charlotte ihm vor. »Und für McGregors Tod ebenfalls, denn hätte er Dare nicht umgebracht, hätte Batsfoam niemals Vergeltung geübt. Es ist alles deine Schuld, Matthew, alles!«

Und davon war sie fest überzeugt. Matthew führte irgendetwas im Schilde. Der Anblick der beiden Toten stimmte ihn auffällig zufrieden, und dann war da noch sein merkwürdiger Versuch, sie zu bestechen, damit sie Dare verriet.

»Du weißt nicht, was du redest«, sagte Collins mit einer abfälligen Geste, während er sich zu Lord Beverly umdrehte. »Es ist wohl besser, wenn Sie diesen Batsfoam in Gewahrsam nehmen, Beverly. Natürlich wird er für McGregors Tod an den Galgen gehen, daran führt kein Weg vorbei. Wie tragisch, dass er einen Unschuldigen auf dem Gewissen hat, aber der Gerechtigkeit muss Genüge getan wer –«

»Gerechtigkeit? Du sprichst von Gerechtigkeit?«, unterbrach Charlotte ihn. Sie hatte keine Ahnung, welche Rolle Hochstapler Geoffrey bei der Sache spielte, doch ihr Misstrauen gegenüber ihrem Bruder wuchs von Sekunde zu Sekunde. Ganz gleich, wohin sie in diesem Chaos blickte, er schien immer irgendwie aufzutauchen. Vielleicht, aber nur vielleicht, reichte seine Verstrickung in diese Sache doch tiefer und weiter zurück, als sie gedacht hätte. »Ich weiß genau, was ich rede, Bruderherz. Ich weiß zum Beispiel, dass du derjenige warst, der sich Geoffrey McGregors angenommen hat, nachdem er nach England zurückgekehrt war.«

Das stimmte auf alle Fälle, denn diese Information hatte sie von Crouch.

Ihr Bruder stotterte etwas in der Art, dass er lediglich einem anderen Mitglied des Hochadels geholfen hätte.

»Aber du konntest nicht wissen, dass er der *echte* Geoffrey McGregor war«, sagte Charlotte gedehnt, als sich die Puzzleteile, noch während sie sprach, plötzlich zusammenfügten. »Du konntest nicht wissen, dass sein Anspruch rechtmäßig war … es sei denn, du kanntest ihn schon vor seiner Entführung?«

»Unsinn. Ich hab den Mann nie zuvor gesehen.«

Ein kurzes Aufblitzen der Warnung in den Augen ihres Bruders bestätigte ihr, dass sie ins Schwarze getroffen hatte. Charlotte ignorierte seinen Protest. »Wie habt ihr euch kennengelernt?«

»Das geht dich nichts an. Beverly, ich verlasse mich darauf, dass Sie bei den Leichen bleiben und diesen Mann hier festhalten. Ich werde den Friedensrichter holen –«

»Oh, ich denke schon, dass es mich etwas angeht«, fiel Charlotte ihrem Bruder erneut ins Wort. Der Hochstapler, davon war sie inzwischen überzeugt, war der wahre Earl von Carlisle. »Schließlich bist *du* daran schuld, dass mein Ehemann und ein weiterer Mensch sterben mussten. Was war der Grund, Matthew? Frauen? Spielschulden? Wahrscheinlich Letzteres. Ich meine, mich noch zu erinnern, wie du vor fünf Jahren wegen besonders hoher Schulden zu Vater gekommen bist und ihn angefleht hast, er möge dir helfen. Vater weigerte sich und sagte, es würde dich schon noch lehren, Haus und Hof nicht zu verspielen, und wenn du deinen ganzen Besitz verkaufen müsstest, um deine Spielschulden zu begleichen. Ich entsinne mich aber nicht, dass du irgendetwas verkauft hast. Wie genau hast du deine Schulden also bezahlt?«

»Ich … sie … das hat dich nicht zu interessieren. Außerdem scheinst du plötzlich gar nicht mehr so furchtbar traurig über den Tod deines Ehemannes zu sein, oder, Schwesterherz?«, schnaubte Collins. »Du glaubst wohl, mein Angebot steht noch, aber da irrst du dich. Du wirst jetzt in dem Bett liegen, das du –«

»Um Himmels willen, denk dir einen neuen Spruch aus, Matthew! Crouch, als Sie Nachforschungen über Geoffrey McGregor angestellt haben, sind Sie dabei vielleicht auch zufällig über meinen Bruder gestolpert?«

»Aye, das bin ich. Wollt's Ihn' ja sagn, aber Se warn so mit Ihr'm Mann beschäftigt. McGregor und Lord Collins ham die gleiche Spielhölle besucht. Und kurz bevor er nach Holland fuhr, hat Lord Collins 'n hübsches Sümmch'n an Seine Lordschaft verlorn. Komm Se, Mylord, besser Se setzn sich, so grün wie Se nach dem ganz'n Blut sind, was hier verspritzt wurde.« Crouch packte Lord Beverly am Arm und half ihm (ungeachtet dessen Protestes) zu einem Felsbrocken, der etwas abseits lag.

Charlotte wandte sich wieder ihrem Bruder zu und musterte ihn aus schmalen Augen. Sie wusste, dass es einen Grund geben musste, dass Batsfoam und Crouch sie mit ihrem Bruder alleine ließen – offensichtlich erwartete man, dass sie ihm ein Geständnis entlockte. Zum Glück hatte sie viele Schauerromane gelesen und wusste, wie man einen Schurken dazu brachte, sich zu seiner Schuld zu bekennen. Und wenn es jemanden gab, dem die Rolle des Schurken auf den Leib geschrieben war, dann war es ihr Bruder. »Was mich noch einmal auf meine anfängliche Frage zurückbringt: Wie hast du vor fünf Jahren deine Schulden beglichen, Matthew?«

»Das, meine Liebe, wirst du nie erfahren.«

Charlottes Blick streifte die reglose Gestalt ihres Mannes, ehe sie ihn mit ihrem liebreizendsten Lächeln auf ihren Bruder richtete. »Ach komm, Matthew, wir sind doch unter uns. Dare und McGregor können uns nicht mehr hören, und was könnte ich schon gegen dich aussagen? Na los, nur um meine Neugier zu befriedigen. Sag schon, wie hast du diese Schulden bezahlt? Was für eine Rolle hast du bei Geoffrey McGregors Entführung gespielt?«

Lord Collins lachte auf und blickte verstohlen zu Batsfoam, der gut zwanzig Schritte von ihnen entfernt neben McGregors Leichnam kniete und ihn scheinbar untersuchte. Collins beugte sich zu seiner Schwester und raunte mit tiefer, kalter Stimme: »Da du mich so nett gefragt hast, meine Liebe, will ich dir deine Frage beantworten. Da mir keiner von beiden jetzt noch etwas anhaben kann, habe ich nichts zu befürchten, auch nicht, wenn du die Wahrheit erzählen solltest, denn dem irren Gerede meiner geistig umnachteten Schwester dürfte wohl niemand Glauben schenken.«

Charlotte presste wütend die Lippen zusammen und hütete ihre Zunge. Schurken, das wusste sie, konnten einfach nicht der Versuchung widerstehen, mit ihrer angeblichen Gerissenheit zu prahlen. Bisher benahm Matthew sich genau wie erwartet.

»Die Schulden, von denen du sprichst, hatte ich bei Geoffrey McGregor, der tatsächlich der wahre Lord Carlisle war, doch als Vater sich weigerte, mir aus meiner misslichen Lage zu helfen, habe ich das einzig mir Mögliche getan: Ich habe einen Kapitän bestochen, dafür zu sorgen, dass Carlisle für immer und ewig außer Landes geschafft wird und meine unglückselige Verpflichtung ihm gegenüber gleich mit. Allerdings hatte ich nicht mit der Rückkehr dieses Mistkerls gerechnet.«

»Warum nicht?«, wollte sie wissen, während sie sich fragte, wie sie nur mit so einem kaltherzigen Monster verwandt sein konnte.

»Nur wenige Männer überleben den Dienst auf jenem Handelsschiff, auf dem Carlisle landete; der Kapitän ist für seine besonders brutalen Methoden bekannt.«

Diese Worte erklangen hinter Charlotte. Sie lächelte, als ihr Bruder mit weit aufgerissenen Augen stotternd Einspruch erhob, während Dare sich neben Charlotte stellte und in einer Geste, die sowohl seine Liebe als auch seinen Beschützerinstinkt bekundete, den Arm um ihre Hüfte schlang.

»So eine Untertreibung habe ich noch nie gehört«, sagte Geoffrey McGregor, Lord Carlisle, mit einem gequälten Lächeln, als er die auf ihm liegende Decke beiseitewarf und ebenfalls aufstand.

Lord Collins starrte voller Entsetzen zuerst Geoffrey, dann Dare an. »Aber … aber … er hat Sie doch erschossen! Ich habe doch das Blut gesehen.«

Dare blickte auf seine Brust. »Ach das. Nur ein bisschen rote Tinte. Geoffrey hat über meinen Kopf hinweg gezielt. Ich schätze, wenn Sie nachsehen, werden Sie die Kugel in dem Baum hinter mir finden.«

Collins' Blick sprang gehetzt von Geoffrey zu Dare. »Ich … ich … verstehe nicht … wie …?«

»Ach, Matthew, bist du wirklich so begriffsstutzig? Man hat dir eine Falle gestellt. Selbst ich habe das erkannt, sobald mir klar war, dass Dare gar nicht tot ist.« Sie wandte sich zu ihrem Mann und funkelte ihn an. »Und glaub bloß nicht, ich hätte nicht noch ein Wörtchen mit dir darüber zu reden, dass du mich in dem Glauben gelassen hast, du hättest ein Rendezvous mit dem Tod und mir nicht einmal Lebewohl gesagt.«

Er blickte sie streng an. »Genauso wie ich noch mit Ihnen ein Hühnchen zu rupfen habe, weil Sie mir zu dieser Verabredung im Morgengrauen gefolgt sind, Madam.«

Charlotte setzte seiner finsteren Miene ihre Grübchen entgegen. »Du kannst mir keine Angst machen; du liebst mich viel zu sehr.«

»Ach ja?«

»Gütiger Himmel, sie leben!«, stieß Lord Beverly hervor, als er sah, dass die beiden Männer putzmunter waren. Crouch dicht auf den Fersen, rannte er zu ihnen. »Ich bin völlig durcheinander. Sie sind nicht einmal verletzt, beide nicht?«

»Oh ja«, antwortete Charlotte ihrem Mann. »Warum sonst, wenn nicht für mich, würdest du dir so einen dizifilen Plan ausdenken?«

»Nein, uns geht es gut. Wir sind beide unversehrt«, beruhigte Geoffrey Lord Beverly.

Dare zog Charlotte fest in die Arme. »Du bist doch so schlau, also sag du mir, warum ich mir so einen *diffizilen* Plan ausgedacht habe.«

»Aber warum haben Sie sich denn tot gestellt?«, fragte Lord Beverly verwirrt nach.

»Im Ernst? *Diffizilen*? Das klingt aber merkwürdig.« Charlottes Lippen berührten Dares, als sie sprach.

»So lautet es aber richtig.«

»Nein!«, stieß Lord Collins schrill aus und hätte wohl die

Flucht ergriffen, wäre Crouch nicht plötzlich hinter ihm aufgetaucht und hätte ihn mit seinem in der Morgensonne glänzenden Greifhaken am Kragen gepackt.

»Das gehörte alles zu unserem Plan, Beverly«, erwiderte Geoffrey, während er näher an Matthew herantrat und den Schwall von Flüchen und Beleidigungen aus dem Munde des Earls ignorierte. »Dare und ich hatten gestern ein Gespräch. Dabei hat er mir vor Augen geführt, wie Collins mich manipuliert hat. Er hegte den Verdacht, dass diese Manipulation vielleicht weiter zurückreichte, als uns beiden klar war. Wir vereinbarten, ihm eine Falle zu stellen, und ihn in dem Glauben, wir wären beide tot, dazu zu bringen, die Wahrheit zuzugeben. Eigentlich sollte Batsfoam Collins dazu verleiten, sich meiner Entführung schuldig zu bekennen, da Collins denken musste, dass ihm vonseiten Batsfoams als Mörder meiner Wenigkeit keine Gefahr drohte, doch als Lady Charlotte plötzlich auftauchte …« Geoffrey zuckte mit den Schultern. »Sie hat diese Aufgabe noch viel besser erfüllt.«

»Na schön, dann will ich dir mal glauben, dass es diffizil heißt, aber was die andere Sache betrifft, du kannst mir nicht weismachen, deine Liebe zu mir wäre nicht so groß, wie sie ganz offensichtlich ist. Kein Mann außer einem, der wahre Liebe empfindet, würde so weit gehen, nur um den Ruf seiner Frau zu wahren.«

»Du hattest alles verloren«, murmelte Dare zwischen kleinen, sanften Küssen. »Ich konnte dir nicht auch noch das Letzte nehmen, das du hattest – den Respekt der Gesellschaft. Schließlich wusste ich doch, wie viel er dir bedeutet.«

»Die Gesellschaft bedeutet mir gar nichts, mein lieber Gatte.« Lächelnd blickte Charlotte ihren Mann an, während sie ihm eine Haarsträhne von der Augenklappe strich. Er trug heute die, auf die sie ein geöffnetes Auge gestickt hatte, damit er –

so hatte sie erklärt, als sie sie ihm präsentiert hatte – sein Umfeld besser einschüchtern konnte. »Das Einzige, was für mich zählt, bist du. Und solange du mich liebst, verzichte ich liebend gerne für den Rest meines Lebens darauf, je wieder einen Fuß in einen Ballsaal oder die Oper zu setzen.«

»Ach. Dann war alles nur ein Trick? All das Blut, die Pistolen und Lady Charlottes hysterisches Geschrei?«, fragte Lord Beverly.

»Meiner Liebe kannst du dir gewiss sein, Char«, erklärte Dare und küsste sie. Als sie von seiner Leidenschaft mitgerissen wurde, schmiegte sie sich noch enger an ihn, vergaß alles um sich herum und empfand nur noch Glück. Mit einem Lachen löste Dare sich von ihr und schob sie ein Stück von sich. »Du bringst mich noch dazu, mich zu vergessen, mein Herz. McGregor – oder sollte ich Carlisle sagen? – ich nehme an, dass du auch ohne mich mit Collins klarkommst?«

Geoffrey schenkte den beiden ein Lächeln, bei dem Charlotte plötzlich eine große Ähnlichkeit zu Dare feststellte. Sie beschloss, Geoffrey für seine unselige Rolle in der ganzen Geschichte zu vergeben.

»Ich hoffe, dies hat keinen Einfluss auf deinen Motor, oder doch?«, fragte sie leise, während sie Geoffrey beobachtete, der etwas zu ihrem Bruder sagte.

»Der Verlust des Titels? Das macht nicht den geringsten Unterschied, mein Herz. Auf das Geld der wenigen Männer, die Interesse daran hatten, in den Motor zu investieren, habe ich gar nicht gezählt. Nur der Verkauf der Konstruktionspläne wird uns so viel einbringen, dass wir nach Schottland zurückkehren und dort in Ruhe und Frieden leben können.« Dare wirkte plötzlich beunruhigt. »Es macht dir doch hoffentlich nichts aus, in Schottland zu leben, oder, Char? Es ist nicht besonders elegant, und viel vornehme Gesellschaft gibt es dort auch nicht –«

»Dann wird es mir umso mehr gefallen«, unterbrach sie ihn und zeigte ihre Grübchen in voller Pracht. »Ich glaube, von den oberen Zehntausend habe ich vorerst genug, und es wird mich sehr glücklich machen, einfach nur Mrs McGregor zu sein. Das wird eine schöne Abwechslung werden, meinst du nicht auch?«

»Oh ja«, stimmte Dare ihr zu, während er sich zu ihr beugte, um noch einmal von ihren Lippen zu kosten. »Das wird bestimmt eine sehr schöne Abwechslung.«

Epilog

Alasdair McGregor, der ehemalige Earl von Carlisle, lehnte an einer Steinsäule und sah zu, wie seine Frau am Arm des angeheirateten Onkels seiner Schwester und in Begleitung seines Schwagers langsam in seine Richtung spazierte.

»Dann ist schließlich alles gut geworden?«

Dare antwortete mit einem Nicken.

»Und was ist mit Chars Bruder passiert?«, wollte Patricia wissen.

»Gleich nach dem Duell hat er sich aus dem Staub gemacht und ist auf den Kontinent geflohen. Nicht einmal seine Frau weiß, wo er sich aufhält, aber das ist auch nicht wichtig. Finanziell ist er am Ende, und sein Ruf ist auch ruiniert, seitdem die Wahrheit über das, was er getan hat, öffentlich bekannt geworden ist.«

»Und du und Char sind die Lieblinge der Londoner Gesellschaft?«, neckte Patricia. »Wie passend!«

Dare zuckte die Achseln und ließ seine Frau nicht aus den Augen, die voller Anmut auf ihn zukam. »Ich glaube, ja, obwohl es Charlotte nur wenig zu kümmern scheint.« Als er das sagte, schüttelte er kurz den Kopf. Er konnte es immer noch nicht glauben, dass Charlotte all dem so gründlich den Rücken kehren würde, was so lange Zeit ihr größter Traum gewesen war, doch genau das hatte sie getan. Sie hatte sich voller Freude in die Arbeit gestürzt und ihm Tag und Nacht geholfen, damit der Motor pünktlich zur Ausstellung fertig wurde. Aber auch nach dessen Fertigstellung – drei Tage vor dem Termin –, war sie nicht in ihre alte Routine aus Besuchen und gesellschaftlichen Auftritten zurückgefallen. Stattdessen hatte sie die Abende zusammen mit ihm zu Hause verbracht. Ein Lächeln spielte um seine Mundwinkel, als er sich daran erinnerte, wie viele von Vyvyan La Blues berühmten Sinnlichen Wegen sie ausprobiert hatten, und sein Lächeln wurde breiter, als er daran dachte, wie viele es noch zu entdecken galt.

»Du solltest ihr mehr Vertrauen schenken«, riet Patricia, die die Gedanken ihres Bruders erraten zu haben schien. »Charlotte ist vollkommen verrückt nach dir, genauso wie ich es gehofft hatte. Solange sie bei dir sein darf, ist sie glücklich.«

Er lenkte den Blick kurz von Charlotte auf seine Schwester und lächelte sie an.

»Ich habe vollstes Vertrauen in meine Frau, Kleines. Sie hat einmal damit geprahlt, dass sie mir eine enorme Hilfe wäre, wenn es darum ginge, deinen angeheirateten Onkel zu überreden, meinen Motor zu kaufen, und ich will verdammt sein, wenn sie genau das nicht gerade getan hat.«

Patricia lachte auf und drückte seinen Arm, während sein Blick zu Charlotte zurückging. »Dein Motor hat sich von ganz allein verkauft, Bruderherz, obwohl ich gestehen muss, dass sowohl David als auch Onkel Whitney sehr von sich überzeugt sind. Kein Zweifel, dass Char sie gerade mit den übertriebensten Schmeicheleien betört. Doch auch das will ich ihr verzeihen, denn sie hat das geschafft, woran ich nicht mehr geglaubt hätte.«

Dare hob fragend eine Augenbraue.

»Sie hat dich dazu gebracht, dich in sie zu verlieben«, erklärte Patricia und zwickte ihn ein weiteres Mal in den Arm. »Und jetzt kann ich ganz beruhigt mit David um die ganze Welt segeln und brauche mir keine Sorgen mehr um euch beide zu machen.«

Charlotte und Elias Whitney, der Eigentümer der berühmten Whitney-Werft – und jetzt stolzer Besitzer des McGregor-Schiffsmotors – traten jetzt zu ihnen, und Charlotte wechselte von Whitneys zu Dares Seite. Extra für ihren Gast ließ sie ihre Grübchen aufblitzen.

»Wir haben alles gesehen, was es zu dort zu sehen gibt«, berichtete sie Dare mit dem typischen Funkeln des Stolzes in ihren zauberhaften blauen Augen, ein Stolz, der – wie er wusste – ihm galt. Er hatte keine Ahnung, womit er Charlotte verdient hatte, doch jeden Morgen erwachte er mit dem Gefühl tiefer Dankbarkeit, dass sie ihm gehörte. »Und Mr Whitney stimmt mir zu, dass dein Motor weit und breit der beste ist. Ich glaube, du hättest mehr dafür verlangen sollen, Dare.«

»Charlotte«, rügte Dare sie. Whitney jedoch schüttelte nur lachend den Kopf.

»Du musst mich gar nicht so böse anschauen, lieber Gatte. Wir werden jeden Schilling brauchen, den wir bekommen können; schließlich haben wir bald Extramäuler zu stopfen.«

Dare klappte vor Überraschung die Kinnlade herunter, während er seine Frau mit großen Augen anstarrte. »Char … soll das etwa heißen …?«

Sie zeigte noch einmal ihr strahlendstes Lächeln, ehe sie bescheiden den Blick sinken und ihre dunkelbraunen Wimpern wie einen Fächer sanft auf ihre zart rosigen Wangen legen ließ. »Ja, das soll es.« Sogleich schwangen ihre Lider wieder auf und offenbarten einen Blick voller Ausgelassenheit. »Ich habe Crouch und Gillians gesamte Dienerschar eingeladen, mit uns nach Schottland zu kommen, um dort das Haus in Ordnung zu bringen. Eigentlich hatte ich es dir unter vier Augen sagen wollen, aber … tja … jetzt ist es mir herausgerutscht.«

»Du hast Crouch eingeladen! Das verbitte ich mir!«

»Nach dem, was Dare mir von dem Haus erzählt hat«, wandte sie sich erklärend an Patricia und David, »muss es das reinste Totuwabotu sein.«

»Diesmal sind Sie zu weit gegangen, Madam. Auf mich zu schießen, war schon schlimm genug, aber das hier übertrifft alles!«

Wie Dare es nicht anders von ihr erwartet hatte, ignorierte Charlotte ihn. »Ich freue mich schon sehr darauf, es in ein Heim zu verwandeln, damit wir uns häuslich einrichten und an die Arbeit von Dares nächstem Motor machen können.«

»Dieser Schläger Crouch und seine Gaunerbande kommen mir auf keinen Fall ins Haus!«

»Ich bin nämlich die Assistentin meines Mannes. Ohne mich würde er nichts zustande bringen. Das sagt er mir jede Nacht.«

»Ich verbiete es dir, ich verbiete es dir ausdrücklich!«

»Wir arbeiten sehr gut zusammen. Zurzeit denken wir darüber nach, den Schiffsmotor so zu konstruieren, dass er für die Flussfahrt genutzt werden kann. Ist das nicht eine hervorragende Idee? Dabei dürfte ebenfalls ein beachtliches Sümmchen herausspringen.«

»Charlotte!« Bei dem Gedanken, dass das Tohuwabohu seines Hauses durch Westons Dienerschaft in Ordnung gebracht wurde, knirschte Dare mit den Zähnen. Doch dann kapitulierte er und schlang den Arm um seine Frau.

»Was wäre ich nur ohne dich?«, flüsterte er ihr ins Ohr. Die Anwesenden deuteten die Zeichen richtig und zogen sich diskret zurück, um einen näheren Blick auf eine Neuentwicklung von Schiffsschrauben zu werfen.

»Du wärst ein einsamer und zu nichts zu gebrauchender Mann, mit dem kein Mensch redet und der am Ende in einem Haus ganz ohne Diener, dafür aber mit siebzehn Katzen lebt, die alle William hießen. Und nach deinem Tod würden dich die Katzen auffressen. Daher darfst du mir jetzt ruhig dafür danken, dass ich dich geheiratet, vor einem schrecklichen Schicksal bewahrt und deiner Bestimmung als *dem* Motorenbauer Englands zugeführt habe.«

»Vielen Dank, Mrs McGregor, dass Sie mich davor bewahrt haben, Katzenfutter zu werden.« Dare zog sie hinter die Säule, um sie richtig küssen zu können. »Um noch einmal auf deine haarsträubende Idee zurückzukommen, Crouch und die anderen mit nach Schottland reisen zu lassen …«

Mit einem Kuss stahl Charlotte ihm die Worte, die ihm auf der Zunge lagen.

Mehr zu Ihren Lieblingsautoren und –büchern sowie Interviews, Newsletter, Leseproben, Gewinnspiele und Trailer finden Sie unter:

www.egmont-lyx.de

Cecilia Grant

Ein unsittliches Angebot

Roman

Kann er ihre Leidenschaft erwecken?

Die junge Martha Russell ist gerade Witwe geworden und kämpft darum, ihr Anwesen zu behalten. Um ihren Anspruch zu untermauern, greift sie zu einer List: Mit dem attraktiven Lebemann Theo Mirkwood will sie innerhalb eines Monats ein Kind zeugen, das sie als Erbe ihres verstorbenen Mannes ausgeben kann. Martha ist fest entschlossen, Lust und Leidenschaft dabei außen vor zu lassen. Mit einem hat sie jedoch nicht gerechnet: dass sie sich in den scheinbar so leichtlebigen Theo verlieben könnte.

416 Seiten, kartoniert mit Klappe
€ 9,99 [D]
ISBN 978-3-8025-8871-6

Band 2: Das Versprechen der Kurtisane
384 Seiten, kartoniert mit Klappe
€ 9,99 [D]
ISBN 978-3-8025-8872-3

www.egmont-lyx.de

LYX
EGMONT

Eloisa James

Ein unerhörter Ehemann

Roman

Für die Liebe ist es nie zu spät

Um einen Skandal zu vermeiden, wurde die junge Gina bereits mit elf Jahren an ihren Cousin Camden Serrard verheiratet. Dieser flüchtete jedoch noch am Tag der Hochzeit außer Landes. Nach Jahren der Trennung begegnen sich Camden und Gina einander wieder und entdecken unerwartete Gefühle füreinander.

Band 1: Ein unerhörter Ehemann
464 Seiten, kartoniert mit Klappe
€ 9,99 [D]
ISBN 978-3-8025-8670-5

Band 2: Ein delikater Liebesbrief
432 Seiten, kartoniert mit Klappe
€ 9,99 [D]
ISBN 978-3-8025-8671-2

Band 3: Keine Lady ohne Tadel
416 Seiten, kartoniert mit Klappe
€ 9,99 [D]
ISBN 978-3-8025-9094-8

www.egmont-lyx.de

LYX
EGMONT